JOURNAL D'UN VAMPIRE

L.J. SMITH

JOURNAL D'UN VAMPIRE

TOME 6

Traduit de l'anglais (États-Unis)
par Aude Carlier

Éditions de Noyelles

Editions de Noyelles
123, boulevard de Grenelle, Paris
www.franceloisirs.com
Une édition du club France Loisirs, Paris
réalisée avec l'autorisation des Editions Hachette

Illustration de couverture : © 2011 Carrie Schechter

Traduit de l'anglais (États-Unis) par Aude Carlier

L'édition originale de cet ouvrage a paru en langue anglaise chez
HarperTeen, an imprint of HarperCollins Publishers, sous le titre :

The Vampire Diaries : The Hunters : Phantom

Hachette Livre, 43 quai de Grenelle, 75015 Paris.

1.

Elena Gilbert avançait sur une pelouse moelleuse et les brins d'herbe souples se couchaient sous ses pieds. Un chapiteau géant où pendaient une kyrielle de lanternes scintillantes se déployait au-dessus d'elle, tandis que des grappes de roses pourpres et des delphiniums violets parsemaient le sol. Devant elle, sur la terrasse, se dressaient deux fontaines de marbre blanc qui projetaient des jets d'eau. Ce décor, magnifique et élégant, lui semblait étrangement familier.

C'est le manoir de Blodwedd, lui souffla une petite voix. Lors de sa dernière visite, ce jardin grouillait d'invités riant et dansant. Ne restaient que des traces de leur passage : des verres vides sur les tables qui bordaient la pelouse ; un châle de soie pendant sur une chaise ; un escarpin solitaire oublié sur le rebord d'une fontaine.

Un autre détail lui parut étrange. Dans son souvenir, la scène avait été illuminée par la lumière rouge infernale du Royaume des Ombres, celle qui, tout en transformant le bleu en violet et le blanc en rose, conférait au rose la couleur exacte, écarlate et veloutée, du sang. À présent, l'endroit était éclairé par une lumière naturelle : la pleine lune blanche dérivait calmement dans le ciel.

Elena sursauta soudain en entendant un léger bruissement derrière elle. Elle n'était pas seule. Une silhouette noire était apparue et s'approchait d'elle.

« Damon. »

Évidemment, c'était lui, songea Elena en souriant. Si quelqu'un devait surgir de nulle part auprès d'elle dans un décor de fin du monde – ou du moins parmi les restes d'une fête mémorable –, c'était bien Damon. Bon sang, comme il était beau ! Tant de noirceur… Ses doux cheveux noirs, ses yeux noirs comme la nuit, son jean noir, sa veste en cuir noir.

Lorsque leurs regards se croisèrent, elle fut si heureuse de le revoir qu'elle en eut presque le souffle coupé. Elle se jeta dans ses bras et, en se pendant à son cou, elle sentit contre elle les muscles à la fois durs et souples de ses bras et de son torse.

— Damon, murmura-t-elle.

Pour une raison qui lui échappait, sa voix tremblait un peu.

Son corps tout entier frémissait. De ses mains puissantes et assurées, Damon lui caressa les bras et les épaules pour la calmer.

— Qu'y a-t-il, princesse ? Ne me dis pas que tu as peur, la taquina-t-il avec un petit sourire en coin.

— Si, j'ai peur.

— De quoi ?

Cette question la dérouta un instant. Tout en posant sa joue contre celle de Damon, elle avoua doucement :

— J'ai peur que ce ne soit qu'un rêve.

— Je vais te dire un secret, princesse, lui glissa-t-il au creux de l'oreille. Toi et moi, nous sommes la seule réalité de ce monde. Le rêve, c'est tout le reste.

— Juste toi et moi ? répéta Elena.

Une idée déplaisante, tapie quelque part, la tourmentait. Comme si elle avait oublié quelque chose… ou quelqu'un. Un flocon de cendre se posa sur sa robe, elle le chassa distraitement.

— Il n'y a que nous deux, Elena, affirma-t-il. Tu es à moi. Je suis à toi. Nous nous aimons depuis la nuit des temps.

Bien sûr. Voilà l'explication. Elle tremblait de joie. Il était à elle. Et elle à lui. Ils étaient faits l'un pour l'autre.

Elle ne murmura qu'un mot :

— Oui.

Puis il l'embrassa.

Les lèvres du vampire étaient soyeuses et, lorsque le baiser s'embrasa, elle renversa la tête pour exposer sa gorge, impatiente de sentir la double piqûre qu'il lui avait si souvent administrée.

Comme la morsure ne venait pas, elle ouvrit les yeux et l'interrogea du regard. La lune était plus brillante que jamais, et le parfum capiteux des roses embaumait l'air. Pourtant, les traits ciselés de Damon, encadrés par sa noire chevelure, étaient livides et les cendres s'accumulaient sur sa veste. Soudain, les éléments qui l'avaient tarabustée jusqu'ici s'additionnèrent, et elle reconstitua enfin le puzzle.

« Oh, non. Oh, non. »

— Damon, hoqueta-t-elle en le dévisageant avec désespoir tandis que ses propres yeux se remplissaient de larmes. Tu ne peux pas être là, Damon. Tu es… mort.

— Depuis plus de cent cinquante ans, princesse.

Il lui adressa son habituel sourire aveuglant. Les cendres tombaient tout autour d'eux comme une pluie fine, les mêmes cendres grises sous lesquelles il était enterré, à des mondes, à des dimensions de là.

— Damon, tu es… mort à présent. Tu n'es plus un vampire, tu as… disparu.

— Non, Elena…

Son image se mit à vaciller et à s'effacer peu à peu, comme une ampoule sur le point de griller.

— Si. Si ! Je te tenais lorsque tu es mort…

Elena sanglotait malgré elle. Elle ne sentait plus du tout les bras de Damon autour d'elle. Il disparaissait dans une lumière chatoyante.

— Écoute-moi, Elena…

Elle n'étreignait plus qu'un rayon de lune. Son cœur se brisa.

— Il te suffit de m'appeler, lui souffla-t-il. Il te suffit de…

Sa voix se fondit dans le murmure lointain du vent dans les arbres.

Elena ouvrit brusquement les yeux, l'esprit confus. Elle se trouvait dans une pièce baignée de soleil, et un énorme corbeau était perché sur le bord de la fenêtre ouverte. L'oiseau pencha la tête, puis croassa en l'observant de ses yeux brillants.

Des sueurs froides dégoulinèrent dans le dos d'Elena.

— Damon ? murmura-t-elle.

Mais le corbeau se contenta de déployer ses ailes et s'envola.

2.

Cher Journal,

JE SUIS CHEZ MOI ! Je n'ose pas y croire, et pourtant…

Je me suis réveillée avec une impression très étrange. Sans savoir où je me trouvais, je suis restée allongée un instant, à respirer l'odeur fraîche d'adoucissant qui imprégnait les draps, tout en me demandant pourquoi cet endroit me semblait si familier.

Il ne s'agissait pas de la demeure de lady Ulma. Là-bas, j'avais dormi dans les satins les plus lisses et les velours les plus doux, bercée par un parfum d'encens. Et je n'étais pas non plus à la pension : Mme Flowers lave son linge avec une mixture à base de plantes qui dégage une odeur particulière – Bonnie affirme que c'est pour attirer la chance et les rêves favorables.

Soudain, tout m'est revenu.

Je suis chez moi. Les Sentinelles ont réussi ! Elles m'ont ramenée chez moi.

Tout a changé et rien n'a changé. C'est la même chambre dans laquelle je dors depuis que je suis bébé, avec ma coiffeuse et mon fauteuil à bascule en merisier. Le petit chien noir et blanc en peluche que Matt a gagné à la fête foraine pendant notre année de première trône sur l'étagère. Mon bureau à cylindre avec ses petits casiers est bien là, tout comme le miroir sculpté ancien et les affiches de Monet et de Klimt rapportées des musées de Washington où tante Judith m'a emmenée. Même mon peigne et ma brosse sont alignés soigneusement côte à côte sur ma commode. Tout est à sa place.

Je me suis levée et j'ai pris un coupe-papier en argent sur mon bureau pour soulever la latte secrète dans mon placard – ma vieille cachette – et j'ai découvert ce journal là où je l'avais laissé des mois et des mois plus tôt. Mes dernières confidences remontent à la veille de la fête des Fondateurs, en novembre, avant que je... meure. Avant que je parte de chez moi pour ne plus revenir. Jusqu'à aujourd'hui.

J'y avais détaillé notre plan pour récupérer mon autre journal, celui que Caroline m'avait volé et qu'elle comptait lire devant tout le monde pendant la commémoration du lycée, sachant que cela gâcherait ma vie pour toujours. Le lendemain, je me suis noyée dans les décombres du pont Wickery et je suis revenue à la vie en tant que vampire. Puis je suis morte une deuxième fois, avant de renaître humaine et de traverser le Royaume des Ombres, où il m'est arrivé mille aventures. Et, pendant tout ce temps, mon ancien jour-

nal est resté à l'endroit même où je l'avais laissé, comme s'il m'attendait.

L'autre Elena, celle que les Sentinelles ont implantée dans la mémoire de tous les habitants, a continué à aller au lycée, à vivre une vie normale. Cette Elena-là n'a rien écrit dans mon journal. Ce qui me rassure, franchement. Ce serait vraiment glauque de pouvoir lire ses confidences à elle, livrées avec ma propre écriture, sans que je me rappelle un seul des événements décrits, non ? Remarque, peut-être que cela m'aurait été utile. Je n'ai aucune idée de ce que les habitants de Fell's Church pensent qu'il s'est passé durant les mois qui ont suivi la fête des Fondateurs.

Toute la ville de Fell's Church a eu droit à un nouveau départ. Les kitsune *l'avaient détruite par pure méchanceté. Ils avaient dressé les enfants contre leurs parents, forcé les gens à se blesser volontairement et à blesser ceux qu'ils aimaient.*

À présent, rien de tout ça n'est arrivé.

Si les Sentinelles ont tenu parole, tous ceux qui sont morts ont recouvré la vie : les pauvres Vickie Bennett et Sue Carson, supprimées par Katherine, Klaus et Tyler Smallwood l'hiver dernier, l'irritable M. Tanner, et tous les innocents que les kitsune *ont tués de leurs mains ou fait assassiner par d'autres. Comme moi. Nous sommes tous de retour. Pour un nouveau départ.*

Et, excepté moi et mes amis les plus proches – Meredith, Bonnie, Matt, mon cher Stefan et Mme Flowers –, personne ne sait que la vie a été loin de suivre son cours normal depuis la fête des Fondateurs.

Nous avons tous droit à une deuxième chance. Nous avons réussi. Nous avons sauvé tout le monde.

Sauf Damon. C'est lui qui nous a sauvés, au final, mais nous, nous avons été incapables de faire de même pour lui. Malgré tous nos efforts, toutes nos suppliques, les Sentinelles ont refusé de le ramener à la vie. Et les vampires ne se réincarnent pas. Ils ne vont pas au Paradis, ni en Enfer, ni nulle part ailleurs. Pour eux, il n'y a pas de vie après la mort. Ils se contentent de... disparaître.

Elena cessa un instant d'écrire et inspira profondément. Malgré les larmes qui lui montaient aux yeux, elle se pencha de nouveau sur le papier. Si elle voulait vraiment tenir un journal, alors elle se devait de raconter toute la vérité, sinon cela ne rimait à rien.

Damon est mort dans mes bras. Ce fut un vrai calvaire de le regarder partir loin de moi... Je ne révélerai jamais à Stefan ce que je ressentais vraiment pour son frère. Ce serait cruel – et puis, à quoi bon, maintenant ?

Je n'arrive toujours pas à croire qu'il soit parti. Personne n'était aussi vivant que Damon, personne n'aimait la vie autant que lui. À présent, il ne saura jamais...

Tout à coup, la porte de sa chambre s'ouvrit à la volée et Elena, la gorge nouée, referma son journal d'un coup sec. Mais l'intruse n'était autre que sa petite sœur, Margaret, vêtue d'un pyjama à fleurs roses, ses cheveux blonds comme les blés dressés sur sa tête. La fillette de cinq ans courut jusqu'au lit et sauta dessus.

Elle atterrit en plein sur sa sœur, qui en eut le souffle coupé. Les joues de Margaret étaient mouillées, ses yeux brillants. Ses petits poings cramponnèrent Elena.

Celle-ci se surprit à la serrer tout aussi fort, émue par sa présence même, par son doux parfum de shampooing pour bébé et de pâte à modeler.

— Tu m'as manqué ! sanglota la fillette. Elena ! Tu m'as tellement manqué !

— Ah bon ?

Malgré ses efforts pour garder un ton léger, sa voix tremblait. Elle venait de comprendre avec stupéfaction qu'elle n'avait pas vu Margaret – vue pour de vrai, s'entend – depuis plus de huit mois. Ce que sa sœur, elle, n'était pas censée savoir.

— Je t'ai manqué tant que ça depuis hier soir ? Au point que tu me sautes au cou ?

Margaret s'écarta un peu d'Elena pour la dévisager de ses grands yeux bleu clair. Elle la gratifia d'un regard pénétrant, le regard de quelqu'un qui n'était pas dupe. Elena en eut des frissons.

Pourtant, Margaret ne dit rien. Elle se contenta de serrer sa grande sœur un peu plus fort, de se blottir contre elle, la tête sur son épaule.

— J'ai fait un cauchemar. J'ai rêvé que tu me quittais. Que tu partais *loin*.

Elle s'attarda sur ce dernier mot comme pour émettre un petit gémissement.

— Oh, Margaret, murmura Elena en étreignant le corps chaud et bien réel de l'enfant, ce n'était qu'un rêve. Je ne m'en vais nulle part.

Sans la lâcher, elle ferma les yeux et pria pour que Margaret ait vraiment fait un cauchemar, pour qu'elle n'ait pas échappé au sort des Sentinelles.

— Allez, petit chou, c'est l'heure de se lever, reprit Elena en lui chatouillant doucement les côtes. Que dirais-tu d'un petit-déjeuner fabuleux ? Et si je te faisais des pancakes ?

Margaret se redressa et leva vers elle ses yeux écarquillés.

— Oncle Robert est en train de préparer des gaufres. Comme tous les dimanches matin. T'as oublié ?

Oncle Robert. Évidemment. Tante Judith et lui s'étaient mariés après la mort d'Elena.

— Mais non, répondit-elle d'un ton léger. Pendant une seconde, j'ai cru qu'on était samedi.

En tendant l'oreille, elle perçut effectivement des bruits venus de la cuisine. Et une odeur délicieuse lui frôla les narines.

— Je rêve ou c'est du bacon ?

Margaret hocha la tête avant de lui lancer :

— La première arrivée en bas a gagné !

Elena s'étira dans un éclat de rire.

— Laisse-moi une minute, le temps que j'émerge. Je te rejoins tout de suite.

« Je vais pouvoir reparler à tante Judith », exulta soudain Elena.

D'un bond, Margaret quitta le lit. Sur le seuil, elle jeta un coup d'œil en arrière vers sa sœur.

— Tu vas vraiment descendre, pas vrai ? lui demanda-t-elle, un peu hésitante.

— Promis.

La fillette sourit et s'élança dans le couloir.

En la regardant s'éloigner, Elena comprit à quel point cette deuxième résurrection – ou troisième, plutôt – était une chance inouïe. Elle se laissa imprégner par l'essence de sa très chère maison, un endroit où jamais elle n'aurait pensé revivre un jour. Puis elle entendit la petite voix de Margaret qui bavardait gaiement en bas et le baryton de Robert qui lui répondait. Elle avait tellement de chance, malgré tout, d'avoir pu rentrer chez elle. Que pourrait-il y avoir de plus merveilleux ?

Les larmes lui montèrent aussitôt aux yeux. Elle serra les paupières. Quelle question stupide. Que pourrait-il y avoir de plus merveilleux ? Que le corbeau n'ait été autre que Damon, qu'elle ait su qu'il se trouvait là, quelque part, prêt à lui adresser son sourire langoureux ou même à l'asticoter. Voilà qui serait plus merveilleux encore.

Elena rouvrit les yeux et cilla plusieurs fois en essayant de ravaler ses larmes. Elle ne pouvait pas craquer. Pas maintenant. Pas alors qu'elle était sur le point de revoir sa famille. À présent, elle allait sourire, rire et étreindre ses proches. Ensuite, elle pourrait s'effondrer, s'abandonner à la douleur lancinante qui lui transperçait le cœur et se laisser aller aux sanglots. Après tout, elle avait tout le temps du monde pour le pleurer puisque sa perte ne cesserait jamais, jamais de la faire souffrir.

3.

En cette belle matinée, le soleil brillait sur la longue allée sinueuse qui desservait le garage derrière la pension. Des petits moutons blancs parsemaient le ciel bleu clair. C'était une vision si paisible qu'il était presque impossible de croire qu'il s'était déroulé là des horreurs sans nom.

« Quand j'ai quitté les lieux, songea Stefan en chaussant ses lunettes, ce n'était plus qu'un champ de ruines. »

Pendant la période où les *kitsune* avaient tenu Fell's Church sous leur emprise, la ville ressemblait à une zone de guerre. Les enfants s'en prenaient à leurs parents, les adolescentes se mutilaient, les habitations étaient à moitié détruites... Le sang coulait dans les rues... Tout n'était plus que douleur et souffrance.

Derrière lui, la porte s'ouvrit. Stefan se tourna pour voir Mme Flowers sortir de la maison. La vieille dame portait une longue robe noire et un chapeau de paille orné de fleurs en plastique qui lui protégeait les yeux de la clarté du jour. Si elle semblait fatiguée et lasse, son sourire n'avait rien perdu de sa bonté.

— Stefan, ce matin le monde est tel qu'il n'aurait jamais dû cesser d'être.

Elle s'approcha de lui et leva la tête, son regard bleu pénétrant animé par une lueur de compassion. Elle allait lui demander quelque chose, mais se reprit au dernier moment :

— Meredith a appelé, et Matt aussi. Il semblerait que, contre toute attente, tout le monde s'en soit sorti sain et sauf.

Après une seconde d'hésitation, elle lui serra le bras et ajouta :

— Enfin, presque tout le monde.

Un nœud douloureux se forma dans la poitrine de Stefan. Il ne voulait pas parler de Damon. Il en était incapable, pour l'instant. Il changea donc de sujet.

— Nous vous devons une fière chandelle, madame Flowers, déclara-t-il en choisissant ses mots avec soin. Nous n'aurions jamais pu vaincre les *kitsune* sans vous… Pendant longtemps, c'est vous et vous seule qui les avez tenus à distance pour protéger la ville. Nous ne l'oublierons jamais.

Le sourire de la vieille dame s'accentua et une fossette étonnante creusa un instant l'une de ses joues.

— Merci, mon petit Stefan, répondit-elle d'un ton tout aussi solennel. Je n'aurais pu rêver meilleurs compagnons que vous et les autres pour combattre à mes côtés.

Elle soupira en lui tapotant l'épaule et poursuivit :

— L'âge me rattrape sans doute enfin. Je compte bien passer toute la journée ou presque dans le jardin, à somnoler dans un fauteuil. Lutter contre le mal m'épuise plus que jadis.

Stefan lui offrit son bras pour l'aider à descendre les marches de la véranda et elle lui sourit de nouveau.

— Dites à ma petite Elena que je lui préparerai les biscuits qu'elle aime tant le jour où elle sera prête à quitter sa famille pour venir me voir, déclara-t-elle avant de se tourner vers sa roseraie.

« Elena et sa famille. » Stefan imagina l'amour de sa vie, ses cheveux blonds soyeux cascadant sur ses épaules, la petite Margaret sur les genoux. Elena avait à présent l'occasion de reprendre une vie humaine normale, ce qui n'avait pas de prix.

La première mort d'Elena était la faute de Stefan – cette certitude lui rongeait les entrailles. C'était à cause de lui que Katherine était venue à Fell's Church, et Katherine avait provoqué la mort de la jeune fille. Cette fois-ci, il veillerait à ce qu'Elena soit toujours protégée.

Après avoir jeté un dernier regard vers Mme Flowers et son jardin, il redressa la tête et pénétra dans les bois. Des oiseaux chantaient à l'orée ensoleillée de la forêt, mais Stefan comptait s'y aventurer bien plus profondément, là où les vieux chênes poussaient et où les sous-bois étaient denses. Où personne ne le verrait, où il pourrait chasser en paix.

Au bout de quelques kilomètres, il s'arrêta dans une petite clairière et ôta ses lunettes, l'oreille aux aguets. Il entendit une créature frétiller sous un buisson, tout près. Il se concentra et projeta ses sens alentour.

C'était un lapin, au cœur palpitant, qui cherchait son propre petit-déjeuner.

Stefan s'employa à capter son esprit. « Viens à moi », pensa-t-il avec autant de douceur que de persuasion. Il sentit le rongeur se crisper un instant, puis l'animal bondit hors du buisson, l'œil vitreux.

Il s'approcha docilement et, au prix d'une ultime manœuvre mentale, Stefan le persuada de s'arrêter à ses pieds. Il le ramassa et le retourna pour atteindre sa gorge tendre, où son pouls battait le plus fort. Tout en s'excusant en pensées auprès de l'animal, Stefan céda à sa faim et permit à ses canines d'accomplir leur office. Il déchiqueta l'artère du lapin et but son sang lentement en essayant de ne pas grimacer de dégoût.

Pendant le règne de terreur des *kitsune*, Elena, Bonnie, Meredith et Matt avaient insisté pour qu'il se nourrisse de leur sang. Seul le sang humain, ils le savaient, lui redonnait toutes ses forces – ce qui n'était pas du luxe face à leurs ennemis. Leurs fluides lui avaient presque semblé surnaturels : celui de Meredith fort et brûlant, celui de Matt pur et sain, celui de Bonnie aussi sucré qu'une crème dessert, celui d'Elena entêtant et revigorant. Malgré le goût infect du lapin qui lui imprégnait la bouche, ses canines le chatouillèrent lorsqu'il y repensa.

Dorénavant, il ne boirait plus de sang humain, décida-t-il. Il ne pouvait plus continuer à franchir la limite, même sur des victimes consentantes. Pas tant que la sécurité de ses amis était en jeu. Passer du sang humain ou sang animal serait pénible. Il se souvenait de l'époque où il avait changé de régime pour la première fois – canines douloureuses, nausées, irritabilité, impression de mourir de faim même l'estomac plein. Il n'avait pourtant pas le choix.

Lorsque le pouls du lapin s'arrêta pour de bon, Stefan s'en détacha. Il tint le corps inerte un instant dans ses mains, puis le posa au sol et le couvrit de feuilles. « Merci, petit être », songea-t-il. Il avait toujours faim, mais il avait déjà pris une vie, ce matin.

Damon aurait ri de lui. Stefan l'entendait presque. « Le noble Stefan, le raillerait-il, les yeux plissés, à la fois méprisant et attendri. À force de te battre avec ta conscience, tu te prives de ce que notre condition de vampire offre de meilleur, pauvre sot ! »

Comme s'il l'avait invoqué par ses pensées, un corbeau croassa dans le ciel. Pendant une fraction de seconde, Stefan crut vraiment que l'oiseau allait se poser au sol et prendre l'apparence de son frère. Voyant que cela n'arrivait pas, Stefan émit un petit rire devant sa propre stupidité et fut étonné qu'il sonne davantage comme un sanglot.

Damon ne reviendrait jamais. Son frère était parti. Après des siècles d'amertume, ils avaient tout juste commencé à se rapprocher pour combattre les créatures malfaisantes qui semblaient toujours attirées par Fell's Church. Et pour veiller sur Elena. Ensuite Damon était mort, et Stefan était maintenant seul pour protéger Elena et ses amis.

Une sensation proche de la peur le saisit soudain. Il pouvait arriver tant de choses ! Les humains étaient si vulnérables, et Elena n'avait plus de pouvoirs surnaturels… Elle était aussi sans défense que les autres.

Cette idée le fit chanceler. Aussitôt, il se mit à courir droit vers la maison d'Elena, de l'autre côté de la forêt. Elle était sous sa seule responsabilité, à présent. Et il s'engageait à ce qu'elle ne souffre plus jamais.

Le palier du premier était presque tel qu'Elena se le rappelait : un parquet sombre et ciré orné d'un tapis oriental, quelques tables basses portant des bibelots et des photographies dans des cadres argentés, un canapé près de la baie vitrée qui dominait l'allée donnant sur la rue.

Cependant, alors qu'elle descendait l'escalier, Elena marqua une pause. Un détail inhabituel avait attiré son attention. Parmi les photos posées sur l'une des petites tables, elle repéra un cliché de Meredith, Bonnie et elle. Joue contre joue, radieuses dans leurs robes et chapeaux de cérémonie, elles brandissaient fièrement leur diplôme. Elena remonta chercher le cadre pour l'étudier de plus près. Elle avait eu son bac !

Comme il était étrange de voir l'Autre, comme elle ne pouvait s'empêcher de l'appeler, avec ses cheveux blonds tirés dans un chignon banane impeccable, sa peau crémeuse colorée par l'émotion, souriant au côté de ses meilleures amies, sans s'en souvenir une seule seconde. Et elle semblait si insouciante, cette Elena-là, si joyeuse et optimiste ! Elle ignorait tout des horreurs du Royaume des Ombres ou du chaos qu'avaient semé les *kitsune*. Cette Elena-là était *heureuse.*

En jetant un coup d'œil aux cadres suivants, elle en découvrit deux ou trois qu'elle n'avait encore jamais vus. Visiblement, l'Autre avait été élue reine du bal d'hiver, au lieu de Caroline. Cependant, sur cette photo, la reine Elena rayonnait dans sa toilette en soie parme, entourée par sa cour : Bonnie, adorable dans un nuage de taffetas bleu brillant ; Meredith, sophistiquée en noir ; Caroline, reconnaissable à sa chevelure auburn, l'air consterné, vêtue d'une robe argentée moulante ne laissant que peu de place à l'imagination ; et Sue Carson, toute belle en rose pâle, souriant droit vers l'appareil, plus vivante que jamais. Elena dut une nouvelle fois retenir ses larmes. Ils l'avaient sauvée. Elena, Meredith, Bonnie, Matt et Stefan avaient sauvé Sue Carson.

Puis son regard se posa sur un dernier cliché, celui de tante Judith dans une longue robe de mariée en dentelle. Robert posait fièrement à son côté en queue-de-pie. Près d'eux, arborant une toilette émeraude, se trouvait l'autre Elena – la demoiselle d'honneur, à n'en pas douter –, un bouquet de roses à la main. À côté d'elle, la petite Margaret se cramponnait à la robe d'Elena, si timide que ses cheveux blonds brillants lui tombaient devant les yeux tant elle baissait la tête. Elle portait une robe blanche plissée ornée d'une large ceinture verte et tenait de l'autre main un panier plein de roses.

Elena reposa cette photo d'un geste tremblant. Visiblement, tout le monde s'était bien amusé. Quel dommage qu'elle n'y ait pas assisté pour de vrai !

En bas, un verre tinta contre la table et le rire de tante Judith résonna. Elena essaya d'oublier momentanément le malaise que lui inspirait ce nouveau passé dont elle avait tout à apprendre et se précipita en bas de l'escalier, vers son avenir.

Dans la salle à manger, tante Judith, une cruche bleue à la main, servait du jus d'orange pendant que Robert versait de la pâte dans le gaufrier. Agenouillée par terre derrière sa chaise, Margaret racontait une conversation passionnée entre son lapin en peluche et un tigre en plastique.

Le cœur d'Elena se gonfla de bonheur. Elle attrapa sa tante par les épaules, la fit pivoter vers elle et la serra très fort dans ses bras. Un jet de jus d'orange aspergea généreusement le sol.

— Elena ! la gronda sa tante en riant à moitié. Qu'est-ce qui t'arrive ?

— Rien ! Je t'aime, c'est tout, répondit-elle en la serrant plus fort. Sincèrement.

— Oh… fit Judith, et son regard s'adoucit. Elena, je t'aime aussi.

— Quelle journée magnifique ! ajouta Elena, qui s'éloigna dans une pirouette. Quel bonheur d'être en vie…

Elle déposa un baiser sur la chevelure blonde de Margaret pendant que tante Judith attrapait l'essuie-tout.

Robert s'éclaircit la gorge :

— Est-ce que nous devons en déduire que tu nous as pardonné de t'avoir consignée à la maison le week-end dernier ?

« Oh… » Elena chercha une réponse adéquate mais, après avoir vécu seule pendant des mois, l'idée même que tante Judith et Robert puissent la punir lui semblait ridicule. Cependant, elle prit une mine contrite de circonstance et se lança :

— Je suis vraiment désolée. Cela n'arrivera plus.

« Quelle que soit la bêtise que j'aie faite… »

Les épaules de Robert se relâchèrent.

— Dans ce cas, n'en parlons plus, soupira-t-il, visiblement soulagé.

Il glissa une gaufre toute chaude dans son assiette et lui tendit le sirop d'érable.

— Qu'as-tu prévu de beau aujourd'hui ? lui demanda-t-il.

— Stefan passe me prendre après le petit-déjeuner.

Elle guetta la réaction de sa tante. La dernière fois qu'elle lui avait parlé, après la commémoration désastreuse au lycée, Robert et elle s'étaient franchement opposés à ce qu'elle fréquente Stefan. Comme la plupart des habitants de la ville, ils le soupçonnaient d'avoir assassiné M. Tanner.

Visiblement, dans ce monde-ci ils n'avaient rien à lui reprocher car Robert se contenta de hocher la tête. De plus, se rappela-t-elle, si les Sentinelles avaient tenu parole, M. Tanner était en vie, ils n'avaient donc aucune raison de croire que Stefan l'avait tué… Oh, c'était tellement *déroutant* !

Elle poursuivit :

— On va se balader, peut-être même rejoindre Meredith et les autres…

Elle avait hâte de retrouver sa ville telle qu'elle était naguère, intacte et sûre. De pouvoir passer du temps avec Stefan dans un contexte où, pour une fois, ils ne luttaient pas contre des forces maléfiques et pouvaient être un couple normal.

Tante Judith lui décocha un sourire radieux.

— Je vois, encore une journée tranquille, hein ? Je suis bien contente que tu profites de l'été avant de partir pour l'université, Elena. Tu as travaillé tellement dur cette année !

— Mmm, marmonna Elena en entamant sa gaufre.

Elle espérait que les Sentinelles l'avaient fait entrer à Dalcrest, une petite fac à une demi-heure de route, comme elle l'avait demandé.

— Viens t'asseoir, Maggie, chantonna Robert en beurrant la gaufre de l'enfant.

Celle-ci se hissa sur sa chaise sous le regard attendri de Robert. Elena sourit. Margaret était sans nul doute la petite chérie de son oncle.

Tout à coup, la fillette leva la tête vers sa grande sœur et grogna en tendant brusquement son tigre vers Elena. Elle fit semblant de montrer les crocs et, l'espace d'une seconde, son visage fut transformé en un masque sauvage.

— Il veut te manger avec ses grandes dents, déclara-t-elle d'une voix rauque. Il va t'attraper.

— Margaret ! la gronda tante Judith.

Elena frissonna. Cette grimace lui rappelait les *kitsune* et les filles qu'ils avaient rendues folles. Puis sa sœur lui adressa un grand sourire et colla le tigre contre le bras d'Elena, comme s'il lui faisait un câlin.

La sonnette retentit.

— C'est Stefan, annonça-t-elle en fourrant un dernier bout de gaufre dans sa bouche. À plus tard.

Elle s'essuya les lèvres, vérifia sa coiffure dans le miroir avant d'ouvrir la porte.

Et là, il y avait Stefan, plus beau que jamais. Ses traits romains élégants, ses hautes pommettes, son nez droit classique et sa bouche à l'arrondi sensuel. Les lunettes de soleil tenues négligemment à la main, il la couva d'un regard où brillait l'amour pur. Malgré elle, Elena lui offrit un sourire conquis.

« Oh, Stefan, lui dit-elle par télépathie, je t'aime, je t'aime ! C'est si merveilleux d'être rentrée chez moi ! Damon me manque horriblement... Je ne peux pas m'empêcher de me dire qu'on aurait pu agir différemment pour le sauver – et c'est bien normal, je ne voudrais pas ne plus songer à lui – mais je ne peux pas non plus m'empêcher d'être heureuse. »

Stop ! Elle eut l'impression que quelqu'un venait de piler et que la ceinture de sécurité lui comprimait la poitrine.

Alors qu'Elena lui envoyait ses pensées, portées par une énorme bouffée d'affection et d'amour, elle ne reçut aucune réponse, pas d'émotions équivalentes de la part de Stefan. Comme si un mur invisible se dressait entre eux et empêchait ses messages de l'atteindre.

— Elena ? articula Stefan, dont le sourire faiblissait.

« Oh ! » Elle n'avait pas compris. Elle ne l'avait même pas envisagé.

Lorsque les Sentinelles lui avaient confisqué ses pouvoirs, elles l'avaient privée d'absolument tout. Y compris du lien télépathique qui l'unissait à Stefan. Il avait perduré un peu, pourtant... Elle était certaine de l'avoir entendu et d'avoir communiqué avec lui, même après avoir perdu tout contact avec Bonnie. Maintenant, son don avait complètement disparu.

Elle se pencha vers lui, agrippa sa chemise et l'attira à elle pour l'embrasser fougueusement.

« Oh, Dieu soit loué », se dit-elle en sentant leurs esprits s'entremêler. Contre ses lèvres, celles de Stefan dessinèrent un sourire.

« J'ai cru que je t'avais perdu, songea-t-elle encore, que je ne pourrais plus non plus me fondre en toi comme ça. »

Elle savait que, par ce biais-là, Stefan ne percevait pas ses pensées comme des mots, mais comme des images et des émotions. De lui, elle recevait un déluge d'amour immuable.

Quelqu'un se racla bruyamment la gorge derrière eux. Elena relâcha Stefan à contrecœur et découvrit que tante Judith les observait.

Le vampire se redressa, une lueur inquiète dans le regard. Elena ne put réprimer un sourire amusé. Elle l'aimait d'autant plus que, alors qu'il revenait des Enfers – au sens propre du terme –, il redoutait toujours de contrarier la tante d'Elena. Elle lui posa la main sur le bras en essayant de lui faire comprendre que, dans cette nouvelle réalité, tante Judith acceptait leur relation. D'ailleurs, le sourire et l'accueil chaleureux que cette dernière lui réserva parlèrent pour elle.

— Bonjour, Stefan. Elena, tu seras rentrée à six heures, d'accord ? Robert doit partir pour une réunion, ce soir, alors je me disais que Margaret, toi et moi, nous pourrions sortir entre filles.

Son expression reflétait autant l'espoir que l'appréhension, comme quelqu'un qui frappe à une porte tout en redoutant qu'on la lui claque à la figure. Elena se sentit si coupable que son ventre se noua. « Est-ce que j'ai évité tante Judith, cet été ? »

Elle pouvait s'imaginer que, si elle n'était pas morte, elle aurait sans doute eu envie de prendre ses distances avec cette famille étouffante qui voulait la retenir à la maison, la garder en sécurité. Cependant, l'Elena actuelle n'était pas si bête – elle savait à quel point elle avait de la chance que tante Judith et Robert soient là. Et elle avait beaucoup de temps à rattraper.

— Quelle idée géniale ! s'enthousiasma-t-elle. Est-ce que je peux inviter Bonnie et Meredith ? Je suis sûre qu'elles aussi adoreraient passer une soirée entre filles.

Et elle serait soulagée de ne pas être la seule à tout ignorer de ce qui était arrivé ces derniers mois dans ce nouveau Fell's Church.

— Volontiers, répondit tante Judith, qui paraissait soudain plus heureuse et plus détendue. Amusez-vous bien, les jeunes.

Au moment où Elena franchissait la porte, Margaret surgit de la cuisine.

— Elena ! lança-t-elle en agrippant sa sœur par la taille.

Elena se baissa pour déposer un baiser sur son crâne.

— On se revoit tout à l'heure, petit chou.

Margaret leur fit signe à tous deux de s'agenouiller, puis elle colla ses lèvres à leurs oreilles :

— Cette fois-ci, n'oubliez pas de revenir, murmura-t-elle avant de rentrer.

Pendant une seconde, Elena resta figée dans cette position. Ensuite, Stefan lui pressa la main et l'aida à se relever. Pas besoin de lien télépathique pour comprendre qu'il pensait à la même chose qu'elle.

Dès qu'ils se furent un peu éloignés de la maison, Stefan s'arrêta pour la saisir par les épaules. Ses yeux verts scrutèrent ceux d'Elena et il se pencha pour lui effleurer les lèvres.

— Margaret n'est qu'une petite fille, affirma-t-il. Elle ne veut peut-être pas que sa grande sœur parte, tout simplement. Elle s'inquiète sans doute parce que tu vas t'en aller à l'université.

— Possible, chuchota Elena tandis qu'il la prenait dans ses bras.

Elle inspira son odeur boisée et sentit sa respiration ralentir et le nœud se défaire dans son estomac.

— Si ce n'est pas le cas, ajouta-t-elle lentement, nous trouverons une solution. Comme toujours. Mais, pour l'instant, je veux voir de mes yeux ce que les Sentinelles nous ont offert.

4.

Ce furent les petits changements qui surprirent le plus Elena. Elle avait exigé des Sentinelles que Fell's Church redevienne comme avant. Et elles avaient accédé à sa requête.

La dernière fois qu'elle avait vu sa ville, un quart des maisons, voire plus, avaient été ravagées par des incendies ou des explosions. De certaines il ne restait que des ruines, d'autres n'avaient été que partiellement détruites et des cordons de Rubalise pendouillaient lamentablement devant les portes arrachées. Autour et au-dessus des bâtiments saccagés, des arbres et des buissons étranges avaient poussé dans toutes les directions ; des lianes drapaient les vestiges de la ville et donnaient aux rues de la bourgade des airs de jungle antédiluvienne.

À présent, à quelques détails près, Fell's Church était redevenu tel qu'Elena s'en souvenait : une ville du Sud parfaite, véritable paysage de carte postale avec ses maisons aux larges vérandas entourées de jardins fleuris impeccables et de grands arbres séculaires. Le ciel ensoleillé et l'air doux promettaient une journée chaude et humide typique d'un été en Virginie.

Le ronronnement étouffé d'une tondeuse à gazon leur parvenait du pâté de maisons suivant et le parfum de l'herbe coupée embaumait l'atmosphère. Les enfants de la famille Kinkade, qui vivait dans le pavillon au coin de la rue, avaient sorti leur filet de badminton et se renvoyaient le volant ; la plus jeune salua Elena et Stefan d'un signe de la main. Elena avait l'impression de vivre une de ces longues journées de juillet, telles qu'elle les avait toujours connues jusqu'à cette année-ci.

Elle n'avait pourtant pas demandé à retrouver sa vie d'avant. Ses paroles exactes avaient été : *Je veux une nouvelle vie et laisser l'ancienne derrière moi.* Elle souhaitait voir Fell's Church tel qu'il aurait dû être si les forces du mal ne s'étaient jamais déchaînées sur la ville au début de l'année scolaire.

Elena ne s'était pas imaginé que tous les changements mineurs la dérouteraient autant. La petite maison coloniale au milieu de la rue avait été repeinte d'une teinte rosée surprenante, et le vieux chêne à l'avant avait été abattu et remplacé par un buisson fleuri.

— Oh… fit Elena en se tournant vers Stefan lorsqu'ils passèrent devant la clôture. Mme McCloskey a dû mourir, ou alors elle est partie en maison de retraite. Elle n'aurait jamais permis qu'on repeigne sa maison de cette couleur, expliqua-t-elle en voyant l'expression perplexe de Stefan. D'autres personnes ont dû emménager là.

Elle frissonna.

— Qu'est-ce qu'il y a ? s'inquiéta Stefan, plus sensible que jamais à ses variations d'humeur.

— Rien. C'est juste que…

Elle essaya vainement de sourire en glissant une mèche soyeuse derrière son oreille.

— … elle me donnait des cookies, quand j'étais petite. C'est bizarre de se dire qu'elle a pu mourir de cause naturelle pendant notre absence.

Stefan acquiesça. Ils marchèrent côte à côte, en silence, jusqu'au centre-ville. Elena allait lui faire remarquer que son café favori avait été remplacé par une épicerie lorsqu'elle agrippa soudain le bras du vampire.

— Stefan, regarde !

Isobel Saitou et Jim Bryce se dirigeaient vers eux.

— Isobel ! Jim ! cria-t-elle gaiement en courant à leur rencontre.

Isobel se crispa lorsqu'elle la prit dans ses bras et Jim la dévisagea avec stupeur.

— Euh… salut ? hasarda Isobel.

Elena recula aussitôt. « Oups. » Dans cette vie-ci, connaissait-elle seulement Isobel ? Elles étaient dans le même lycée et Jim était un peu sorti avec Meredith avant de se mettre avec Isobel, mais Elena ne les fréquentait pas du tout. Il était même possible qu'elle n'ait jamais parlé à Isobel Saitou, si discrète, si studieuse avant l'arrivée des *kitsune* en ville.

Elena réfléchit à cent à l'heure pour trouver un moyen de se sortir de cette situation sans passer pour une folle. Cependant, des bouffées de bonheur ne cessaient de lui gonfler la poitrine et l'empêchaient de prendre le problème trop au sérieux. Isobel allait bien ! Elle qui avait tant souffert aux mains des *kitsune* : elle s'était infligé des piercings horribles et s'était tranché la langue si profondément que, même après avoir été libérée de l'emprise des jumeaux *kitsune*, elle parlait avec un léger zézaiement. Pire, depuis le début, la déesse des *kitsune* avait élu domicile chez elle en prétendant être sa grand-mère.

Et le pauvre Jim… Infecté par Caroline, il s'était mutilé les mains et avait mangé sa propre chair. Et pourtant il se tenait là, aussi beau et détendu – quoique un peu étonné – que jamais.

Stefan était hilare et Elena ne pouvait s'arrêter de glousser.

— Désolée, dit-elle, je suis… ravie de revoir des visages familiers du lycée Robert E. Lee. Les cours doivent me manquer ! Qui l'aurait cru ?

C'était une excuse pitoyable, mais Isobel et Jim sourirent de bon cœur. Jim s'éclaircit la gorge, un peu gêné, avant de répondre :

— C'était une sacrée année, pas vrai ?

Elena pouffa de nouveau. C'était plus fort qu'elle. *Une sacrée année !* C'était le moins qu'on puisse dire !

Ils bavardèrent quelques minutes, puis Elena demanda d'un ton léger :

— Et comment va ta grand-mère, Isobel ?

— Ma grand-mère ? répéta cette dernière sans comprendre. Tu dois confondre avec quelqu'un d'autre.

Mes deux grands-mères sont mortes depuis des années.

— Oups, excuse-moi.

Elena les salua et parvint à se contenir jusqu'à ce que le couple ne soit plus à portée de voix. Après quoi, elle saisit Stefan par les bras, l'attira contre elle et lui colla un baiser retentissant sur les lèvres. Elle sentit des courants de ravissement et de triomphe aller et venir entre eux.

— On a réussi ! s'écria-t-elle ensuite. Ils vont bien ! Et pas seulement eux…

La mine plus solennelle, elle sonda ses yeux verts, si sérieux, si bons…

— Nous avons accompli une grande chose. C'est merveilleux, pas vrai ?

— En effet, convint-il, ce qui n'empêcha pas Elena de remarquer une note dure dans sa voix.

Ils avancèrent main dans la main et, sans avoir besoin de se consulter, ils se dirigèrent d'un même pas vers la sortie de la ville, traversèrent le pont Wickery et gravirent la colline. Ils contournèrent l'église en ruine où Katherine s'était dissimulée et descendirent dans le petit vallon qui abritait la partie la plus récente du cimetière.

Elena et Stefan s'assirent sur la pelouse manucurée bordant l'énorme pierre tombale de marbre sur laquelle étaient gravés ces mots : *Famille Gilbert*.

— Bonjour maman, bonjour papa, chuchota Elena. Je suis désolée de ne pas être venue depuis si longtemps…

Au cours de son ancienne vie, elle s'était souvent rendue sur les tombes de ses parents, juste pour leur parler. Elle avait toujours eu l'impression qu'ils pouvaient l'entendre, ici, qu'ils veillaient sur elle depuis la dimension où ils avaient atterri – quelle qu'elle soit. C'était un soulagement de pouvoir leur confier ses problèmes et, avant que sa vie devienne si compliquée, elle leur racontait tout.

Elle tendit la main pour frôler les dates et les prénoms gravés sur la pierre tombale. Elena baissa la tête.

— C'est ma faute s'ils sont morts. Si ! insista-t-elle, les yeux brûlants, lorsque Stefan voulut la contredire. Les Sentinelles me l'ont dit.

Il soupira, puis lui embrassa le front.

— Les Sentinelles cherchaient à te tuer, toi. Pour que tu deviennes une des leurs. Et, à la place, ils ont tué tes parents par erreur. Ce n'est pas plus ta faute que si elles t'avaient tiré dessus et avaient raté leur coup.

— J'ai distrait mon père au moment critique, c'est moi qui ai provoqué l'accident, renchérit-elle.

— C'est ce que prétendent les Sentinelles. Elles s'arrangent toujours pour se mettre hors de cause. Elles n'aiment pas admettre leurs erreurs. Le fait est pourtant que cet accident n'aurait jamais eu lieu sans leur intervention.

Elena baissa les yeux pour dissimuler ses larmes naissantes. Stefan n'avait pas tort, pourtant elle ne pouvait faire taire le chœur de *c'estmafaute-c'estmafaute-c'estmafaute* qui claironnait en boucle dans sa tête.

Quelques pieds de violettes sauvages poussaient sur sa gauche. Elle les cueillit, ainsi que des boutons-d'or. Stefan l'imita et lui tendit un brin de clochettes jaunes pour parfaire son petit bouquet de fleurs des champs.

— Damon n'avait jamais fait confiance aux Sentinelles, ajouta-t-il à voix basse. Ce qui n'est pas étonnant : elles méprisent profondément les vampires. Au-delà de ça…

Il tendit le bras vers une haute tige de carotte sauvage qui poussait près d'une autre tombe et en cueillit l'ombelle.

— … Damon avait un don presque infaillible pour détecter les mensonges – ceux que les gens utilisent pour se voiler la face tout comme ceux qu'ils servent aux autres. Lorsque nous étions enfants, nous avions un tuteur – un prêtre, rien de moins – que j'appréciais et qui avait toute la confiance de mon père… mais que Damon méprisait. Lorsque cet homme s'est enfui avec une fille de la région en emportant l'or de mon père, Damon était le seul à ne pas être sidéré, expliqua Stefan dans un sourire. Il nous avait dit que le regard du prêtre le trahissait. Et qu'il parlait d'un ton trop mielleux. Mon père et moi, nous ne l'avions jamais remarqué. Damon si, conclut-il avec un haussement d'épaules.

Un petit sourire tremblant se glissa sur les lèvres d'Elena.

— Oui, il savait toujours lorsque je n'étais pas tout à fait franche avec lui.

Un souvenir resurgit soudain : les yeux noirs abyssaux de Damon plongés dans les siens, ses pupilles dilatées comme celles d'un chat, sa tête un peu penchée tandis que leurs lèvres se frôlaient. Elle se détourna des prunelles vertes et chaleureuses de Stefan, si différentes de celles de son frère, et noua la tige épaisse de la carotte sauvage autour des autres fleurs.

Une fois le bouquet bien ficelé, elle le déposa sur la tombe de ses parents.

— Il me manque, murmura Stefan. À une époque, j'aurais sans doute… sans doute été soulagé par sa mort. Mais je suis vraiment content qu'on se soit retrouvés – qu'on soit redevenus des frères – avant sa mort.

D'un geste plein de douceur, il releva le menton d'Elena pour que leurs regards se croisent de nouveau.

— Je sais que tu l'aimais, Elena. C'est bon. Inutile de faire semblant.

Elena poussa un petit cri de douleur.

Il y avait comme un trou noir en elle. Elle pouvait toujours rire et sourire et s'émerveiller devant la ville restaurée ; elle pouvait toujours aimer sa famille. Malgré tout, une douleur sourde demeurait en elle, une horrible impression de perte.

Elena libéra enfin ses larmes et se jeta dans les bras de Stefan.

— Oh, mon amour… chuchota-t-il d'une voix brisée, et ils pleurèrent ensemble, dans la chaleur réconfortante des bras de l'autre.

La fine pluie de cendres poisseuses avait duré longtemps. Lorsqu'elle cessa enfin, la plus petite lune des Enfers en était recouverte – sa surface blanche avait viré au noir. Çà et là, un fluide opalin se recueillait dans les anfractuosités et lui donnait la même irisation qu'une nappe de pétrole.

Rien ne bougeait. À présent que l'Arbre Supérieur avait été désintégré, plus rien ne vivait à cet endroit.

Très loin sous la surface de la lune ravagée, un corps avait été enseveli. Son sang empoisonné avait cessé de couler et il gisait immobile, sans plus rien ressentir, plus rien voir. Cependant, les gouttelettes de fluide qui saturaient sa peau le nourrirent peu à peu et un frisson de vie magique finit par battre doucement en lui.

De temps en temps, une lueur de conscience s'allumait dans son esprit. Il avait oublié qui il était et comment il était mort. Mais il entendait une voix, au plus profond de lui, une voix douce et légère qu'il connaissait bien et qui lui disait : *Ferme les yeux, maintenant. Laisse-toi aller. Laisse… toi… aller.* C'était réconfortant et il tint un instant de plus, juste pour l'entendre. Il ne se rappelait plus à qui appartenait cette voix, même si sa tessiture lui évoquait la lumière du soleil, l'or et le lapis-lazuli.

Laisse-toi aller. Il dérivait au loin. Son ultime lueur de conscience faiblissait, et ce n'était pas grave. Où qu'il se trouve, il était au chaud, il était bien, et il était prêt à se laisser aller, vraiment. La voix le conduirait jusqu'à… jusqu'à l'endroit qu'il était censé rejoindre, quel qu'il soit.

Alors que la lueur allait s'éteindre pour de bon, une autre voix – plus sèche, plus autoritaire, la voix de quelqu'un qui avait l'habitude qu'on lui obéisse – lui parla de l'intérieur :

Elle a besoin de toi. Elle est en danger.

Non. Il ne pouvait pas se laisser aller. Pas encore. Cette voix tirait douloureusement sur son esprit et le maintenait en vie.

Dans un électrochoc, son monde bascula. Comme s'il avait été arraché de cet endroit chaud et douillet, il se retrouva soudain frigorifié. Tout lui était douleur.

Là, au plus profond des cendres, ses doigts remuèrent.

5.

— Tu dois être contente qu'Alaric revienne demain ! lança Matt. J'ai cru comprendre qu'il ramenait Celia, sa copine chercheuse, non ?

Meredith lui asséna un coup de pied dans le torse.

— Ouf !

Matt recula d'un pas chancelant, le souffle coupé malgré le plastron qu'il portait. Meredith enchaîna avec un coup de pied circulaire dirigé vers les côtes de son adversaire, qui tomba à genoux et réussit de justesse à lever les mains pour parer un direct lancé droit vers sa figure.

— Aïe ! Meredith, temps mort, d'accord ?

La chasseuse de vampires retomba dans une pose gracieuse : la garde du tigre. Une jambe tendue vers l'arrière supportait tout son poids tandis que l'autre reposait à peine sur ses doigts de pied. Elle avait le visage serein, les yeux froids et vigilants. Elle semblait prête à bondir sur Matt si ce dernier osait un mouvement subit.

Lorsqu'il était arrivé pour s'entraîner avec Meredith – qui ne voulait pas perdre la main –, Matt s'était demandé pourquoi elle lui tendait un casque, un protège-dents, des gants, des protège-tibias et un plastron alors qu'elle-même ne portait qu'un ensemble d'aérobic noir et moulant.

À présent, il avait sa réponse. Il n'avait pas même eu le temps d'esquisser un geste vers elle qu'elle l'avait déjà rué de coups sans merci. Matt glissa une main sous son plastron pour se masser d'un air désabusé. Il espérait qu'elle ne lui avait pas fêlé une côte.

— On y retourne ? lança Meredith, les sourcils arqués comme pour le mettre au défi.

— Pitié, non, Meredith, soupira-t-il en levant les mains en l'air. Si on faisait plutôt une pause ? J'ai l'impression de faire le punching-ball depuis des heures.

Meredith alla prendre une bouteille d'eau dans le petit frigo niché au fond de la salle secrète de ses parents et la lui envoya avant de revenir s'asseoir à côté de lui sur le tatami.

— Désolée. Je crois que je me suis laissé emporter. C'est la première fois que je m'entraîne avec un ami.

Tout en balayant l'endroit du regard, Matt but à longs traits puis secoua la tête.

— Je n'arrive pas à croire que vous ayez réussi à dissimuler cette pièce si longtemps.

Le sous-sol avait été transformé pour devenir une salle d'entraînement idéale : des shurikens, des poignards de lancer, des épées et des bâtons de combat de toutes sortes étaient accrochés aux murs. Un punching-ball occupait un coin, en face d'un mannequin de frappe. Le sol était couvert de tatamis et l'un des murs disparaissait intégralement derrière un grand miroir. Au milieu du mur d'en face trônait *le* bâton de combat : une arme spéciale pour affronter les créatures surnaturelles que l'on se transmettait de génération en génération dans la famille de Meredith. Elle était aussi létale qu'élégante. La poignée était couverte de pierreries et les extrémités étaient hérissées de pointes en argent, en bois et en frêne blanc, toutes gorgées de poison. Matt la lorgna d'un drôle d'œil.

— Eh bien, disons que la famille Sulez a toujours été douée pour garder des secrets, répondit-elle en détournant les yeux.

Elle se leva et entama un enchaînement de taekwondo : position en appui arrière, blocage des deux poings, fente avant gauche, coup de poing inversé. Dans son justaucorps noir, elle était aussi gracieuse qu'un chat.

Au bout d'un moment, Matt reboucha sa bouteille d'eau, se redressa et se mit à répéter les mouvements de son amie. Double coup de pied de face gauche, blocage intérieur gauche, double coup de poing. Il remarqua qu'il avait un temps de retard sur elle et, même s'il avait l'impression d'être empoté à côté d'elle, il fronça les sourcils et se concentra. Il avait toujours été sportif. Ça aussi, il pouvait le faire.

— En plus, ce n'est pas comme si je venais là avec mon cavalier pour le bal du lycée, ajouta Meredith entre deux enchaînements, un demi-sourire sur les lèvres. Ce n'était pas si compliqué à cacher, ajouta-t-elle en l'observant dans le miroir. Non, tu dois parer en bas avec ta main gauche et en haut avec ta main droite, comme ça.

Elle répéta le mouvement, qu'il reproduisit sans faute.

— Oui, d'accord, souffla-t-il sans trop faire attention à ce qu'il disait tant il était concentré sur les positions. Mais tu aurais pu nous le dire, à nous. Nous sommes tes meilleurs amis.

Il avança son pied gauche et reproduisit le coup de coude arrière de Meredith.

— Au moins après toute cette histoire avec Klaus et Katherine, précisa-t-il. Si tu nous l'avais dit plus tôt, on t'aurait prise pour une folle.

Meredith haussa les épaules et laissa retomber ses bras le long de son corps. Matt l'imita avant de comprendre que ces gestes ne faisaient pas partie de l'enchaînement.

À présent, ils se tenaient côte à côte et s'observaient dans le miroir. Le visage froid et racé de Meredith semblait pâle et elle avait les traits tirés.

— On m'a élevée en partie pour que je garde secret mon héritage de chasseur de vampires. Un secret bien enfoui. Pour moi, il n'était pas envisageable d'en parler à quelqu'un. Même Alaric l'ignore.

Matt se détourna du reflet de son amie pour dévisager, bouche bée, la vraie Meredith. Alaric et elle étaient pour ainsi dire *fiancés* ! Matt n'avait jamais eu de relation aussi sérieuse – la seule fille qu'il avait vraiment aimée, c'était Elena, et cela n'avait pas marché entre eux –, cependant, pour lui, si l'on s'engageait pour de bon avec quelqu'un, on devait tout lui dire.

— Alaric est chercheur en parapsychologie, non ? Tu ne crois pas qu'il comprendrait ?

Les sourcils froncés, elle haussa de nouveau les épaules.

— Si, sans doute, reconnut-elle d'un ton à la fois irrité et résigné, mais je ne veux pas devenir un objet d'études ou de recherches, et je ne veux pas non plus l'effrayer. Enfin… comme vous êtes tous au courant, je vais devoir le lui annoncer.

— Hmm, fit Matt en frottant ses côtes endolories. Est-ce pour cela que tu m'as tabassé avec autant d'agressivité ? Parce que tu appréhendes sa réaction ?

Meredith croisa son regard. Malgré ses traits toujours tendus, une lueur malicieuse illumina ses yeux.

— Tu me trouves agressive ? demanda-t-elle d'une petite voix flûtée tout en reprenant la position du tigre. Tu n'as encore rien vu.

Malgré lui, Matt sentit un sourire naissant lui tirailler les commissures des lèvres.

Elena inspecta le restaurant qu'avait choisi tante Judith, à la fois stupéfaite et horrifiée. Des jeux d'arcade bipaient sans arrêt pour attirer l'attention des clients, à côté d'autres jeux traditionnels ringards comme des Tape-la-Taupe et des chamboule-tout. Des bouquets de ballons de couleurs vives flottaient au-dessus de chaque table, où des serveurs qui chantaient faux venaient déposer pizza sur pizza en massacrant des airs entraînants. Une horde de gamins, une centaine à vue de nez, couraient partout en hurlant et en riant.

Si Stefan l'avait accompagnée jusqu'au restaurant, au premier coup d'œil vers la peinture fluo, il avait décliné son invitation à entrer.

— Oh, je ne voudrais pas m'incruster dans une soirée entre filles, avait-il vaguement prétexté avant de disparaître si vite qu'Elena le soupçonna d'avoir utilisé ses pouvoirs de vampire.

— Traître, avait-elle marmonné tout en ouvrant prudemment la porte rose fuchsia.

Après leur après-midi passé dans le cimetière, elle se sentait plus forte et plus heureuse. Mais elle aurait tout de même apprécié un peu de soutien.

— Bienvenue au Pays du Bonheur ! lui lança d'une voix aiguë une hôtesse à la bonne humeur factice. Une table pour une personne ou bien vous avez rendez-vous ?

Elena se retint de frissonner. Elle ne pouvait imaginer qu'on puisse choisir de venir seul dans un endroit pareil.

— Je suis attendue, répondit-elle poliment en apercevant tante Judith qui lui faisait signe dans un coin.

— Alors voilà ta conception d'une soirée sympa entre filles, tante Judith ? demanda-t-elle en rejoignant la table. Et moi qui imaginais un petit bistro charmant…

Sa tante fit un signe de tête vers l'autre bout de la pièce. En suivant son regard, Elena repéra Margaret, qui assommait joyeusement des taupes en plastique avec un gros maillet.

— On traîne toujours Margaret dans des endroits pour adultes en comptant sur elle pour être sage, expliqua-t-elle. Je me disais que c'était à son tour de s'amuser. J'espère que ça n'embêtera pas Bonnie et Meredith.

— En tout cas, on dirait vraiment qu'elle s'éclate ! reconnut Elena en observant sa petite sœur.

Cette année n'avait été qu'angoisse et stress pour la fillette. À l'automne, Margaret avait été bouleversée par les disputes qui avaient opposé Elena à tante Judith et à Robert, et par les mystérieux événements qui avaient frappé Fell's Church. Puis elle avait été dévastée par la mort de sa grande sœur. Elena l'avait observée plus tard par la fenêtre, en cachette, et l'avait vue pleurer. Elle avait bien trop souffert pour une enfant de cinq ans, même si, heureusement, elle avait tout oublié.

« Je prendrai soin de toi, Margaret, se promit-elle avec détermination, tandis qu'elle contemplait sa sœur qui se défoulait joyeusement. Tu ne ressentiras jamais rien de tel dans ce monde-ci. »

— À propos, est-ce qu'elles vont venir ? reprit sa tante. Tu les as invitées, finalement ?

— Oh, fit Elena, tirée de ses pensées.

Elle prit une poignée de pop-corn dans le panier au milieu de la table.

— Je n'ai pas pu joindre Meredith, mais Bonnie vient. Elle va adorer cet endroit.

— Et comment ! lança une voix dans son dos.

En se tournant, Elena découvrit les boucles rousses et soyeuses de Bonnie.

— Ce que j'adore le plus, c'est la tête que tu fais, Elena ! ajouta la rouquine, une lueur amusée dans ses grands yeux marron.

Les deux amies échangèrent un regard exprimant tous les « On est de retour, on est de retour, elles ont tenu parole et Fell's Church est redevenu comme avant ! » qu'elles ne pouvaient crier devant tante Judith, puis elles tombèrent dans les bras l'une de l'autre.

Elena serra Bonnie très fort et Bonnie appuya un instant son visage sur l'épaule de son amie. Lorsque son corps frêle frémit, Elena comprit qu'elle n'était pas la seule à osciller entre le bonheur et la dévastation. Elles avaient gagné – mais à quel prix !

— En fait, reprit Bonnie d'un ton enjoué en s'écartant d'Elena, j'ai fêté mes neuf ans dans un endroit de ce genre. Tu te souviens du Hokey-Pokey Grill ? C'était l'endroit à la mode, quand on était en primaire.

Malgré ses yeux brillants – de larmes ? –, elle releva le menton d'un air déterminé. Bonnie, comprit Elena avec admiration, était résolue à s'amuser, coûte que coûte.

— Oui, je me souviens de cette fête, répondit Elena sur le même ton léger. Ton gâteau était décoré avec la photo d'un boys band.

— J'étais déjà mûre pour mon âge, expliqua joyeusement la rouquine à tante Judith. J'étais obsédée par les garçons bien avant toutes mes copines.

Tante Judith éclata de rire, puis fit signe à Margaret de les rejoindre à table.

— On ferait mieux de commander avant le début du spectacle, déclara-t-elle.

Les yeux écarquillés, Elena articula silencieusement « Spectacle ? » en regardant Bonnie, qui, un sourire aux lèvres, se contenta de hausser les épaules.

— Vous savez ce que vous voulez, les filles ? demanda tante Judith.

— Ils servent autre chose que des pizzas ? s'enquit Elena.

— Des bâtonnets de poulet frits, lui apprit Margaret en grimpant sur sa chaise. Et des hot dogs.

Elena afficha un sourire radieux devant la chevelure ébouriffée et la mine ravie de sa petite sœur.

— Et toi, qu'est-ce que tu veux, ma puce ?

— Une pizza ! Pizza, pizza, pizza !

— Moi aussi, décida alors Elena.

— C'est ce qu'il y a de meilleur ici, lui confia la petit fille en se tortillant sur sa chaise. Les hot dogs ont un drôle de goût. Elena, dis, tu viendras voir mon spectacle de danse, Elena ?

— C'est quand ?

— Tu sais bien que c'est après-demain, répondit-elle d'un air boudeur.

Elena jeta un rapide coup d'œil à Bonnie.

— Je ne raterais ça pour rien au monde, promit-elle d'un ton affectueux.

Sa sœur hocha la tête fermement et se mit debout sur sa chaise pour atteindre le pop-corn.

Coincées entre tante Judith qui grondait sa nièce et leur serveur qui s'approchait en chantant presque juste, Bonnie et Elena échangèrent un sourire complice.

Des spectacles de danse. Des serveurs qui se prenaient pour des crooners. De la pizza…

Qu'il était bon de vivre dans ce genre de monde, pour une fois !

6.

Le lendemain matin, chaud et ensoleillé, annonçait encore une belle journée estivale. Elena s'étira dans son lit moelleux, enfila un tee-shirt et un short, puis descendit dans la cuisine pour avaler un bol de céréales.

À table, tante Judith tressait les cheveux de Margaret.

— Bonjour, lança Elena en versant du lait dans son bol.

— Bonjour, petite marmotte, répliqua tante Judith pendant que Margaret lui adressait un sourire radieux en agitant la main. Ne bouge pas, Margaret. Nous allons partir au marché, dit-elle à Elena. Qu'est-ce que tu as prévu pour aujourd'hui ?

Elena avala sa cuillerée de céréales avant de répondre :

— Nous allons chercher Alaric et sa collègue à la gare, et nous passerons la journée ensemble.

— Ala-qui ?

Elena réfléchit à cent à l'heure.

— Oh, euh, tu te souviens, il avait remplacé M. Tanner pour les cours d'histoire, l'année dernière, expliqua-t-elle en se demandant si c'était vrai dans ce monde-ci.

Tante Judith fronça les sourcils.

— Il n'est pas un peu vieux pour fréquenter des lycéennes ?

— Nous ne sommes plus au lycée, tante Judith, lui rétorqua-t-elle, les yeux levés au ciel. Et nous ne serons pas seules. Matt et Stefan nous accompagnent.

Vu la réaction de sa tante, Elena comprenait pourquoi Meredith rechignait à parler aux gens de son petit ami. Il était logique d'attendre quelques années, le temps que tout le monde la considère comme une adulte. Puisque personne ici ne savait tout ce que Meredith avait enduré, elle leur apparaissait comme une fille de dix-huit ans ordinaire.

« Si elle trouve Alaric trop vieux, qu'est-ce qu'elle dirait en apprenant que Stefan a cent cinquante ans de plus que moi ! » songea Elena, qui souriait mentalement.

La sonnette retentit.

— C'est sûrement Matt et les autres, annonça-t-elle en se levant pour mettre son bol dans l'évier. À ce soir.

Les yeux écarquillés, Margaret lui lança un appel silencieux. Elena revint un instant sur ses pas pour serrer l'épaule de la petite fille. Craignait-elle toujours qu'elle ne revienne pas ?

Dans l'entrée, elle se recoiffa d'un geste avant d'ouvrir la porte.

Dehors, elle ne découvrit pas Stefan, mais un parfait inconnu. Un inconnu vraiment canon, remarqua-t-elle machinalement, du même âge qu'elle, aux boucles blondes, aux traits ciselés et aux yeux bleus lumineux. Il tenait une rose rouge à la main.

Elena se redressa un peu et, inconsciemment, glissa ses cheveux derrière ses oreilles. Elle avait beau adorer Stefan, il n'était pas interdit de *regarder* d'autres garçons et de leur parler, si ? Elle n'était pas morte, après tout. « Non, je ne suis plus morte. » Cette idée la fit sourire.

Le garçon lui sourit en retour.

— Salut, Elena, lança-t-il gaiement.

— Caleb Smallwood ! l'appela tante Judith en les rejoignant dans l'entrée. Te voilà, je t'attendais !

Elena se crispa aussitôt, mais se força à garder le sourire.

— Tu es de la famille de Tyler ? demanda-t-elle sans détour.

Elle affichait un calme feint tout en le scrutant discrètement pour essayer de trouver… quoi ? Des signes de sa nature de loup-garou ? Elle se rendit compte qu'elle ignorait quels pouvaient être ces signes. Le physique agréable de Tyler avait toujours eu un petit côté animal, avec ses grandes dents et sa large mâchoire. Était-ce une simple coïncidence ?

— Je suis son cousin, répondit Caleb, dont le sourire virait à la grimace étonnée. Je pensais que tu le savais, Elena. Depuis qu'il a… disparu, je vis chez ses parents.

Elena réfléchit à toute vitesse. Tyler s'était enfui après qu'Elena, Stefan et Damon avaient vaincu son allié, Klaus, le vampire maléfique. Et il avait abandonné sa petite amie – qui lui servait aussi d'otage – alors qu'elle était enceinte. Elena n'avait pas évoqué le destin de Tyler et de Caroline avec les Sentinelles, alors elle n'avait aucune idée de ce qui lui était arrivé dans cette réalité-là. Est-ce que Tyler était tout de même un loup-garou ? Est-ce que Caroline était toujours enceinte ? Si oui, ses jumeaux seraient-ils des loups-garous ou bien des humains ?

— Eh bien, ne laisse pas Caleb dehors. Fais-le entrer, lui ordonna tante Judith, toujours derrière elle.

Elena s'écarta et le visiteur se faufila à l'intérieur.

Elle tenta de déployer son esprit pour sonder l'aura de Caleb et savoir s'il était dangereux. Une fois encore, elle se heurta à un mur de brique. Il lui faudrait du temps pour s'habituer à n'être qu'une jeune fille ordinaire. Elle se sentit soudain horriblement vulnérable.

Caleb se dandinait sur place, visiblement mal à l'aise. Elle se reprit aussitôt.

— Tu es là depuis quand ? demanda-t-elle avant de se mettre une claque mentale.

Elle venait de nouveau de le traiter comme un inconnu, alors qu'elle était visiblement censée le connaître.

— Ben, depuis le début des vacances, répondit-il lentement. Tu t'es cogné la tête, ce week-end, Elena ?

Il lui adressa un sourire moqueur.

Les sourcils en accent circonflexe, elle repensa à ce qui lui était véritablement arrivé au cours du week-end.

— Si on veut, oui.

— Tiens, ça doit être pour toi, déclara-t-il en lui tendant la rose.

— Merci, dit-elle, un peu perplexe.

Elle se piqua à une épine et mit son doigt dans sa bouche pour lécher le sang.

— Ce n'est pas moi qu'il faut remercier, rétorqua-t-il. La fleur était sur les marches du perron quand je suis arrivé. Tu dois avoir un admirateur secret.

Elena en resta bouche bée. Des tas de garçons l'avaient courtisée pendant ses années de lycée et, neuf mois plus tôt, elle aurait sans doute deviné qui avait déposé cette rose à son attention. Mais, à présent, elle n'en avait pas la moindre idée.

La vieille Ford de Matt se gara devant la maison et un coup de klaxon retentit.

— Je dois filer, tante Judith. Ils sont là. À plus tard, Caleb.

Sa gorge se noua lorsqu'elle s'approcha de la voiture de Matt. Ce n'était pas seulement dû à cette rencontre étrange avec Caleb, comprit-elle en faisant tourner la tige de la rose entre ses doigts. C'était à cause de la voiture elle-même.

Elle était au volant de cette même Ford lorsqu'elle était tombée du pont Wickery, l'hiver dernier, poussée par les forces obscures qui la pourchassaient. Elle était morte dans cette voiture. Les vitres avaient explosé quand le véhicule avait percuté la rivière, et l'eau glaciale s'était engouffrée à l'intérieur. Le volant griffé et le capot cabossé plongé dans l'eau, voilà les dernières choses qu'elle avait vues de sa vie.

Et pourtant, c'était bien la même voiture – ressuscitée, comme elle. Elle chassa de son esprit le souvenir de sa mort et salua Bonnie, dont elle voyait le visage impatient par la vitre côté passager. Elle pouvait oublier toutes ces tragédies, à présent, puisqu'elles n'avaient jamais eu lieu.

Perchée sur la balancelle de sa véranda, Meredith glissait avec grâce d'avant en arrière en se poussant du bout du pied. Ses doigts effilés et puissants étaient immobiles ; ses cheveux noirs retombaient délicatement sur ses épaules. Son expression était aussi impénétrable que d'habitude.

Rien dans son attitude ne révélait à quel point ses pensées tourbillonnaient, à quel point soucis et plans de secours virevoltaient derrière son visage impassible.

La veille, elle avait passé la journée à essayer de comprendre ce que l'enchantement des Sentinelles avait changé pour elle et sa famille – en particulier pour son frère, Cristian, que Klaus avait kidnappé plus d'une dizaine d'années auparavant. Elle ne comprenait pas encore tout, mais elle savait que le marché conclu par Elena avait des conséquences bien plus importantes que ce qu'ils imaginaient.

Ce jour-là, pourtant, ses cogitations tournaient autour d'Alaric Saltzman. Ses doigts tambourinèrent nerveusement l'accoudoir de la balancelle. Puis elle se força à redevenir immobile.

L'autodiscipline, voilà dans quoi Meredith puisait sa force. Si les sentiments d'Alaric, son petit ami – du moins, celui qui avait été son petit ami… et qui s'était même engagé à devenir son fiancé avant de quitter la ville –, avaient changé au cours de ces longs mois de séparation, alors personne, pas même Alaric, ne verrait qu'elle en souffrait.

Alaric avait passé ces dernières semaines au Japon à enquêter sur des activités paranormales, un rêve devenu réalité pour un doctorant en parapsychologie. Son étude de l'histoire tragique d'Unmei no Shima, l'Île du Destin, une petite communauté où les enfants et les parents s'étaient entretués, avait aidé Meredith et les autres à comprendre ce que les *kitsune* manigançaient à Fell's Church et à trouver un moyen de les combattre.

Là-bas, Alaric avait travaillé avec le Dr Celia Connor, une pathologiste qui, malgré tous ses titres universitaires, avait le même âge que lui : vingt-quatre ans. Le Dr Connor devait donc être prodigieusement intelligente.

Pendant son séjour au Japon, à en juger par ses lettres et ses e-mails, Alaric avait été au paradis. Et il s'était sans doute découvert des tas d'intérêts communs avec le Dr Connor. Peut-être plus encore qu'avec Meredith, qui, malgré sa maturité et sa vivacité d'esprit, venait tout juste de sortir du lycée.

Meredith se secoua mentalement et se redressa. Elle était ridicule de se tracasser ainsi. Elle était certaine de se faire du mouron pour rien. Absolument certaine.

Elle serra plus fort encore les accoudoirs. Elle était une chasseuse de vampires. Son devoir était de protéger sa ville et, avec l'aide de ses amis, c'est ce qu'elle avait déjà fait. Elle n'était pas une adolescente ordinaire et, si elle devait le prouver une nouvelle fois à Alaric, elle ne doutait pas d'y parvenir, Dr Celia Connor ou pas.

La Ford bringuebalante de Matt s'arrêta le long du trottoir. Bonnie était à l'avant, à côté de Matt, Stefan et Elena étaient blottis l'un contre l'autre à l'arrière. Meredith se leva et traversa la pelouse.

— Tout va bien ? s'enquit Bonnie, les yeux ronds, lorsqu'elle ouvrit la portière. À te voir, on te croirait prête à aller au combat.

Meredith adopta une expression neutre et chercha une excuse qui n'était pas : « Je m'inquiète car je ne sais pas si mon petit ami tient toujours à moi. » Aussitôt, elle comprit qu'une autre raison expliquait sa nervosité.

— Bonnie, la sécurité de tous repose en partie sur moi, maintenant, répondit-elle simplement. Damon est mort. Stefan ne veut pas boire de sang humain, ce qui est un vrai handicap. Les pouvoirs d'Elena ont disparu. Même si les *kitsune* ont été vaincus, nous avons toujours besoin de protection. Il nous faudra toujours être prudents.

Stefan resserra un peu son bras autour des épaules d'Elena.

— Les lignes d'énergie, qui attirent des forces surnaturelles depuis des générations à Fell's Church, sont toujours là. Je sens leur présence. Et d'autres, d'autres *créatures*, les sentiront aussi.

— Alors tout va recommencer ? s'alarma Bonnie.

— Je ne pense pas, la rassura Stefan en se frottant l'arête du nez. Mais il pourrait se passer d'autres choses. Meredith a raison, nous devons rester vigilants.

Il déposa un baiser sur l'épaule d'Elena et de sa joue lui caressa les cheveux. Pas besoin de se demander ce qui avait attiré cet être surnaturel-là à Fell's Church, ironisa Meredith en son for intérieur. Les lignes d'énergie n'y étaient pour rien.

Elena jouait avec une rose rouge sombre – c'était sans doute Stefan qui la lui avait offerte.

— Voilà la seule raison de ton inquiétude, Meredith ? s'enquit la blonde. Ton devoir envers Fell's Church ?

— Ça suffit, comme raison, tu ne crois pas ? rétorqua Meredith, qui garda un ton calme même si elle sentait le rose lui monter aux joues.

— Oh, bien sûr que si, répondit Elena avec un sourire radieux. Se pourrait-il qu'il y ait quand même une autre raison ? insista-t-elle en envoyant un clin d'œil à Bonnie, dont la mine inquiète s'illumina aussitôt. À ton avis, qui sera fasciné d'entendre le récit de tout ce qui nous est arrivé ? Surtout s'il découvre que cette histoire n'est pas encore finie ?

Bonnie se retourna dans son siège avec un sourire de plus en plus prononcé.

— Oh ! Oh, je vois ! Il ne pensera à rien d'autre, pas vrai ? Ni à personne d'autre.

À cet instant, les épaules de Stefan se relâchèrent et, depuis le siège du conducteur, Matt ricana en secouant la tête.

— Vous trois… soupira-t-il. Avec vous, nous, les mecs, on n'a jamais eu une seule chance.

Les yeux rivés droit devant elle, Meredith les ignora et releva imperceptiblement le menton. Elena et Bonnie la connaissaient trop bien, et elles avaient passé suffisamment de temps à comploter toutes les trois pour que ses amies devinent sans peine ce qui la tourmentait. Mais elle n'était pas obligée de l'admettre.

L'atmosphère solennelle qui imprégnait la voiture se dissipa, cependant. Meredith comprit qu'ils le faisaient tous exprès, qu'ils essayaient de communiquer les uns avec les autres doucement, gentiment, par des blagues et des railleries légères, pour essayer d'apaiser la douleur qu'Elena et Stefan devaient ressentir.

Damon était mort. Alors que Meredith avait développé un respect prudent envers le vampire imprévisible durant leur périple dans le Royaume des Ombres, Bonnie avait ressenti pour lui quelque chose de plus chaleureux, et Elena, de l'amour. Un amour véritable. Et, même si la relation entre Damon et Stefan avait été cahoteuse, au bas mot, pendant des décennies, Stefan était toujours son frère. Elena et lui souffraient, et tout le monde le savait.

Une minute plus tard, Matt jeta un coup d'œil vers Stefan dans le rétroviseur.

— Hé, j'ai oublié de te dire un truc ! Dans ce monde-ci, tu n'as pas disparu la nuit d'Halloween – tu es resté l'ailier titulaire et on a gagné tous nos matchs jusqu'à la finale du championnat fédéral.

Le visage de Matt se fendit d'un sourire franc et celui de Stefan afficha la joie que procurent les plaisirs simples.

Meredith avait presque oublié qu'ils avaient joué ensemble dans l'équipe de foot du lycée avant que leur professeur d'histoire, M. Tanner, se fasse assassiner dans la maison hantée d'Halloween et que tout commence à dérailler. Elle avait oublié qu'ils avaient été de vrais amis, qu'ils avaient fait du sport et traîné ensemble alors qu'ils étaient tous deux amoureux d'Elena.

« Et si c'était encore le cas ? » se demanda-t-elle en jetant un coup d'œil rapide à la nuque de Matt. Elle n'était pas certaine de savoir ce qu'il ressentait, mais il lui avait toujours semblé le genre de mec qui, une fois qu'il tombe amoureux, reste amoureux. Et il était aussi trop chevaleresque pour tenter de briser un couple, quels que soient ses sentiments.

— Et, poursuivit Matt, en tant que quarterback de l'équipe qui a remporté le championnat fédéral, j'imagine que je représente un bon parti pour les universités.

Après une pause, il reprit avec un sourire franc et fier :

— Apparemment, j'ai reçu une bourse sportive pour l'Université du Kent.

Bonnie poussa un cri de joie et Elena l'applaudit, tandis que Meredith et Stefan le félicitaient copieusement.

— À moi, à moi maintenant ! lança Bonnie. J'étais sans doute plus travailleuse dans cette réalité… Ce qui était plus facile puisque l'une de mes meilleures amies n'a *pas* trouvé la mort au cours du premier semestre et était donc disponible pour m'aider à faire mes devoirs.

— Hé ! protesta Elena. Meredith a toujours été plus douée que moi pour ça, tu ne peux pas me le reprocher !

— Bref, la coupa Bonnie, j'ai été prise pour un cursus long ! Dans notre vie d'avant, je ne m'étais même pas donné la peine de postuler parce que ma moyenne était trop basse. Je pensais aller à l'école d'infirmières, la même que Mary, alors que je ne suis vraiment pas sûre d'être faite pour ça… Berk, tout ce sang, et le reste… Et puis, soudain, ma mère m'a dit ce matin que nous allions faire une virée shopping pour acheter de quoi décorer ma chambre à Dalcrest. Je sais que ce n'est pas Harvard, mais je suis quand même tout excitée !

Meredith la félicita sobrement. *Elle,* en fait, elle avait été acceptée à Harvard.

— Attendez ! Ce n'est pas tout ! poursuivit Bonnie en sautant sur place. J'ai croisé Vickie Bennett, ce matin. Elle est bel et bien vivante ! Je crois qu'elle a eu un choc quand je lui ai sauté dans les bras. J'avais oublié qu'on n'était pas vraiment copines.

— Comment va-t-elle ? s'enquit Elena. Elle se rappelle quelque chose ?

— Elle semblait en pleine forme. Évidemment, je ne pouvais pas lui demander ce dont elle se souvenait, mais elle n'a pas parlé de vampires ni de revenants. Bon, elle a toujours été un peu tarée, pas vrai ? Par contre, elle m'a dit qu'elle t'avait vue en ville le week-end dernier et que tu l'avais aidée à choisir la couleur du gloss qu'elle voulait s'acheter.

— C'est vrai ? s'étonna Elena, qui se tut un instant avant de reprendre d'un ton un peu hésitant : Est-ce que je suis la seule à trouver tout ça bizarre ? Je... je sais que c'est merveilleux, hein, ne vous méprenez pas. Sauf que c'est quand même bizarre.

— C'est surtout déroutant, corrigea Bonnie. Bien sûr, moi aussi je suis contente que tous ces trucs horribles soient partis, que tout le monde aille bien. Je suis ravie d'avoir récupéré ma vie d'avant. Même si mon père m'a engueulée ce matin lorsque je lui ai demandé où était Mary.

Mary était sa sœur aînée, la dernière à vivre encore au foyer avec Bonnie.

— Il pensait que j'essayais d'être drôle. Apparemment, elle a emménagé avec son petit ami il y a trois mois... Vous imaginez dans quel état ça a mis mon père !

Meredith hocha la tête. Le père de Bonnie était du genre papa poule et un peu vieux jeu à propos des relations entre ses filles et les garçons. Si Mary s'était mise en ménage, il devait friser la crise d'apoplexie en permanence.

— Moi, je me suis disputée avec tante Judith... enfin, je crois. Mais je n'ai pas pu découvrir pourquoi, confessa Elena. Je ne peux pas lui demander, parce que je suis censée le savoir...

— La vie ne devrait-elle pas être parfaite, maintenant ? lança Bonnie. On en a suffisamment bavé, non ?

— Peu importe qu'on pédale un peu dans la semoule, intervint Matt, tant qu'on peut reprendre une vie normale.

Un court silence s'installa, que Meredith brisa en cherchant un sujet qui les tirerait de leurs noires pensées.

— Jolie rose, Elena. C'est un cadeau de Stefan ?

— Non, en fait, quelqu'un l'avait posée devant la porte ce matin, expliqua-t-elle en la tournant entre ses doigts. Elle ne vient pas de notre rue. Aucun de mes voisins n'a d'aussi jolies fleurs dans son jardin. C'est un mystère, conclut-elle en adressant un sourire taquin à Stefan.

— Sans doute un cadeau d'un admirateur secret, murmura Bonnie. Je peux la voir ?

Elena la lui tendit et Bonnie examina le bouton sous tous les angles.

— Elle est magnifique, soupira-t-elle. Une unique rose, absolument parfaite. Comme c'est romantique !

Elle fit mine de s'évanouir en portant la rose à son front. Puis elle grimaça.

— Aïe, aïe !

Un filet de sang lui coulait sur la main. Bien trop important pour une simple piqûre d'épine, nota Meredith dans un coin de son esprit tout en cherchant dans sa poche un mouchoir en papier. Matt s'arrêta sur le bas-côté.

— Bonnie… balbutia-t-il.

Stefan inspira violemment et se pencha en avant, les yeux écarquillés. Meredith oublia le mouchoir – elle craignait que, à la vue soudaine de ce sang, la nature vampirique de Stefan n'ait pris le dessus.

Soudain, Matt hoqueta et Elena lança en même temps :

— Il faut que je prenne une photo ! Vite, que quelqu'un me donne son téléphone !

Son ton était si autoritaire que Meredith lui tendit aussitôt son mobile.

Lorsque Elena montra l'appareil à Bonnie, Meredith vit enfin ce qui avait choqué les autres.

Le filet écarlate avait dégouliné le long du bras de Bonnie et, chemin faisant, il avait formé des boucles et des ponts, de son poignet à son coude. Le tracé sanglant épelait un prénom, encore et encore. Celui-là même qui hantait Meredith depuis des mois :

celiaceliaceliacelia

7.

— C'est qui, cette Celia ? s'indigna Bonnie dès que ses amis lui eurent essuyé le bras.

Elle avait posé la fleur prudemment au milieu de la banquette avant, entre Matt et elle, et ils prenaient tous soin d'éviter de la toucher. Elle avait beau être jolie, elle semblait plus sinistre que belle, à présent, se dit Stefan.

— Celia Connor, l'informa sèchement Meredith. Dr Celia Connor. Tu l'as vue une fois, dans une vision. La pathologiste médico-légale.

— Celle qui travaille avec Alaric ? Pourquoi son nom apparaîtrait-il en lettres de sang sur mon bras ? En lettres de *sang* !

— C'est ce que j'aimerais bien savoir, répondit Meredith, la mine sombre.

— Il s'agit peut-être d'une espèce d'avertissement, suggéra Elena. Nous n'en savons pas suffisamment pour le moment. Une fois arrivés à la gare, nous retrouverons Alaric et Celia, et là…

— Et là ? répéta Meredith en soutenant le regard bleuté d'Elena.

— Et là, nous ferons le nécessaire. Comme toujours.

Bonnie se plaignait encore lorsqu'ils se garèrent sur le parking longeant la voie ferrée.

Patience, se dit Stefan. D'habitude, il appréciait la compagnie de Bonnie, pourtant là, tout de suite, alors que son corps manquait du sang humain auquel il s'était habitué, il se sentait… irritable. Il massa sa mâchoire douloureuse.

— J'espérais qu'on aurait au moins droit à quelques jours de normalité, gémit Bonnie pour la millième fois.

— Il n'y a pas de justice en ce bas monde, Bonnie, rétorqua Matt d'un ton lugubre.

Stefan lui jeta un coup d'œil surpris. D'habitude, Matt était le premier à s'efforcer de remonter le moral des filles… Mais le grand blond s'était appuyé au guichet fermé, les épaules tombantes, les mains enfoncées dans les poches.

Les regards des deux garçons se croisèrent.

— Tout recommence, c'est ça ? lui demanda Matt.

Le vampire fit non de la tête et inspecta la gare.

— Je ne sais pas ce qui se passe, admit-il. Nous devons rester vigilants jusqu'à ce que nous le découvrions.

— Oh, voilà qui est rassurant, marmonna Meredith, dont les yeux gris balayaient rapidement le quai.

Stefan croisa les bras sur sa poitrine et se rapprocha d'Elena et de Bonnie. Tous ses sens, normaux et paranormaux, étaient en alerte. Il lança des vrilles de pouvoir pour traquer une éventuelle présence surnaturelle, mais ne détecta rien de nouveau ou d'inquiétant, juste le bruit habituel des pensées ordinaires des humains vaquant à leurs occupations.

Il lui était pourtant impossible de se calmer. Stefan avait été témoin d'une foultitude de choses au cours de ses cent cinquante ans d'existence. Il avait croisé des vampires, des loups-garous, des démons, des fantômes, des anges, des sorcières – tout un tas d'êtres qui chassaient les humains ou les influençaient à leur insu. Et, en tant que vampire, il avait acquis des connaissances poussées sur les propriétés du sang. Plus qu'il ne voulait l'admettre, d'ailleurs.

Le coup d'œil que Meredith lui avait jeté lorsque Bonnie avait commencé à saigner ne lui avait pas échappé. Elle se méfiait de lui à raison : comment pouvaient-ils lui faire confiance alors que, par nature, il était programmé pour les tuer ?

Le sang était l'essence même de la vie ; c'est lui qui conférait aux vampires leur longévité. Et il constituait l'ingrédient principal de bien des sorts, tant bénéfiques que maléfiques. Il possédait ses propres pouvoirs, des pouvoirs difficiles à maîtriser. Cependant, Stefan n'avait jamais vu du sang se comporter comme il l'avait fait aujourd'hui sur le bras de Bonnie.

Une idée le frappa soudain.

— Elena… murmura-t-il en se tournant vers elle.

— Mmm ? fit-elle distraitement, sa main en visière pour mieux observer la voie.

— Tu as découvert cette rose ce matin devant ta porte, c'est ça ?

— Pas tout à fait, répondit-elle en écartant quelques mèches tombées devant ses yeux. C'est Caleb Smallwood qui l'a trouvée sur la véranda et me l'a donnée lorsque je lui ai ouvert.

— Caleb Smallwood ? répéta-t-il, les yeux plissés.

Elena avait évoqué plus tôt le fait que sa tante avait embauché le garçon pour faire quelques travaux dans la maison, mais elle n'avait pas précisé le lien entre Caleb et la rose.

— Le cousin de Tyler Smallwood ? Ce type surgi de nulle part qui vient traîner chez toi ? Celui qui est sans doute un *loup-garou*, comme toute sa famille ?

— Tu ne l'as même pas rencontré. Il est inoffensif. Apparemment, il a séjourné ici tout l'été sans que rien d'étrange ne se produise. Nous ne nous souvenons pas de lui, c'est tout.

Elle parlait d'un ton léger, cependant son sourire semblait un peu forcé.

Stefan chercha aussitôt à communiquer avec elle par la pensée, pour discuter en privé de ce qu'elle ressentait vraiment. Il en fut incapable. Il avait tant l'habitude de compter sur ce lien privilégié qu'il oubliait sans cesse qu'il n'existait plus. S'il arrivait à deviner les émotions d'Elena, à distinguer la présence de son aura, ils ne pouvaient plus se servir de la télépathie. Elena et lui étaient à nouveau deux êtres distincts. Un peu attristé, Stefan rentra la tête dans les épaules pour se protéger du vent.

Bonnie fronça les sourcils. La brise estivale faisait danser ses boucles rousses tout autour de son visage.

— Tyler est-il seulement un loup-garou, maintenant ? Sue est vivante ; il ne l'a pas tuée pour devenir un loup-garou, pas vrai ?

Elena joignit les mains et étira ses bras vers le ciel.

— Je ne sais pas. Il est parti, de toute façon, et je ne vais pas m'en plaindre. Même avant d'être un loup-garou, c'était un vrai crétin. Vous vous rappelez à quel point il faisait suer le monde, au lycée ? Il empestait toujours l'alcool et nous collait comme une sangsue ! Pourtant, je suis presque sûre que Caleb est un type réglo. Je l'aurais senti si quelque chose clochait chez lui.

— Tu as toujours eu un don pour cerner les gens, reconnut Stefan d'un ton circonspect. Mais es-tu certaine de ne pas te fier à des facultés que tu n'as plus pour juger Caleb ?

Il se remémora l'horrible scène au cours de laquelle les Sentinelles avaient coupé les ailes d'Elena et détruit ses pouvoirs, des pouvoirs que ses amis et elle-même n'avaient compris qu'à moitié.

Cette remarque la prit au dépourvu. Elle ouvrit la bouche pour répondre lorsque le rugissement du train entrant en gare mit fin à toute discussion possible.

Peu de passagers descendirent à Fell's Church et Stefan repéra rapidement la silhouette familière d'Alaric. Une fois sur le quai, ce dernier tendit le bras vers le marchepied pour aider une jeune Afro-Américaine élancée à descendre.

Le Dr Celia Connor était vraiment charmante, Stefan devait bien le reconnaître. Plutôt petite – de la même taille que Bonnie –, elle avait la peau noire et les cheveux courts et lissés. Le sourire qu'elle offrit à

Alaric lorsqu'elle lui prit le bras était ravissant et même un peu espiègle. Ses grands yeux marron mettaient en valeur son long cou gracieux. Ses habits de marque, stylés mais confortables, comprenaient une paire de bottes en cuir souple, un jean étroit et une chemise de soie saphir. Le long foulard diaphane autour de son cou ajoutait une touche sophistiquée à l'ensemble.

Lorsque Alaric, avec ses cheveux blonds ébouriffés et son sourire juvénile, lui chuchota quelques mots à l'oreille, Stefan sentit Meredith se braquer. À la voir, on aurait pu croire qu'elle se retenait de tester quelques-uns de ses enchaînements d'arts martiaux sur une certaine pathologiste médico-légale.

Puis le chercheur aperçut Meredith. Il se précipita vers elle, la prit dans ses bras et la fit tournoyer en la serrant fort contre lui. Ce qui parut la détendre. Un instant plus tard, ils parlaient en riant pour un rien et semblaient incapables de cesser de se toucher, comme s'ils avaient besoin de se persuader qu'ils étaient bel et bien réunis, enfin.

À l'évidence, songea Stefan, les craintes de Meredith étaient sans fondement. Du côté d'Alaric, du moins. Stefan reporta son attention sur Celia Connor.

Ses pouvoirs lui révélèrent tout d'abord une légère rancune chez la pathologiste. Ce qui lui parut compréhensible, d'ailleurs : elle était humaine, assez jeune malgré son assurance et ses nombreuses réussites professionnelles, et elle venait de passer de longues semaines à travailler auprès du bel Alaric. Elle avait sans doute développé une certaine possessivité à son égard, et le voir s'éloigner d'elle à la vitesse de la lumière pour se mettre à tournoyer dans l'orbite d'une adolescente devait la contrarier.

Plus important, le vampire ne découvrit pas la moindre ombre surnaturelle au-dessus d'elle ni la moindre bribe de pouvoir en elle. Quelle que soit la signification de l'apparition de son prénom en lettres de sang, elle n'en avait pas été la cause.

— Que quelqu'un prenne des photos ! lança Bonnie en riant. Nous n'avons pas vu Alaric depuis des mois ! Il faut marquer le coup !

Matt sortit son mobile et prit quelques clichés d'Alaric et de Meredith enlacés.

— Et nous aussi ! insista Bonnie. Vous y compris, docteur Connor. Mettons-nous devant le train… ça fait un arrière-plan super. Tu prends celle-là, Matt, et ensuite je prendrai les suivantes pour que tu sois dessus.

Les retrouvailles avaient des allures de bousculade : ils piétinèrent de-ci, de-là, se rentrèrent dedans, s'excusèrent, se présentèrent chacun leur tour à Celia Connor, s'étreignirent mutuellement avec exubérance. Stefan se retrouva à la marge, au bras d'Elena, et il en profita pour humer discrètement le doux parfum de sa chevelure.

— Attention au départ ! lança le conducteur, et les portes du train se refermèrent.

Stefan remarqua alors que Matt avait cessé de prendre des photos. Il les dévisageait, les yeux de plus en plus ronds, comme terrorisé. Puis il hurla :

— Arrêtez le train ! Arrêtez le train !

— Matt ? Qu'est-ce qui se passe ? s'écria Elena.

Meredith regarda derrière eux, vers le train, et son expression changea aussitôt.

— Celia ! appela-t-elle en tendant le bras.

Celia s'écarta d'eux brutalement, comme si une main invisible l'avait tirée en arrière. Lorsque le train commença à avancer, elle se mit à marcher, puis à courir à grandes foulées raides et paniquées tandis que ses mains s'affairaient autour de sa gorge.

Soudain, Stefan vit la scène sous un autre angle et il comprit ce qui se passait. Le foulard diaphane de Celia s'était coincé entre les portes du train, qui l'emportait avec lui. Elle courait pour éviter de se faire étrangler, tel un chien au bout d'une laisse trop tendue. Et le train commençait à gagner de la vitesse. Les mains de Celia tiraient sur le foulard, mais les deux extrémités étaient coincées dans le battant et ses efforts ne semblaient que le resserrer encore.

Le train accélérait de plus en plus et Celia approchait du bout du quai, qui s'ouvrait sur un grand vide au-dessus des broussailles. Elle allait tomber. La chute lui briserait la nuque et le train traînerait son corps sur des kilomètres.

Stefan, qui comprit tout cela en une seconde, passa aussitôt à l'action. Il sentit ses canines s'allonger tandis qu'une bouffée de pouvoir montait en lui. Il s'élança, plus rapide que n'importe quel humain, plus rapide que le train, pour filer vers elle.

D'un mouvement vif, il la saisit dans ses bras, détendit le foulard et le déchira en deux.

Il s'immobilisa pour poser Celia par terre pendant que le train filait hors de la gare. Les restes d'étoffe glissèrent au sol, à ses pieds. Stefan et elle se dévisagèrent, le souffle court. Les autres se précipitèrent alors vers eux en hurlant.

Les grands yeux bruns de Celia étaient écarquillés et remplis de larmes. Elle s'humecta les lèvres nerveusement, prit plusieurs inspirations saccadées, les mains plaquées contre sa poitrine. Stefan distinguait les battements de son cœur, le sang qui se diffusait dans son corps tout entier. Il se concentra pour rétracter ses canines et retrouver un visage humain. Soudain, elle chancela. Il la rattrapa en glissant son bras autour d'elle.

— Tout va bien, la rassura-t-il. Tu ne risques plus rien.

Celia émit un rire bref, presque hystérique, en s'essuyant les yeux. Puis elle se ressaisit, redressa la tête et inspira profondément. Stefan devinait qu'elle se relaxait volontairement, malgré son pouls emballé, et il admira son sang-froid.

— Bon, dit-elle en lui tendant la main, tu dois être le vampire dont Alaric m'a parlé.

Les autres les avaient presque rattrapés, et Stefan jeta un coup d'œil inquiet au professeur.

— J'apprécierais que vous gardiez ça pour vous, lui répondit-il, irrité qu'Alaric ait divulgué son secret.

Mais ses mots furent presque couverts par l'exclamation de Meredith. Ses yeux gris, d'habitude si sereins, avaient viré au noir tant elle était horrifiée.

— Regardez, fit-elle, le doigt tendu. Regardez ce qui est écrit.

Stefan baissa la tête vers les morceaux d'écharpe tombés à leurs pieds.

Bonnie émit un petit cri aigu tandis que Matt fronçait les sourcils. Sous le choc, le beau visage d'Elena avait blêmi, et Alaric et Celia paraissaient tous deux désorientés.

Au début, Stefan ne vit rien. Ensuite, comme s'il faisait la mise au point à travers un objectif, il aperçut à son tour ce qui effrayait les autres. Le foulard déchiré était tombé suivant un tracé élaboré, et les formes censément dues au hasard traçaient sans l'ombre d'un doute les lettres d'un nom :

meredith

8.

— Ça m'a fichu une de ces frousses… déclara Bonnie.

Ils s'étaient tous entassés dans la voiture de Matt : Elena avait sauté sur les genoux de Stefan et Meredith sur ceux d'Alaric (ce qui, Bonnie l'avait bien remarqué, n'avait pas été du goût du Dr Celia Connor). Puis ils avaient foncé vers la pension pour demander conseil.

Une fois sur place, ils avaient envahi le salon de Mme Flowers pour lui raconter leur histoire en se coupant la parole les uns aux autres dans leur empressement.

— D'abord, le nom de Celia – écrit avec mon sang – a surgi de nulle part, a poursuivi Bonnie, et ensuite cet accident étrange qui aurait pu la tuer, et enfin le nom de Meredith est apparu aussi. Ça m'a vraiment, vraiment fichu la frousse.

— J'y aurais mis un peu plus d'émotion, répondit Meredith avant de hausser un sourcil avec élégance. Bonnie, c'est sans aucun doute la première fois que je te reproche de ne pas être assez mélodramatique !

— Hé ! protesta la rouquine.

— Prenons les choses du bon côté, plaisanta Elena. Notre dernière mésaventure surnaturelle a appris à Bonnie le sens de la mesure.

— Madame Flowers, avez-vous la moindre idée de ce qui se passe ? s'enquit Matt.

La vieille dame, assise dans un fauteuil confortable, lui sourit en lui tapotant le bras. À leur arrivée, elle avait mis de côté son tricot rose pour les observer de son regard serein et leur accorder toute son attention.

— Mon petit Matt, vous allez toujours droit au but.

La pauvre Celia, assise près d'Alaric et de Meredith, affichait la même mine stupéfaite. Étudier le paranormal était une chose, mais rencontrer un vampire pour de vrai, voir des noms apparaître mystérieusement et frôler la mort avaient dû lui causer un sacré choc. Pour la réconforter, Alaric avait passé son bras autour de ses épaules. Bonnie se dit que ce bras-là aurait dû se trouver autour des épaules de Meredith. Après tout, c'était le nom de son amie qu'avaient tracé les plis du foulard. Meredith, quant à elle, se contentait d'observer Alaric et Celia, une expression impénétrable sur le visage.

Celia se pencha. Elle s'exprima pour la première fois :

— Excusez-moi, dit-elle poliment, la voix un peu tremblante, mais je ne comprends pas pourquoi nous sommes venus parler de ce… ce problème avec…

Elle jeta un coup d'œil vers Mme Flowers et laissa sa phrase en suspens.

Bonnie comprenait son étonnement. Avec ses cheveux gris doux et échevelés ramenés en chignon, son expression vague et polie sur le visage, sa garde-robe qui tendait vers les pastels et les noirs délavés, et son habitude de marmonner comme si elle parlait toute seule, Mme Flowers semblait l'incarnation même de la mamie gentille et un peu gâteuse. Un an plus tôt, Bonnie la considérait elle aussi comme la vieille folle qui tenait la pension où Stefan avait élu domicile.

Mais les apparences étaient souvent trompeuses. Mme Flowers avait gagné le respect et l'admiration de chacun d'entre eux par la façon dont elle avait protégé la ville avec sa magie, ses pouvoirs et son bon sens. Elle cachait bien son jeu.

— Mon petit, rétorqua Mme Flowers d'une voix ferme, vous venez de subir un vrai traumatisme. Buvez donc votre tisane. C'est un mélange calmant spécial qu'on se transmet dans ma famille depuis des générations. Sachez que nous ferons tout ce que nous pourrons pour vous aider.

Ce qui, traduisit Bonnie, était une façon très douce et charmante de remettre le Dr Celia Connor à sa place. Elle était priée de boire en silence et d'encaisser le choc pendant que, eux, ils se chargeaient de résoudre le problème. Malgré ses yeux brillants, Celia sirota docilement sa boisson chaude.

— Bien, reprit Mme Flowers en passant en revue ses protégés. La première chose à faire est sans doute de déterminer le but de ces apparitions de prénoms.

Ensuite, nous aurons peut-être une meilleure idée de l'identité de celui ou de celle qui les provoque.

— Et s'il s'agissait de mises en garde ? suggéra Bonnie d'une voix hésitante. D'abord, le prénom de Celia est apparu et ensuite elle a failli mourir. Et maintenant Meredith... J'ai peur que tu ne sois en danger, conclut-elle en regardant son amie.

— Ce ne serait sûrement pas la première fois, rétorqua l'intéressée en relevant le menton.

— En effet, répondit Mme Flowers, il est possible qu'une intention bienveillante soit derrière tout cela. Explorons cette théorie. Quelqu'un essaie de vous prévenir d'un danger. Dans ce cas, qui donc ? Et pourquoi utiliser ce genre de méthode ?

Bonnie prit une voix plus ténue, plus hésitante encore. Si personne d'autre ne comptait le dire, alors elle s'en chargerait.

— Peut-être Damon ?

— Damon est mort, répliqua Stefan.

— Pourtant, lorsque Elena est morte, elle m'a mise en garde contre Klaus, rétorqua la rouquine.

Stefan se massa les tempes, l'air las.

— Bonnie, lorsque Elena est morte, Klaus a piégé son esprit entre les dimensions. Il restait quelque chose de sa conscience. Et encore, elle ne pouvait communiquer qu'avec toi, dans tes rêves, parce que tu as des pouvoirs de médium. Elle ne pouvait pas provoquer d'événements dans le monde réel.

— Bonnie, ajouta Elena, la voix tremblante, les Sentinelles nous ont affirmé que les vampires n'ont pas de vie après la mort. Damon a disparu. Dans tous les sens du terme.

Stefan lui prit la main, les yeux voilés par le chagrin.

Bonnie eut pitié d'eux deux. Elle regrettait d'avoir mentionné Damon. Cependant, elle n'avait pas pu s'en empêcher. L'idée qu'il veillait peut-être sur eux, irascible, railleur, mais prévenant dans le fond, lui avait, l'espace d'un instant, mis un peu de baume au cœur. À présent, celui-ci se brisa de plus belle.

— Dans ce cas, soupira-t-elle, je ne vois pas de qui il pourrait s'agir. Quelqu'un a une idée ?

Ils firent tous non de la tête, déroutés.

— D'ailleurs, quel être possédant ce genre de pouvoirs nous connaîtrait aujourd'hui encore ? demanda Matt.

— Les Sentinelles ? proposa Bonnie sans conviction.

Elena secoua vivement la tête.

— Non. Elles ne sont pas du genre à envoyer un message tracé dans le sang. Elles opteraient plutôt pour des visions. Et je suis presque certaine qu'elles ne sont pas mécontentes de s'être débarrassées de nous.

Mme Flowers entrelaça ses doigts sur ses genoux.

— Dans ce cas, il s'agit peut-être d'une autre personne ou d'un autre être qui vous est pour le moment inconnu, et qui veille sur vous et vous avertit des périls à venir.

Matt fit craquer son fauteuil lorsqu'il se pencha brusquement en avant.

— Hum, fit-il, je crois que la véritable question c'est : quelle est la cause de ces dangers ?

Mme Flowers écarta ses petites mains ridées.

— Vous avez parfaitement raison, mon petit Matt. Passons en revue les possibilités. D'un côté, ces apparitions de prénoms peuvent constituer une mise en garde contre un péril accidentel. Celia, vous permettez que je vous appelle Celia, mon petit ?

Celia, toujours sous le choc, hocha la tête.

— Bien. Celia a pu être victime d'un simple accident. Pardonnez-moi de le dire, mais ces longs foulards excentriques peuvent se révéler très dangereux. Isadora Duncan, la célèbre danseuse, est morte de cette façon lorsque son foulard s'est coincé dans la roue de la décapotable d'un ami, il y a bien longtemps. Quel qu'il soit, celui qui a envoyé ce message voulait peut-être simplement que Celia fasse attention ou que vous autres preniez soin d'elle. Meredith a peut-être besoin de se montrer particulièrement prudente au cours des prochains jours.

— Vous n'êtes pas convaincue, n'est-ce pas ? l'interrogea Meredith.

— En effet, soupira la vieille dame. Tout cela me semble trop sombre. À mon avis, si quelqu'un cherchait à vous prévenir d'un accident, il trouverait un autre moyen que d'écrire dans le sang. Les deux prénoms sont apparus après des incidents plutôt violents, non ? Bonnie s'est piquée et Stefan a déchiré l'écharpe, c'est ça ?

Meredith opina.

Mme Flowers poursuivit, visiblement troublée :

— Évidemment, l'autre possibilité, c'est que l'apparition des noms soit elle-même malveillante… un ingrédient essentiel ou une méthode pour cibler la victime du sort qui *provoque* ce danger.

— Vous parlez de magie noire, n'est-ce pas ? demanda Stefan, la mine sombre.

— J'en ai bien peur, reconnut-elle en soutenant son regard. Mon petit Stefan, vous êtes le plus âgé et le plus expérimenté de nous tous, et de loin. Moi, je n'ai jamais entendu parler d'une chose pareille, et vous ?

Bonnie fut un peu surprise. Bien sûr, elle savait que Stefan était plus vieux que Mme Flowers – après tout, il était né avant l'invention de l'électricité, de l'eau courante, du moteur à explosion et de tout ce qui leur fournissait leur petit confort moderne, alors que Mme Flowers n'avait sans doute pas plus de soixante-dix ans. Pourtant, il était facile d'oublier l'âge de Stefan. Il ressemblait à n'importe quel lycéen de dix-huit ans, sauf qu'il possédait une beauté exceptionnelle. Une idée persifleuse surgit du fin fond de son esprit, et ce n'était pas la première fois : pourquoi Elena récupérait-elle toujours les plus beaux mecs ?

— Moi non plus, je n'ai jamais rien vu de semblable, répondit Stefan. Cependant, je pense que vous avez raison : nous avons sans doute affaire à de la magie noire. Si vous parliez à votre mère, peut-être que…

Celia, qui commençait à s'intéresser à la discussion, jeta un regard stupéfait à Alaric. Puis elle se tourna vers la porte comme si elle s'attendait à voir une centenaire entrer dans la pièce. Bonnie réprima un sourire, malgré le sérieux de la situation.

Ils étaient tous si habitués aux fréquentes conversations que Mme Flowers tenait avec le fantôme de sa mère qu'aucun d'eux ne s'étonna lorsque les yeux de la vieille dame se perdirent dans le vague et qu'elle commença à marmonner rapidement. Ses sourcils s'agitèrent et ses yeux bougèrent comme pour suivre les déplacements d'un interlocuteur invisible. Cependant, cette scène dut paraître bien étrange à Celia.

— Oui, déclara enfin Mme Flowers en revenant parmi eux. Ma*man* dit qu'il y a en effet une force sombre à l'œuvre à Fell's Church. Mais… elle ne peut pas me dire quelle forme elle a prise. Elle nous conseille simplement la prudence. Quoi que ce soit, elle sent que sa puissance est mortelle.

Les visages de Stefan et de Meredith se fermèrent à cette annonce. Alaric murmurait à l'oreille de Celia, sans doute pour lui expliquer ce qui se passait. Matt baissa la tête.

Sans se laisser abattre par la nouvelle, Elena continua :

— Bonnie, et toi, alors ?

— Quoi ? fit la rouquine avant de comprendre où son amie voulait en venir. Ah, non ! Non, non et non ! Je ne risque pas de savoir quelque chose que la mère de Mme Flowers ignore.

Elena se contenta de la fixer. Bonnie soupira. L'heure était grave. Meredith était à présent menacée et, s'il y avait une seule chose de vraie en ce bas monde, c'était que Meredith, Elena et elle se serraient les coudes. Toujours.

— Très bien, fit-elle à contrecœur. Je vais voir si j'arrive à découvrir autre chose. Est-ce que quelqu'un peut me donner une bougie ?

— Quoi, maintenant ? s'étonna Celia.

— Bonnie est médium, expliqua simplement Elena.

— Fascinant, répondit la pathologiste d'un ton léger.

Bonnie remarqua l'œillade incrédule qu'elle glissa vers elle.

Peu importait. Bonnie se moquait bien de ce qu'elle pensait. Elle pouvait toujours la croire mythomane ou folle à lier, elle serait bien obligée de regarder la vérité en face. Elena alla lui chercher une bougie sur le manteau de la cheminée, l'alluma et la posa sur la table basse.

Bonnie déglutit péniblement, humecta ses lèvres devenues subitement sèches et s'efforça de se focaliser sur la flamme. Même après une pratique intensive, elle n'aimait toujours pas les transes, qui lui faisaient perdre pied, comme si elle s'enfonçait dans l'eau.

La flamme vacilla, puis s'intensifia. Bonnie eut l'impression qu'elle grandissait au point d'emplir son champ de vision tout entier. Le monde n'était plus qu'une flamme.

Je sais qui tu es, gronda soudain une voix froide et rauque à son oreille, et Bonnie sursauta. Elle haïssait les voix, qui étaient parfois aussi faibles que si elles provenaient d'une télé lointaine et parfois toutes proches, comme celle-ci. Elle parvenait miraculeusement à les oublier jusqu'à sa transe suivante. Au loin, une voix d'enfant discordante fredonnait et Bonnie se concentra pour que sa respiration devienne plus lente et plus régulière.

Sa vue commençait à se troubler. Un goût aigre et poisseux, horrible, lui imprégna la bouche.

Un accès de jalousie, violent et amer, lui tordit les entrailles. *Ce n'est pas juste, pas juste du tout,* grommelait une voix boudeuse dans sa tête. Et un rideau noir s'abattit devant ses yeux.

Elena observait avec crainte les pupilles de Bonnie, qui se dilataient tant qu'elles reflétaient la flamme de la bougie. Bonnie parvenait à entrer en transe bien plus vite qu'à ses débuts, ce qui inquiétait Elena.

— Un être maléfique se réveille.

Une voix monocorde, qui ne ressemblait en rien à celle de Bonnie, sortait pourtant de sa bouche.

— Il n'est pas encore parmi nous, mais il en a bien l'intention. Il a froid. Il a froid depuis trop longtemps. Il veut se rapprocher de nous, quitter les ténèbres pour la chaleur de nos cœurs. Il est plein de haine.

— C'est un vampire ? demanda aussitôt Meredith.

La voix émit un rire rauque, étouffé.

— Il est bien plus puissant qu'un vampire. Il peut se réfugier dans n'importe lequel d'entre vous. Surveillez-vous mutuellement. Surveillez-vous vous-mêmes.

— Qu'est-ce que c'est ? s'enquit Matt.

La chose qui s'exprimait à travers Bonnie hésita.

— Elle ne sait pas, traduisit Stefan. Ou alors elle ne peut pas nous le dire. Bonnie, reprit-il vivement, est-ce que quelqu'un nous envoie cette chose ? Qui l'a causée ?

Sans la moindre hésitation, la voix répondit cette fois-ci :

— C'est Elena. Elena qui l'a ramenée.

9.

Bonnie grimaça en goûtant la saveur métallique sur sa langue et cligna plusieurs fois des yeux jusqu'à ce que la pièce redevienne nette autour d'elle.

— Brrr, fit-elle. Je déteste vraiment ça.

Tout le monde la dévisageait, choqué, le visage blême.

— Quoi ? fit-elle, mal à l'aise. Qu'est-ce que j'ai dit ?

— Que c'était ma faute, expliqua Elena, qui se tenait très droite sur son fauteuil. Quelle que soit cette chose, c'est moi qui l'ai amenée ici.

Stefan posa la main sur la sienne.

Spontanément, la part la plus mesquine, la plus étroite d'esprit, de Bonnie lui chuchota : *Évidemment, il n'y en a toujours que pour Elena, pas vrai ?*

Meredith et Matt rapportèrent à Bonnie ce qu'elle leur avait appris durant sa transe, mais leurs regards se reportaient sans cesse sur le visage choqué d'Elena et, dès qu'ils eurent fini, ils se détournèrent de Bonnie pour de bon.

— Nous devons élaborer un plan, déclara Meredith.

— Un petit rafraîchissement fera du bien à tout le monde, coupa Mme Flowers en se levant.

Bonnie la suivit dans la cuisine, trop contente d'échapper à l'atmosphère tendue du salon.

Elle n'était pas très douée pour les plans, de toute façon. Elle avait apporté sa contribution en jouant son rôle de médium. Elena et Meredith, c'était sur elles deux qu'on comptait pour prendre les décisions.

Mais ce n'était pas *juste*, pas vrai ? Elle n'était pas idiote, même si ses amis la traitaient comme si elle était le bébé du groupe. Tout le monde admirait Elena et Meredith pour leur intelligence et leur force mentale, alors que, plus d'une fois, les contributions de Bonnie avaient été vitales – évidemment, ça, personne ne s'en souvenait. Elle passa sa langue sur ses dents pour tenter d'en chasser le sale goût qui lui imprégnait toujours la bouche.

Mme Flowers avait décrété que sa limonade spéciale réconfortante à base de fleurs de sureau ferait du bien à tout le monde. Tandis qu'elle remplissait les verres de glaçons, versait la boisson et chargeait le tout sur un plateau, Bonnie, en proie à une grande agitation, ne la quittait pas des yeux. Elle avait l'impression d'être vidée, comme s'il lui manquait une part d'elle-même. Ce n'était pas *juste*, pensa-t-elle encore. Aucun d'eux ne l'appréciait à sa vraie valeur, aucun d'eux ne se rendait compte de tout ce qu'elle avait fait pour eux.

— Madame Flowers, lâcha-t-elle soudain. Comment faites-vous pour parler à votre mère ?

La vieille dame se tourna vers elle, surprise.

— Eh bien, ma petite Bonnie, il est enfantin de parler aux fantômes s'ils le veulent bien ou s'il s'agit d'esprits de personnes que vous aimiez. Les fantômes, voyez-vous, n'ont pas quitté notre dimension. Ils restent auprès de nous.

— Oui, mais vous, vous pouvez faire plus encore, insista Bonnie, qui s'imaginait une Mme Flowers redevenue jeune, les yeux lançant des éclairs, les cheveux au vent, pour contrer le pouvoir maléfique de la déesse *kitsune* à l'aide de sa propre magie blanche. Vous êtes une sorcière très puissante.

— C'est très gentil à vous, répondit l'intéressée avec réserve.

Bonnie entortilla une de ses boucles autour de son doigt en pesant ses mots :

— En fait… si vous le voulez bien, enfin, seulement si vous avez le temps, bien sûr, j'aimerais bien que vous me formiez. Que vous m'enseigniez quelques trucs, ce que vous voudrez. J'ai des visions, et je suis de plus en plus douée pour les provoquer, mais j'aimerais apprendre tout le reste, tout ce que vous voudrez bien me montrer. La divination, les simples. Les sorts de protection. Les bases, quoi. Il y a tant de choses que j'ignore, et je crois bien que j'ai un don pour ça… Enfin, j'espère.

Mme Flowers la jaugea longuement avant de hocher la tête.

— Je vous formerai, dit-elle enfin. Avec plaisir. Vous avez un don inné.

— Vraiment ? s'étonna Bonnie, qui sentit une bulle de joie monter en elle et remplacer le vide qui l'étreignait un instant plus tôt.

Puis elle s'éclaircit la voix pour ajouter d'un air aussi détaché que possible :

— Et je me demandais… est-ce que vous pouvez parler à n'importe quel esprit ? Ou juste à celui de votre mère ?

Mme Flowers ne répondit pas tout de suite. Bonnie eut l'impression que le regard pénétrant de la vieille dame la transperçait pour analyser son esprit et son cœur. Lorsqu'elle reprit la parole, ce fut sur un ton doux :

— Qui donc souhaitez-vous contacter, ma petite Bonnie ?

— Personne en particulier, balbutia-t-elle en chassant l'image de Damon et de ses yeux noirs sur noir. Cela me semble utile, c'est tout. Et aussi intéressant. Je pourrais tout apprendre de l'histoire de Fell's Church, par exemple.

Elle mit fin à la conversation en se détournant pour aller servir la limonade. Elle aurait d'autres occasions de l'interroger. *Très* bientôt.

— Le plus important, expliquait Elena, c'est d'assurer la protection de Meredith. Nous avons reçu un avertissement, et nous devrions l'écouter plutôt que de perdre notre temps à essayer de deviner qui nous l'envoie. Si une chose terrible – une chose que j'ai ramenée – se réveille, nous nous en occuperons lorsqu'elle nous trouvera. Pour l'instant, on protège Meredith.

Elle était si belle que Stefan en avait le vertige. Au sens propre comme au figuré : parfois, lorsqu'il la regardait sous un certain angle, il découvrait, comme au premier jour, l'arrondi délicat de sa joue, le léger rosissement de sa peau couleur crème, l'angle sérieux de sa bouche. Chaque fois, dans ces moments précieux, la tête lui tournait comme s'il venait de descendre des montagnes russes. *Elena.*

Il lui appartenait, c'était aussi simple que ça. Comme si, pendant des décennies, ses pas l'avaient guidé vers cette mortelle entre toutes et, à présent qu'il l'avait trouvée, sa longue, très longue vie prenait enfin un sens.

Elle, par contre, ne t'appartient pas, lui murmura une petite voix intérieure. *Pas tout entière, du moins. Pas tout à fait.*

Stefan ignora cette pensée perfide. Elena l'aimait. Elle l'aimait désespérément, courageusement, et bien plus qu'il ne le méritait. Et lui l'aimait en retour. Le reste ne comptait pas.

Et, à cet instant, la douce mortelle qu'il aimait tant organisait avec efficacité un roulement pour assurer la garde de Meredith et attribuait les tâches avec calme, sans douter un instant qu'on lui obéirait.

— Matt, annonça-t-elle, si tu travailles demain soir, Alaric et toi pouvez prendre l'après-midi. Stefan s'occupera de la nuit, et Bonnie et moi du matin.

— Tu aurais dû être général, lui murmura Stefan, ce qui lui valut un bref sourire.

— Je n'ai pas besoin de garde du corps, s'irrita Meredith. J'ai été formée aux arts martiaux, et j'ai déjà affronté des forces surnaturelles.

Stefan crut entrevoir un coup d'œil incertain dans sa direction, et il dut se retenir de s'indigner devant tant de méfiance.

— Pour me protéger, je n'ai besoin que de mon bâton de combat.

— Ton bâton ne t'aurait jamais permis de sauver Celia, rétorqua Elena. Sans Stefan, elle aurait été tuée.

Sur le canapé, Celia ferma les yeux et posa la tête contre le bras d'Alaric.

— Parfait, lâcha Meredith d'un ton sec en regardant Celia. C'est vrai, de nous tous, Stefan était le seul à pouvoir la sauver. C'est l'autre raison pour laquelle cet effort collectif pour me protéger est ridicule. As-tu la force et la vitesse nécessaires pour me sauver d'un train lancé à pleine vitesse, Elena ? Et toi, Bonnie ?

Stefan vit Bonnie, qui les rejoignait en apportant des verres de limonade sur un plateau, s'immobiliser, les sourcils froncés.

Évidemment, il savait que, puisque Damon était mort et qu'Elena avait perdu ses ailes, il se retrouvait seul en charge du petit groupe. Bien sûr, Mme Flowers et Bonnie possédaient quelques pouvoirs limités. Puis Stefan se corrigea aussitôt. Mme Flowers était très puissante, en réalité, cependant ses pouvoirs étaient toujours diminués depuis son affrontement avec la déesse *kitsune*.

Ce qui revenait au même : Stefan était le seul capable de les protéger. Meredith pouvait bien parler de ses responsabilités de chasseuse de vampires, au bout du compte, malgré son entraînement et son héritage, elle restait une simple mortelle.

Il passa les membres du groupe en revue : tous mortels… *ses* mortels. Meredith, avec ses yeux gris et sa détermination de fer. Matt, fougueux et loyal jusqu'à la moelle. Bonnie, lumineuse et adorable, dotée d'une force intérieure qu'elle ignorait sans doute posséder. Mme Flowers, la matriarche pleine de sagesse. Alaric et Celia… eh bien, eux, ils n'étaient pas *ses* mortels au sens où l'étaient les autres, mais ils tombaient sous sa protection le temps de leur séjour. Il avait juré de protéger les humains lorsqu'il le pouvait. S'il le pouvait.

Il se rappelait Damon, au cours de l'un de ses dangereux accès de bonne humeur, lui disant en riant : « Ils sont si fragiles, Stefan ! On risque de les briser sans même le vouloir ! »

Et Elena, son Elena. Elle était aussi vulnérable que les autres. Il se raidit. S'il devait lui arriver malheur, Stefan savait sans l'ombre d'un doute qu'il enlèverait la bague lui permettant de supporter la lumière du jour, qu'il s'allongerait sur l'herbe au-dessus de la tombe de la jeune fille pour y attendre la venue du soleil.

Cependant, la même petite voix qui avait remis en cause les sentiments d'Elena lui souffla d'un ton sinistre à l'oreille : *Elle, elle ne ferait jamais cela pour toi. Pour elle, toi, tu n'es pas tout.*

Tandis qu'Elena et Meredith, parfois interrompues par des interjections de Matt et de Bonnie, continuaient à débattre de l'utilité d'une surveillance collective, Stefan ferma les yeux et replongea dans les souvenirs qu'il conservait de la mort de Damon.

Stefan, trop stupide, trop lent, regarda sans comprendre Damon, plus rapide que lui jusqu'à la fin, se précipiter vers l'arbre colossal et pousser Bonnie, aussi légère qu'un grain de pollen, hors d'atteinte des branches barbelées qui fondaient déjà sur elle.

Au moment où il écartait la rouquine, un rameau lui traversa la poitrine et le cloua au sol. Dans les yeux de son frère, Stefan aperçut une lueur de surprise avant qu'ils se révulsent. Une seule goutte de sang perla de sa bouche à son menton.

— Damon, ouvre les yeux ! hurlait Elena.

Sa voix déchirée exprimait une souffrance que Stefan ne lui avait jamais vue. Elle tendit les mains vers les épaules de Damon comme si elle voulait le secouer de toutes ses forces, et Stefan dut l'arrêter.

— Arrête, Elena, il ne peut pas ouvrir les yeux, avait-il expliqué dans un demi-sanglot.

Ne voyait-elle pas que Damon était à l'agonie ? La branche avait transpercé son cœur et le poison de l'arbre se diffusait dans ses veines et ses artères. Il n'était déjà plus. Stefan avait doucement posé la tête de Damon au sol. Il voulait laisser son frère s'en aller en paix.

Mais Elena s'y refusait.

En se tournant pour la prendre dans ses bras, pour la consoler, Stefan comprit qu'elle l'avait oublié. Ses yeux étaient clos et ses lèvres s'agitaient silencieusement. Tous ses muscles étaient tendus dans un effort pour communiquer avec Damon, et Stefan comprit dans un choc sourd que son frère et elle étaient toujours connectés, qu'une ultime conversation avait lieu sur une fréquence privée dont il était exclu.

Le visage trempé de larmes, elle sortit soudain son couteau et, d'un mouvement leste, elle entailla sa propre jugulaire. Son sang lui dégoulina aussitôt dans le cou.

— Bois, Damon, avait-elle murmuré d'un ton désespéré digne d'une supplique, tout en lui ouvrant la bouche et en plaçant son cou juste au-dessus.

Il avait beau être horrifié par le geste désinvolte d'Elena, qui s'était tranché la gorge sans hésiter, le parfum du sang d'Elena, riche et épicé, fit naître une étincelle de désir dans ses canines. Cependant, Damon ne but pas. Le sang déborda de sa bouche, lui dégoulina dans le cou, détrempa son tee-shirt et forma une petite flaque sur sa veste en cuir.

Elena sanglota et, les yeux fermés, se jeta sur Damon en embrassant ses lèvres froides. Stefan devinait qu'elle communiquait toujours avec l'esprit de son frère, qu'un flux télépathique d'amour et de secrets passait entre eux. Damon et Elena – les deux personnes que Stefan aimait le plus au monde. Les deux seules personnes qu'il aimait.

Une froide bouffée de jalousie, l'impression d'être un intrus, celui qu'on avait délaissé, lui remonta le long de l'échine tel un serpent venimeux tandis que des larmes de tristesse inondaient son visage.

La sonnerie d'un téléphone le tira de ses pensées.

Elena jeta un coup d'œil à son portable avant de répondre :

— Coucou, tante Judith.

Une pause.

— À la pension, avec tout le monde. Nous avons récupéré Alaric et son amie à la gare.

Nouvelle pause. Elena fit la grimace.

— Je suis désolée, j'avais oublié. Oui, pas de problème. Dans quelques minutes, d'accord ? Entendu. À tout de suite.

Elle se leva en s'expliquant :

— Visiblement, j'ai promis à tante Judith que je serais rentrée pour le dîner, ce soir. Robert sort l'appareil à fondue et Margaret veut que je lui montre comment tremper son pain dans le fromage.

Elle eut beau lever les yeux au ciel, Stefan ne fut pas dupe. Il devinait qu'elle était ravie de voir sa petite sœur l'idolâtrer de nouveau.

La mine sombre, Elena ajouta :

— Moi, je ne suis pas sûre de pouvoir ressortir après dîner. Quelqu'un doit pourtant rester avec Meredith en permanence. Est-ce que tu peux dormir ici ce soir, Meredith ?

La brune, qui avait ramené ses jambes sous elle, acquiesça doucement. Elle semblait fatiguée et un peu effrayée, malgré sa dernière tirade. Elena lui toucha la main pour la saluer, et Meredith lui sourit.

— Je suis sûre que vos servants s'occuperont bien de moi, ô reine Elena, lança-t-elle avec humour.

— Je n'en attends pas moins, répondit la blonde sur le même ton tout en offrant son sourire aux autres personnes présentes dans la pièce.

— Je te raccompagne à pied, proposa Stefan, qui s'était déjà levé.

— Moi, je peux te ramener en voiture, répliqua Matt, debout lui aussi.

Malgré lui, Stefan dut se retenir de rasseoir Matt de force. Il protégerait Elena lui-même. C'était *sa* responsabilité.

— Non, restez ici tous les deux, rétorqua Elena. Ce n'est pas loin, et il fait encore jour. Occupez-vous plutôt de Meredith.

Stefan reprit place dans son fauteuil en surveillant Matt du coin de l'œil. Lorsque Elena les salua de la main avant de s'en aller, Stefan projeta ses sens aussi loin que possible pour s'assurer que rien de dangereux ne la guettait sur le trajet. Cependant, ses pouvoirs n'étaient pas assez puissants pour la suivre jusque chez elle. Il serra les poings de frustration. Il était tellement plus puissant lorsqu'il s'était autorisé à boire du sang humain !

Meredith l'observait avec compassion.

— Ne t'inquiète pas pour elle, déclara-t-elle. Tu ne peux pas la surveiller tout le temps.

Non, mais je peux quand même essayer.

En remontant l'allée, Elena aperçut Caleb, qui taillait le feuillage brillant du massif de camélias à l'entrée de la maison.

— Salut ! fit-elle, surprise. Tu es resté là toute la journée ?

Il s'arrêta un instant pour essuyer la sueur qui perlait sur son front. Avec ses cheveux blonds et son bronzage impeccable, on aurait dit un surfeur californien parachuté sur une pelouse de Virginie. Elena se dit que Caleb était tout à fait à sa place, là, sous le ciel bleu de cette belle journée d'été.

— Bien sûr, dit-il avec bonne humeur. Le travail ne manque pas. Le jardin a meilleure allure, non ?

— Oui, y a pas photo.

Ce qui était vrai. La pelouse avait été tondue, les haies taillées au cordeau, et il avait planté des marguerites dans les jardinières près de la maison.

— Et toi, qu'est-ce que tu as fait de beau aujourd'hui ?

— Rien d'aussi fatigant, répondit-elle en écartant le souvenir de la course désespérée pour sauver Celia. Avec des amis, on est allés chercher quelqu'un à la gare, ensuite on a passé la journée à discuter. J'espère que le temps va se maintenir. On a l'intention de faire un pique-nique demain à Warm Springs.

— Beau programme, commenta-t-il.

Elena hésita un instant à l'inviter. Malgré les réserves de Stefan, il avait vraiment l'air gentil, et il ne connaissait sans doute pas grand monde en ville. Peut-être que Bonnie craquerait pour lui. Il était très mignon. Et Bonnie ne s'était intéressée à personne depuis longtemps. *À part Damon,* lui souffla une petite voix.

Mais, bien évidemment, elle ne pouvait pas l'inviter. Où avait-elle la tête ? Devant un quasi-inconnu, ses amis et elle ne pourraient plus évoquer les problèmes qu'une entité surnaturelle leur causait.

Elle soupira, un brin nostalgique. Redeviendrait-elle un jour une fille normale, libre d'organiser un pique-nique, de nager, de flirter et de discuter avec qui lui plaît parce qu'elle n'a aucun sombre secret à cacher ?

— Tu n'es pas fatigué ? s'enquit-elle pour changer de sujet.

Elle crut discerner une lueur de déception dans son regard. Avait-il senti qu'elle avait songé à l'inviter avant de changer d'avis ? Si c'était le cas, il se reprit aussitôt.

— Oh, ne t'en fais pas, ta tante m'a apporté deux ou trois verres de limonade et j'ai mangé un sandwich avec ta sœur à midi. Elle est adorable, ajouta-t-il dans un grand sourire. Et de bonne compagnie. Elle m'a raconté tout ce qu'il y avait à savoir sur les tigres.

— Elle t'a parlé ? s'étonna-t-elle. D'habitude, elle est plutôt timide avec les inconnus. Il lui a fallu des mois pour accepter de discuter avec mon petit ami, Stefan.

— Oh, quand je lui ai montré quelques tours de magie, elle a été si fascinée qu'elle en a oublié d'être timide. Tu verras, elle sera devenue une grande magicienne à son entrée en primaire. Elle a un véritable don.

— Vraiment ?

Son estomac se noua. Elle avait raté tant d'épisodes de la vie de sa petite sœur… Au petit-déjeuner, elle avait remarqué à quel point elle avait grandi, autant physiquement que mentalement. Elle avait l'impression que, loin d'elle, Margaret avait changé. Elena se rabroua. Elle devait cesser de se plaindre. Et s'estimer heureuse d'être là, à cet instant.

— Oui ! confirma-t-il. Regarde, je lui ai appris ça.

Il tendit son poing bronzé, le retourna et l'ouvrit pour lui montrer une petite fleur de camélia, blanche et cireuse. Puis il referma les doigts et les rouvrit : la fleur était redevenue un bouton bien serré.

— Waouh, murmura Elena, intriguée. Recommence.

Elle l'observa avec attention ouvrir et refermer la main plusieurs fois : fleur, bouton, fleur, bouton.

— J'ai montré à Margaret comment procéder pour changer une pièce d'un cent en une de vingt-cinq, expliqua-t-il. Le principe est le même.

— J'ai déjà vu ce genre de tours, pourtant je n'arrive pas à deviner où tu caches l'autre fleur. Comment tu fais ?

— C'est magique, évidemment, la taquina-t-il en ouvrant la main pour laisser tomber la fleur aux pieds d'Elena.

— Tu crois à la magie ? s'enquit-elle en scrutant ses prunelles bleues et chaleureuses.

Il flirtait avec elle – elle le savait, les garçons ne pouvaient s'en empêcher.

— J'aurais des raisons d'y croire. Je viens de La Nouvelle-Orléans. Tu sais, la patrie du vaudou ?

— Le vaudou ? répéta-t-elle en frissonnant.

— Je te fais marcher ! précisa-t-il dans un éclat de rire. Le vaudou… Tu parles, que des conneries…

— Oui, bien sûr. Tu as raison, répondit Elena avec un gloussement forcé.

— Une fois, ajouta Caleb, avant la mort de mes parents, Tyler était venu nous voir et, tous les deux, on était allés dans le Quartier français pour qu'une vieille prêtresse nous prédise notre avenir.

— Tes parents sont morts ? demanda-t-elle, surprise.

Voyant qu'il baissait la tête, elle posa un instant la main sur la sienne.

— Les miens aussi, confia-t-elle.

— Je sais, lui apprit-il, immobile.

Leurs regards se croisèrent et Elena lui sourit. Elle devinait une tristesse infinie en lui, malgré sa bonne humeur affichée.

— C'était il y a longtemps, expliqua-t-il. Pourtant, ils me manquent encore, parfois.

— Je sais ce que c'est, chuchota-t-elle en lui serrant la main.

Puis, le sourire aux lèvres, Caleb secoua un peu la tête et ce moment de connivence entre orphelins prit fin.

— Bref, comme je te le disais, Tyler et moi on devait avoir une douzaine d'années le jour où on est allés voir cette prêtresse, poursuivit-il avec un accent du Sud soudain plus prononcé. Je n'y croyais pas, à l'époque, et Tyler non plus, mais on s'imaginait que ça pourrait être marrant de se faire dire la bonne aventure. Tu sais comme on s'amuse à se faire peur, des fois. C'était assez effrayant, en fait, continua-t-il après une pause. Il y avait des tas de bougies noires allumées et des grigris bizarres accrochés partout, des trucs fabriqués avec des os et des cheveux. La prêtresse a jeté une espèce de poudre sur le sol autour de nous, puis elle a observé les différentes formes. Elle a prédit qu'un grand changement attendait Tyler et qu'il devait bien réfléchir avant de se soumettre à la volonté de quiconque.

Elena se crispa malgré elle. Tyler avait bel et bien connu un grand changement, et il s'était soumis à la volonté de Klaus. Où qu'il ait été à présent, les choses ne s'étaient pas déroulées comme il l'avait prévu.

— Et à toi, qu'est-ce qu'elle a dit ?

— Rien de très précis. Juste de bien me conduire. De ne pas m'attirer d'ennuis, de veiller sur ma famille. Ce genre de trucs. Et j'essaie de m'y tenir. Ma tante et mon oncle ont besoin de moi ici, à Fell's Church, depuis que Tyler a disparu.

Il baissa un instant les yeux vers elle, haussa les épaules et sourit de nouveau.

— Comme je disais, c'est que des conneries. La magie et tous ces trucs de barges…

— Oui, répondit Elena machinalement. Tous ces trucs de barges…

Le soleil disparut derrière un nuage et Elena frissonna de plus belle. Caleb se rapprocha.

— Tu as froid ? demanda-t-il en tendant la main vers son épaule.

Au même instant, un croassement rauque retentit dans les arbres bordant la maison, puis un grand corbeau piqua vers eux à toute vitesse. Caleb laissa retomber sa main et, tête baissée, il se couvrit le visage, mais l'oiseau remonta à la toute dernière seconde en battant furieusement des ailes.

— T'as vu ça ? s'écria le garçon. Il nous a presque percutés.

— J'ai vu, murmura Elena en suivant des yeux la silhouette ailée qui disparaissait gracieusement dans le ciel. J'ai vu.

10.

Les fleurs de sureau peuvent être utilisées lors des sorts d'exorcisme, de protection ou de prospérité, lut Bonnie, allongée sur le ventre, le menton dans la main. *À mélanger avec de la consoude, du pas-d'âne, et à envelopper dans un carré de soie rouge quand la lune est décroissante pour fabriquer une petite bourse porte-bonheur qui favorisera la richesse. À dissoudre dans un bain avec de la lavande, du chasse-fièvre et de l'agripaume pour se protéger. À brûler avec de l'hysope, de la sauge blanche et des cheveux-de-la-bonne-dame pour créer une fumée capable d'exorciser les mauvais esprits.*

Les cheveux-de-la-bonne-dame ? C'était vraiment une plante ? Contrairement aux autres, elle doutait de pouvoir en trouver dans le jardin de sa mère. Elle soupira bruyamment et sauta quelques pages.

Pour favoriser la méditation, préférer l'aigremoine, la camomille, la damiana, l'euphraise et le ginseng. Elles peuvent être mélangées et brûlées pour créer une fumée ou, si ramassées à l'aube, séchées et projetées en cercle autour du sujet.

Bonnie contempla l'épais volume avec consternation. Des pages et des pages et des pages de plantes, avec les descriptions de leurs différentes propriétés, des moments propices pour les cueillir et des meilleures façons de les utiliser. Tout cela dans un style aussi sec et ennuyeux que son ancien livre de géométrie.

Elle avait toujours détesté faire ses devoirs. Ce qu'il y avait de mieux, durant l'été entre le lycée et la fac, c'est que personne ne lui demandait de perdre son temps à lire un gros livre pour essayer de mémoriser des données barbantes. Et pourtant, c'était précisément ce qu'elle était en train de faire, alors que rien ne l'y obligeait.

Cela dit, lorsqu'elle avait sollicité l'aide de Mme Flowers pour apprendre la magie, elle s'était attendue à quelque chose de… plus cool, disons, qu'un gros manuel d'herboristerie. En son for intérieur, elle avait espéré des séances de travail en tête à tête, au cours desquelles elle aurait appris à lancer des sorts, à voler ou même à invoquer des serviteurs de l'au-delà pour lui obéir au doigt et à l'œil. Enfin quelque chose de plus palpitant qu'une lecture en solitaire. N'y avait-il aucun moyen que la connaissance magique s'implante directement dans son esprit ? Comme, euh… par magie ?

Elle sauta quelques pages supplémentaires. Ooh, voilà qui avait l'air plus intéressant :

Une amulette remplie de cannelle, de pétales de coucou et de feuilles de pissenlit vous aidera à attirer l'amour et à réaliser vos désirs les plus secrets. Ramassez les herbes sous une pluie fine et, après séchage, attachez le tout dans un carré de velours rouge avec du fil doré.

Bonnie gloussa en donnant des coups de pied dans son matelas. Elle avait sans doute elle aussi des désirs secrets à assouvir. Devait-elle cueillir la cannelle ou est-ce que cela marcherait avec celle du tiroir à épices de la cuisine ? Elle passa de nouveau en mode avance rapide. Des plantes pour améliorer la vue, des plantes pour purifier, des plantes qu'il fallait cueillir une nuit de pleine lune ou par une belle journée ensoleillée de juin. Elle soupira de nouveau en refermant le livre.

Il était minuit passé. Elle tendit l'oreille : la maison était silencieuse. Ses parents dormaient.

Maintenant que Mary, la dernière des trois sœurs aînées de Bonnie à avoir quitté la maison, vivait avec son petit ami, Bonnie regrettait de ne plus la savoir près d'elle, dans le même couloir. Cependant, il y avait quelques avantages à être débarrassée de sa grande sœur fouineuse et autoritaire.

Elle se leva aussi silencieusement que possible. Ses parents n'avaient pas l'oreille fine de Mary, mais ils viendraient la voir s'ils l'entendaient faire du bruit au beau milieu de la nuit.

Bonnie souleva prudemment une latte du parquet sous son lit. C'était sa cachette depuis qu'elle était petite. Au début, elle y avait déposé une poupée empruntée à Mary sans permission, un magot de bonbons achetés avec son argent de poche, son ruban de soie rouge préféré. Plus tard, elle y avait dissimulé les petits mots de son premier amoureux et des contrôles ratés.

Rien d'aussi sinistre que ce qui y était caché en ce moment même, en somme.

Elle en sortit un autre livre tout aussi épais que le manuel sur les plantes. Cependant, celui-ci semblait plus vieux, avec sa couverture de cuir noir ridée et tannée par le temps. Il venait lui aussi de la bibliothèque de Mme Flowers, mais cette dernière ne le lui avait pas donné. Non. Bonnie l'avait tiré de l'étagère pendant que la vieille dame avait le dos tourné et l'avait glissé dans son sac à dos. Elle avait ensuite pris son air innocent lorsque les yeux perçants de Mme Flowers s'étaient attardés sur elle.

Bonnie se sentait un peu coupable, d'autant plus que la sorcière avait accepté de la former. Mais, en toute honnêteté, personne d'autre n'aurait été *obligé* de le voler. Meredith ou Elena auraient pu avancer n'importe quelle raison pour l'emprunter, tout le monde aurait trouvé cela normal. Pire, elles n'auraient même pas eu à inventer un prétexte, elles auraient juste dit qu'elles en avaient besoin. Il n'y avait que Bonnie qu'on écoutait en soupirant, Bonnie dont on tapotait la tête – *Bonnie, la ravissante idiote* –, Bonnie qu'on empêchait de faire ce qu'elle voulait.

Le menton relevé avec détermination, elle fit courir son doigt sur les lettres du titre : *Traverser les frontières entre les vivants et les morts.*

Le cœur battant, elle ouvrit le livre au chapitre qu'elle avait repéré plus tôt. Étonnamment, ses mains ne tremblèrent pas lorsqu'elle sortit quatre bougies – deux blanches et deux noires – de sous le plancher.

Elle craqua une allumette et alluma une des bougies noires, qu'elle pencha afin de faire couler un peu de cire sur le sol. Après quoi elle y pressa la base de la bougie pour qu'elle tienne droite.

— Feu au nord, protège-moi, entonna-t-elle tout en attrapant une bougie blanche.

Installé sur le chargeur posé sur sa table de nuit, son téléphone sonna. Bonnie lâcha la bougie et poussa un juron.

Elle tendit le bras vers le mobile pour voir qui appelait. *Elena.* Évidemment. Elena ne se demandait jamais s'il était trop tard lorsqu'elle voulait parler à quelqu'un.

Bonnie résista à l'envie de l'ignorer. C'était peut-être un signe, elle ne devait peut-être pas accomplir ce rituel, du moins pas ce soir. Il valait sans doute mieux qu'elle fasse des recherches complémentaires pour s'assurer qu'elle s'y prenait bien. Bonnie souffla sur la bougie noire et prit l'appel.

— Salut, Elena, dit-elle en espérant que son amie ne ressentirait pas son agacement tandis qu'elle replaçait le livre doucement sous son lit. Quoi de neuf ?

Les cendres étaient horriblement lourdes. Il lutta contre elles, repoussa la couverture grise qui l'emprisonnait. Les doigts écartés comme des serres, il creusa frénétiquement tandis qu'une part de lui paniquait à l'idée qu'il n'allait peut-être pas vers le haut, qu'il s'enfonçait peut-être davantage encore sous la surface.

Une de ses mains serrait très fort quelque chose – quelque chose de fin et de fibreux, aussi mince que des pétales. S'il ne savait pas de quoi il s'agissait, il était certain qu'il ne devait pas le lâcher et, même si cela perturbait sa progression, il ne remit pas cette certitude en question.

Il lui semblait creuser dans les cendres depuis une éternité lorsque, soudain, son autre main émergea enfin des couches poussiéreuses. Une vague de soulagement déferla sur lui. Il avait progressé dans la bonne direction. Il n'allait pas rester enterré pour toujours.

Il tendit le bras à l'aveuglette, en quête d'une prise grâce à laquelle il pourrait se hisser hors de là. Ses doigts ne trouvèrent que cendres et boue, rien de solide, rien d'utile, et il tâtonna avec acharnement jusqu'à ce qu'il empoigne quelque chose qui, au toucher, ressemblait à un morceau de bois.

Il s'y cramponna si fort que les aspérités du bâton lui rentrèrent dans les doigts – on aurait dit un naufragé agrippant une bouée de sauvetage dans une mer déchaînée. Peu à peu, il parvint à rejoindre la surface malgré la boue glissante et, dans un ultime effort, il arracha son corps aux cendres et ses épaules émergèrent dans un bruit de succion retentissant. Il se mit à genoux malgré la douleur fulgurante qui transperçait le moindre de ses muscles et enfin debout. Il frémit et se secoua, nauséeux mais euphorique, et croisa les bras sur son torse.

Puis il paniqua en constatant que ses yeux ne pouvaient s'ouvrir. Il se frotta le visage jusqu'à détacher les croûtes de cendres boueuses collées à ses cils. Un instant plus tard, il réussit à ouvrir les yeux.

Un paysage désolé, dévasté, l'entourait. Boue noircie, flaques d'eau mêlée de cendres.

— Il s'est passé quelque chose de terrible ici, articula-t-il d'une voix rauque qui le fit sursauter.

Le silence était total.

En sentant la morsure du froid, il s'aperçut qu'il était nu, seulement recouvert de la même couche de cendres boueuses qui dissimulait tout. Il trébucha et, maudissant sa faiblesse temporaire, se redressa maladroitement.

Il devait…

Il…

Il ne se souvenait plus.

Une goutte de liquide coula sur son visage. Il se demanda vaguement s'il pleurait. Ou bien s'il s'agissait du même fluide épais et irisé qu'il apercevait partout, mélangé aux cendres et à la boue.

Qui était-il ? Cela aussi, il l'ignorait, et ce vide provoqua en lui une trémulation qui n'avait rien à voir avec les frissons dus au froid.

Ses doigts étaient toujours resserrés autour de l'objet inconnu, comme pour le protéger. Il leva le poing et le contempla un instant. Puis, doucement, il écarta les doigts.

Des fibres noires.

Soudain, une goutte de fluide opalin coula sur sa paume, au milieu des fibres. À son contact, elles se transformèrent. Des cheveux. D'un bond soyeux, d'un roux cuivré. Magnifiques.

Il referma le poing et les tint contre sa poitrine, animé par une nouvelle détermination.

Il devait partir.

À travers le brouillard qui embrumait son esprit surgit une image nette de sa destination. D'un pas traînant, il avança dans les cendres et la boue vers le Corps de Garde, qui, avec ses hautes flèches et ses lourdes portes noires, avait des allures de château et, il le savait, se trouvait droit devant lui.

11.

Elena raccrocha. Bonnie et elle avaient discuté de tout, depuis l'apparition mystérieuse des noms de Celia et de Meredith jusqu'au spectacle de danse à venir de Margaret. Cependant, elle n'avait pas été capable d'aborder le sujet qui avait motivé son appel.

Elle soupira. Quelques secondes plus tard, elle glissa la main sous son matelas et en sortit son journal à la couverture de velours.

Cher Journal,

Cet après-midi, j'ai parlé avec Caleb Smallwood sur la pelouse qui borde la maison. Je le connais à peine, pourtant je ressens comme un lien viscéral entre nous. J'aime Bonnie et Meredith plus que tout, mais elles ignorent tout de la douleur que l'on éprouve lorsqu'on perd ses parents, ce qui maintient une sorte de distance entre nous.

Je me retrouve en Caleb. Il est beau et paraît insouciant... Je suis certaine que la plupart des gens pensent que sa vie est parfaite. Je sais ce que c'est de faire semblant de tout maîtriser alors que tout fout le camp. On se sent absolument seul au monde, dans ces moments-là. J'espère qu'il a sa propre Bonnie, ou Meredith, un ami sur qui il peut compter...

Il s'est passé un truc incroyable pendant que nous parlions. Un corbeau a volé droit sur nous. Un grand spécimen, le plus grand que j'aie jamais vu, avec des plumes noires iridescentes qui brillaient au soleil, un énorme bec crochu et de grandes serres. C'est peut-être le même qui est apparu sur le montant de ma fenêtre hier matin. Comment en être sûre ? Qui serait capable de différencier deux corbeaux ?

Et, bien évidemment, ces deux oiseaux m'ont rappelé Damon, qui m'observait sous cette forme avant même que nous ayons fait connaissance.

Le plus étrange – et le plus ridicule, franchement – , c'est cet espoir naissant au fond de moi. Et si... et si Damon, pour une raison ou pour une autre, n'était pas mort, finalement ?

Et aussitôt mon espoir s'écroule, parce qu'il est bel et bien mort, et je dois l'accepter. Si je veux rester forte, je ne peux pas me mentir à moi-même. Je ne peux pas m'inventer un joli conte de fées dans lequel le noble vampire ne meurt pas, où les règles sont changées simplement parce qu'il s'agit d'un être qui m'est cher.

Cependant, cette lueur se rallume sans cesse : et si… ?

Il serait trop cruel de parler du corbeau à Stefan. Sa douleur l'a transformé. Parfois, lorsqu'il ne dit rien, j'aperçois une étrange lumière dans ses yeux vert émeraude, comme si, à l'intérieur, se trouvait quelqu'un que je ne connais pas. Et je sais qu'il pense à Damon, que ses idées l'entraînent là où je ne peux plus le suivre.

Je croyais pouvoir parler du corbeau à Bonnie. Elle aussi tenait à Damon, et elle ne m'aurait pas ri au nez parce que je me demande s'il n'y a pas une petite chance qu'il soit toujours en vie, quelque part, sous une forme ou une autre. Elle n'aurait pas ri, puisqu'elle a suggéré la même chose, tout à l'heure. Pourtant, au dernier moment, je m'en suis trouvée incapable.

Je sais pourquoi, et c'est une raison déplorable, égoïste et stupide : je suis jalouse de Bonnie. Parce que Damon lui a sauvé la vie.

Abominable, non ?

Voici l'explication : pendant longtemps, sur des milliards d'êtres humains, il n'y en avait qu'un seul qui comptait pour Damon. Un seul. Moi. De son point de vue, tous les autres pouvaient aller se faire voir. Il arrivait à peine à se rappeler les noms de mes amis.

Mais il s'est passé un truc entre Damon et Bonnie, peut-être lorsqu'ils se sont retrouvés tous les deux dans le Royaume des Ombres, peut-être même plus tôt. Elle avait toujours eu un faible pour lui, même lorsqu'il se montrait brutal, et lui aussi a commencé à remarquer son petit pinson. Il l'observait. Il se montrait tendre avec elle.

Et, lorsqu'elle s'est retrouvée en danger, il s'est rué à son secours sans penser un seul instant aux risques qu'il prenait.

Voilà pourquoi je suis jalouse. Parce que Damon a sauvé la vie de Bonnie.

Je suis monstrueuse. Et, à cause de ça, je ne veux plus partager mes interrogations concernant Damon avec Bonnie, ni même mes interrogations concernant le corbeau. Je veux garder une part de lui juste pour moi.

Elena relut ce qu'elle venait d'écrire, les lèvres pincées. Elle avait beau ne pas être fière de ses sentiments, elle ne pouvait nier leur existence.

Elle s'adossa à son coussin. La journée avait été longue et éprouvante et, à présent, il était une heure du matin. Si elle avait dit bonne nuit à tante Judith et à Robert quelques heures plus tôt, elle était incapable de se coucher pour de bon. Elle avait bricolé à droite et à gauche après avoir enfilé sa chemise de nuit : elle s'était démêlé les cheveux, avait réarrangé ses bibelots, feuilleté un magazine, glissé un coup d'œil satisfait sur la garde-robe branchée qui lui avait cruellement manqué au cours des derniers mois. Elle avait appelé Bonnie.

Son amie lui avait semblé étrange. Distraite, peut-être. Ou bien juste fatiguée. Il était tard, après tout.

Elena était elle aussi épuisée. Pourtant, elle ne voulait pas s'endormir. Elle finit par l'admettre. Elle avait un peu peur. Damon lui avait paru si réel dans son rêve de la nuit précédente ! Ce corps si ferme contre le sien, ces cheveux noirs et soyeux si doux sur sa joue. Il avait parlé d'un ton tour à tour sarcastique, enjôleur et autoritaire, comme celui du vrai Damon. Lorsque, frappée d'horreur, elle s'était souvenue qu'il n'était plus, elle avait eu l'impression de le perdre une deuxième fois.

Elle ne pourrait pourtant pas rester éveillée toute sa vie. Elle était si fatiguée... Elena éteignit la lumière et ferma les yeux.

Elle était assise sur les gradins grinçants du gymnase du lycée. Une odeur d'encaustique et de vieilles baskets flottait dans l'air.

— C'est là que nous nous sommes rencontrés, déclara Damon, qui, elle venait de s'en apercevoir, était assis à côté d'elle, si près que sa veste en cuir lui touchait le bras.

— Romantique... répliqua-t-elle en inspectant la grande salle vide et les paniers de basket qui pendaient de chaque côté.

— Je fais de mon mieux, répondit-il avec une pointe d'humour dans sa voix rauque. Cela dit, c'est toi qui as choisi cet endroit. C'est ton rêve.

— Ah bon ? Je suis en train de rêver ? demanda-t-elle en se tournant soudain pour étudier son visage. On ne dirait pas.

— Eh bien, reprit-il, laisse-moi t'expliquer. Nous ne sommes pas vraiment *ici.*

Il soutint son regard, l'air sérieux et concentré. Puis il lui offrit un de ses sourires éblouissants.

— Je suis bien content que les gymnases n'aient pas existé à l'époque où je faisais mes études, ajouta-t-il avec désinvolture, les jambes étendues devant lui. C'est humiliant, ces shorts et ces balles en caoutchouc.

— Stefan m'a pourtant dit que vous faisiez du sport, s'étonna Elena malgré elle.

Damon se renfrogna en entendant le nom de son frère.

— Peu importe, se hâta-t-elle d'ajouter. Nous n'avons peut-être pas beaucoup de temps. Je t'en prie, Damon, tu m'as dit que tu n'étais pas ici... Es-tu seulement quelque part ? Est-ce que tu vas bien ? Même si tu es mort... je veux dire, vraiment mort, mort pour de bon, es-tu arrivé ailleurs ?

Il la toisa durement.

— Ça t'intéresse tant que ça, princesse ? lui demanda-t-il, la bouche un peu déformée par un rictus.

— Évidemment ! s'emporta-t-elle, les larmes aux yeux.

Le ton du vampire était léger, mais son regard, si noir qu'il était impossible de voir où s'arrêtait l'iris et où commençait la pupille, était perçant.

— Tous les autres – tous tes amis – vont bien, et la ville est sauvée, non ? Tu as retrouvé ton petit monde. Tu dois t'attendre à des dommages collatéraux si tu veux vraiment obtenir ce que tu souhaites le plus.

Elena comprit à son expression que ce qu'elle allait répondre aurait une importance capitale. Et, n'avait-elle pas admis secrètement l'autre jour que, malgré tout l'amour qu'elle éprouvait pour Damon, c'était mieux comme ça, qu'elle pourrait être heureuse dans sa vie d'avant, au milieu de la ville intacte ? Et qu'elle ne voulait rien y changer, même si cela signifiait que

Damon était mort ? Que Damon n'était que, comme il l'avait dit lui-même, un dommage collatéral ?

— Oh, Damon, soupira-t-elle, impuissante. Tu me manques tant !

— Elena… murmura-t-il, le visage adouci, en tendant la main vers elle.

— Oui ?

— Elena ?

Une main la secouait doucement.

— Elena ?

Quelqu'un lui caressait les cheveux. Elle s'abandonna à ce contact avec délice.

— Damon ? fit-elle, encore à moitié endormie.

La main s'immobilisa, puis s'écarta. Elena ouvrit les yeux.

— Ce n'est que moi, j'en ai bien peur, répondit Stefan.

Il était assis au bord du lit, les lèvres pincées, les yeux baissés.

— Oh, Stefan ! bredouilla-t-elle en se redressant pour le prendre dans ses bras. Je ne voulais pas…

— Ce n'est pas grave, rétorqua-t-il sèchement en lui tournant le dos. Je sais ce qu'il représentait pour toi.

Elena le força à lui faire face et plongea son regard dans le sien.

— Stefan. *Stefan…* Je suis désolée, gémit-elle en voyant son air distant.

— Tu n'as aucune raison de t'excuser, Elena.

— Stefan, j'étais en train de rêver de Damon, avoua-t-elle. Tu as raison, Damon comptait pour moi et… il me manque.

Un muscle frémit sur la joue de Stefan. Elle lui caressa le visage.

— Je n'aimerai jamais quelqu'un plus que je t'aime toi, Stefan. C'est impossible. *Stefan,* répéta-t-elle en se retenant de pleurer, c'est toi, mon véritable amour, tu le sais.

Si seulement elle pouvait projeter son esprit vers lui pour lui montrer, lui faire comprendre ses sentiments… Elle n'avait jamais exploré ses autres pouvoirs, elle ne les avait jamais vraiment revendiqués, mais perdre sa liaison mentale avec Stefan lui semblait être une blessure mortelle.

Les traits de Stefan se détendirent.

— Oh, Elena ! murmura-t-il, tout en la prenant dans ses bras et en enfouissant son visage dans les cheveux de la jeune fille. Moi aussi, il me manque. C'était mon seul frère. Nous avons passé des centaines d'années à nous battre, dans une haine mutuelle. Nous nous sommes entretués lorsque nous étions encore humains, et je crois que nous ne nous sommes jamais remis du choc, de la culpabilité, de l'horreur de cet instant.

Elle le sentit frémir longuement. Il poursuivit :

— Et si nous avions enfin réappris à être frères, c'est grâce à toi.

Le front contre l'épaule d'Elena, il lui prit la main et la serra entre les siennes. Puis il la retourna et poursuivit tout en lui caressant la paume :

— Il est mort si soudainement. Je crois que je ne m'attendais pas à… je ne m'attendais pas à ce qu'il meure avant moi. Il a toujours été le plus fort, celui qui aimait le plus la vie. Je me sens…

Il esquissa un sourire, un tremblement furtif aux coins des lèvres.

— Je me sens… étonnamment seul, sans lui.

Elena entrelaça ses doigts à ceux du vampire et serra fort en s'écartant un peu pour le regarder droit dans les yeux. Elle y lut de la douleur et du chagrin, ainsi qu'une dureté qu'elle n'y avait jamais vue auparavant.

Elle l'embrassa pour tenter d'effacer tout ça. Après avoir résisté pendant une fraction de seconde, il céda.

— Oh, Elena, murmura-t-il d'une voix rauque avant de l'embrasser encore.

Tandis que leur baiser devenait plus passionné, Elena éprouva une douce satisfaction. C'était toujours comme ça : si elle se sentait éloignée de Stefan, le contact de leurs lèvres les réunissait. Elle ressentit une bouffée d'amour pour lui et d'émerveillement, et elle s'y raccrocha en la renvoyant vers lui tandis que leurs gestes devenaient plus tendres. Depuis que ses pouvoirs avaient disparu, elle en avait besoin plus que jamais.

Elle projeta son esprit, ses émotions, vers lui, par-delà la tendresse, par-delà l'amour immuable qu'elle retrouvait toujours dans ses baisers, et plongea droit dans sa conscience. Elle y découvrit une passion enflammée, qu'elle lui rendit à l'identique, et leurs émotions s'entremêlèrent en même temps que leurs doigts se serraient plus fort.

Cependant, sous cette passion elle devinait une tristesse, une tristesse terrible, infinie, et plus loin encore, dissimulée au plus profond des émotions de Stefan, elle découvrit une solitude douloureuse, celle d'un homme qui a vécu seul pendant des décennies.

Dans cette solitude, elle goûta une chose inconnue. Une chose… qui lui résistait, froide, presque métallique, comme si elle avait mordu dans du papier aluminium.

Stefan lui dissimulait quelque chose. Elle en était certaine. Elle se glissa en lui plus intimement encore et leurs baisers s'intensifièrent. Elle avait besoin de lui tout entier… Elle fit mine de rejeter ses cheveux en arrière, pour lui offrir son sang. Ce rituel les rapprochait autant que cela était possible.

Mais, avant qu'il n'ait pu accepter son offrande, on frappa soudain à la porte.

Presque aussitôt, le battant s'ouvrit et tante Judith entra. Elena cligna des yeux et se rendit compte qu'elle était seule. Ses paumes la cuisaient un peu tant Stefan s'était arraché vite de son étreinte. Elle balaya sa chambre du regard, mais le vampire avait disparu.

— Le petit-déjeuner est servi, Elena, lui annonça joyeusement sa tante.

— Euh… OK, répondit-elle distraitement en jetant un coup d'œil vers le placard.

Est-ce que Stefan s'y était caché ?

— Tout va bien, ma chérie ?

Elena eut soudain une vision de ce à quoi elle devait ressembler : les yeux écarquillés, les joues rouges, échevelée, assise dans son lit défait, en train de scruter les quatre coins de sa chambre. Il y avait bien longtemps que les pouvoirs exceptionnels de Stefan ne lui avaient plus servi pour quelque chose d'aussi trivial que d'éviter de se faire surprendre dans sa chambre !

Elle adressa à sa tante un sourire rassurant.

— Désolée, je dors encore à moitié. Je descends tout de suite. Il faut que je me dépêche, Stefan va bientôt passer me chercher.

Lorsque sa tante sortit, Elena aperçut enfin Stefan, qui lui faisait signe depuis la pelouse sous sa fenêtre ouverte. Elle agita la main en riant et oublia un instant l'étrange émotion découverte dans le tréfonds de son esprit. D'un geste, il lui fit comprendre qu'il rejoignait la porte d'entrée.

Elle rit de nouveau et se leva d'un bond pour se préparer au pique-nique à Warm Springs. Comme il était agréable d'être redevenue le genre de fille qui redoutait une punition ! Cela lui paraissait... agréablement normal.

Quelques minutes plus tard, tandis qu'Elena, qui avait enfilé un short et un tee-shirt bleu clair, et ramené ses cheveux en queue-de-cheval, descendait l'escalier, la sonnette retentit.

— Ça doit être Stefan, lança-t-elle tandis que tante Judith apparaissait à la porte de la cuisine.

Elena attrapa son sac de plage et la glacière qu'elle avait laissés la veille sur le banc dans l'entrée.

— Elena ! la gronda sa tante. Mange un morceau avant de partir !

— Pas le temps, rétorqua-t-elle en souriant, émue de revivre une scène si familière. Je prendrai un muffin ou autre chose sur la route.

Tante Judith et elle avaient eu cette même conversation presque tous les matins depuis l'entrée d'Elena au lycée.

— Oh ! Elena, rouspéta sa tante en levant les yeux au ciel. Ne bouge pas, jeune fille. Je reviens tout de suite.

Elena ouvrit la porte et sourit à Stefan.

— Salut, bel inconnu, murmura-t-elle.

Il l'embrassa si délicatement que leurs lèvres s'effleurèrent à peine.

Tante Judith revint dans l'entrée en courant et fourra une barre chocolatée dans la main de sa nièce.

— Tiens, au moins tu ne partiras pas l'estomac vide.

— Merci, répondit-elle en la serrant rapidement dans ses bras. À tout à l'heure.

— Amuse-toi bien et, par pitié, n'oublie pas le spectacle de danse de Margaret, c'est ce soir. Elle est surexcitée !

Elle les salua d'un geste lorsqu'ils s'éloignèrent vers la voiture.

— On retrouve les autres à la pension et ensuite on va tous ensemble à Warm Springs, annonça Stefan. Matt et Meredith viennent tous les deux en voiture.

— Tant mieux ! On sera moins serrés qu'hier. J'étais bien, sur tes genoux, mais j'avais peur d'écraser Celia, qui était coincée au milieu.

Elle leva la tête vers le ciel et s'étira comme un chat au soleil. Un courant d'air fouetta sa queue-de-cheval. Elle ferma les yeux pour profiter de l'instant.

— Quelle journée idéale pour un pique-nique !

Le chant des oiseaux et le bruissement des feuilles composaient une espèce d'ode à la vie. Quelques entrelacs de nuages blancs soulignaient le bleu du ciel.

— Est-ce que cela nous porterait malheur si je disais que la journée est trop belle pour qu'il nous arrive quoi que ce soit ? s'enquit-elle.

— Oui, ça nous porterait malheur à tous les coups, rétorqua-t-il, les traits sérieux, tout en déverrouillant la portière côté passager.

— Alors je vais m'abstenir. Je m'abstiendrai même de le penser. Pourtant, je me sens bien. Ça fait une éternité que je ne suis pas allée à Warm Springs.

La joie de vivre fit naître un sourire radieux sur ses lèvres. Stefan lui rendit son sourire, cependant Elena fut de nouveau frappée par cette lueur nouvelle, cette lueur troublante, dans son regard.

12.

— La journée promet d'être belle… idéale pour un pique-nique, déclara posément Meredith.

Avec autant de tact que de fermeté, Bonnie avait dirigé Celia vers la voiture de Matt, si bien que Meredith se retrouvait seule avec Alaric pour la première fois depuis son arrivée. Elle hésitait sur la conduite à adopter. D'un côté, elle avait envie de s'arrêter sur le bas-côté, d'attraper Alaric et de l'embrasser jusqu'à plus soif tant elle était heureuse qu'il soit enfin de retour. Elle aurait tellement voulu qu'il ait été auprès d'elle, au cours de ces derniers mois de folie, pour qu'il se batte à son côté, pour qu'elle puisse se reposer sur lui…

Mais, de l'autre, elle avait envie de s'arrêter sur le bas-côté, d'attraper Alaric et d'exiger qu'il lui explique précisément la nature de sa relation avec le Dr Celia Connor.

Au lieu de quoi, elle conduisait comme si de rien n'était, les mains à dix heures dix sur le volant, et parlait de la météo. Elle se faisait l'impression d'être une lâche, alors que Meredith Sulez était tout sauf lâche. Qu'aurait-elle pu dire ? Et si elle était juste parano ? Et si elle se faisait une montagne d'une simple relation de travail ?

Elle jeta un coup d'œil à Alaric.

— Bon… et si tu m'en disais un peu plus sur tes recherches au Japon ?

Le chercheur passa une main dans ses cheveux déjà ébouriffés.

— C'était un voyage fascinant. Celia est si intelligente et si expérimentée ! Elle assemble peu à peu des connaissances fragmentées sur diverses civilisations. Ça m'a vraiment ouvert les yeux, de la voir déchiffrer autant de choses d'après les indices qu'elle trouvait dans les tombes. Je n'y connaissais rien en pathologie médico-légale, mais elle a réussi à reconstituer une part importante de la culture d'Unmei no Shima.

— À t'entendre, elle est tout bonnement merveilleuse, persifla-t-elle malgré elle.

Alaric ne sembla pas le remarquer.

— Il lui a fallu du temps pour prendre au sérieux mes recherches sur le paranormal, précisa-t-il dans un vague sourire. La parapsychologie n'est pas franchement estimée par les experts des autres disciplines scientifiques. Pour eux, ceux qui, comme moi, choisissent de passer leur vie à étudier le surnaturel sont soit des charlatans, soit des naïfs. Ou des doux dingues.

— Tu as réussi à la convaincre, finalement, non ? C'est une bonne chose, se força-t-elle à répondre.

— En quelque sorte. Nous sommes devenus amis, déjà, si bien qu'elle a cessé de me prendre pour un mystificateur. À mon avis, elle trouve tout cela bien plus vraisemblable après sa première journée passée ici. Elle a cherché à le dissimuler, mais elle a été bouleversée, hier, lorsque Stefan l'a sauvée. L'existence d'un vampire prouve que la science conventionnelle ignore tout d'un certain champ de connaissances. Je suis sûre qu'elle serait ravie d'examiner Stefan.

— Je serais la première étonnée qu'il accepte, rétorqua-t-elle sèchement.

Comment pouvait-il croire que Stefan coopérerait alors qu'il avait paru si contrarié qu'Alaric ait parlé de lui à Celia ?

Le chercheur fit glisser sa main sur le dossier de la banquette jusqu'au bras de Meredith, qu'il caressa du bout du doigt.

— J'ai appris énormément de choses, continua-t-il d'un ton franc, cependant je suis bien plus préoccupé par ce qui se passe à Fell's Church.

— Tu penses à cette magie noire censée s'être réveillée par ici ?

— À cette magie noire qui semble surtout vous viser, Celia et toi, s'anima-t-il. J'ai l'impression que, l'une comme l'autre, vous ne prenez pas cette menace suffisamment au sérieux.

« Celia et moi, songea Meredith. Il s'inquiète autant pour elle que pour moi. Voire plus. »

— Je sais que nous avons affronté de terribles dangers par le passé, mais je me sens responsable de Celia, poursuivit-il. C'est moi qui l'ai amenée ici et, s'il lui arrivait quelque chose, je ne me le pardonnerais jamais.

« Vraiment plus », en conclut Meredith, amère, avant de chasser la main d'Alaric en haussant l'épaule.

Elle le regretta aussitôt. Que lui arrivait-il ? Cela ne lui ressemblait pas. Elle avait toujours été la plus calme, la plus rationnelle de tous. Et la voilà qui se comportait comme une, eh bien, une petite amie jalouse.

— Et tu es visée à ton tour, reprit-il tout en lui touchant le genou d'un geste un peu hésitant – cette fois-ci, elle le laissa faire. Meredith, je sais à quel point tu es forte. Cependant, ce qui me terrifie le plus, c'est que notre ennemi soit si différent de ce à quoi nous sommes habitués. Comment combattre ce que nous ne pouvons même pas voir ?

— Il n'y a qu'une chose à faire : rester vigilants.

Malgré sa formation poussée, elle ne comprenait pas non plus ce nouveau fléau. Pourtant, elle savait se défendre bien plus efficacement que ce qu'imaginait Alaric. Elle le regarda à la dérobée. Il avait entrouvert sa vitre et le courant d'air malmenait ses cheveux blonds. Ils avaient beau se connaître intimement, il ignorait toujours son plus grand secret.

Elle était sur le point de le lui révéler lorsqu'il se tourna vers elle en disant :

— Celia joue les courageuses, mais je sais qu'elle est épouvantée. Elle n'est pas aussi forte que toi.

Meredith se raidit. Non, ce n'était vraiment pas le bon moment pour lui annoncer qu'elle était une chasseuse de vampires. Pas alors qu'elle conduisait. Qu'elle était si furieuse. La main d'Alaric lui parut lourde et moite sur son genou. Elle savait qu'elle ne pouvait le repousser une fois encore sans trahir ses sentiments. Cependant, elle enrageait de voir que la conversation revenait toujours à Celia. Il pensait avant tout à sa collègue. Et, même lorsqu'il évoquait les dangers que courait Meredith, c'était pour les comparer à ce qu'avait vécu Celia.

Meredith serra son volant si fort que ses jointures blanchirent, et la voix d'Alaric se fondit dans le bruit du moteur. Elle fulminait tant qu'elle ne l'entendait plus.

Franchement, comment pouvait-elle être surprise qu'Alaric éprouve des sentiments pour Celia ? Meredith n'était pas aveugle. Elle était objective : Celia était intelligente, accomplie, magnifique. Celia et Alaric étaient tous deux dans la vie active alors qu'elle-même n'avait pas encore commencé l'université. Elle aussi était séduisante – elle le savait – et très intelligente. Cependant, Celia avait d'autres atouts. Elle était l'égale d'Alaric, ce à quoi Meredith ne pouvait pas prétendre, pour le moment. Bien sûr, elle était une chasseuse de vampires. Lorsqu'il l'apprendrait, admirerait-il sa force ? Ou se détournerait-il d'elle, effrayé par ses capacités, pour rejoindre quelqu'un de plus intellectuel comme Celia ?

Un abîme de tristesse s'ouvrit sous elle.

— Je commence à croire que je devrais emmener Celia loin d'ici, reprit-il.

Vu son ton, cette idée ne semblait pas l'enchanter, mais Meredith l'entendait à peine. Elle avait aussi froid que si elle s'était perdue dans le brouillard.

— Je devrais peut-être la ramener à Boston. Toi aussi, tu devrais quitter Fell's Church, si tu réussis à convaincre ta famille de te laisser partir jusqu'à la fin des vacances. Tu pourrais nous accompagner… Et, si ta famille s'y oppose, tu pourrais séjourner quelque temps chez un parent. Je m'inquiète pour toi.

— Il ne m'est encore rien arrivé, rétorqua Meredith, surprise de parvenir à garder son calme alors que tant d'idées noires bouillonnaient en elle. Et je dois rester pour protéger la ville. Si tu crois que Celia sera davantage en sécurité ailleurs, libre à toi de l'emmener. Cela dit, rien ne garantit que cette chose ne la suivrait pas. Et au moins, ici, il y a des gens qui croient à la réalité de ce danger. En plus, ajouta-t-elle, pensive, elle n'en est peut-être plus la cible. Peut-être que, une fois l'attaque déjouée, la menace passe sur quelqu'un d'autre. Mon nom n'est apparu que lorsque Stefan a sauvé Celia. Dans ce cas, je serais maintenant la seule en danger.

« Pour ce que tu t'en soucies… » songea-t-elle, tout en s'étonnant de sa propre méchanceté. Évidemment qu'Alaric se souciait d'elle !

Mais il se souciait plus encore de Celia.

Les ongles enfoncés dans le volant, elle suivit prudemment la voiture de Stefan qui quittait la route pour entrer sur le parking de Warm Springs.

— STOP ! hurla Alaric.

Meredith écrasa aussitôt la pédale de frein. La voiture s'arrêta dans un crissement de pneus.

— Quoi ? s'écria-t-elle. Que se passe-t-il ?

C'est là qu'elle la vit.

Le Dr Celia Connor était descendue de la voiture de Matt pour traverser le sentier menant aux sources. Meredith lui avait foncé dessus. Et avait pilé à quelques centimètres à peine d'elle. Devant le pare-chocs, Celia était pétrifiée, son joli visage gris de peur, sa bouche ouverte en un O parfait.

Une seconde de plus, et Meredith l'aurait tuée.

13.

— Je suis désolée, *vraiment* désolée, s'excusa Meredith pour la dixième fois.

Son visage d'habitude impassible était rouge de honte et ses yeux brillaient des larmes qu'elle retenait encore. Matt ne l'avait jamais vue dans un tel état, surtout pour un incident qui, en fin de compte, avait été évité. D'accord, Celia aurait pu se faire écraser, mais la voiture ne l'avait même pas frôlée.

— Je vais bien, Meredith, je t'assure, répéta Celia.

— Je ne t'ai pas vue ! Je ne comprends pas comment c'est possible, et pourtant c'est la vérité. Heureusement qu'Alaric était là, conclut Meredith en remerciant d'un coup d'œil le jeune chercheur qui, assis près d'elle, lui frottait le dos.

— Tout va bien, Meredith, murmura-t-il. Remets-toi.

Alaric paraissait davantage préoccupé par Meredith que par Celia, et Matt le comprenait sans mal. Meredith n'était pas du tout du genre à s'apitoyer. Alaric la serra fort dans ses bras, et elle sembla enfin se calmer.

En revanche, Celia, elle, se raidit visiblement. Matt échangea un regard attristé avec Bonnie.

Puis Stefan tendit le bras pour caresser négligemment l'épaule d'Elena, et Matt fut surpris de se sentir lui aussi un peu jaloux. N'arriverait-il donc jamais à oublier Elena Gilbert ? Leur histoire était terminée depuis plus d'une année – certes si riche en événements qu'il aurait pu tout aussi bien s'agir d'un siècle.

Bonnie l'observait maintenant d'un air interrogateur. Matt se força à lui sourire. Il préférait ne pas savoir ce qu'elle voyait en lui lorsqu'il observait Elena et Stefan.

— Là-haut, derrière le virage, se trouve le Grand Plongeon, expliqua-t-il à Celia en l'entraînant sur le sentier. Il faut crapahuter un peu, mais c'est le meilleur endroit des environs pour un pique-nique.

— Le meilleur, et de loin ! renchérit Bonnie d'un ton joyeux. On peut sauter dans la cascade.

Elle se plaça de l'autre côté de Celia pour aider Matt à éloigner la pathologiste des deux couples qui les suivaient en murmurant.

— Ce n'est pas un peu risqué ? s'enquit la scientifique.

— Pas du tout, lui assura Bonnie. Tout le monde saute, par ici, et personne ne s'est jamais blessé.

— D'habitude, c'est sans danger, précisa Matt. Cela dit, Meredith et toi, vous feriez mieux d'y réfléchir à deux fois avant d'aller nager.

— Je hais ça ! s'emporta Bonnie. Je déteste devoir me montrer hyper prudente à cause d'un truc sombre dont nous ignorons tout. Tout aurait dû redevenir normal !

Normal ou pas, l'endroit était magnifique. Ils étendirent des plaids sur les rochers plats près du sommet de la cascade. Les petites chutes suivaient la paroi de la falaise et se jetaient dans un bassin profond évoquant une fontaine naturelle dotée d'une vasque gris bronze remplie d'eau effervescente.

Mme Flowers leur avait préparé des salades, des petits pains et des gâteaux, ainsi que de la viande et du maïs à faire griller sur un barbecue portatif que Stefan avait déniché à la pension. Avec autant de nourriture, ils auraient pu partir deux jours en camping. Elena avait rempli sa glacière de boissons et, après avoir grimpé le sentier sous la chaleur estivale de Virginie, tout le monde se réjouit de pouvoir ouvrir une canette fraîche.

Stefan lui-même but au goulot d'une bouteille d'eau tout en préparant le barbecue – même si les autres se doutaient qu'il ne mangerait rien. Matt avait toujours trouvé un peu flippant de ne jamais le voir manger, même avant de savoir qu'il était un vampire.

Telles des chenilles devenant papillons, les filles ôtèrent leur jean et leur tee-shirt en se tortillant pour se montrer leurs maillots de bain. Celui de Meredith, un maillot une pièce noir, mettait en valeur son bronzage et sa silhouette fine. Bonnie portait un bikini minimaliste couleur vert sirène. Celui d'Elena, doré et sans bretelles, était assorti à ses cheveux. Matt surprit l'œil appréciateur de Stefan et sentit de nouveau une pointe de jalousie au creux de l'estomac.

Elena et Bonnie remirent presque aussitôt leur tee-shirt. Comme toujours. Leur peau très pâle brûlait au lieu de se hâler. Celia s'étendit sur une serviette. Dans son deux-pièces blanc basique mais très échancré, elle était sublime. L'effet du blanc pur sur sa peau brune était saisissant. Matt remarqua le regard de Meredith qui glissa sur Celia et remonta avant d'obliquer vers Alaric.

Ce dernier semblait trop occupé à enlever son pantalon pour se rincer l'œil. Dessous, il portait un caleçon de bain rouge. Stefan, quant à lui, ne quitta pas son jean et son tee-shirt sombres.

Est-ce que ça aussi, ce n'était pas un peu flippant ? songea Matt. La bague de Stefan le protégeait des rayons du soleil, non ? Devait-il pour autant rester dans l'ombre ? Et à quoi rimait son accoutrement noir ? Est-ce qu'il se prenait pour Damon, maintenant ? Cette idée lui déplut : un seul Damon, c'était bien assez.

Matt secoua la tête, étira ses bras et ses jambes, puis tourna son visage vers le soleil. Il s'efforça de se changer les idées. Il appréciait vraiment Stefan. Depuis toujours. C'était un mec bien. *Un vampire,* lui rappela une petite voix, *même inoffensif, peut difficilement être qualifié de « mec bien ».*

Matt ignora cette remarque.

— Tous à l'eau ! lança-t-il en se dirigeant vers la cascade.

— Pas Meredith, déclara Stefan d'un ton sans appel. Ni Celia. Vous restez là, toutes les deux.

Le silence se fit. Il leva les yeux du barbecue et découvrit que ses amis le dévisageaient. Il soutint leur regard, la mine impassible. C'était une question de vie ou de mort. Leur sécurité relevait à présent de sa responsabilité, que ça leur plaise ou non. Il les passa en revue, sans fléchir. Il ne changerait pas d'avis.

Meredith, qui s'était levée pour suivre Matt jusqu'au bord de la cascade, hésita un instant, visiblement déroutée. Ensuite, ses traits se durcirent, et Stefan comprit qu'elle allait se rebiffer.

— Je suis désolée, Stefan, répondit-elle en avançant vers lui. Je sais que tu t'inquiètes, mais je compte bien faire ce que *moi* j'ai décidé de faire. Je peux prendre soin de moi.

Lorsqu'elle fit mine de rejoindre Matt, qui avait atteint le bord de la falaise, Stefan lui saisit le bras de sa poigne de fer.

— Non, Meredith, répéta-t-il fermement.

Bonnie était bouche bée. Tout le monde l'observait d'un air à la fois inquiet et stupéfait. Stefan essaya d'adoucir son ton :

— Je veux juste m'assurer qu'il ne vous arrive rien.

Meredith soupira longuement et bruyamment, comme si elle s'efforçait d'évacuer une partie de sa colère.

— Je sais, Stefan, dit-elle d'un ton raisonnable, et j'apprécie ton dévouement. Mais je ne peux pas vivre qu'à moitié en attendant que cette chose, quelle qu'elle soit, me tombe dessus.

Lorsqu'elle tenta de le contourner, il fit un pas de côté pour lui bloquer de nouveau le passage.

Meredith jeta un coup d'œil à Celia, qui leva les mains en l'air en secouant la tête.

— Pas la peine de me regarder, rit-elle. *Moi,* je n'ai aucune envie de me jeter du haut d'une falaise. Je vais me prélasser sagement au soleil pendant que vous réglez ça entre vous.

Assise par terre, les bras tendus, les mains posées sur le sol, elle inclina la tête vers le soleil.

La mine furibonde, Meredith pivota vers Stefan. Alors qu'elle ouvrait la bouche, Elena l'interrompit :

— Et si nous passions tous en premier ? suggéra-t-elle. Nous nous assurerons qu'il n'y a rien de vraiment dangereux dans l'eau. Et nous serons tous près d'elle, à l'arrivée. Personne ne s'est jamais blessé en sautant, du moins pas que je sache. Pas vrai, les gars ?

Matt et Bonnie confirmèrent d'un hochement de tête.

Stefan se sentit faiblir. Chaque fois qu'Elena avait recours à son ton raisonnable et à ses grands yeux émouvants, il se surprenait à accepter des plans qui, en réalité, lui semblaient bien imprudents.

Elena, qui devinait son hésitation, s'engouffra dans la brèche.

— Toi aussi, tu pourrais l'attendre juste au bord de l'eau, en bas. Comme ça, en cas de problème, tu pourrais plonger aussitôt. Tu es si rapide que tu aurais le temps d'intervenir avant que ça ne tourne vraiment mal.

Stefan savait que c'était une mauvaise idée. Il n'avait pas oublié le désespoir qui s'était emparé de lui en comprenant qu'il avait été trop lent pour sauver une vie. Une fois encore, il revit le grand saut gracieux de

Damon vers Bonnie, au terme duquel Damon s'était retrouvé cloué au sol, une branche en travers du cœur. Damon était mort parce que Stefan avait été trop lent pour le sauver, trop lent pour percevoir à temps le danger et écarter lui-même Bonnie.

Tout comme il avait été trop lent pour secourir Elena lorsqu'elle s'était noyée en basculant du pont au volant de la voiture de Matt. Qu'elle ait ressuscité ne changeait rien : elle était morte par sa faute. Il se remémora ses pâles cheveux flottant comme des algues dans l'eau glacée de Wickery Creek, ses mains toujours posées sur le volant, ses yeux clos, et il frémit. Il avait dû plonger à plusieurs reprises pour la retrouver. Comme elle était froide et blême lorsqu'il l'avait hissée sur la rive…

Et pourtant, il acquiesça malgré lui. Elena obtenait toujours ce qu'elle voulait. Il resterait sur le bord pour protéger Meredith du mieux qu'il le pouvait et il prierait, autant que les vampires pouvaient prier, pour que cela suffise.

Il descendit donc seul près du bassin, qu'une bande de sable pâle et chaud brodait telle une plage miniature. La cascade projetait des embruns à des mètres à la ronde, tandis que l'eau vert sombre en son centre paraissait profonde.

Matt sauta le premier en poussant un long cri modulé. Il percuta la surface dans un *splash* retentissant et resta longtemps sous l'eau. Stefan se pencha pour scruter les profondeurs. Il ne voyait rien à travers l'écume provoquée par la cascade ; un frisson de peur lui parcourut le ventre.

Il envisageait de plonger à sa recherche lorsque la tête de Matt apparut à la surface, ses cheveux trempés collés à son crâne.

— J'ai touché le fond ! annonça-t-il, un grand sourire aux lèvres.

Il secoua la tête comme un chien s'ébroue et projeta des gouttelettes tout autour de lui. Tandis qu'il nageait vers Stefan en poussant sur ses jambes puissantes et bronzées, le vampire l'envia un instant. Matt avait la belle vie. C'était un être simple et lumineux, alors que Stefan était coincé dans l'ombre, à vivre une semi-vie faite de secrets et de solitude. Bien sûr, sa bague ornée d'un lapis-lazuli lui permettait de sortir de jour, mais rester exposé longtemps au soleil, comme aujourd'hui, lui était désagréable, à croire que même son corps protestait. C'était encore pire maintenant qu'il se réhabituait à un régime strict de sang animal. Ce malaise était un rappel, parmi tant d'autres, de sa vraie nature : sa place n'était pas ici. Au contraire de Matt.

Surpris par ses propres pensées, il chassa son amertume d'un haussement d'épaules. Matt était un bon ami. Depuis longtemps. La clarté du jour devait lui porter sur le système.

Bonnie plongea la deuxième et refit surface bien plus vite en toussant et en reniflant.

— Baaah ! s'écria-t-elle. J'ai de l'eau dans le nez ! Berk !

Elle se hissa hors de l'eau et vint se percher sur un rocher aux pieds de Stefan.

— Tu n'as pas envie de te baigner ? s'enquit-elle.

Un souvenir soudain lui revint. Damon, fort et bronzé, l'éclaboussant en riant – un de ses rares accès de bonne humeur. Cela remontait à des dizaines d'années. Du temps où les frères Salvatore vivaient encore au grand jour, à une époque où même les arrière-grands-parents de ses amis n'étaient pas encore nés.

— L'envie m'en est passée depuis très longtemps.

Elena plongea avec la même grâce désinvolte qui habitait le moindre de ses gestes, droite comme une flèche jusqu'au pied de la cascade, tandis que son maillot et ses cheveux dorés scintillaient au soleil. Elle resta sous l'eau plus longtemps que Bonnie et, une fois de plus, Stefan se crispa, les yeux rivés sur le bassin. Lorsqu'elle remonta, elle leur adressa un sourire un peu triste.

— Je n'ai pas réussi à toucher le fond, expliqua-t-elle. J'y étais presque, j'ai vu le sable tout en bas, lorsque les remous m'ont fait remonter.

— Moi, je n'ai même pas essayé, répondit Bonnie. J'ai fini par comprendre que j'étais trop petite.

En quelques brasses, Elena s'écarta des chutes et gagna la petite plage, où elle s'installa près de Bonnie aux pieds de Stefan. Matt sortit lui aussi de l'eau et leva la tête vers le sommet.

— Tu n'as qu'à sauter à pieds joints ! la taquina-t-il. T'es pas obligée de frimer, pour une fois !

Meredith avait pris place au bord de la falaise. Elle les salua d'un signe de la main, puis exécuta un saut de l'ange parfait. Elle fendit l'air à toute vitesse et transperça la surface presque sans éclaboussures.

— Elle était dans l'équipe de natation du lycée, expliqua Bonnie à Stefan sur le ton de la conversation.

Chez elle, elle a une étagère pleine de médailles et de trophées.

Stefan hocha la tête machinalement, les yeux rivés sur le bassin. La tête de Meredith allait sans doute apparaître dans un instant. Il n'avait pas fallu plus de temps aux autres pour remonter.

— Je peux y aller ? lança Alaric depuis le sommet.

— Non ! hurla Elena.

Elle bondit sur ses pieds et échangea un regard inquiet avec Stefan. Meredith tardait trop.

Soudain, elle jaillit à la surface en crachant de l'eau et en écartant ses cheveux de son visage. Stefan se détendit aussitôt.

— J'ai réussi ! s'écria-t-elle. J'ai…

Les yeux écarquillés, elle se mit à hurler. Son cri fut de courte durée car une chose invisible l'attira brutalement vers le fond. En une seconde, elle avait disparu.

Pendant un instant, Stefan se contenta de scruter l'endroit où elle avait sombré, incapable de réagir. *Trop lent, trop lent,* le tourmenta une petite voix. Il s'imagina le visage de Damon émettant un rire cruel en lui répétant : *Si vulnérable, Stefan...* Meredith n'était nulle part en vue dans l'eau effervescente. À croire qu'on l'avait soudain enlevée. Ces pensées fusèrent dans l'esprit de Stefan, puis il plongea.

Sous l'eau, il ne voyait rien. Les trombes déversées par la cascade diffusaient une marée de bulles blanches qui remontaient à la surface en projetant de l'écume et du sable devant ses yeux.

Lorsqu'il se servit de ses pouvoirs pour augmenter son acuité visuelle, il ne parvint qu'à discerner chaque bulle, chaque grain de sable individuellement. Où était passée Meredith ?

Lui aussi sentit les remous qui tentaient de le repousser vers la surface. Il dut lutter pour continuer sa descente dans l'onde trouble, les bras tendus. Ses doigts frôlèrent quelque chose, dont il s'empara : ce n'était qu'une poignée d'algues visqueuses.

Où était-elle ? Le temps pressait. Les humains ne pouvaient se passer d'oxygène que quelques minutes avant que les dommages causés à leur cerveau soient irrémédiables. Et une ou deux minutes supplémentaires signifiaient la mort assurée.

Il se remémora de nouveau la noyade d'Elena, la frêle silhouette blanche qu'il avait tirée de la voiture de Matt avec des cristaux de glace dans les cheveux. L'eau était chaude, ici, mais tout aussi fatale. Il ravala un sanglot et tendit désespérément les mains dans les sombres profondeurs.

Ses doigts frôlèrent de la peau humaine, qui réagit à son contact.

Stefan agrippa un membre – bras ou jambe ? – si fort qu'il y laisserait sans doute un bleu, et fonça droit devant. En moins d'une seconde, il vit qu'il tenait le poignet de Meredith. Ses lèvres étaient pincées par la peur, ses cheveux flottaient tout autour d'elle. Elle était consciente.

Au début, il ne comprit pas pourquoi elle n'était pas remontée à la surface. Puis Meredith lui fit de grands gestes vers de longs rubans d'algues d'eau douce qui s'étaient entortillés autour de ses jambes.

Stefan s'enfonça plus profondément encore dans l'eau et tenta de glisser ses mains sous les algues pour la libérer. Cependant, elles serraient tant la peau de Meredith, qui avait blanchi sous la pression, qu'il ne parvint même pas à y glisser le petit doigt.

Il s'entêta un instant et, d'une brasse, se rapprocha un peu plus en laissant son pouvoir se diffuser en lui pour allonger et aiguiser ses canines. Il saisit les algues entre ses dents en prenant soin de ne pas blesser Meredith, et tira de toutes ses forces, en vain.

Il comprit, un peu tard, que la résistance de la plante devait être surnaturelle. Ses pouvoirs de vampire lui donnaient la force de briser des os, de déchirer du métal, et il n'aurait pas dû avoir le moindre mal à couper quelques brins d'algues.

Et enfin – « t'es trop lent, se réprimanda-t-il, toujours trop lent » –, il comprit ce qu'il avait devant lui et, horrifié, il écarquilla les yeux.

Les rubans d'algues qui enserraient les jambes de Meredith traçaient un nom :

damon

14.

Où étaient-ils ? Elena scrutait la surface avec angoisse. Si quelque chose était arrivé à Meredith ou à Stefan, c'était sa faute à elle. C'est elle qui avait convaincu Stefan de laisser Meredith sauter dans la cascade.

Les objections du vampire s'étaient révélées tout à fait justifiées, elle le comprenait à présent. Meredith avait été désignée comme la prochaine victime. Bon sang, Celia avait failli mourir en se contentant de descendre du train ! À quoi pensait donc Meredith, à sauter du haut d'une falaise alors qu'elle risquait le même destin ? À quoi pensait donc Elena en la laissant faire ? Elle aurait dû soutenir Stefan pour convaincre Meredith de ne pas plonger.

Et Stefan… Elle savait qu'il allait sans doute bien. Son côté rationnel ne cessait de lui rappeler que Stefan était un *vampire.* Il n'avait même pas besoin de respirer. Il pouvait rester sous l'eau pendant des jours. Et sa force était colossale.

Pourtant, il n'y avait pas si longtemps, elle l'avait cru disparu pour toujours, volé par les *kitsune*. Il pouvait vraiment lui arriver malheur – vampire ou non. Si elle le perdait maintenant à cause de sa propre stupidité, de son entêtement à vouloir que tout le monde se comporte comme si la vie pouvait redevenir comme avant – comme s'ils pouvaient s'amuser un peu sans qu'un terrible malheur ne s'abatte sur eux –, Elena se coucherait à même le sol pour se laisser mourir.

— Tu vois quelque chose ? s'enquit Bonnie, la voix tremblante.

Ses taches de rousseur ressortaient sur son visage blême et ses boucles rousses, d'habitude si exubérantes, étaient plaquées sur son crâne.

— Non, pas d'ici.

Elena lui jeta un coup d'œil pessimiste et, avant même d'avoir pris consciemment la moindre décision, elle replongea dans le bassin.

Sous l'eau, la vision d'Elena était voilée par l'écume et le sable que la cascade projetait vers elle, et elle s'immobilisa un instant. Elle aperçut alors une tache sombre qui ressemblait vaguement à des silhouettes humaines et s'élança.

« Dieu soit loué », songea-t-elle avec ferveur. En s'approchant, elle découvrit bel et bien Meredith et Stefan. Ils semblaient lutter contre quelque chose : la tête de Stefan était au niveau des jambes de Meredith, tandis que cette dernière tendait désespérément les bras vers la surface. Son visage avait pris une teinte bleue à cause du manque d'oxygène et ses yeux exorbités reflétaient sa panique.

Alors qu'Elena s'approchait d'eux, Stefan eut un mouvement de recul soudain et Meredith partit comme une flèche. Comme au ralenti, Elena vit le bras de Meredith fondre vers elle. Un coup violent la projeta en arrière, droit sur les rochers derrière la cascade, où les trombes d'eau l'enfoncèrent plus profondément encore.

« Ça, c'est mauvais… » eut-elle tout juste le temps de penser avant que sa tête percute la pierre et que tout devienne noir.

Lorsqu'elle s'éveilla, elle se retrouva chez elle, debout dans sa chambre, toujours en maillot de bain. Malgré le soleil qui brillait par la vitre, Elena, trempée, tremblait de froid. De l'eau dégoulinait de ses cheveux et de son maillot, et des gouttelettes serpentaient sur ses bras et le long de ses jambes pour former de petites flaques sur la moquette.

Elle ne fut guère surprise de voir que Damon était là lui aussi, élancé, sombre et élégant, comme à son habitude. Il examinait sa bibliothèque, aussi à l'aise que s'il était chez lui, et pivota soudain pour la dévisager.

— Damon, murmura-t-elle, un peu dans les vapes mais comme toujours heureuse de le voir.

— Elena ! s'écria-t-il.

Après s'être illuminé, son visage s'assombrit d'un coup.

— Non, fit-il sèchement. Elena, réveille-toi.

— Elena, réveille-toi, répéta la voix, désespérée et effrayée, puis Elena lutta contre les ténèbres qui semblaient l'engloutir et ouvrit les yeux.

« Damon ? » se retint-elle de demander. Heureusement. C'était bien Stefan qui l'observait avec inquiétude. Même lui, si doux, si compréhensif, risquerait de mal prendre qu'elle l'appelle par le nom de son frère décédé deux fois dans la même journée.

— Stefan… dit-elle donc. Est-ce que Meredith va bien ?

Il la prit dans ses bras.

— Oui, ne t'en fais pas pour elle. Oh, bon sang, Elena ! J'ai cru que j'allais te perdre. J'ai dû te tirer sur la rive. Je ne savais pas…

Il laissa sa phrase en suspens et la serra un peu plus fort contre son cœur.

Elena fit un rapide état des lieux. Elle avait mal partout. Sa gorge et ses poumons la brûlaient, sans doute à force d'inhaler de l'eau et de la recracher. Elle était couverte de sable, et sa peau commençait à la démanger. Mais elle était en vie.

— Oh, Stefan… souffla-t-elle en fermant les yeux un instant, la tête appuyée contre son torse.

Elle était trempée et transie, alors que Stefan avait si chaud… Elle entendait les battements de son cœur au creux de son oreille. S'ils étaient plus lents que ceux d'un simple mortel, ils étaient bel et bien là, réguliers et rassurants.

Lorsqu'elle rouvrit les yeux, Matt s'était agenouillé près d'eux.

— Tu vas bien ? s'inquiéta-t-il.

Elle le rassura d'un hochement de tête et il se tourna vers Stefan.

— J'aurais dû plonger, murmura-t-il, l'air coupable. J'aurais dû t'aider à les sauver. Tout m'a semblé aller si vite ! Le temps que je me rende compte du danger, tu les avais déjà sorties de l'eau.

Elle s'assit et frôla le bras de Matt, pour qui elle éprouvait à cet instant une bouffée d'affection. Il était si bon qu'il se sentait responsable d'eux tous.

— Tout le monde va bien, Matt, assura-t-elle. C'est tout ce qui compte.

À quelques mètres de là, Alaric examinait Meredith, et Bonnie était penchée sur eux. Celia se tenait un peu à l'écart, les mains sur les hanches, et observait son collègue et sa petite amie.

Lorsque Alaric se décala, Meredith croisa le regard d'Elena. Son visage blême était un masque de souffrance, cependant elle parvint à lui adresser un sourire contrit.

— Je ne voulais pas te frapper, s'excusa-t-elle. Et, Stefan, j'aurais dû t'écouter, ou même réfléchir un peu, et rester sur les rochers. Je crois que je me suis tordu la cheville, ajouta-t-elle avec une grimace. Alaric va me conduire à l'hôpital pour qu'on me bande le pied.

— Ce que j'aimerais bien savoir, demanda Bonnie, c'est si tout est fini, maintenant. D'abord, le nom de Celia est apparu, ensuite elle a failli se faire étrangler sur le quai. Et le nom de Meredith est apparu aussi, et elle, elle a failli se noyer. Comme elles ont toutes les deux été sauvées – par Stefan, bravo, mec ! –, est-ce que ça signifie qu'elles ne craignent plus rien ? Nous n'avons pas vu d'autres noms…

Cette idée allégea le cœur d'Elena. Mais Matt secouait la tête.

— Ce n'est pas si simple, rétorqua-t-il, la mine sombre. Ça ne l'est jamais. Ce n'est pas parce que Meredith et Celia ont pu être sauvées à temps que la force, quelle qu'elle soit, qui les menaçait ne s'en prendra plus à elles. Et, même si le nom d'Elena n'est pas apparu, elle aussi s'est retrouvée en danger.

Elena, toujours dans les bras de Stefan, le sentit se crisper. En levant la tête, elle vit ses mâchoires serrées et ses yeux verts voilés par le chagrin.

— J'ai bien peur que cela ne soit pas fini. Un autre nom est apparu, annonça-t-il. Meredith, tu n'as sans doute pas eu le temps de le voir, pourtant les algues qui te retenaient traçaient des lettres sur tes jambes.

Tous poussèrent des hoquets horrifiés. Elena lui serra le bras, l'estomac noué. Elle jeta un coup d'œil à Matt, à Bonnie et à Stefan lui-même. Ils ne lui avaient jamais paru si précieux. Lequel de ses proches était-il en danger ?

— Eh bien, ne nous fais pas mariner, le pressa Meredith.

Elle avait meilleure mine et sa voix avait retrouvé son timbre ferme et assuré, mais elle ne put s'empêcher de grimacer lorsque Alaric lui frôla doucement la cheville.

— De qui s'agit-il ? demanda-t-elle encore.

Stefan hésita. Son regard se posa un instant sur Elena avant de se détourner. Il s'humecta les lèvres, signe de nervosité qu'elle ne lui connaissait pas. Il inspira profondément et lâcha enfin le morceau :

— Le nom écrit par les plantes était « Damon ».

Bonnie tomba par terre, comme si ses jambes ne la portaient plus.

— Damon est mort, protesta-t-elle, les yeux ronds.

Pourtant, fait étrange, cette annonce n'ébranla pas Elena. Au contraire, une bouffée d'espoir monta en elle. Ce serait logique. Elle n'avait jamais cru que quelqu'un comme Damon puisse simplement *disparaître.*

— Peut-être que non, se surprit-elle à répondre en repensant au Damon de ses rêves.

Quand elle avait perdu connaissance dans l'eau, elle l'avait vu de nouveau et il lui avait ordonné de se réveiller. Était-ce là un comportement crédible dans un rêve ? C'était peut-être son subconscient qui la mettait en garde, supposa-t-elle sans conviction. Mais son *nom* était apparu !

Se pouvait-il qu'il soit en vie ? Il était mort – de cela, elle ne doutait pas. Cela dit, il restait un vampire. Il était déjà mort par le passé, avant de revenir à la vie. Les Sentinelles avaient prétendument essayé de le ramener, en vain. N'était-ce donc qu'un fol espoir ? Les palpitations qui agitaient son cœur n'étaient-elles que le fruit de son aveuglement ?

Lorsque Elena reprit pied dans le présent, ses amis la dévisageaient. Un silence total s'installa – même les oiseaux avaient cessé de chanter.

— Elena, murmura Stefan, nous l'avons *vu* mourir.

Elena plongea dans le regard vert du vampire. S'il y avait la moindre raison d'espérer, il le sentirait tout autant qu'elle. Or son expression ne reflétait que de la tristesse. Stefan, visiblement, ne doutait nullement de la mort de son frère. Le cœur d'Elena se serra.

— Qui est Damon ? demanda Celia, mais personne ne lui répondit.

— Si Damon est définitivement mort, reprit Alaric, l'air soucieux, alors la chose qui provoque ces accidents cherche peut-être à instrumentaliser votre peine pour retourner le couteau dans la plaie. Afin de créer un danger émotionnel tout autant que physique.

— Dans ce cas, seuls Stefan et Elena seraient visés… répliqua Matt. Meredith et moi, nous ne l'appréciions pas vraiment, ce n'est un secret pour personne. Je suis désolé, Stefan, c'est la vérité, conclut-il en croisant les bras, comme s'il était sur la défensive.

— Je le respectais, enchaîna Meredith, surtout après tout ce qu'il a fait pour nous dans le Royaume des Ombres. Pourtant, il est vrai que sa mort ne m'a pas… affectée comme Elena et Stefan. Sur ce point, je suis d'accord avec Matt.

Elena jeta un coup d'œil à Bonnie : elle serrait les dents et se retenait visiblement de fondre en larmes.

Soudain, les yeux de la rouquine devinrent vitreux et se perdirent dans le vague. Elle se raidit et inclina la tête vers le sommet de la cascade.

— Elle a une vision, annonça Elena en se levant d'un bond.

Bonnie s'exprima d'une voix plus monocorde et plus rauque que la sienne :

— C'est toi qu'il veut, Elena. C'est toi qu'il veut.

Elena suivit son regard. Pendant un instant, un fol espoir brûla de nouveau en elle. Elle s'attendait vraiment à voir Damon tout là-haut, avec son petit sourire narquois. Ce serait bien son genre, s'il avait pour une raison ou pour une autre échappé à la mort, de réapparaître soudain en fanfare puis de minimiser le miracle en haussant les épaules tout en les gratifiant d'une repartie cinglante.

D'ailleurs, il y avait bel et bien quelqu'un, là-haut. Celia étouffa un cri et Matt poussa un juron.

Cependant, ce n'était pas Damon. Elena s'en rendit compte aussitôt. La silhouette large de stature ne correspondait pas à celle, élancée, du vampire imprévisible. Mais le soleil l'aveuglait tant qu'elle ne put distinguer les traits de l'inconnu. Elle mit une main en visière pour s'abriter les yeux.

Telle une auréole, une chevelure blonde et bouclée brillait autour d'un visage. Elena fronça les sourcils. Il lui semblait bien le reconnaître, à présent :

— Je crois que c'est Caleb Smallwood.

15.

Dès qu'Elena eut prononcé ce nom, l'individu recula et disparut du bord de la falaise.

Après une seconde d'hésitation, Matt partit en courant à sa poursuite.

Leur réaction aurait pu paraître démesurée, se dit Elena. Tout le monde avait le droit de faire de la randonnée dans les sentiers de Warm Springs et Caleb – s'il s'agissait bien de lui – n'avait absolument rien fait, à part leur jeter un coup d'œil depuis le sommet des chutes. Néanmoins, il y avait bien quelque chose de menaçant dans cette silhouette qui semblait les surveiller d'en haut et, pour Elena, leur inquiétude était légitime.

Bonnie hoqueta et son corps se détendit lorsqu'elle sortit de sa transe.

— Qu'est-ce qui s'est passé ? Oh, flûte, ne me dites pas que ça a recommencé !

— Tu te souviens de quelque chose ? voulut savoir Elena.

Les traits tirés, Bonnie fit non de la tête.

— Tu as dit « C'est toi qu'il veut, Elena », répéta Celia, qui examinait Bonnie d'un œil aussi professionnel qu'enthousiaste. Tu ne te souviens pas de qui tu parlais ?

— Ah ! S'il voulait Elena, alors ça peut être n'importe quel mec ! répondit Bonnie.

Elena la dévisagea. Était-ce une touche de méchanceté qu'elle avait cru distinguer dans le ton de son amie ? Comme Bonnie lui adressa un sourire désabusé, Elena décida que son commentaire n'était qu'une simple pique.

Matt redescendit le sentier quelques minutes plus tard en secouant la tête.

— Qui que ce soit, il a disparu, annonça-t-il, le front plissé. Je n'ai vu personne sur le chemin, ni d'un côté ni de l'autre.

— Tu crois que c'est un loup-garou, comme Tyler ? s'enquit Bonnie.

— Tu n'es pas la première à me poser la question, reconnut Elena en jetant un coup d'œil vers Stefan. Honnêtement, je n'en sais rien. Mais ça m'étonnerait. Caleb a l'air tout ce qu'il y a de plus gentil et normal. Tu te rappelles que Tyler avait toujours eu des airs de loup, même avant sa transformation ? Avec ses grandes dents blanches et son côté primitif ? Caleb n'est pas comme ça.

— Alors pourquoi nous espionnerait-il ?

— Je l'ignore, admit-elle, un peu contrariée.

Elle n'avait pas le temps d'y réfléchir pour le moment. Son esprit était trop préoccupé par une question bien plus cruciale : se pouvait-il que Damon soit en vie ? Que lui importait Caleb, à côté de ça ?

— Il était peut-être juste venu se balader, reprit-elle. Je ne suis même pas certaine qu'il s'agissait de Caleb. Ce pourrait être un autre randonneur, avec les mêmes cheveux, qui a pris peur quand Matt a chargé dans sa direction.

Leur discussion tourna en rond encore un moment jusqu'à ce qu'Alaric emmène Meredith à l'hôpital. Les autres retournèrent au sommet de la cascade pour pique-niquer.

Ils picorèrent parmi les chips, les brownies et les fruits. Matt se prépara un hot dog sur le mini-barbecue, mais l'atmosphère n'était plus à la fête.

Lorsque la sonnerie du téléphone d'Elena retentit, ce fut un vrai soulagement.

— Coucou, tante Judith, dit-elle d'un ton enjoué un peu forcé.

— Écoute, se hâta de répondre sa tante, je suis attendue à l'auditorium pour coiffer et maquiller les filles, et Robert devra déjà partir tôt de son travail pour arriver à l'heure au spectacle. Tu veux bien me faire une faveur et prendre des fleurs pour Margaret en chemin ? Un joli petit bouquet digne d'une ballerine, si tu vois ce que je veux dire.

— Pas de problème, lui assura Elena. Je vois très bien ce que tu veux dire. On se retrouve sur place.

Elle se réjouissait de pouvoir tout oublier un instant : les mystérieux randonneurs, les quasi-noyades et les accès d'espoir suivis de crises d'angoisse concernant l'apparition du nom de Damon. Regarder sa petite sœur tournoyer en tutu lui paraissait une excellente idée.

— Génial ! s'exclama tante Judith. Merci. Dis-moi, si tu es encore là-haut, à Warm Springs, tu ferais mieux de te mettre en route.

— D'accord. Je vais y aller.

Elena raccrocha et commença à rassembler ses affaires.

— Stefan, est-ce que je peux prendre ta voiture ? demanda-t-elle. Je dois aller au spectacle de danse de Margaret. Tu pourras le ramener, Matt, pas vrai ? Je vous appelle tout à l'heure pour discuter de tout ça.

— Je t'accompagne, annonça Stefan en se levant.

— Quoi ? Non, tu dois rester avec Celia et passer à l'hôpital pour veiller aussi sur Meredith.

— Dans ce cas, n'y va pas, suggéra-t-il, la main sur son bras. Tu ne devrais pas rester seule. Aucun d'entre nous n'est en sécurité. Il y a quelque chose, là, dehors, qui nous traque, et nous devons rester ensemble. Si nous restons groupés, nous pourrons nous protéger mutuellement.

Ses yeux verts exprimaient à la fois l'angoisse et l'amour, et ce fut avec une pointe de regret qu'elle libéra doucement son bras.

— Il faut que j'y aille, murmura-t-elle. Si je dois passer ma vie à avoir peur, à devoir me cacher, alors les Sentinelles auraient mieux fait de me laisser pour morte. J'ai besoin de passer du temps avec ma famille et de vivre une vie aussi normale que possible.

Elle l'embrassa avec tendresse en savourant un instant la douceur de ses lèvres.

— Et tu sais que cette chose ne m'a pas encore prise pour cible. Mon nom n'est pas encore apparu. Je te promets d'être prudente quand même.

— Tu as oublié ce qu'a dit Bonnie ? répliqua-t-il. C'est toi qu'il veut ! Et si c'était Caleb ? Il passe son temps chez toi, Elena ! Il pourrait s'en prendre à toi à tout instant !

— Je ne vais pas chez moi, de toute façon, mais à un spectacle de danse avec ma famille. Rien ne m'arrivera aujourd'hui. Mon tour n'est pas encore venu, pas vrai ?

— Elena, ne fais pas l'idiote ! s'écria-t-il. Tu es en danger.

Elena vit rouge. « Idiote ? » Stefan, même stressé ou inquiet, ne lui avait jamais manqué de respect auparavant.

— Pardon ? fulmina-t-elle.

— Elena, reprit-il en voulant lui prendre le poignet. Laisse-moi t'accompagner. Je resterai avec toi jusqu'au crépuscule, puis je monterai la garde devant chez toi toute la nuit.

— Ce n'est vraiment pas nécessaire. Protège plutôt Meredith et Celia. Ce sont elles qui ont besoin de toi.

Il prit un air si abattu qu'elle s'adoucit un peu et ajouta :

— S'il te plaît, Stefan, ne t'inquiète pas. Je serai prudente. On se voit demain.

Il serra les dents sans répondre tandis qu'elle lui tournait le dos. Elle gravit le sentier sans un regard en arrière.

Lorsqu'ils regagnèrent la pension, Stefan fut incapable de se calmer.

Il ne se rappelait pas, de toute sa longue vie, s'être déjà senti si nerveux, si mal à l'aise. Il ne tenait pas en place, à croire que sa peau était trop serrée autour de ses muscles. Il pianotait du bout des doigts sur la table, faisait craquer sa nuque, haussait les épaules, changeait sans cesse de position dans son fauteuil.

« C'est toi qu'il veut, Elena. » Qu'est-ce que cela pouvait bien vouloir dire, bon sang ? « C'est toi qu'il veut. »

Et le souvenir de cette silhouette sombre et menaçante au sommet de la falaise, telle une ombre éclipsant le soleil, avec ses boucles blondes lumineuses en forme d'auréole…

Stefan savait que sa place était auprès d'Elena. Il n'aspirait qu'à la protéger.

Mais elle l'avait rejeté et, métaphoriquement parlant, elle lui avait tapoté la tête en lui disant de rester couché, fidèle chien de garde qu'il était, pour veiller sur quelqu'un d'autre. Pour protéger quelqu'un d'autre. Peu importe qu'elle soit manifestement en danger, que cette chose – ce « il » – la veuille… Elle ne voulait pas de Stefan à son côté.

Que voulait-elle au juste ? En y réfléchissant, il lui sembla qu'Elena voulait une foultitude de choses incompatibles. Elle voulait qu'il soit son preux chevalier. Ce qu'il serait toujours, maintenant et à jamais, se promit-il, les poings serrés.

Elle voulait aussi s'accrocher au souvenir de Damon, préserver cette part d'elle-même qu'elle avait partagée avec lui, quitte à la dissimuler au reste du monde, Stefan compris.

Elle voulait tant d'autres choses encore : être la sauveuse de ses amies, de sa ville, de son monde. Être aimée et admirée. Être aux commandes.

Et redevenir une fille normale. Pourtant, sa vie d'avant avait été détruite pour toujours lorsqu'elle avait rencontré Stefan, lorsqu'il avait fait le choix de la faire entrer dans son monde. Il savait que tout était sa faute, tout, tout ce qui s'en était suivi, mais il ne parvenait pas pour autant à regretter qu'elle soit auprès de lui, à présent. Il l'aimait trop pour laisser une place quelconque aux regrets. Elle constituait le centre de son univers alors que, il le savait bien, la réciproque n'était pas vraie.

Un trou béant s'ouvrit dans sa poitrine. Stefan s'agita une fois de plus dans son fauteuil. Ses canines s'allongèrent. Il ne se rappelait pas la dernière fois qu'il s'était senti aussi... mal. Il était hanté par l'image de Caleb qui les espionnait d'en haut, comme pour vérifier que ses méfaits avaient porté leurs fruits.

— Encore un peu de thé, mon petit Stefan ? lui proposa Mme Flowers d'une voix douce qui le tira de ses pensées funestes.

Penchée au-dessus d'une table basse, la théière à la main, elle le dévisageait par-dessus ses lunettes. Son expression était si compatissante qu'il aurait été curieux de savoir ce qu'elle pouvait bien voir en lui. Cette vieille dame pleine de sagesse semblait toujours percevoir bien plus que les autres. Elle, elle pourrait peut-être lui expliquer ce qu'il ressentait.

Il se rendit compte qu'elle attendait patiemment sa réponse, la théière suspendue en l'air, et répondit machinalement en lui tendant sa tasse encore à moitié pleine :

— Oui, merci, madame Flowers.

Il n'aimait guère le goût des boissons humaines ordinaires. Cependant, se prêter à ce genre de rite lui donnait l'impression d'être intégré, et les autres se détendaient un peu autour de lui. Lorsqu'il ne mangeait ou ne buvait rien du tout, il percevait le malaise des amis d'Elena. Le fin duvet de leur nuque se dressait, comme si une voix subconsciente leur faisait remarquer qu'il n'était pas comme eux et était donc *indésirable.*

Mme Flowers remplit sa tasse et se redressa, satisfaite. Le sourire aux lèvres, elle reprit son tricot – une petite chose rose et duveteuse.

— Je suis très heureuse d'avoir tant de jeunes auprès de moi, déclara-t-elle. Vous êtes vraiment adorables, les enfants.

Stefan jeta un coup d'œil aux autres en se demandant si cette remarque n'était pas gentiment sarcastique.

Alaric et Meredith étaient rentrés de l'hôpital. Meredith, à qui on avait diagnostiqué une légère entorse, s'était fait bander la cheville par l'infirmière des urgences. Les traits habituellement sereins de la chasseuse de vampires étaient tendus, sans doute en partie à cause de la douleur et de la contrariété : elle devrait éviter de prendre appui sur son pied pendant quelques jours.

Et sans doute aussi à cause de la place qu'elle occupait. Bizarrement, lorsque Alaric l'avait aidée à entrer dans le salon et à atteindre le canapé, il l'avait fait asseoir juste à côté de Celia.

Stefan ne se considérait pas du tout comme un expert en relations amoureuses – après tout, il avait vécu des centaines d'années et n'avait connu l'amour que deux fois (et son histoire avec Katherine avait été un désastre) – mais même lui percevait la tension entre Meredith et Celia. Il ne savait pas si Alaric en était inconscient ou bien s'il feignait de l'être en espérant que la situation se réglerait d'elle-même.

Celia s'était changée : elle avait enfilé une robe bain de soleil blanche, très élégante. Elle feuilletait un magazine intitulé *Pathologie médico-légale*, l'air calme et détendu. À côté d'elle, Meredith faisait négligée, avec sa peau encore pleine de sable, ses jolis traits brouillés par la fatigue et la douleur. Alaric avait pris place dans un fauteuil près du canapé.

Celia se pencha devant Meredith pour parler à Alaric :

— Cela pourrait t'intéresser, déclara-t-elle. C'est un article sur la dentition des corps momifiés retrouvés sur une île tout près d'Unmei no Shima.

Meredith décocha un regard noir à Celia.

— Oh, murmura-t-elle. Des dents, c'est fascinant.

Celia pinça les lèvres sans répondre.

Alaric prit le magazine avec un murmure d'intérêt poli qui fit grimacer Meredith.

Stefan fronça lui aussi les sourcils. Toute cette tension qui vibrait entre Meredith, Celia et Alaric – qui, Stefan venait de le comprendre en l'observant, savait pertinemment ce qui se passait entre les deux filles et en était à la fois flatté, irrité et inquiet – brouillait les facultés de Stefan.

Tout en obéissant docilement à Elena, il avait siroté sa première tasse de thé en envoyant des vrilles de pouvoir pour tenter de savoir si Elena était rentrée chez elle, s'il lui était arrivé quelque chose – si Caleb l'en avait empêchée.

Cependant, il n'avait pas réussi à la localiser, même en déployant ses sens à leur maximum. À une ou deux reprises, il avait eu la fugace impression de sentir l'aura d'*Elena*, mais elle lui avait échappé à chaque fois.

Il avait mis son incapacité à la trouver sur le compte de ses pouvoirs amoindris mais, à présent, il comprenait la véritable raison de son échec : toutes les émotions qui se bousculaient dans la pièce – les cœurs palpitants, les joues rouges de colère, l'odeur âcre de la jalousie.

Stefan s'appuya au dossier de son fauteuil en tentant de réprimer la rage qui montait en lui. Ces gens – ses *amis* se rappela-t-il – ne faisaient pas exprès d'interférer. Ils ne pouvaient maîtriser leurs émotions. Il but une gorgée de son thé déjà tiède pour tenter de se calmer avant de perdre totalement le contrôle, et grimaça de dégoût. Le thé était incapable d'apaiser sa soif, comprit-il. Il lui faudrait bientôt partir en forêt pour chasser. Il avait besoin de sang.

Non, il devait découvrir ce que Caleb Smallwood mijotait. Il se leva si brusquement, si violemment, que son fauteuil bascula dans la manœuvre.

— Stefan ? fit Matt, visiblement inquiet.

— Que se passe-t-il ? s'enquit Bonnie, les yeux ronds.

Stefan balaya le cercle de ces visages familiers, tous tournés vers lui.

— Je dois y aller.

Sur ces mots, il tourna les talons et partit en courant.

16.

Il marcha longtemps, très longtemps, même s'il lui semblait que le paysage ne changeait jamais. La même lumière diffuse filtrait à travers un nuage de cendres perpétuel. Il avança à travers la suie, la boue, de profondes flaques d'eau noire.

De temps en temps, il ouvrait le poing et regardait de nouveau les mèches de cheveux. Chaque fois, le fluide magique les lavait un peu plus et complétait la transformation de la poignée de fibres noirâtres initiale en deux mèches brillantes, rousses et blondes.

Il continua à progresser.

Il avait mal partout, pourtant il ne pouvait s'arrêter. S'il se reposait un instant, il s'enfoncerait de nouveau dans les cendres et la boue, dans la tombe – dans la mort.

Des petits murmures tourbillonnaient dans les recoins de son esprit. Il ne savait pas vraiment ce qui lui était arrivé, mais des mots et des phrases revenaient sans cesse.

Des mots comme « abandonné », comme « solitude ».

Il était transi. Il poursuivait malgré tout. Au bout d'un moment, il se rendit compte qu'il marmonnait.

— … laissé tout seul. Jamais ils ne l'auraient abandonné, *lui*.

Il ne se souvenait pas de « lui », pourtant cette rancœur lui procurait une espèce de satisfaction malsaine. Il s'y cramponna tout en continuant sa progression.

Après avoir passé une éternité à traverser un paysage monotone, il aperçut enfin le Corps de Garde tel qu'il se l'imaginait : un châtelet aux flèches dignes d'un palais de conte de fées, noir comme la nuit.

Il pressa l'allure malgré les cendres qui entravaient ses pas. Et soudain, la terre s'ouvrit sous ses pieds. Il tomba dans les ténèbres. Une voix en lui murmura : « Pas maintenant, pas maintenant. » Il planta ses ongles dans la terre pour freiner sa chute, et seuls ses bras le maintinrent à la surface pendant que ses jambes se balançaient sous lui dans un vide sidéral.

— Non, gémit-il. Non, ils ne peuvent pas… Ne me laissez pas là. Pas une nouvelle fois.

Ses doigts glissaient peu à peu dans la boue et les cendres.

— *Damon ?* rugit une voix incrédule.

Découpée sur les lunes et les planètes dans le ciel, une silhouette massive se penchait vers lui. Son torse était nu, sa chevelure couleur bronze lui tombait sur les épaules en longues mèches indisciplinées. Le colosse s'accroupit pour le saisir par les bras et le hisser hors de la faille.

Il poussa un cri de douleur. Une créature souterraine s'était accrochée à ses jambes et le tirait vers le bas.

— Accroche-toi ! grogna la montagne en bandant ses muscles.

Il tira de toutes ses forces pour l'arracher à la chose qui convoitait Damon – *Damon,* c'est ainsi que l'avait appelé l'autre, et ce nom, bizarrement, lui sembla parfait. L'homme s'arc-bouta et la chose surgie des ténèbres le relâcha enfin. Il jaillit de la terre et percuta son sauveur.

Damon s'effondra, le souffle court, vidé de toutes ses forces.

— Tu es censé être mort, lui rappela le colosse, qui se releva et lui tendit la main pour l'aider à se relever.

Il écarta une longue mèche de cheveux de son visage et scruta Damon d'un regard grave, troublé.

— Le fait que tu ne le sois pas… Eh bien, ça ne me surprend pas autant que cela devrait.

Damon leva la tête vers son sauveur, qui l'examinait avec attention. Lorsqu'il s'humecta les lèvres pour lui parler, sa voix refusa de sortir.

— Tout a été chamboulé depuis que tes amis sont partis, expliqua l'autre. Un élément essentiel a basculé dans cet univers. Les choses ne sont plus comme elles devraient… Mais dis-moi, *mon cher*, comment se fait-il que tu sois là ?

Damon retrouva enfin l'usage de la parole. Sa voix lui parut rauque et mal assurée.

— Je… n'en sais rien.

L'homme se montra aussitôt prévenant.

— Je pense que cette situation requiert l'utilisation de la magie noire, *ne crois-tu pas* ? Et un peu de sang, peut-être. Ainsi qu'un bon bain. Ensuite, Damon, nous devrons discuter.

Il désigna d'un geste le château noir devant eux. Damon hésita un instant, jeta un coup d'œil au vide et aux cendres qui les entouraient, puis le suivit d'un pas laborieux vers les portes ouvertes.

Après le départ si brutal de Stefan, tous se tournèrent vers la sortie, et le claquement de la porte d'entrée leur apprit qu'il avait déjà quitté la maison. Bonnie croisa les bras sur sa poitrine en frissonnant. Une petite voix lui soufflait que quelque chose ne tournait pas rond. Pas rond du tout.

Celia fut la première à briser le silence.

— Intéressant, fit-elle. Est-il toujours si... impulsif ? Ou bien est-ce que c'est un truc de vampires ?

Alaric émit un petit rire sec et répondit :

— Si incroyable que cela puisse paraître, je l'avais toujours trouvé modéré et pragmatique. Je ne me rappelle pas l'avoir vu si explosif. Enfin, s'il me semblait raisonnable, c'est peut-être uniquement en comparaison avec Damon. Damon, lui, était véritablement imprévisible, conclut-il en passant sa main dans ses cheveux blonds.

— Non, tu as raison, admit Meredith, songeuse. Cela ne lui ressemble pas. Il a peut-être les nerfs à fleur de peau parce que Elena est menacée ? Mais cela ne rime à rien... ce n'est pas la première fois qu'elle est en danger. Même la mort d'Elena, qui lui avait pourtant brisé le cœur, l'avait rendu plus responsable et non plus emporté.

— Sauf que, après la mort d'Elena, lui rappela Alaric, le pire qu'il pouvait imaginer avait déjà eu lieu. Peut-être qu'il est dans tous ses états parce qu'il ignore d'où la menace va surgir.

Stupéfaite, Bonnie sirota son thé, tendit que Meredith faisait « Mmm ». Celia, quant à elle, haussa un sourcil sceptique.

— Je ne comprends toujours pas de quoi vous parlez en évoquant la mort d'Elena. Vous ne voulez tout de même pas me faire croire qu'elle a ressuscité ?

— Si, répliqua Meredith. Elle a été transformée en vampire puis, après avoir été exposée aux rayons du soleil, elle est morte physiquement. Et a été enterrée. Plus tard – des mois après – elle est revenue. Depuis, elle a retrouvé sa forme humaine.

— J'ai bien du mal à y croire.

— Honnêtement, Celia, soupira Alaric, l'air exaspéré, après tout ce qui s'est passé ici depuis notre arrivée – ton foulard qui manque de t'étrangler avant d'écrire un nom, la vision de Bonnie, Stefan qui a presque littéralement *volé* à ton secours –, je ne vois pas pourquoi tu tracerais là la limite en affirmant que tu refuses de croire qu'une jeune fille est revenue d'entre les morts.

Il marqua une pause afin de reprendre haleine et poursuivit :

— Je ne voudrais pas paraître grossier, pourtant là, franchement…

— Celia, que tu le croies ou non, c'est vrai, insista Meredith avec un petit sourire narquois. Elena est revenue d'entre les morts.

Bonnie entortilla une longue boucle rousse autour de son doigt. Sa peau devenait blanche et rouge sous la pression. Elena. Évidemment, ils parlaient d'Elena. Comme toujours. Qu'elle soit présente ou non, tout ce qu'ils disaient ou pensaient tournait autour d'elle.

Alaric s'adressa à tout le petit groupe :

— Si Stefan paraît convaincu que le « c'est toi qu'il veut » désigne Caleb, moi je n'en suis pas si sûr. D'après ce que j'ai pu voir des autres visions de Bonnie, et de ce que vous m'en avez rapporté, elles concernent très rarement ce qu'elle a devant les yeux. L'apparition de Caleb – si tant est qu'il s'agissait bel et bien de lui – n'est peut-être qu'une coïncidence. Tu ne crois pas, Meredith ?

« Oh, surtout, ne te sens pas obligé de me demander mon avis sur mes propres visions, se dit Bonnie avec amertume. Je ne suis que le réceptacle. » C'était toujours pareil, non ? On ne faisait jamais attention à elle.

— Ce pourrait être une coïncidence, en effet, répondit Meredith d'un ton peu convaincu. Mais s'il ne s'agit pas de Caleb, alors qui est-ce ? Qui veut Elena ?

Bonnie coula une œillade discrète vers Matt, qui regardait par la fenêtre, comme s'il ne s'intéressait pas du tout à la conversation. Même si elle était la seule à l'avoir deviné, elle savait que Matt aimait toujours Elena. C'était bien dommage : Matt était trop mignon. Alors qu'il pourrait sortir avec qui il voulait, il mettait beaucoup de temps à oublier son ex.

D'un autre côté, aucun mec ne semblait capable d'oublier Elena. La moitié des garçons du lycée Robert E. Lee lui avaient tourné autour en la couvant d'œillades langoureuses, comme si elle pouvait à tout instant leur tomber dans les bras. À n'en pas douter, la plupart de ses ex étaient restés un peu amoureux d'elle, alors même qu'Elena avait plus ou moins oublié leurs noms au fil du temps.

« Ce n'est pas juste », songea Bonnie en resserrant un peu plus ses cheveux autour de son doigt. Tout le monde voulait Elena, alors que les histoires de cœur de Bonnie ne duraient jamais plus de quelques semaines. Qu'est-ce qui clochait chez elle ? Les mecs lui disaient toujours qu'elle était mignonne, adorable, drôle… puis, dès qu'ils remarquaient Elena, ils ne la voyaient plus.

Pareil pour Damon, Damon le magnifique, Damon le plus sexy qui soit. S'il avait éprouvé de l'affection pour elle, elle comprenait, quand elle arrêtait de se faire des films, que lui non plus ne l'avait jamais vraiment vue.

« Je ne suis qu'un faire-valoir, c'est ça, mon problème », se dit-elle, déprimée. Elena était la star, Meredith l'héroïne… et Bonnie le faire-valoir.

Celia s'éclaircit la gorge avant de répondre :

— Je dois bien admettre que ces noms surgis de nulle part m'intriguent. Ils semblent bel et bien annoncer un certain danger. Quoi que signifie la vision supposée de Bonnie (en entendant son nom, Bonnie lui décocha le regard le plus mauvais dont elle était capable, mais Celia l'ignora), nous devrions faire des recherches sur la question, voir s'il y a des précédents. Il existe peut-être un historique de ce genre de phénomènes, un ouvrage sur ces « saintes Écritures ».

Ses lèvres s'ourlèrent tandis qu'elle souriait à sa propre blague.

— Par où commencer ? s'écria Bonnie en réagissant malgré elle à l'attitude professorale de Celia. Je ne saurais même pas où aller pour faire ce genre de recherches… Un livre sur les malédictions, peut-être ? Ou les signes prémonitoires ? Est-ce que vous avez quelque chose sur la question dans vos bibliothèques, madame Flowers ?

— J'ai bien peur que non, ma petite Bonnie. Mes ouvrages, comme vous le savez, concernent surtout les plantes. Si j'ai quelques manuels plus spécialisés, je ne me rappelle pas y avoir lu quoi que ce soit qui pourrait nous aider.

Lorsqu'elle mentionna les livres « plus spécialisés », Bonnie piqua un fard. Elle repensa au grimoire sur la communication avec les morts, toujours niché sous le plancher de sa chambre, et espéra que Mme Flowers n'avait pas remarqué sa disparition.

Quelques secondes plus tard, elle estima que ses joues avaient dû reprendre une couleur acceptable et osa un coup d'œil alentour. Seule Meredith l'observait, un sourcil arqué avec élégance. Si la chasseuse de vampires se doutait de quelque chose, elle la harcèlerait jusqu'à lui extorquer toute la vérité, si bien que Bonnie lui adressa un sourire forcé en croisant les doigts dans son dos pour attirer la chance. Meredith haussa son autre sourcil et la dévisagea avec une profonde méfiance.

— En fait, poursuivit Celia, j'ai un contact à l'Université de Virginie qui étudie le folklore et la mythologie. Elle s'est spécialisée dans l'étude de la sorcellerie, des malédictions, ce genre de choses…

— Tu penses que tu pourrais l'appeler ? s'enquit Alaric avec espoir.

— Il vaudrait mieux que je m'y rende personnellement, répondit-elle, le front plissé. Sa bibliothèque n'est pas aussi ordonnée qu'elle devrait l'être – j'imagine que c'est symptomatique du genre d'esprits qui étudient les histoires plutôt que les faits – et il me faudra sans doute du temps pour découvrir s'il y a quoi que ce soit d'intéressant. Ce n'est pas plus mal que je quitte un peu la ville, de toute façon. Après avoir côtoyé la mort d'un peu trop près deux fois en deux jours, poursuivit-elle avec un regard appuyé vers Meredith, qui rougit, je commence à croire que Fell's Church est mauvais pour ma santé. Alaric, tu trouverais sans doute des choses intéressantes dans sa bibliothèque, si tu as envie de venir avec moi. Le Dr Beltram est l'un des experts les plus renommés dans son domaine.

— Euh… balbutia celui-ci, pris au dépourvu. Merci, mais il vaut mieux que je reste ici pour aider Meredith. Avec son entorse, et tout le reste…

— Mmm, marmonna la pathologiste en glissant un nouveau coup d'œil vers la chasseuse de vampires.

Cette dernière, qui semblait chaque seconde un peu plus heureuse depuis que Celia avait annoncé son départ, l'ignora et gratifia Alaric d'un sourire radieux.

— Bon, reprit Celia, j'imagine que je devrais l'appeler tout de suite et commencer à rassembler mes affaires. Ne jamais remettre au lendemain ce que l'on peut faire le jour même.

Celia se leva, lissa sa robe et sortit de la pièce la tête haute. Au passage, elle frôla la table près du fauteuil de Mme Flowers et fit tomber son tricot.

— Quelle garce ! murmura Bonnie, indignée, dès qu'elle eut quitté la pièce.

— Bonnie… articula Matt d'un ton de mise en garde.

— Je sais, rétorqua la rousse avec humeur. M'enfin, elle aurait quand même pu dire « pardon », non ? Et de quel droit invite-t-elle Alaric à l'accompagner ? Il vient à peine d'arriver. Il ne t'a pas vue depuis des mois, Meredith. Bien sûr qu'il n'allait pas repartir aussitôt avec elle !

— Bonnie, répéta à son tour Meredith d'une drôle de voix étranglée.

— Quoi ? demanda-t-elle, alertée par son ton étrange, avant de balayer la pièce du regard. Oh. *Oh.* Oh, non !

En tombant, la pelote de laine de Mme Flowers avait roulé par terre et s'était dévidée sur le sol. Dans les boucles rose pâle, impossible de ne pas reconnaître un mot :

bonnie

17.

Une fois dehors, Stefan se souvint qu'Elena avait pris sa voiture. Il s'enfonça dans les bois et se mit à courir en puisant dans ses pouvoirs pour augmenter sa vitesse. Le martèlement de ses pas évoquait un tambour de guerre.

Il savait où vivait Tyler Smallwood, même avant sa disparition. Comme Tyler avait agressé Elena lors d'un bal, il lui avait paru logique de le garder à l'œil. Stefan surgit des bois à l'orée de la propriété des loups-garous.

À ses yeux, leur demeure était bien laide – reproduction ratée d'une villa coloniale, trop large pour le terrain et surchargée de colonnades et de décorations rococo. D'un simple coup d'œil, il devinait que les Smallwood avaient davantage d'argent que de goût et que les architectes qui avaient dessiné leur maison n'avaient jamais appris à respecter les formes classiques.

Il sonna à l'entrée puis se figea. Et si c'était M. ou Mme Smallwood qui lui ouvrait ? Il serait obligé de les influencer pour qu'ils lui fournissent le plus d'informations possible sur Caleb et oublient ensuite la visite de Stefan. Il espérait en être encore capable. Il n'avait pas mangé à sa faim depuis longtemps, pas même en sang animal.

Cependant, personne ne vint. Au bout d'une poignée de secondes, Stefan projeta des vrilles de pouvoir dans la maison. Elle était déserte. Il lui était donc impossible d'entrer, de fouiller la chambre de Caleb comme il le voulait. Sans invitation à franchir le seuil, il était coincé dehors.

Il erra autour de la maison en jetant des coups d'œil par les fenêtres. Il ne découvrit rien d'extraordinaire mis à part une profusion de cadres et de miroirs dorés.

À l'arrière, il aperçut un petit abri de jardin blanc. Il le sonda mentalement et y devina quelque chose d'un peu… dérangeant. À peine un soupçon de ténèbres, des bribes de frustration et de mauvaises intentions.

L'abri était fermé par un cadenas, que Stefan n'eut aucun mal à briser entre ses mains. Et, comme personne ne vivait à l'intérieur, il n'avait pas besoin d'être invité pour y pénétrer.

La première chose qu'il vit fut le visage d'Elena. Des coupures de presse et des photos avaient été punaisées partout sur les murs : Elena, Bonnie, Meredith, lui-même. Sur le sol, un pentagramme où l'on avait placé d'autres photos et des roses.

Ses craintes se confirmèrent. Elena était en danger. Il projeta ses sens en avant, cherchant désespérément sa trace, et repartit en courant.

Tandis qu'elle s'éloignait du fleuriste au volant de la voiture de Stefan, Elena retourna dans sa tête la conversation qu'elle avait eue avec lui.

Que lui arrivait-il depuis leur retour à Fell's Church ? À croire qu'il lui cachait une part de lui-même. Elle se remémora la solitude, l'impression de sombrer ressenties lorsqu'elle l'avait embrassé. Est-ce que c'était la perte de son frère qui le changeait à ce point ?

Damon. Penser à lui suffit à lui causer une douleur presque physique. Le beau, l'imprévisible Damon. Si dangereux... Et aimant, à sa façon. Dire que son nom était apparu sur les jambes de Meredith...

Elle ignorait ce que cela pouvait bien signifier. Il n'y avait aucun espoir, de toute façon. Elle devait cesser de s'aveugler. Elle avait vu Damon mourir. Pourtant, il lui semblait impossible que quelqu'un de si complexe, de si fort, d'apparence invincible, puisse disparaître si vite et si simplement. Mais c'était toujours comme ça, pas vrai ? Elle était bien placée pour savoir que la mort venait rarement en grande pompe, qu'elle surgissait au moment où l'on s'y attendait le moins. Elle le savait depuis longtemps, avant que ces... ces *histoires* de vampires, de loups-garous et d'ennemis mystérieux ne commencent. Elle avait pris conscience de la soudaineté et de la simplicité de la mort des années plus tôt, lorsqu'elle était l'Elena Gilbert normale, ne croyant à rien qui touchait de près ou de loin au surnaturel, pas même aux horoscopes ou aux diseuses de bonne aventure, et encore moins aux monstres.

Elle jeta un coup d'œil vers le siège passager, où elle avait posé les roses fuchsia pour Margaret. Et, à côté, un petit bouquet tout simple de myosotis – qui signifient « ne m'oublie pas » dans le langage des fleurs. *Comme si je pouvais oublier,* songea-t-elle.

Elena se rappela ce dimanche après-midi ordinaire et le trajet en voiture qui les ramenait, ses parents, Margaret et elle, vers chez eux. C'était un jour d'automne ensoleillé magnifique : les feuilles des arbres bordant la route commençaient tout juste à se parer de rouge et d'or.

Ils étaient allés déjeuner dans une petite auberge de campagne et Margaret, qui était encore bébé et faisait ses dents à l'époque, avait été irritable tout au long du repas. Ils avaient dû se relayer pour la faire marcher de long en large sur la véranda pendant que les autres mangeaient. Mais, dans la voiture, la petite s'était calmée, à moitié endormie, et ses cils dorés retombaient sur ses joues pour des périodes de plus en plus longues.

C'était son père qui conduisait, se souvenait Elena, et la radio avait été réglée sur une station locale pour qu'il puisse entendre le bulletin d'informations. Sa mère s'était retournée pour regarder Elena, ses yeux bleu saphir si semblables aux siens. Ses cheveux dorés, qui commençaient à peine à griser, étaient ramenés en arrière en une tresse africaine pratique et élégante. Le sourire aux lèvres, elle lui avait demandé :

— Sais-tu ce qui serait super chouette ?

— Non, quoi donc ? s'était enquise Elena en lui rendant son sourire.

Puis elle avait vu une étrange lumière passer à côté d'eux et s'était penchée sans attendre la réponse de sa mère.

— Regarde comme c'est joli, papa, c'est quoi ? avait-elle lancé, le doigt pointé en l'air.

Elena ne sut jamais ce qui aurait été « super chouette ». Et son père ne lui expliqua jamais ce qu'elle avait vu de si joli.

La dernière chose dont elle se souvenait, c'était des bruits : le hoquet de son père et le crissement des pneus. Après cela, plus rien jusqu'à ce qu'elle se réveille à l'hôpital, tante Judith à son chevet, lui apprenant que ses parents étaient décédés. Ils étaient morts avant même l'arrivée des secours.

Avant de rebâtir Fell's Church, les Sentinelles lui avaient appris que c'était elle qui aurait dû mourir dans cet accident, et que ses parents auraient dû continuer à vivre. La lumière qu'elle avait vue venait de leur aéronef. Elena avait distrait son père au pire moment et, à cause d'elle, la mort avait frappé à côté.

À présent, elle en sentait le fardeau – la culpabilité d'avoir survécu, sa colère contre les Sentinelles. Elle jeta un coup d'œil à l'horloge du tableau de bord qui lui confirma qu'il lui restait un peu de temps avant le début du spectacle de Margaret. Elle sortit de l'autoroute et entra dans le parking du cimetière.

Après s'être garée, elle se dirigea d'un pas vif vers la partie la plus récente du cimetière, le bouquet de myosotis à la main. Les oiseaux gazouillaient gaiement dans le ciel. Il s'était produit tant de choses dans ce cimetière durant l'année passée. Bonnie avait eu l'une de ses premières visions là, entre les tombes.

Stefan l'avait suivie ici et l'avait observée en cachette alors qu'elle pensait encore qu'il n'était que le nouveau hyper canon du lycée. Damon avait failli tuer un vieux clochard sous le pont en lui prenant trop de sang. Katherine avait chassé Elena du cimetière avec ses maléfices de brouillard et de glace. Et, évidemment, Elena était morte en tombant du pont Wickery, tout près du cimetière, au terme de cette première vie qui lui semblait si lointaine.

Elle passa devant le monument aux morts de la guerre civile et descendit vers la petite vallée ombragée où étaient enterrés ses parents. Le bouquet de fleurs des champs que Stefan et elle avaient posé sur leur tombe avait fané. Elena le jeta et le remplaça par les myosotis. Elle enleva la mousse qui avait poussé sur le nom de son père.

Tout à coup, elle sursauta en entendant le gravier crisser derrière elle, dans l'allée. Lorsqu'elle pivota, elle ne vit personne.

— Je suis juste nerveuse, marmonna-t-elle, et sa voix lui parut anormalement forte dans le cimetière silencieux. Il n'y a pas de raison de s'inquiéter, ajouta-t-elle d'un ton plus ferme.

Elle s'assit dans l'herbe devant la tombe de ses parents et fit glisser son doigt sur le nom de sa mère, gravé dans le marbre.

— Bonjour, dit-elle. Il y a bien longtemps que je ne suis pas venue vous parler, je sais. Je suis désolée. Des tas de choses horribles sont arrivées.

Elle marqua une pause avant de reprendre :

— Je suis désolée aussi parce que… j'ai appris que vous n'étiez pas censés mourir si jeunes. Lorsque j'ai demandé aux Sentinelles de vous… de vous ramener, elles ont affirmé que vous étiez partis pour un monde meilleur et qu'elles ne pouvaient plus rien y faire. J'aurais voulu… Je suis contente que vous soyez heureux, où que vous soyez, mais vous me manquez quand même.

Elena soupira en laissant retomber sa main sur l'herbe, qu'elle caressa près de son genou.

— Encore une fois, un être surnaturel me poursuit, ajouta-t-elle tristement. Nous poursuit tous, en fait… Pendant une de ses transes, Bonnie m'a dit que c'était moi qui l'avais rapporté. Et ensuite, elle a affirmé que c'était moi qu'il voulait. Je ne sais pas s'il s'agit de deux personnes – ou créatures – différentes, ou d'une seule. Mais les forces maléfiques finissent toujours par se focaliser sur moi, soupira-t-elle en tordant un brin d'herbe entre ses doigts. J'aimerais que la vie soit plus simple pour moi, comme elle peut l'être pour les autres filles. Parfois… Je suis vraiment heureuse d'avoir Stefan près de moi, d'avoir pu aider à protéger Fell's Church, mais… c'est dur. Vraiment très dur.

Elle ravala un sanglot.

— Et… Stefan est toujours là pour moi. Cependant, j'ai l'impression de ne plus le connaître, surtout parce que je ne suis plus capable de lire dans ses pensées. Il est si tendu… On dirait qu'il doit se contrôler en permanence.

Elle sentit un léger mouvement derrière elle, ainsi qu'un courant d'air chaud et humide, comme si quelqu'un lui soufflait sur la nuque.

Elena jeta un coup d'œil par-dessus son épaule. Caleb était accroupi juste derrière elle, si près qu'ils se retrouvèrent presque nez à nez. Elle hurla, mais il lui plaqua la main sur la bouche pour la faire taire.

18.

La main de Caleb était chaude et lourde contre les lèvres d'Elena, qui y planta ses ongles pour se libérer. De son autre main, il la tenait fermement par l'épaule pour l'immobiliser.

Elena se débattit de toutes ses forces, donna un coup de coude dans l'estomac de Caleb et mordit la main qui lui couvrait la bouche. Il recula d'un bond et la relâcha en serrant sa main contre son torse. Elena put recommencer à crier.

Caleb s'écarta d'elle en levant les mains en l'air, comme pour se rendre.

— Elena ! Elena, je suis vraiment désolé. Je ne voulais pas te faire peur. Je voulais juste éviter que tu cries.

Le souffle court, elle le dévisagea avec inquiétude.

— Qu'est-ce que tu fiches ici ? Pourquoi tu es arrivé en douce derrière moi si tu ne voulais pas me faire peur ?

Il haussa les épaules, visiblement mal à l'aise.

— Je m'inquiétais pour toi, admit-il en fourrant les mains dans ses poches, tête basse. Je me baladais à Warm Springs, tout à l'heure, et je t'ai vue avec tes amis. Ils te tiraient hors de l'eau, et j'ai bien cru que tu ne respirais plus.

Il la regarda par en dessous, à travers ses longs cils dorés.

— Tu t'inquiétais tellement pour moi que tu as décidé de te jeter sur moi et de me couvrir la bouche pour m'empêcher d'appeler à l'aide ? demanda Elena.

Caleb baissa la tête un peu plus encore et sortit une main de sa poche pour se frotter la nuque.

— Je n'ai pas réfléchi... Tu avais l'air si pâle... Ensuite, tu as ouvert les yeux et tu t'es assise. J'allais descendre vers vous pour m'assurer que tu allais bien, mais ton ami m'a vu et il s'est rué vers moi comme s'il comptait me faire la peau et j'ai dû paniquer... Je ne suis pas un lâche, d'habitude, ajouta-t-il en souriant. Là, il semblait vraiment *fou* de rage.

Malgré elle, Elena se sentit désarmée. Elle avait toujours mal à l'épaule, où Caleb l'avait serrée si fort, mais il paraissait vraiment sincère et désolé.

— Bref, reprit-il en la dévisageant de ses yeux bleus candides, je me dirigeais vers la maison de mon oncle et de ma tante quand j'ai reconnu la voiture sur le parking du cimetière. Je me suis arrêté pour discuter un instant, histoire de m'assurer que tu allais bien. Sauf que, quand je t'ai retrouvée, tu étais assise et tu parlais toute seule, alors je me suis senti bête. Comme je ne voulais pas t'interrompre ni débouler au milieu d'un truc intime, j'ai décidé d'attendre.

Il baissa de nouveau la tête d'un air penaud et conclut :

— Au lieu de ça, je t'ai fait la peur de ta vie en t'agressant, ce qui n'était sans doute pas la meilleure façon de m'y prendre. Je m'excuse sincèrement, Elena.

Le pouls d'Elena était revenu à la normale. Quelles qu'aient été les intentions de Caleb, il ne l'attaquerait plus.

— C'est bon, soupira-t-elle. En fait, je me suis cogné la tête sous l'eau, contre des rochers. Mais je vais bien. Ça a dû te faire bizarre de me voir assise là, toute seule, en train de marmonner. Il m'arrive de venir parler à mes parents, c'est tout. Ils sont enterrés là.

— Ce n'est pas bizarre du tout, répondit-il calmement. Moi aussi, je parle à mes parents de temps en temps. Quand il se passe quelque chose et que j'aimerais qu'ils soient là pour le voir, je leur raconte tout et ça me donne l'impression qu'ils sont là.

Il déglutit avec difficulté avant de poursuivre :

— Même après des années, ils nous manquent toujours, pas vrai ?

Les dernières bribes de colère et de peur d'Elena s'évanouirent devant la tristesse de Caleb.

— Oh, Caleb… murmura-t-elle en tendant la main vers son bras.

Du coin de l'œil, elle surprit un mouvement brusque et vit que, comme surgi de nulle part, Stefan accourait droit vers eux à une vitesse vertigineuse.

— Caleb ! grogna-t-il en l'attrapant par le col et en le jetant à terre.

Le garçon poussa un cri de douleur et de surprise.

— Stefan, non !

Le vampire se tourna vers elle. Son regard était impitoyable et ses canines complètement allongées.

— Il n'est pas ce qu'il affirme être, Elena, annonça-t-il d'une voix étrangement calme. Il est dangereux.

Caleb se releva doucement en s'appuyant sur une pierre tombale. Il fixait les crocs de Stefan.

— Qu'est-ce qui se passe ? demanda-t-il. Qui es-tu vraiment ?

Stefan pivota vers lui et, d'un geste presque nonchalant, le projeta de nouveau au sol.

— Stefan, ça suffit ! s'emporta Elena, incapable de réprimer les notes hystériques de sa voix.

Elle voulut le prendre par le bras, mais il était trop loin.

— Tu vas le blesser !

— C'est *toi* qu'il veut, Elena, gronda-t-il. Tu comprends ? Tu ne peux pas lui faire confiance !

— Stefan, l'implora-t-elle. Écoute-moi. Il n'a rien fait de mal. Tu le sais aussi bien que moi. C'est un humain.

Elle ravala les larmes brûlantes qui lui montaient aux yeux. Ce n'était pas le moment de pleurnicher. Elle devait garder son calme pour pouvoir raisonner Stefan et l'empêcher de péter les plombs.

Caleb se releva tant bien que mal en grimaçant de douleur et, le visage rouge, il chargea gauchement le vampire. Lorsqu'il lui fit une clé autour du cou, Stefan, sans effort, le jeta une nouvelle fois à terre.

Le vampire se pencha sur lui d'un air menaçant.

— Tu ne fais pas le poids, rugit-il. Je suis plus fort que toi. Je peux te chasser de cette ville ou te tuer, si le cœur m'en dit. Et je ne reculerai ni devant l'un ni devant l'autre si je le juge nécessaire. Je n'hésiterai pas.

Elena l'attrapa par le bras.

— Stefan, arrête ! Arrête ! s'écria-t-elle.

Elle le tira vers elle pour le forcer à lui faire face, à l'écouter.

« Respire… » s'ordonna-t-elle, au bord du désespoir. Elle devait apaiser la situation. Elle tenta de prendre une voix posée et logique :

— Stefan, je ne sais pas ce que tu t'imagines à propos de Caleb, mais essaie de réfléchir un instant.

— Elena, regarde-moi, la coupa-t-il, en émoi. Je *sais*, je suis absolument certain que Caleb est un être malfaisant. Il représente une menace. Nous devons nous débarrasser de lui avant qu'il trouve un moyen de tous nous détruire. Nous ne pouvons pas nous contenter d'attendre qu'il passe à l'action.

— Stefan… murmura-t-elle d'une voix tremblante.

Une part étrangement rationnelle, détachée d'elle-même remarqua que c'était sans doute ça qu'on ressentait lorsque la personne qu'on aimait le plus au monde perdait la raison.

Elle cherchait encore quoi répondre lorsque Caleb se releva. Son visage portait une longue égratignure et ses cheveux blonds étaient emmêlés et pleins de terre.

— Fous-moi la paix ! lança-t-il en s'approchant de Stefan.

Il boitait un peu et tenait dans sa main droite une pierre grosse comme son poing.

— Tu n'as pas le droit… reprit-il en brandissant le caillou d'un air menaçant.

— Arrêtez, tous les deux ! hurla Elena d'une voix qu'elle espérait digne d'un général pour pouvoir attirer leur attention.

Caleb arma son bras et jeta la pierre droit vers le visage de Stefan.

Celui-ci l'esquiva si vite qu'Elena ne le vit même pas bouger, il saisit Caleb par la taille et, d'un geste plein de grâce, il le projeta en l'air. Pendant une fraction de seconde, Caleb se retrouva suspendu, comme s'il était aussi léger et désarticulé qu'un épouvantail tombé d'une camionnette, puis il heurta le bord du monument aux morts dans un craquement écœurant. Il retomba lourdement au pied de la statue, où il resta inerte.

— Caleb ! hurla-t-elle, horrifiée.

Elle se précipita vers lui, se frayant un passage entre les buissons et les touffes d'herbes qui entouraient le monument.

Il avait les yeux clos, le visage blême. Elena voyait les veines bleu clair qui striaient ses paupières. Une flaque de sang grandissait sous sa tête. Une traînée de boue lui barrait le visage et cette marque, ajoutée à l'égratignure sur sa joue, lui sembla soudain la chose la plus triste du monde. Il ne bougeait plus. Elle n'arrivait pas à voir s'il respirait encore.

Elena tomba à genoux et prit le pouls de Caleb, au creux de son cou. Lorsqu'elle sentit le battement régulier sous ses doigts, elle poussa un hoquet de soulagement.

— Elena.

Stefan l'avait suivie. Il lui posa la main sur l'épaule.

— Elena, écoute-moi.

Elle secoua la tête, refusa de le regarder et chassa sa main d'un mouvement de l'épaule. Elle tâta sa poche pour s'assurer que son portable y était.

— Bon sang, Stefan, tu aurais pu le tuer ! Tu dois partir d'ici. Je dirai à la police que je l'ai trouvé dans cet état mais, s'ils te voient, ils vont se douter que vous vous êtes battus.

Son cœur se serra en voyant qu'une des traces de terre sur le tee-shirt de Caleb n'était autre que l'empreinte de Stefan.

— Elena, l'implora ce dernier d'une voix si angoissée qu'elle se tourna enfin vers lui. Elena, tu ne comprends pas. Je devais l'arrêter. Il te menaçait.

Les yeux verts de Stefan fouillaient les siens, et elle dut prendre sur elle pour ne pas pleurer.

— Tu dois partir, répéta-t-elle. Rentre chez toi. On en reparlera plus tard.

« Et ne blesse personne d'autre en chemin », songea-t-elle en se mordant la lèvre.

Stefan la dévisagea longuement avant de reculer.

— Je t'aime, Elena.

Il tourna les talons et disparut dans les arbres, à travers le vieux cimetière où la végétation était plus dense.

Elena inspira profondément, s'essuya les yeux et appela le 911.

— Il y a eu un accident, annonça-t-elle d'une voix paniquée lorsqu'un agent décrocha. Je suis dans le cimetière de Fell's Church, près du monument aux morts. J'ai trouvé quelqu'un… On dirait qu'il a été assommé…

19.

— Franchement, Elena, soupira tante Judith tout en réglant le rétroviseur intérieur de la voiture, je me demande pourquoi ce genre de truc n'arrive qu'à toi. Tu te retrouves toujours dans des situations improbables.

— À qui le dis-tu… souffla Elena en s'effondrant dans le siège passager de la voiture de sa tante, le visage entre les mains. Merci d'être passée me prendre. Je me sentais trop chamboulée pour pouvoir conduire, après être restée à l'hôpital avec Caleb… Je regrette vraiment d'avoir raté le spectacle de Margaret.

D'une main fraîche, tante Judith tapota le genou d'Elena sans quitter la route des yeux.

— J'ai expliqué à Margaret que Caleb était blessé et que tu avais dû t'occuper de lui. Elle a compris. Pour l'instant, c'est toi qui m'inquiètes. Quel choc de trouver quelqu'un dans cet état, d'autant plus que tu le connaissais ! Que s'est-il passé, exactement ?

Elena haussa les épaules et lui répéta le mensonge qu'elle avait déjà servi à la police :

— Je l'ai juste découvert dans le cimetière, alors que j'allais rendre visite à maman et papa.

Elle s'éclaircit la gorge et poursuivit :

— L'hôpital le garde en observation pour quelques jours. Comme ils pensent qu'il a un traumatisme crânien sérieux, ils veulent s'assurer qu'il ne fasse pas d'œdème cérébral. Il a vaguement repris conscience dans l'ambulance, mais il a l'esprit confus et ne se souvient de rien.

Encore une chance, se dit Elena. Et s'il racontait qu'il s'était fait agresser par le petit ami d'Elena Gilbert, qui avait un truc bizarre au niveau des dents ? Et s'il racontait que Stefan était un monstre ? Les événements de l'automne se reproduiraient.

Tante Judith hocha la tête d'un air compatissant.

— Eh bien, Caleb a eu de la chance que tu le trouves. Il aurait pu rester là pendant des jours avant que quelqu'un ne parte à sa recherche.

— Oui, une sacrée chance, répéta Elena d'une voix monocorde.

Elle tritura le bas de son tee-shirt et se rappela qu'elle portait toujours son maillot de bain. Le pique-nique lui semblait déjà à des milliers d'années.

Soudain, elle repensa aux paroles de sa tante.

— Comment ça, il aurait pu rester là des jours avant que quelqu'un ne parte à sa recherche ? Et son oncle et sa tante ?

— J'ai essayé de les joindre après ton appel. Il semblerait que Caleb vive seul depuis quelque temps : quand j'ai enfin réussi à les avoir, ils m'ont appris qu'ils étaient partis en vacances et, franchement, ils n'ont pas eu l'air inquiets pour leur neveu, même lorsque je leur ai annoncé qu'il était à l'hôpital.

Après un profond soupir, elle ajouta :

— J'irai lui rendre visite demain. Je lui apporterai des fleurs du jardin, lui qui en prend tellement soin. Ça lui fera plaisir.

— Sans doute… Il m'avait pourtant expliqué qu'il était venu vivre avec son oncle et sa tante pour les aider à surmonter la disparition de Tyler.

— C'est peut-être vrai… Sauf que les Smallwood sont loin de se faire un sang d'encre. D'après eux, Tyler rentrera lorsqu'il l'aura décidé. Ce garçon a toujours été incontrôlable. On dirait que Caleb s'inquiète davantage pour lui que ses propres parents.

Elle se gara dans l'allée de la maison et Elena la suivit à l'intérieur jusqu'à la cuisine, où Robert lisait les nouvelles.

— Elena, tu as l'air épuisé, dit-il en repliant son journal et en la dévisageant avec inquiétude. Tout va bien ?

— Oui, répondit-elle machinalement. La journée a été longue, c'est tout.

Elle se dit qu'elle n'avait jamais autant maîtrisé l'art de la litote.

— Margaret est déjà au lit, mais nous t'avons gardé une assiette au frais, poursuivit tante Judith en lui désignant le frigo. C'est du ragoût de poulet, et il y a aussi de la salade. Tu dois mourir de faim.

Elena eut soudain le cœur au bord des lèvres. Elle refoulait depuis trop longtemps ses sentiments ambivalents envers Stefan et gardait au plus profond d'elle-même les images terribles de ce qu'il avait fait à Caleb pour pouvoir donner le change devant la police, le personnel de l'hôpital et sa famille. Elle était fatiguée, à présent, et ses mains tremblaient. Elle savait qu'elle ne pourrait plus tenir le coup très longtemps.

— Je ne veux rien, annonça-t-elle en reculant. Je ne peux pas… je n'ai pas faim, tante Judith. Merci quand même. Je veux juste prendre un bain et me coucher.

Elle sortit aussitôt de la cuisine.

— Elena ! Tu dois manger quelque chose, s'écria sa tante d'un ton exaspéré tandis qu'Elena montait déjà les marches.

Le murmure caverneux de Robert lui répondit :

— Judith, laisse-la tranquille.

Elena se glissa dans la salle de bains que Margaret et elle partageaient à l'étage et referma la porte.

Elle entreprit d'enlever de la baignoire les jouets de sa petite sœur, en prenant soin de ne penser à rien : un petit canard en caoutchouc rose, un bateau pirate, une pile de tasses aux couleurs gaies. Un hippocampe violet qui la regardait de ses yeux bleus peints en souriant bêtement.

Puis Elena fit couler de l'eau aussi chaude que possible et y versa une dose généreuse d'un bain moussant à l'abricot censé – d'après le flacon – apaiser son esprit et régénérer sa peau. L'apaisement et la régénération lui semblaient plus qu'appropriés, même si elle doutait de pouvoir raisonnablement attendre quoi que ce soit d'un bain moussant.

Une fois la baignoire remplie d'une épaisse couche de mousse, Elena se déshabilla et plongea dans l'eau fumante. Malgré la sensation de brûlure, elle s'y glissa petit à petit, en s'habituant graduellement à la température.

Dès qu'elle s'y sentit à l'aise, elle s'allongea dans l'eau, ses cheveux flottant autour d'elle comme ceux d'une sirène. Les bruits de la maison étaient étouffés par l'eau qui avait rempli ses oreilles, et elle laissa enfin libre cours aux pensées qu'elle avait évitées jusque-là.

Des larmes coulèrent de ses yeux, le long de ses joues, pour rejoindre l'eau du bain. Elle avait cru que tout redeviendrait normal une fois qu'ils seraient rentrés chez eux, que la vie serait belle de nouveau. Lorsque ses amis et elle avaient obtenu des Sentinelles qu'elles les renvoient à Fell's Church, qu'elles changent le passé, qu'elles ressuscitent les morts, qu'elles guérissent les blessés, pour que tout soit comme si rien de dangereux n'avait touché la petite ville de Fell's Church, elle avait cru que sa vie serait désormais simple et facile. Qu'elle pourrait juste profiter de sa famille, de ses amis, de Stefan.

Mais cela ne serait jamais si simple, pas vrai ? La vie ne ressemblerait jamais à ça, pour Elena.

Dès son retour, le jour même où elle était sortie sous le soleil de Fell's Church, une chose sombre, maléfique et surnaturelle avait commencé à les traquer, ses amis et elle.

Quant à Stefan… Bon sang… Stefan. Que lui arrivait-il ?

En fermant les yeux, elle revit le corps de Caleb projeté en l'air et entendit de nouveau le terrible craquement de sa tête quand il avait heurté le marbre du monument. Et si Caleb ne s'en remettait jamais ? Et si ce mec mignon comme tout et innocent, dont les parents étaient morts comme ceux d'Elena, devenait infirme à cause de Stefan ?

Stefan. Comment avait-il pu devenir le genre de type capable d'une chose pareille ? Stefan, qui se sentait toujours coupable vis-à-vis des animaux dont il prenait le sang – les colombes, les lapins et les daims de la forêt. Le Stefan qu'elle connaissait du plus profond de son âme, qui, pensait-elle, ne lui dissimulait rien, ce Stefan-là n'aurait jamais traité un être humain de cette façon.

Elena resta dans la baignoire jusqu'à ce que l'eau ait refroidi, jusqu'à ce que ses larmes se soient taries. Ensuite elle sortit, tira la bonde, se sécha les cheveux, se lava les dents, enfila une chemise de nuit, lança un « bonne nuit » dans l'escalier à l'attention de tante Judith et de Robert et se mit enfin au lit. Elle n'avait même pas envie d'écrire dans son journal. Pas ce soir.

Elle éteignit la lumière et resta sur le dos, les yeux plongés dans les ténèbres – aussi profondes, se dit-elle, que les iris de Damon.

Damon était un monstre, elle le savait : il avait tué, peut-être pas avec autant d'insouciance qu'il voulait le faire croire, mais tout de même. Il avait manipulé des gens pour son bon plaisir. Il avait haï et harcelé Stefan pendant plus d'un siècle… Cependant, elle avait aussi vu le petit garçon perdu qu'il gardait enchaîné en lui.

Il l'avait aimée, elle l'avait aimé en retour. Puis il était mort.

Et elle aimait Stefan. Désespérément, avec dévouement, indéniablement. Elle aimait son regard sincère, sa fierté, ses manières courtoises, son honneur et son intelligence. Elle l'aimait pour avoir rejeté le monstre tapi en lui, celui qui avait conduit nombre de vampires à commettre des actes terribles. Elle aimait sa tristesse – née de son passé, de sa haine et de sa jalousie envers Damon, des choses épouvantables dont il avait été témoin. Et elle aimait l'espoir qui jaillissait toujours en lui, sa force de volonté qui lui permettait de toujours se dresser contre les ténèbres.

Et, au-delà de tout ça, elle aimait Stefan. Point. Ce qui ne l'empêchait pas d'avoir peur.

Elle avait cru le connaître parfaitement, jusqu'au moindre recoin de son âme. Ce n'était plus vrai. Plus depuis que les Sentinelles lui avaient arraché ses pouvoirs, brisant leur connexion mentale, en lui rendant sa nature d'humaine ordinaire.

Elena roula sur le ventre et enfouit son visage dans l'oreiller. Elle connaissait la vérité, à présent. Peu importait ce que les Sentinelles avaient fait pour elle, elle ne serait jamais plus une fille normale. Sa vie ne serait jamais simple. La tragédie et l'horreur la suivraient pour toujours.

Au bout du compte, elle ne pouvait rien faire pour changer son destin.

20.

— Des biscuits, annonça Alaric d'un ton exagérément solennel. Bonnie n'aurait rien contre quelques biscuits. Pour reprendre des forces.

— Des biscuits, compris, répondit Meredith en fouillant dans la cuisine de Mme Flowers à la recherche d'un saladier. Elle posa sur le plan de travail une grande jatte en porcelaine qui était sans doute plus vieille qu'elle et ouvrit le réfrigérateur. Des œufs, du lait, du beurre. Elle trouva le reste, de la farine, de l'extrait de vanille et du sucre, dans le placard.

— Tu m'épates, reprit Alaric, admiratif, tandis que Meredith ouvrait le beurre. Tu n'as même pas besoin de recette. Y a-t-il des choses que tu ne sais pas faire ?

— Des tas, admit-elle en savourant le regard chaleureux d'Alaric.

— Est-ce que je peux t'aider ?

— Tu peux mettre dans un autre saladier deux cent cinquante grammes de farine et une cuillerée à café de levure. Je vais battre le beurre avec les autres ingrédients, et on mélangera tout.

— Entendu.

Alaric sortit un récipient et la petite balance, où il pesa la farine. Meredith observait ses mains bronzées et puissantes s'affairer de-ci de-là. Il avait des mains magnifiques, se dit-elle. Ses épaules n'étaient pas mal non plus, sans parler de son visage. Elle l'adorait tout entier.

Elle se rendit compte qu'elle reluquait son petit ami au lieu de faire la cuisine, et le feu lui monta aux joues alors même que personne ne l'observait.

— Tu pourras me donner la balance quand tu auras fini ?

Il la lui tendit aussitôt.

— Je sais qu'il se passe quelque chose d'effrayant, et je veux moi aussi protéger Bonnie, déclara-t-il en esquissant un sourire. Mais je crois qu'elle profite un peu de la situation, non ? Elle adore que tout le monde soit aux petits soins avec elle.

— Bonnie se montre très courageuse, rétorqua-t-elle avec hauteur, avant de sourire à son tour. Ce qui ne l'empêche pas, effectivement, d'en rajouter un peu.

Matt descendit l'escalier et entra dans la cuisine.

— On pourrait monter une bonne tisane à Bonnie une fois qu'elle sera sortie de son bain moussant, lança-t-il. Mme Flowers se charge de jeter des sorts de protection dans la chambre que Bonnie a choisie, mais elle m'a dit qu'elle avait une infusion camomille-romarin qui lui ferait du bien. Avec un peu de miel.

Meredith s'employa à mélanger tous les ingrédients tandis que Matt mettait la bouilloire en route et mesurait avec application les feuilles séchées et le miel pour préparer le breuvage en suivant à la lettre les instructions de Mme Flowers. Lorsqu'il eut enfin fini de remettre un peu de ci et un peu de ça, Matt souleva avec précaution la tasse et la soucoupe fragiles.

— Attendez, je ferais peut-être mieux de monter la théière, murmura-t-il en cherchant un plateau. Au fait, Meredith, tu es sûre que Bonnie et toi vous avez récupéré tout ce qu'il lui fallait chez elle ?

— Elle est restée près d'une demi-heure dans sa chambre. Elle a eu le temps de prendre le nécessaire, répondit Meredith. Et si jamais on a oublié quelque chose, je suis sûre que Mme Flowers pourra la dépanner.

— Tant mieux, soupira Matt en soulevant le plateau sans rien renverser.

Il sortit de la cuisine et Meredith écouta ses pas résonner dans l'escalier. Dès qu'il ne fut plus à portée de voix, Alaric et elle éclatèrent de rire en même temps.

— Oui, on peut dire qu'elle en rajoute ! conclut Meredith.

Alaric l'attira contre lui. Son expression était sérieuse, concentrée, à présent, et Meredith retint son souffle. Lorsqu'ils étaient si près l'un de l'autre, elle discernait des pépites dorées dans ses yeux noisette et il lui semblait que c'était un secret qu'elle seule connaissait.

— J'aime comme tu prends soin de tes amis, lui dit-il à voix basse. Ce que j'aime le plus, c'est que tu as beau savoir qu'elle en profite un maximum, qu'elle teste jusqu'où tu serais prête à aller pour elle, tu as beau en rire, cela ne t'empêche pas de céder pour lui faire plaisir.

Il fronça un peu les sourcils et se corrigea :

— Non, c'est plutôt l'inverse. J'aime le fait que tu sois capable d'en rire, mais j'aime surtout ton dévouement envers tes proches. J'imagine que, en fait, ce que j'aime le plus, c'est toi, Meredith.

Meredith l'embrassa. Comment avait-elle pu craindre que Celia ne s'immisce entre eux ? À croire qu'un brouillard lui avait voilé la vérité dans toute sa simplicité : Alaric était fou d'elle.

Au bout d'un moment, elle interrompit leur baiser et se tourna vers la pâte à gâteaux.

— Tu veux bien me sortir la plaque du four ? lui demanda-t-elle.

Alaric s'immobilisa un instant.

— D'accord…

Meredith ferma les yeux et prit son courage à deux mains. Elle devait lui dire. Elle s'était promis de le faire.

Il lui tendit la plaque et elle commença à y déposer des cuillerées de pâte.

— Il faut que je te dise quelque chose, Alaric.

— Quoi donc ? s'enquit-il d'une voix inquiète.

— Ça va te paraître incroyable.

Il pouffa avant de répondre :

— Plus incroyable encore que tout ce qui s'est passé depuis qu'on se connaît ?

— En quelque sorte. Enfin, disons que, cette fois-ci, ça ne concerne que moi. Je suis…

C'était très dur à dire.

— Je descends d'une famille de chasseurs de vampires. Toute ma vie, je me suis entraînée au combat. J'imagine que, prendre soin des autres, c'est génétique chez nous.

Elle esquissa un sourire.

Il la dévisagea sans un mot.

— Dis quelque chose, le pressa-t-elle au bout d'une poignée de secondes.

D'un geste, il écarta les mèches qui lui tombaient sur les yeux et secoua la tête.

— Je ne sais pas quoi dire. Je suis étonné que tu ne m'en aies jamais parlé. Je pensais… que nous n'avions pas de secrets l'un pour l'autre.

— Ma famille… m'avait fait jurer le secret, expliqua-t-elle, la gorge nouée. Il y a quelques jours encore, personne n'était au courant.

Alaric ferma les yeux un instant et y plaqua les paumes de ses mains. Lorsqu'il la regarda de nouveau, il semblait plus calme.

— Je comprends. Sincèrement.

— Attends. Ce n'est pas tout.

Comme elle avait fini de placer les petits tas de pâte sur la plaque, elle inspecta la cuisine pour trouver de quoi occuper ses mains pendant qu'ils parlaient. Elle s'empara d'un torchon, qu'elle tordit nerveusement.

— Klaus avait attaqué mon grand-père, tu te souviens ?

Alaric hocha la tête.

— Eh bien, j'ai découvert il y a quelques jours qu'il m'avait attaquée, moi aussi, et qu'il avait capturé mon frère – un frère jumeau dont j'ignorais l'existence – et l'avait transformé en vampire. Et de moi – je n'avais que trois ans, à l'époque –, il a fait une espèce de semi-vampire. Non pas une revenante, mais une fille qui doit manger du boudin et qui a parfois des canines… de chaton.

— Oh, Meredith…

Alaric, expression même de la compassion, tendit les bras. « Vers moi, nota Meredith. Il ne s'enfuit pas. Il n'a pas peur. »

— Attends, reprit-elle. Elena a obtenu des Sentinelles que les choses soient telles qu'elles auraient été si Klaus n'était jamais venu ici, expliqua-t-elle en posant le torchon. Alors ce n'est jamais arrivé.

— Ah bon ? fit-il, les yeux écarquillés.

Meredith hocha la tête, un sourire un peu perdu aux lèvres.

— Dans cette nouvelle réalité, mon grand-père est mort il y a deux ans dans une maison de retraite de Floride. J'ai un frère – dont je ne me souviens pas, malheureusement – qui a été envoyé en pension dès l'âge de douze ans et qui a rejoint l'armée juste après nos dix-huit ans. Apparemment, c'est l'enfant à problèmes de la famille.

Elle inspira profondément avant de conclure :

— Ce n'est pas un vampire. Pas même un semi-vampire. Plus maintenant.

Alaric la dévisageait toujours.

— Waouh… Attends une seconde. Est-ce que cela veut dire que Klaus est toujours vivant ? Qu'il pourrait venir ici pour s'en prendre à ta famille ?

— J'ai envisagé cette possibilité, répondit Meredith, ravie de passer aux implications pratiques. Mais je n'y crois pas. Elena a exigé des Sentinelles qu'elles changent Fell's Church pour que la ville soit telle qu'elle aurait été sans l'intervention de Klaus. Elle ne leur a pas demandé de le changer *lui*, et ce qu'il a vécu. En toute logique, je pense qu'il est bel et bien venu ici, il y a longtemps, et qu'aujourd'hui il est mort. Du moins je l'espère, ajouta-t-elle avec un sourire tremblant.

— Alors tu es en sécurité, se réjouit Alaric. Enfin, autant que peut l'être une chasseuse de vampires. Est-ce que tu as fini, avec tes révélations ?

Lorsqu'elle acquiesça, il écarta les bras pour l'enlacer une nouvelle fois contre lui. Il reprit en la serrant fort :

— Je t'aurais aimée même avec des crocs. Cela dit, je suis bien content pour toi que les choses aient changé.

Meredith ferma les yeux. Il fallait qu'elle lui dise toute la vérité, même celle qui n'avait plus cours, pour savoir comment il aurait réagi si les Sentinelles n'étaient pas intervenues. Une vague de bonheur se répandit en elle et la réchauffa de l'intérieur.

Alaric lui embrassa les cheveux.

— Attends, dit-elle encore, et il la relâcha d'un air interrogateur.

— Les biscuits.

Dans un éclat de rire, Meredith les enfourna et régla le minuteur sur dix minutes.

Ils s'embrassèrent jusqu'à ce que la sonnerie retentisse.

— Tu es sûre que ça ira, si tu restes toute seule ? s'inquiéta Matt, au pied du lit de Bonnie. Je serai juste en bas si tu as besoin de quelque chose. Ou je ferais peut-être mieux de rester ici. Je pourrais dormir par terre. Je sais que je ronfle… je ferai un effort, promis.

— Ça va aller, Matt. Merci beaucoup, répondit la rouquine avec un sourire courageux.

Matt lui jeta un ultime regard soucieux, lui tapota gauchement la main et quitta la pièce. Bonnie savait qu'il allait se tourner et se retourner dans son lit en se demandant ce qu'il pouvait faire pour la protéger. Il finirait sans doute par dormir par terre devant sa porte, se dit-elle en se tortillant de joie.

— Dormez bien, ma petite Bonnie, murmura Mme Flowers, qui avait remplacé Matt à son chevet. J'ai jeté autour de vous tous les sorts de protection que je connais. J'espère que vous aimerez cette infusion. C'est ma cuvée spéciale.

— Merci, madame Flowers. Bonne nuit.

— Tu y prends un peu trop plaisir, la taquina Meredith en entrant à son tour avec un plateau de biscuits.

Elle avait beau boitiller, elle avait affirmé qu'elle n'avait pas besoin d'une canne ou d'une béquille.

Ce n'était pas tout… Bonnie scruta en détail le visage de son amie. Ses joues étaient roses et ses cheveux, d'habitude impeccablement lissés, étaient un peu ébouriffés. « J'ai l'impression qu'elle est bien contente que Celia soit partie », se dit Bonnie, un petit sourire aux lèvres.

— J'essaie juste de garder le moral, rétorqua-t-elle d'un air espiègle. Et tu sais ce qu'on dit : toujours voir la vie du bon côté ! Pour moi, le bon côté de cette histoire, c'est de voir Matt remuer ciel et terre pour satisfaire le moindre de mes désirs. Dommage qu'il n'y ait pas plus de garçons, dans le coin.

— N'oublie pas Alaric, il m'a aidée à faire les biscuits. Et maintenant il cherche des informations susceptibles de nous aider.

— Ah, tout le monde aux petits soins pour moi, voilà ce que j'aime, plaisanta Bonnie. Est-ce que je t'ai dit à quel point je me suis régalée avec ton dîner ? Que mes plats favoris ! On aurait dit mon anniversaire. Ou mon dernier repas avant mon exécution, ajouta-t-elle d'un ton plus sombre.

— Tu es certaine que tu ne veux pas que je reste avec toi ? Je sais que nous avons protégé la maison autant que possible, mais nous ne savons pas vraiment ce que nous sommes censés affronter. Et ce n'est pas parce que les deux autres attaques ont eu lieu en plein jour, devant tout le monde, que ce sera toujours le cas. Et si cette chose parvenait à traverser nos défenses ?

— Ça ira, la rassura Bonnie.

Elle avait beau se savoir en danger, étrangement, elle n'avait pas peur. Elle était entourée de gens de confiance, et tous n'avaient qu'une idée en tête : assurer sa protection. Par ailleurs, elle avait son propre programme pour la soirée : quelque chose qu'elle ne pourrait pas faire si Meredith dormait dans sa chambre.

— Tu en es certaine ? la pressa Meredith.

— Oui. S'il devait m'arriver malheur ce soir, je le saurais déjà, pas vrai ? Je suis médium, oui ou non ?

— Mmm, marmonna Meredith sans conviction.

Bonnie crut un instant qu'elle allait insister. Elle soutint son regard sans fléchir. Son amie finit par poser le plateau sur la table de chevet près de la théière et de la tasse apportées par Matt, tira les rideaux et scruta la pièce pour voir ce qu'elle pouvait faire d'autre.

— Bon, fit-elle enfin. Je serai dans la chambre d'à côté en cas de besoin.

— Merci. Bonne nuit.

Dès que la porte fut fermée, Bonnie s'allongea en croquant un biscuit. Délicieux !

Un sourire apparut peu à peu sur ses lèvres. Elle était au centre de l'attention, à présent, telle une héroïne victorienne qui luttait courageusement contre quelque maladie incurable. On l'avait encouragée à choisir sa chambre préférée parmi toutes celles que proposait la pension. Elle avait opté pour celle-ci. Une pièce charmante au papier peint crème orné de roses avec un lit à rouleaux en érable.

Matt ne l'avait pas quittée de toute la soirée. Et Mme Flowers avait été on ne peut plus prévenante, à tapoter ses oreillers et à lui offrir des remontants à base de plantes, tandis qu'Alaric avait cherché consciencieusement des sorts de protection dans tous les grimoires qu'il avait pu trouver. Même Celia, qui s'était toujours montrée sarcastique dès qu'il s'agissait des « visions » de Bonnie, avait promis avant de partir de l'avertir dès qu'elle aurait découvert quelque chose d'utile.

Bonnie se tourna sur le côté et huma le doux parfum de la tisane de Mme Flowers. Là, dans cette chambre douillette, il lui était impossible de croire qu'elle avait besoin d'être protégée, qu'elle pouvait être en danger à cet instant même.

Était-ce bien le cas, d'ailleurs ? Quel était le délai après l'apparition du nom de la victime ? Pour Celia, elle avait été attaquée dans l'heure. Pour Meredith, il avait fallu attendre le lendemain. Peut-être que les événements s'espaçaient de plus en plus. Peut-être que Bonnie n'avait rien à craindre avant le lendemain ou le surlendemain. Ou la semaine suivante. Sans compter que le nom de Damon avait précédé le sien.

Bonnie frissonna en s'imaginant des algues d'eau douce traçant des lettres. Damon était mort. Sous ses yeux. En fait, il était mort *pour* elle (même si, trop occupés à plaindre Elena, les autres semblaient l'avoir oublié). Mais l'apparition de son nom à lui devait signifier quelque chose. Et elle était déterminée à trouver quoi.

Elle tendit l'oreille. Dans la chambre contiguë, elle entendait Meredith sautiller de-ci, de-là – elle s'entraînait sans doute à manier son bâton de combat – et, d'en bas, lui parvenaient les voix étouffées de Matt, d'Alaric et de Mme Flowers, qui discutaient dans le bureau.

Bonnie pouvait attendre. Elle se servit une tasse de tisane, croqua un autre biscuit et remua les orteils de plaisir sous les draps roses tout doux. Elle appréciait d'être une espèce d'invalide surnaturelle.

Une heure plus tard, elle avait fini sa tasse et tous les gâteaux. La maison était plongée dans le silence. Le moment était venu.

Elle descendit du lit ; son pantalon de pyjama à pois trop long lui tombait sur les chevilles. Elle ouvrit son sac. Pendant que Meredith l'avait attendue au rez-de-chaussée, chez elle, Bonnie avait soulevé la latte du plancher sous son lit et avait pris *Traverser les frontières entre les vivants et les morts*, une pochette d'allumettes, un couteau en argent et les quatre bougies dont elle avait besoin pour le rituel. Elle ressortit le tout et roula la descente de lit pour pouvoir s'accroupir à même le sol.

Ce soir, rien ne l'arrêterait. Elle allait communiquer avec Damon. Peut-être que lui, il pourrait lui dire ce qui se passait. Ou peut-être qu'il était lui aussi en danger, dans la dimension lointaine où les vampires décédés se retrouvaient peut-être, et il devait être prévenu.

Dans tous les cas, il lui manquait terriblement. Bonnie rentra la tête dans les épaules et serra ses genoux contre sa poitrine. La mort de Damon l'avait *blessée* et personne ne s'en était rendu compte. Toute leur attention, tous leurs bons sentiments n'allaient qu'à Elena. Comme d'habitude.

Bonnie se remit au travail. Vite, elle alluma la première bougie et fit couler de la cire par terre pour l'y coller, en direction du nord.

— Feu au nord, protège-moi, murmura-t-elle.

Elle enflamma les autres mèches dans le sens inverse des aiguilles d'une montre : noire au nord, blanche à l'ouest, noire au sud et blanche à l'est. Une fois le cercle de protection terminé autour d'elle, elle ferma les yeux et resta assise un moment sans rien dire, pour se concentrer, pour atteindre le pouvoir niché en son for intérieur.

Lorsqu'elle rouvrit les yeux, elle inspira profondément, s'empara du couteau d'argent et, d'un geste vif, sans se laisser le temps de gémir, elle se coupa la main gauche.

— Aïe, marmonna-t-elle en tournant sa paume vers le bas pour que son sang goutte sur le sol.

Puis elle trempa son doigt dans le liquide poisseux et laissa son empreinte sur chaque bougie.

Sa peau la picotait douloureusement tandis que la magie montait tout autour d'elle. Ses sens s'aiguisèrent et elle put distinguer des mouvements presque imperceptibles dans l'air, comme si des flashs se déclenchaient juste à la périphérie de sa vision.

« Par-delà les ténèbres, je t'appelle », entonna-t-elle.

Elle n'avait pas besoin de regarder le livre, elle avait mémorisé ce passage.

« Avec mon sang, je t'appelle ; avec le feu, avec l'argent, je t'appelle. Entends-moi, malgré la froideur au-delà de la tombe. Entends-moi, malgré les ombres au-delà de la nuit. Je t'invoque. J'ai besoin de toi. Entends-moi et apparais ! »

Le silence retomba dans la pièce. Un silence plein d'appréhension, comme si une énorme créature retenait son souffle. Bonnie eut l'impression qu'un public l'entourait, suspendu à ses lèvres. Le voile entre les mondes était sur le point de se lever. Elle en était certaine.

— Damon Salvatore, ajouta-t-elle d'un ton clair. Viens à moi.

Rien ne se produisit.

— Damon Salvatore, répéta-t-elle avec un peu moins d'assurance. Viens à moi.

La tension, l'atmosphère magique qui baignaient la pièce commençaient à se dissiper, comme si son public invisible s'éloignait silencieusement.

Pourtant, Bonnie *savait* que le sort avait fonctionné. Elle avait une impression étrange, de vide, d'interruption, comme lorsqu'elle parlait au téléphone et que la communication était coupée. Son appel avait fonctionné, elle en était certaine, mais il n'y avait personne à l'autre bout. Qu'est-ce que cela pouvait signifier ? Est-ce que l'âme de Damon avait tout simplement... disparu ?

Tout à coup, elle entendit un bruit. Une respiration légère, à peine en décalage avec la sienne.

Il y avait quelqu'un derrière elle.

Le duvet sur sa nuque se hérissa aussitôt. Elle n'avait pas brisé le cercle de protection. Rien n'aurait dû y pénétrer, et encore moins un esprit, pourtant la chose derrière elle était à l'intérieur du cercle et si près d'elle qu'elle la touchait presque.

Bonnie se figea. Puis doucement, avec prudence, elle posa la main par terre, tâtonnant à la recherche du couteau.

— Damon ? murmura-t-elle d'un ton incertain.

— Damon ne veut pas te parler, lui répondit dans son dos une voix grave et mielleuse, mais aussi venimeuse, insidieuse et bizarrement familière.

— Et pourquoi ? s'enquit Bonnie en tremblant.

— Il ne t'aime pas. Il n'a même jamais remarqué ta présence, sauf lorsqu'il attendait quelque chose de toi. Ou lorsqu'il voulait rendre Elena jalouse. Tu le sais très bien.

Bonnie déglutit, trop effrayée pour se tourner, pour voir à qui appartenait cette voix.

— Damon ne voyait qu'Elena. Il n'aimait qu'Elena. Et même à présent qu'il est mort, qu'il ne peut plus la voir, il refuse d'entendre ton appel. Personne ne t'aime, Bonnie. Tout le monde n'aime qu'Elena, pour son plus grand plaisir. Elle garde tout le monde pour elle-même.

Les yeux de Bonnie la brûlèrent soudain terriblement et une larme unique lui coula sur la joue.

— Personne ne t'aimera jamais, souffla la voix. Tant que tu seras à côté d'Elena. Pourquoi crois-tu que personne ne te considère comme autre chose que l'amie d'Elena ? Tout au long de votre scolarité, elle a brillé sous les projecteurs pendant que tu restais cachée dans son ombre. Elena s'en assurait. Elle ne pouvait pas supporter de partager la vedette.

Ces mots vibrèrent dans l'esprit de Bonnie et son humeur changea d'un coup. La terreur indicible qu'elle ressentait jusque-là s'apaisa pour laisser le champ libre à une colère noire.

La voix avait raison. Pourquoi ne l'avait-elle pas compris avant ? Elena était l'amie de Bonnie seulement parce que Bonnie mettait en valeur sa propre beauté, son propre éclat. Elle s'était servie d'elle pendant des années sans jamais se préoccuper de ce que Bonnie éprouvait.

— Ce n'est qu'une égoïste, sanglota Bonnie. Pourquoi est-ce que personne ne le voit ?

Elle jeta le livre devant elle et il atterrit sur la bougie noire au nord, qui tomba. Le cercle fut brisé. La mèche fuma, la flamme vacilla et les quatre bougies s'éteignirent en même temps.

— Ahhh, fit la voix avec satisfaction.

Des vrilles de brume noire glissèrent sur le sol depuis les coins de la pièce. Aussi vite qu'elle avait disparu, la peur de Bonnie la ressaisit. Elle pivota, couteau en main, prête à affronter la voix, sauf qu'il n'y avait personne – juste un brouillard sombre et informe.

Prise d'hystérie, elle se leva et marcha vers la porte en trébuchant. La brume accéléra et l'enveloppa tout entière. Elle ne voyait pas à plus de quelques centimètres. Elle ouvrit la bouche pour crier, mais le brouillard glissa sur ses lèvres et son hurlement se mua en gémissement étouffé. Elle sentit ses doigts se desserrer autour du couteau, qui tomba au sol avec un claquement sourd. Sa vue se troubla. Bonnie voulut lever un pied et se trouva incapable de bouger.

Puis, aveuglée, elle perdit l'équilibre et bascula dans les ténèbres.

21.

Lorsqu'elle ouvrit les yeux, Elena s'aperçut qu'elle se trouvait dans un grenier. Les larges lattes du plancher et les poutres basses disparaissaient sous une épaisse couche de poussière. La pièce, tout en longueur, était encombrée d'objets : un hamac, des luges, des skis, des cartons où l'on pouvait lire des inscriptions telles que « Noël » ou « jouets premier âge » ou encore « vêtements d'hiver de B » écrites au marqueur noir. Des toiles cirées couvraient ce qui, vu les formes, devait être des commodes, des chaises, des tables.

Tout au bout de la pièce, un vieux matelas avait été posé à même le sol, avec une toile cirée chiffonnée à son pied – on aurait dit que quelqu'un s'en était servi comme couverture de fortune et l'avait repoussée au lever.

De fins rais de lumière filtraient autour d'une fenêtre condamnée, à l'autre bout. On entendait des petits frétillements, comme si des souris vaquaient à leurs occupations à l'abri des meubles couverts.

Tout cela sembla étrangement familier à Elena.

Elle se retourna vers le matelas et constata, sans la moindre surprise, que Damon y était assis à présent, ses longues jambes habillées de noir relevées, ses coudes posés sur ses genoux. Malgré cette position peu confortable, il donnait l'impression d'attendre avec grâce.

— Nous nous retrouvons dans des endroits de moins en moins distingués, déclara-t-elle d'un ton sec.

Damon éclata de rire et leva les mains comme pour lui signifier qu'il n'y était pour rien.

— C'est toi qui choisis les lieux, princesse, dit-il. C'est toi le metteur en scène. Je ne fais que de la figuration.

Il marqua une pause, pensif, avant de reprendre :

— D'accord, ce n'est pas tout à fait vrai, admit-il. Cela dit, c'est bien toi qui choisis les lieux. Où sommes-nous, d'ailleurs ?

— Tu ne le sais pas ? s'étonna Elena avec une indignation feinte. C'est un endroit très particulier pour nous deux, Damon ! Tant de souvenirs ! Tu m'as amenée ici alors que je venais tout juste d'être transformée en vampire, tu te rappelles ?

Il balaya l'endroit du regard et répondit :

— Ah, oui. Le grenier du professeur. Pratique, à l'époque. Cela dit, tu as raison : un décor plus élégant nous conviendrait mieux. Puis-je te suggérer un palais somptueux, pour la prochaine fois ?

Il tapota le matelas, près de lui.

Tout en traversant la pièce, Elena prit le temps de s'émerveiller devant son rêve détaillé et réaliste. Le moindre de ses pas soulevait de petits nuages de poussière. Une légère odeur d'humidité imprégnait l'air. Avant ces visions de Damon, elle ne se souvenait pas d'avoir déjà eu des rêves olfactifs.

Lorsqu'elle s'assit, l'odeur d'humidité se précisa. Ce qui ne l'empêcha pas de se blottir contre Damon, la tête sur son épaule. La veste en cuir du vampire crissa lorsqu'il passa son bras autour d'elle. Elena ferma les yeux en soupirant. Dans ses bras, elle se sentait en sécurité et sereine, des émotions positives qu'elle n'avait jusque-là jamais associées à Damon.

— Tu me manques, Damon, dit-elle. Je t'en prie, reviens-moi.

Damon inclina la tête pour poser sa joue sur les cheveux d'Elena. Elle inspira son parfum. Mélange de cuir, de savon, de fragrance boisée étrange autant qu'agréable qui n'appartenait qu'à lui.

— Je suis là, répondit-il.

— Non, pour de vrai, répliqua-t-elle, les yeux de nouveau pleins de larmes.

Elle les essuya rapidement, du dos de la main.

— J'ai l'impression de ne faire que pleurer, ces temps-ci… Lorsque je suis là, avec toi, je me sens davantage en sécurité. Pourtant, ce n'est qu'un rêve. Cette impression ne durera pas.

— Comment ? s'indigna Damon, qui s'était raidi. Tu n'es pas en sécurité quand tu n'es pas avec moi ? Mon petit frère ne s'occupe donc pas de toi ?

— Oh, Damon, tu ne peux pas t'imaginer… Stefan…

Elle inspira profondément et se cacha le visage dans les mains pour sangloter.

— Qu'est-ce qu'il y a ? Que s'est-il passé ? s'enquit-il d'un ton sec.

Comme Elena ne répondait pas, qu'elle continuait à pleurer, il lui prit les mains et les écarta doucement mais fermement de son visage.

— Elena. Regarde-moi. Est-ce qu'il est arrivé quelque chose à Stefan ?

— Non, le rassura-t-elle à travers ses larmes. Enfin si, si on veut… Je ne sais pas vraiment ce qui lui est arrivé, ce qui est sûr, c'est qu'il a changé.

Damon la dévisageait. Ses yeux noirs comme la nuit ne la quittaient pas et elle dut prendre sur elle pour se ressaisir. Elle haïssait son propre comportement, sa faiblesse pathétique, à pleurnicher sur son épaule au lieu de formuler froidement une solution au problème en cours. Elle ne voulait pas que Damon, même ce Damon onirique issu de son subconscient, la voie dans cet état. Elle renifla et s'essuya de nouveau les yeux.

Damon plongea la main dans sa poche intérieure et lui tendit un mouchoir blanc bien plié. Elena fixa le mouchoir, puis Damon, qui haussa les épaules.

— Il m'arrive d'être un gentleman vieux jeu, expliqua-t-il. Un siècle et demi passé à offrir des mouchoirs en lin… Certaines habitudes ont la vie dure.

Elena se moucha et s'essuya les joues. Elle ne savait pas trop quoi faire du carré de lin trempé – le rendre à Damon lui semblait dégoûtant –, alors elle le garda en main et le tortilla entre ses doigts tout en réfléchissant.

— Maintenant, raconte-moi ce qui se passe, lui ordonna-t-il. Qu'est-ce qui cloche chez Stefan ? Que lui est-il arrivé ?

— Eh bien… Je ne sais pas trop. Je ne vois pas ce qui aurait pu causer ce changement. Peut-être que c'est le contrecoup de ta… tu sais.

Il lui semblait trop bizarre – et impoli – d'évoquer la mort de Damon alors qu'il était assis près d'elle, mais Damon lui fit signe de poursuivre.

— Ça a été très dur pour lui. Et il est encore plus tendu et plus étrange, ces derniers jours. Tout à l'heure, je suis allée voir mes parents au cimetière et…

Elle lui rapporta comment Stefan avait attaqué Caleb.

— Le pire, c'est que je ne m'étais jamais doutée de l'existence de cette part de lui, conclut-elle. Je ne vois pas quelle raison il avait de s'en prendre à Caleb – il a juste prétendu que Caleb me voulait et qu'il était dangereux, alors que Caleb n'a rien fait… Et Stefan semblait si irrationnel, si violent… On aurait dit un autre homme.

Elena fut de nouveau au bord des larmes, et Damon l'attira contre lui et lui caressa les cheveux en semant de doux baisers sur son front. Elle ferma les yeux et se détendit peu à peu dans ses bras. Il la tint plus fermement et ses baisers se firent plus lents, plus appuyés. Il lui prit le visage entre ses mains puissantes et douces et l'embrassa sur la bouche.

— Oh, Damon, murmura-t-elle.

C'était plus réaliste que tous les rêves qu'elle avait jamais faits. Ses lèvres étaient douces et chaudes, à peine rugueuses, et elle avait l'impression de sombrer en lui.

— Attends, souffla-t-elle.

Il l'embrassa plus ardemment encore puis, quand elle voulut s'écarter, il la laissa faire.

— Attends, répéta-t-elle en se redressant.

Sans s'en rendre compte, elle s'était penchée en arrière au point de se retrouver à moitié allongée sur le matelas humide, les jambes enroulées autour des siennes. Elle s'éloigna de lui, vers le bord du matelas.

— Damon, quoi qu'il se passe avec Stefan, ça me fait peur. Cela ne veut pas dire pour autant que... Damon, je l'aime toujours.

— Tu m'aimes aussi, tu sais, rétorqua Damon d'un ton léger. Tu ne vas pas te débarrasser de moi aussi facilement, princesse.

— Je t'aime, c'est vrai.

Les yeux d'Elena étaient secs. Elle avait l'impression de ne plus avoir de réserves de larmes, du moins pour le moment. Sa voix était stable lorsqu'elle ajouta :

— Je t'aimerai toujours, j'imagine. Mais tu es mort.

« Et, si j'avais dû choisir entre vous, Stefan aurait été mon seul véritable amour », songea-t-elle. Cependant, à quoi bon lui dire ?

— Je suis désolée, Damon. Tu n'es plus là. Et j'aimerai toujours Stefan. C'est juste que j'ai peur de lui, de ce qu'il pourrait faire. Je ne sais pas ce qui va nous arriver. Je croyais que les choses seraient simples une fois que nous serions de retour, alors que le cauchemar continue.

Damon soupira et s'affala sur le matelas. Il contempla un instant le plafond.

— Écoute, dit-il finalement, les doigts croisés sur son torse, tu as toujours sous-estimé la violence latente de Stefan.

— Il n'est *pas* violent ! Il ne boit même pas de sang humain.

— Il ne le fait pas parce qu'il ne *veut pas* être violent. Il ne *veut pas* blesser qui que ce soit. Pourtant, Elena, ajouta-t-il en lui prenant la main, mon petit frère a du tempérament. Je suis bien placé pour le savoir.

Elena frémit. Elle avait appris que, lorsqu'ils étaient encore humains, Stefan et Damon s'étaient entretués, fous de rage, parce qu'ils pensaient que Katherine était morte. Comme le sang de cette dernière coulait dans leurs deux corps, cette nuit-là, ils s'étaient relevés dans la peau de vampires. Leur colère et leur jalousie les avaient détruits tous deux.

— Cependant, reprit-il, même si cela me coûte de l'admettre, Stefan ne te ferait jamais de mal, ni à quiconque, sans une bonne raison. Sans une raison que toi-même tu approuverais. S'il a du tempérament, il a aussi une conscience.

Il esquissa un sourire avant de poursuivre :

— Une conscience agaçante, sûre de détenir la vérité, mais une conscience quand même. Et il t'aime, Elena. Pour lui, il n'y a que toi qui comptes.

— Tu as peut-être raison… pourtant j'ai peur. Et j'aimerais vraiment que tu sois là, avec moi.

Elle le dévisagea, aussi ensommeillée et confiante qu'une enfant fatiguée.

— Damon, si seulement tu n'étais pas mort… Tu me manques. Je t'en prie, reviens…

Damon sourit et l'embrassa doucement. Puis il s'écarta et Elena sentit que son rêve changeait. Elle voulut retenir cet instant, mais l'image s'évanouit et elle perdit Damon une fois de plus.

— S'il te plaît, sois prudent, Damon, déclara Sage, le front plissé par l'inquiétude.

Alors qu'il arrivait rarement au gardien du Corps de Garde de paraître soucieux, depuis que Damon s'était arraché à la mort en s'extirpant des cendres, Sage lui parlait doucement et clairement, comme si le vampire risquait de se briser à tout instant.

— Je suis toujours prudent, répondit Damon, appuyé à la paroi de ce qu'ils appelaient, faute de mieux, « l'ascenseur mystique ». Sauf quand je me montre mortellement courageux, évidemment.

Les mots avaient beau être les bons, sa propre voix lui semblait étrangère : rauque, incertaine.

Sage parut le remarquer lui aussi, et son beau visage se renfrogna.

— Tu peux rester plus longtemps, si tu le souhaites.

— Je dois y aller, répéta Damon pour la millième fois. Elle est en danger. Merci pour tout, Sage.

Sans lui, il ne serait pas là. Le puissant vampire avait lavé Damon, lui avait donné des vêtements – noirs et élégants, parfaitement à sa taille –, l'avait abreuvé de son sang et de vin de Magie Noire jusqu'à ce que Damon ait quitté pour de bon les rivages de la mort et se soit souvenu de qui il était.

Pourtant… Damon était mal dans sa peau. Une douleur creuse, étrange, béait en lui, comme s'il avait oublié une part de lui-même, là-bas, sous les cendres.

Sage fronçait toujours les sourcils. Damon se ressaisit et adressa à son ami un sourire éblouissant.

— Souhaite-moi bonne chance.

Le sourire facilita les choses. Les traits du vampire aux cheveux de bronze se détendirent.

— *Bonne chance, mon ami*[1]*,* lança-t-il. Fais attention à toi.

— Fell's Church, dit-il tout haut. États-Unis d'Amérique, le royaume des mortels. Quelque part où je peux me cacher.

Il leva la main pour adresser un salut solennel à Sage et appuya sur l'unique bouton de l'ascenseur.

Elena s'éveilla dans l'obscurité. Machinalement, elle tenta d'identifier son environnement : des draps lisses au parfum d'adoucissant, une lueur diffuse venue de sa fenêtre sur la droite au pied de son lit, l'écho des ronflements de Robert lui parvenait de la chambre qu'il partageait avec tante Judith au bout du couloir. Pas de doute, Elena était dans son propre lit. De retour chez elle.

Elle poussa un profond soupir. Elle ne se sentait plus aussi triste que lorsqu'elle s'était couchée. La situation était grave, mais pas désespérée. Cependant, ses yeux et sa gorge la brûlaient d'avoir trop pleuré. Damon lui manquait tant…

---

1. En français dans le texte.

Une latte du plancher grinça. Elena se crispa. Elle reconnaissait ce petit bruit. C'était le chuintement aigu et geignard qu'émettait une latte sous sa fenêtre lorsqu'on marchait dessus. Il y avait quelqu'un dans sa chambre.

Immobile, elle passa en revue les possibilités. Stefan se serait annoncé en l'entendant soupirer. Est-ce que c'était Margaret, qui s'était faufilée sans un bruit dans sa chambre pour la rejoindre au lit ?

— Margaret ? appela-t-elle dans un murmure.

Pas de réponse. En tendant l'oreille, elle crut discerner le bruit d'une respiration lente et profonde.

Soudain, sa lampe de bureau s'alluma et Elena fut aveuglée un instant par la lumière. Elle ne distinguait que le contour d'une forme noire.

Sa vue se précisa. Au pied de son lit, un sourire narquois aux lèvres, ses yeux sombres inquiets, comme s'il doutait de l'accueil qu'elle lui réserverait, se tenait une silhouette toute de noir vêtue.

Damon.

22.

Elena ne respirait plus. Si elle avait vaguement conscience que sa bouche s'ouvrait et se fermait, elle se trouva incapable de proférer le moindre son. Ses mains et ses pieds s'étaient engourdis.

Damon lui offrit un sourire presque timide – ce qui était drôle, venant de lui – et haussa les épaules.

— Eh bien, princesse ? Tu voulais que je sois là, près de toi, non ?

Elena jaillit aussitôt du lit pour se jeter dans ses bras.

— Tu es réel ? demanda-t-elle en sanglotant à moitié. Tu es là, c'est vrai ?

Elle l'embrassa fougueusement et il lui rendit son baiser avec la même ferveur. Oui, tout lui semblait bien réel : sa peau et son cuir froids, ses lèvres si douces, si familières contre les siennes.

— Plus vrai que nature, murmura-t-il dans ses cheveux en la serrant contre lui. Tout est réel. Je te le promets.

Elena recula d'un pas et le gifla de toutes ses forces. Damon la foudroya du regard, une main levée pour se frotter la joue.

— Aïe, gémit-il en lui adressant son exaspérant petit sourire. Je ne peux pas dire que je ne m'y attendais pas – je me fais gifler par des femmes plus souvent que tu ne pourrais le croire –, mais ce n'est pas une manière très gentille d'accueillir son amour perdu, ma chérie.

— Comment t'as pu faire une chose pareille ? s'indigna-t-elle, les yeux secs. Comment, Damon ? On était tous en deuil ! Stefan perd les pédales. Bonnie se sent coupable… Et moi… moi… un morceau de mon cœur est mort en même temps que toi ! Depuis combien de temps tu nous observes ? Cela ne te faisait donc rien ? Tu trouvais ça drôle, peut-être ? Tu riais pendant que nous, on te pleurait ?

Damon grimaça.

— Mon amour, dit-il, ma princesse. Tu n'es donc pas contente de me revoir ?

— Bien sûr que si ! se récria-t-elle avant d'inspirer profondément pour se calmer. Mais, Damon, à quoi pensais-tu ? On te croyait tous mort ! De façon permanente, s'entend, et pas « juste un peu mort le temps de débarquer en parfaite santé dans la chambre d'Elena » ! Que se passe-t-il ? Est-ce que les Sentinelles t'ont ramené ? Elles m'ont dit qu'elles en étaient incapables lorsque je les ai suppliées de le faire, que la mort d'un vampire était irrévocable.

Damon lui accorda un vrai sourire plein de joie.

— Eh bien, toi entre tous, tu devrais savoir que la mort n'est pas toujours irrévocable.

Elena haussa les épaules et croisa les bras sur sa poitrine.

— Elles m'ont dit que, quand moi je suis revenue, c'était différent, répondit-elle dans un murmure.

Des émotions contradictoires tourbillonnaient en elle. « Parce que tu es sous le choc », lui dit une petite voix au fin fond de son esprit.

— Dans mon cas, c'était un truc plus ou moins mystique, du genre « mon heure n'était pas venue ». Hé ! fit-elle en le touchant du bout du doigt, soudain ranimée. Tu es humain, à présent ? Moi, je l'étais quand je suis revenue.

Damon fut secoué par un frémissement exagéré.

— Parle pas de malheur. J'ai eu ma dose lorsque cette fichue *kitsune* m'a transformé en mortel. Dieu merci – enfin, lui ou un autre –, je n'ai pas besoin de me trouver une princesse vampire consentante, cette fois-ci. Je suis tout aussi assoiffé de sang qu'avant, chérie. D'ailleurs, j'ai un petit creux, ajouta-t-il avec un sourire retors, les yeux posés sur son cou.

Elena le gifla de nouveau, quoique moins violemment.

— Épargne-moi ton numéro, Damon.

— Est-ce que je peux m'asseoir ?

Lorsqu'elle acquiesça, il s'installa au pied du lit et l'incita à l'imiter. Elena scruta son regard, puis caressa doucement ses pommettes, ses lèvres sculptées, ses doux cheveux aile de corbeau.

— Tu étais mort, Damon, chuchota-t-elle. Je le sais. Je t'ai vu mourir.

— Oui, soupira-t-il. C'était horriblement douloureux. Un processus à la fois interminable et instantané. Pourtant, il restait quand même quelque chose de moi, à ce moment-là (Elena hocha la tête), et Stefan m'a dit – lui a dit à lui – de m'envoler. Et toi, tu le tenais, tu me tenais, et tu m'as dit de fermer les yeux. C'est à cet instant que la dernière bribe de moi-même a disparu, avec la douleur. Et puis… je suis revenu.

Ses yeux noirs s'écarquillaient tandis qu'il revivait cet épisode incroyable.

— Comment ?

— Tu te souviens de la sphère d'étoiles ?

— Évidemment. C'était la source de tous nos problèmes avec les *kitsune*. Elle s'est vaporisée quand j'ai… Oh, Damon, je me suis servie de mes Ailes de la Destruction sur l'Arbre Supérieur de la lune blanche des Enfers. Elle est devenue noire. Et mes ailes ont aussi détruit la sphère des *kitsune*, et j'ai dû aller supplier les Sentinelles de sauver Fell's Church. Les Ailes de la Destruction ne… ressemblent à rien de ce que j'ai pu voir ou ressentir jusque-là, conclut-elle en frissonnant.

— J'ai vu ce que tu avais infligé à cette lune, répondit Damon avec un demi-sourire. Est-ce que tu te sentirais mieux, mon ange adorable, si tu savais que c'est parce que tu t'es servie de tes pouvoirs, parce que la sphère d'étoiles a été détruite, que j'ai été sauvé ?

— Ne m'appelle pas comme ça.

Les Sentinelles étaient ce qu'elle avait connu de plus proche de vrais anges, et elle ne les portait guère dans son cœur.

— Comment ça, ça t'a sauvé ?

— Est-ce qu'on vous explique le principe de la condensation, à l'école, de nos jours ?

Damon arborait l'expression hautaine qu'il prenait toujours pour la taquiner en critiquant son monde par rapport à celui dans lequel il avait grandi.

— On ne vous parle que d'éducation sexuelle, d'empathie et de romans de gare, ou bien est-ce qu'on enseigne encore vaguement la science aux enfants ? Je sais que le latin et le grec ont été abandonnés au profit de cours de théâtre et d'éveil des consciences.

Son ton dégoulinait de mépris.

Elena se força à ne pas mordre à l'hameçon. Au lieu de quoi, elle croisa les bras sagement sur ses genoux.

— Je pense que tu as quelques décennies de retard… Mais je t'en prie, ô Grand Sage, éclaire-moi. Fais comme si mon éducation n'incluait pas le lien entre la condensation et la résurrection.

— Avec plaisir. J'apprécie qu'une jeune femme reconnaisse la supériorité de ses aînés.

D'un regard appuyé, Elena le mit en garde.

— Bref, poursuivit-il, le fluide de la sphère d'étoiles, la magie à l'état pur, ne s'est pas évanoui dans la nature. On ne se débarrasse pas aussi facilement d'une magie ultrapuissante. Lorsque l'atmosphère s'est refroidie, la magie a quitté son état gazeux pour redevenir liquide et ses gouttelettes me sont tombées dessus en même temps que la pluie de cendres. J'ai pris un véritable bain de magie pendant des heures et, peu à peu, je suis revenu à la vie.

Elena en resta bouche bée.

— Les sales traîtresses ! s'indigna-t-elle. Les Sentinelles m'avaient assuré que tu avais disparu pour toujours, et elles ont pris tous les trésors qu'on avait apportés pour les soudoyer, en plus !

Elle repensa un instant au dernier trésor qu'elle possédait toujours – un gallon d'eau de la Fontaine de la Jeunesse et de la Vie Éternelles, dissimulé tout en haut de son placard – et chassa aussitôt cette idée. Elle refusait d'y prêter attention plus d'une seconde, de peur que les Sentinelles n'apprennent qu'elle l'avait et qu'elle ne puisse plus s'en servir… ni maintenant ni jamais.

Damon haussa les épaules.

— Il leur arrive effectivement de tricher de temps en temps, paraît-il. Mais je suis prêt à croire qu'elles étaient sincères. Elles ne savent pas tout, même si elles aiment prétendre le contraindre. Et les *kitsune* comme les vampires sortent un peu de leur domaine de compétence.

Il lui raconta comment il s'était éveillé, enterré profondément dans les cendres et la boue, comment il avait creusé avec ses ongles jusqu'à la surface et s'était lancé dans la traversée de la lune dévastée, sans savoir ni qui il était ni ce qui lui était arrivé, et comment il avait failli mourir une nouvelle fois avant que Sage ne le sauve.

— Et ensuite ? le pressa-t-elle. Comment as-tu retrouvé la mémoire ? Comment es-tu revenu sur Terre ?

— Eh bien, reprit-il, un sourire affectueux aux lèvres, c'est une drôle d'histoire.

Il plongea la main dans la poche intérieure de sa veste en cuir et en sortit un mouchoir en lin blanc bien plié. Elena cilla. On aurait dit le même mouchoir qu'il lui avait donné dans son rêve. Damon remarqua son expression et son sourire s'élargit encore, comme s'il savait d'où elle le reconnaissait. Il le déplia pour lui montrer son contenu.

Lovées au creux du mouchoir, se trouvaient deux mèches de cheveux. Des cheveux qui lui semblaient très familiers. Bonnie et elle s'étaient chacune coupé une mèche et les avaient placées sur le corps de Damon pour lui laisser une part d'elles-mêmes, puisqu'elles ne pouvaient pas emmener son corps loin de la lune dévastée. Elle voyait à présent une mèche rousse frisée et une blonde ondulée, aussi brillantes que si on venait de les couper de chevelures fraîchement lavées, et non de les récupérer du monde où il pleuvait des cendres où on les avait abandonnées.

Damon jeta un coup d'œil à la fois tendre et impressionné vers les mèches. Elena se dit qu'elle ne lui avait jamais vu une expression aussi ouverte, presque pleine d'espoir.

— Le pouvoir de la sphère d'étoiles les a sauvées aussi. Au début, elles étaient pour ainsi dire réduites en cendres, puis elles se sont régénérées. Je les ai tenues, je les ai observées, je les ai chéries, et j'ai commencé à me souvenir de vous. Sage m'avait redonné mon nom, qui me semblait coller, mais je ne me rappelais rien d'autre de moi-même. C'est en tenant ces mèches de cheveux que, peu à peu, je me suis rappelé qui tu étais, ce que nous avions traversé ensemble, et tout ce que je… tout ce que j'éprouvais pour toi. Ensuite je me suis souvenu du petit pinson, aussi, et le reste est revenu d'un bloc : j'étais de nouveau moi-même.

Il détourna le regard et perdit son air sentimental au profit de son expression froide habituelle, comme s'il était embarrassé. Après, il replia le mouchoir sur les mèches et le replaça avec soin dans sa poche.

— C'est tout, continua-t-il d'un ton brusque. Ensuite, Sage m'a prêté des vêtements, m'a appris ce que j'avais manqué et m'a reconduit à Fell's Church. Et me voilà.

— Il devait être stupéfait… et fou de joie.

Le gardien des Portes entre les Mondes était un très bon ami de Damon, le seul ami qu'elle lui connaisse mis à part elle-même. Les connaissances de Damon se divisaient plus en ennemis et en admirateurs qu'en amis réels.

— Ça lui a fait très plaisir, reconnut-il.

— Alors tu viens tout juste de revenir ?

Damon hocha la tête.

— Eh bien, tu as raté plein de choses, ici, déclara Elena avant de se lancer dans un récit des événements des derniers jours, en commençant par le nom de Celia écrit en lettres de sang et en finissant sur l'hospitalisation de Caleb.

— Waouh ! fit Damon. Mais, si j'ai bien compris, le problème ne se limite pas à mon petit frère attaquant Caleb comme un fou furieux, non ? Parce que, tu sais, ça pourrait être de la simple jalousie. La jalousie a toujours été le pire défaut de Stefan.

Il prononça sa dernière phrase avec une petite moue suffisante qui lui valut un coup de coude d'Elena dans les côtes.

— Ne dis pas de mal de Stefan, le rabroua-t-elle.

Intérieurement, elle sourit. Comme il était bon de pouvoir de nouveau le sermonner ! Il était redevenu lui-même, irritant, frivole et merveilleux. Il était bel et bien de retour.

« Attends. Oh, non ! »

— Tu es en danger toi aussi ! hoqueta-t-elle en se souvenant subitement qu'il pouvait encore lui être arraché. Ton nom est apparu, aujourd'hui, dans les algues qui retenaient Meredith sous l'eau. On ignorait ce que ça pouvait signifier puisqu'on pensait que tu étais mort. Mais, comme tu es en vie, il semblerait que tu sois la prochaine victime… À moins que tu n'aies déjà échappé à ta propre attaque, lorsque Sage t'a sorti de la faille.

— Ne t'inquiète pas pour moi, Elena. Tu as sans doute raison, j'ai déjà eu droit à mon propre « accident ». Cependant, ces attaques n'ont jamais abouti, pas vrai ? Comme si cette chose, quelle qu'elle soit, n'avait pas vraiment l'intention de nous tuer. J'ai une vague idée de ce qui pourrait causer tout ça.

— C'est vrai ? Dis-moi vite !

— Non, ce n'est qu'une impression, pour l'instant. Laisse-moi trouver confirmation.

— Damon, l'implora-t-elle, même une impression, c'est bien plus que tout ce que nous avons, nous autres. Viens avec moi demain matin et explique à tout le monde ta théorie, ensuite nous pourrons unir nos efforts.

— C'est ça, répliqua-t-il en feignant de frissonner. Toi, moi, Blatte et la chasseuse de vampires, un groupe d'enfer… Plus le parangon de vertu qui me sert de frère et la petite médium rousse. Sans oublier la vénérable sorcière et le professeur. Non, je préfère enquêter de mon côté. Et avant tout, Elena, ajouta-t-il en la dévisageant de son regard noir, tu ne dois dire à personne que je suis en vie. Surtout pas à Stefan.

— Damon ! se récria-t-elle. Tu ne t'imagines pas à quel point Stefan est dévasté ! Nous devons lui dire que tu vas bien.

— Il y a sans doute une part de Stefan qui se réjouit que je sois hors circuit, répondit-il dans un sourire amer. Il n'a aucune raison de vouloir que je revienne.

Elena eut beau secouer la tête furieusement, il l'ignora.

— C'est vrai. Mais il est peut-être temps que les choses changent entre nous. Je dois lui montrer que moi aussi je peux changer. De toute façon, je ne pourrai pas faire mes recherches tranquillement si tout le monde sait que je suis là. Pour l'instant, ne dis rien, Elena.

Lorsqu'elle ouvrit la bouche pour protester de plus belle, il la fit taire avec un baiser fougueux.

— Promets-moi que tu ne diras rien, et moi je te promets que, dès que j'aurai élucidé ce mystère, tu pourras annoncer ma résurrection au monde entier.

Elena hocha la tête sans conviction.

— Si tu y tiens, Damon, et si tu penses que c'est vraiment nécessaire… Mais ça me contrarie énormément.

Damon se leva et lui tapota l'épaule :

— Les choses vont être différentes, à partir de maintenant. Je ne suis plus le même, Elena.

— Je garderai ton secret, Damon, promit-elle d'une voix plus ferme.

Damon lui adressa un petit sourire pincé, puis gagna la fenêtre. Il disparut soudain, tandis qu'un grand corbeau noir s'envolait dans la nuit.

23.

Le lendemain matin, Elena se sentait légère et joyeuse, chérissant un secret merveilleux qu'elle était la seule à connaître. Damon était vivant. Il était venu la voir dans sa chambre, la nuit passée.

Pas vrai ?

Elle avait traversé tant d'épreuves qu'elle y croyait à peine. En se levant, elle constata que les nuages étaient toujours roses et dorés dehors. Il devait être encore très tôt. Elle s'approcha doucement de la fenêtre. Sans savoir vraiment ce qu'elle cherchait, elle se mit à quatre pattes et scruta le sol.

Là. Un petit morceau de terre sur la latte grinçante, tombé d'une chaussure. Et, là encore, sur le rebord de la fenêtre, les longues griffures laissées par les serres d'un oiseau. Pour Elena, c'étaient des preuves suffisantes.

Elle se leva et bondit de joie, les mains jointes sur la poitrine, un sourire infini éclairant son visage. Damon était vivant !

Puis elle inspira profondément et s'immobilisa en se forçant à prendre une expression impassible. Si elle devait vraiment garder ce secret – elle avait promis, à présent –, elle devrait se comporter comme si rien n'avait changé. Et, à dire vrai, la situation était toujours grave. Si elle s'en tenait aux faits, il n'y avait vraiment pas de quoi se réjouir.

Le retour de Damon ne changeait rien : un être malfaisant en voulait à Elena et à ses amis, et Stefan se comportait de façon irrationnelle et violente. Même si son cœur se serra lorsqu'elle repensa à Stefan, une petite bulle de joie s'agitait toujours en elle. Damon était vivant !

Et, qui plus est, il avait une idée sur ce qui se passait. C'était bien son genre, de garder cette idée pour lui… et pourtant c'était leur seule lueur d'espoir.

Un gravier rebondit contre la fenêtre d'Elena.

Elle jeta un coup d'œil en bas et vit Stefan, la tête rentrée dans les épaules, les mains dans les poches, les yeux levés vers elle. Elena lui fit signe de rester où il était, puis elle enfila un jean, un haut blanc en dentelle et des chaussures avant de le rejoindre dehors, où elle laissa des empreintes de pas sur l'herbe couverte de rosée. La fraîcheur de l'aube laissait déjà place à un soleil éblouissant. Encore une journée moite typique des étés de Virginie en perspective.

Elena ralentit en s'approchant de lui. Elle ne savait pas trop quoi lui dire. Depuis la nuit passée, chaque fois qu'elle pensait à lui, elle se remémorait sans le vouloir le corps de Caleb volant dans les airs, le craquement horrible lorsqu'il avait percuté le monument de marbre. Et elle était hantée par l'image de Stefan, fou furieux, quand il l'avait attaqué, même si Damon était certain que son frère avait eu une bonne raison d'agir ainsi. *Damon.* Comment empêcherait-elle Stefan de deviner la vérité ?

À voir l'expression peinée du vampire, elle comprit qu'il ressentait son appréhension. Il lui tendit la main.

— Je sais que tu ne comprends pas pourquoi je me suis comporté comme ça hier, déclara-t-il. Viens, je dois te montrer quelque chose.

Elena s'immobilisa, sans toutefois prendre la main tendue. Les traits de Stefan se tirèrent un peu plus.

— Dis-moi d'abord où on va.

— Je dois te montrer quelque chose, répéta-t-il avec patience. Tu comprendras quand on y sera. Je t'en prie, Elena. Jamais je ne chercherais à te faire du mal.

Elle le dévisagea. Voilà au moins une chose dont elle était certaine : oui, jamais il ne lui ferait du mal.

— D'accord, je te suis. Attends-moi une seconde, je reviens tout de suite.

Elle le laissa sur la pelouse baignée de soleil et retrouva la pénombre de la maison silencieuse. Sa famille dormait encore. Un coup d'œil vers la pendule de la cuisine lui apprit qu'il était à peine six heures. Elle griffonna un petit mot pour tante Judith où elle expliquait qu'elle allait prendre son petit-déjeuner avec Stefan et qu'elle reviendrait plus tard. Elle attrapa son sac à main, s'immobilisa une seconde et vérifia qu'un brin de verveine séchée s'y trouvait toujours.

Même si elle ne doutait pas de Stefan… mieux valait jouer la prudence.

Lorsqu'elle sortit de la maison, Stefan l'entraîna vers sa voiture garée le long du trottoir, ouvrit la portière côté passager et l'observa pendant qu'elle attachait sa ceinture.

— C'est loin ? s'enquit-elle.

— Non, tu vas voir.

Pendant qu'il conduisait, Elena fut frappée par l'inquiétude qu'elle lisait, la courbe triste aux commissures de ses lèvres, la tension de ses épaules. Elle aurait voulu le prendre dans ses bras, le réconforter et, d'un geste de la main, gommer ces rides. Mais les souvenirs de son visage déformé par la fureur la retinrent.

Quelques minutes plus tard, Stefan tourna dans une impasse où s'alignaient de riches demeures.

Elena se pencha en avant. Ils s'arrêtèrent devant une imposante maison blanche dotée d'un porche à colonnades. Elle connaissait ce porche. Après le bal célébrant la fin de son année de première, Matt et elle s'étaient assis sur ces marches pour admirer l'aurore, toujours vêtus de leurs tenues de soirée. Elle avait ôté des sandales de satin et posé la tête sur l'épaule de Matt en écoutant rêveusement la musique et les voix qui leur parvenaient de la fête d'après bal se déroulant dans la maison derrière eux. Cela avait été une soirée formidable, qui appartenait à une autre vie.

Elle décocha à Stefan un regard accusateur.

— C'est la maison de Tyler Smallwood, Stefan. Je ne sais pas ce que tu mijotes, mais Caleb n'y est pas. Il est toujours à l'hôpital.

— Je sais bien, soupira Stefan. Son oncle et sa tante sont absents eux aussi, et depuis plusieurs jours.

— Ils sont partis en vacances, répondit-elle machinalement. Tante Judith les a appelés hier.

— Tant mieux, dit-il, la mine sombre. Comme ça, ils sont en sécurité. Tu es certaine que Caleb ne sortira pas de l'hôpital aujourd'hui ? demanda-t-il en inspectant la rue d'un air inquiet.

— Oui, rétorqua-t-elle. Les docteurs voulaient le garder en observation.

Elena sortit de la voiture, claqua la portière et se dirigea à grands pas vers la propriété des Smallwood sans même jeter un coup d'œil en arrière pour s'assurer qu'il la suivait.

Il la rattrapa aussitôt. Elle maudit mentalement sa rapidité de vampire et pressa le pas.

— Elena, dit-il en lui barrant la route. Tu es en colère parce que j'essaie de te protéger ?

— Non, lâcha-t-elle d'un ton acerbe. Je suis en colère parce que tu as failli tuer Caleb Smallwood.

Le visage de Stefan se décomposa et Elena se sentit aussitôt coupable. Peu importait ce qui lui arrivait, il avait toujours besoin d'elle. Sauf qu'elle ne savait pas comment réagir devant tant de violence. Elle était tombée amoureuse de lui pour son âme poétique, sa gentillesse. C'était Damon, le mauvais garçon des deux. (*Et ça lui va bien mieux,* lui souffla une voix cruelle.) Elena ne put lui donner tort.

— Contente-toi de me montrer ce qu'on est venus voir, finit-elle par dire.

Stefan soupira et s'engagea dans l'allée. Elle s'était attendue à ce qu'il se dirige vers la porte d'entrée, mais il contourna la bâtisse et gagna un petit abri au fond du jardin.

— La cabane à outils ? devina-t-elle, perplexe. Est-ce qu'on a une pelouse à tondre d'urgence avant le petit-déjeuner ?

Stefan ignora son sacarsme et alla ouvrir la porte. Elena remarqua que le cadenas avait été arraché et réduit en miettes. Un bout de métal arrondi pendait à la serrure. À l'évidence, Stefan y était déjà entré par effraction.

Elle le suivit à l'intérieur. Le contraste était tel avec la clarté du jour qu'elle ne distingua d'abord rien dans la pénombre. Peu à peu, elle vit que les murs de la cabane étaient couverts de papiers punaisés. Stefan tendit le bras pour ouvrir la double porte en grand et les rayons du soleil inondèrent l'endroit.

Elena étudia de nouveau les affiches sur les murs et recula soudain en poussant un petit cri. Elle venait de voir une photo d'elle-même. Elle arracha le bout de papier pour l'inspecter de plus près. C'était une photo découpée dans le journal local, sur laquelle elle dansait au bras de Stefan dans une robe argentée. La légende disait : « La reine du lycée Robert E. Lee, Elena Gilbert, et son cavalier, Stefan Salvatore. »

« Reine du lycée ? »

Malgré le sérieux de la situation, elle ne put réprimer un sourire. Elle avait vraiment fini l'année sous les feux des projecteurs, pas vrai ?

Elle s'empara d'une autre coupure de presse et son cœur se serra. Celle-ci montrait un cercueil porté sous la pluie au milieu d'une foule en deuil. Dans l'assistance, elle reconnut tante Judith, Robert, Margaret,

Meredith et Bonnie, les lèvres pincées, les joues striées de larmes. Cette légende-là disait : « Toute la ville pleure Elena Gilbert. »

Les doigts d'Elena se crispèrent d'eux-mêmes et froissèrent la photo. Elle se tourna vers Stefan.

— Cela ne devrait pas être ici, dit-elle, une pointe d'hystérie dans la voix. Les Sentinelles ont changé le passé. Il ne devrait rester aucun article, aucune photo de presse.

— Je sais, répondit-il en soutenant son regard. J'y ai réfléchi et la seule explication que j'aie trouvée, c'est que les Sentinelles n'ont fait que changer les souvenirs des habitants. En s'arrangeant aussi pour qu'ils ne voient plus les traces de ce que nous avons demandé aux Sentinelles d'effacer. Qu'ils ne voient que ce qui étaye leurs nouveaux souvenirs d'une petite bourgade normale et d'un groupe d'adolescents ordinaires. D'une année scolaire comme les autres.

— Dans ce cas, qu'est-ce que ça fait ici ? demanda-t-elle en brandissant la photo.

— Peut-être que cela n'a pas fonctionné sur tout le monde, hasarda-t-il à voix basse. J'ai trouvé un cahier où Caleb a pris des notes. Apparemment, il se souvient de deux successions d'événements différentes.

Il farfouilla parmi les papiers qui jonchaient le sol et en sortit un cahier.

— Écoute un peu ça : « En ville, je croise des filles qui sont censées être mortes. Il y avait des monstres, ici. La ville a été détruite, et nous sommes partis avant qu'ils ne s'en prennent à nous aussi. Mais maintenant je suis de retour et en fait nous ne sommes jamais partis, même si personne sauf moi ne s'en souvient. Tout est normal : pas de monstres, pas de morts. »

— Mmm, fit Elena en lui prenant le cahier des mains pour lire en diagonale.

Caleb y avait écrit des listes de noms. Vickie Bennett, Caroline, elle-même. Ils y étaient tous. Tous ceux dont le destin avait changé dans ce monde-ci. Il y avait noté la réalité telle qu'il se la rappelait, sa théorie sur la mort d'Elena et ses questionnements sur la situation. Elle tourna quelques pages et ses yeux s'écarquillèrent.

— Stefan, écoute un peu. Tyler lui avait parlé de nous : « Tyler avait peur de Stefan Salvatore. Il pensait qu'il avait tué M. Tanner, et trouvait qu'il y avait un truc étrange chez lui, presque surnaturel. Et il croyait qu'Elena Gilbert et ses amies étaient mêlées à toute cette histoire, quelle qu'elle soit. » Et il y a un astérisque qui renvoie une fois encore à M. Tanner, mort dans une partie de ses souvenirs et vivant dans l'autre.

Elena feuilleta quelques pages en vitesse.

— On dirait que, de fil en aiguille, il nous a plus ou moins identifiés comme la cause du changement. Il a deviné que nous étions au cœur de tout. Parce que nous sommes ceux qui ont le plus changé – à part les victimes de Klaus et des *kitsune*. Parce qu'il savait que Tyler se méfiait de nous, il nous croit responsables de sa disparition.

— Deux mémoires différentes, répéta Stefan, les sourcils froncés. Et si Caleb n'était pas le seul à se rappeler ces deux réalités ? Et si les êtres surnaturels, ou ceux qui peuvent communiquer avec eux, n'avaient pas été affectés par le sortilège ?

— Margaret… murmura aussi sec Elena. Je me suis demandé si elle se souvenait de quoi que ce soit. Elle semblait si bouleversée de me voir, le premier jour… Tu te rappelles comme elle avait peur que je parte ? Et si elle se rappelait ma mort, malgré les autres souvenirs que les Sentinelles ont implantés en elle ?

— As-tu la moindre raison de croire que Margaret n'est pas qu'une petite fille parfaitement normale ? Les enfants peuvent faire des déclarations mélodramatiques sans raison particulière. Margaret a beaucoup d'imagination.

— Je ne sais pas, soupira-t-elle. Si les Sentinelles ont simplement enfoui les anciens souvenirs sous des nouveaux, cela expliquerait que j'aie retrouvé mon ancien journal là où je l'avais laissé, avec tout ce qui s'était passé décrit à l'intérieur jusqu'à ce que je quitte la maison. Alors, tu penses que Caleb se doute de quelque chose parce qu'il est bel et bien un loup-garou ?

— Regarde, répondit-il en balayant l'abri d'un grand geste du bras.

Pour la première fois, Elena vit la scène dans son ensemble et en comprit les implications. Des photos d'elle. De Bonnie et de Meredith. Et même de cette pauvre Caroline, qui passait de la jeune fille hautaine aux yeux verts à un demi-monstre qui attendait les bébés de Tyler. À moins que ce ne soient des louveteaux ? Dans un flash, Elena se rendit compte qu'elle n'avait pas pensé à Caroline depuis des jours. Était-elle toujours enceinte ? Se transformait-elle toujours en loup-garou parce qu'elle portait les petits de Tyler ? Les loups-garous étaient horriblement nombreux à

Fell's Church, se souvint Elena. Nombreux et puissants, influents. Si cela n'avait pas changé, si la meute se souvenait de tout, ou de suffisamment d'éléments, alors les lycanthropes attendaient simplement leur heure pour riposter.

Il n'y avait pas seulement des coupures de presse, il y avait aussi des photos originales dans la pièce. Elena remarqua un cliché pris par la fenêtre de la pension d'elle-même parlant de façon enjouée à Meredith, qui caressait son bâton de combat. D'après leurs vêtements, elle devinait qu'il avait été pris alors qu'ils revenaient de la gare avec Alaric et Celia. Pendant ces derniers mois, Caleb n'avait pas seulement passé son temps à faire des recherches sur ses souvenirs contradictoires, il avait aussi espionné Elena et ses amis.

Puis elle remarqua autre chose. Dans un coin, au fond de l'abri, traînait un énorme tas de roses.

— Qu'est-ce que… marmonna-t-elle en tendant la main.

Avant de se figer sur place. Un pentagramme avait été tracé tout autour des fleurs. Et, autour du pentagramme, une série de photos : elle-même, Bonnie, Meredith, Matt, Stefan, Damon.

— Elles sont de la même variété que celle que t'a donnée Caleb, non ? demanda Stefan à voix basse.

Elena acquiesça. Elles étaient parfaites, de délicats boutons d'un rouge sombre voluptueux qui invitaient à la caresse.

— La rose qui a tout déclenché, murmura-t-elle. Elle a piqué le doigt de Bonnie, et son sang a écrit le nom de Celia. Cela doit venir d'ici.

— Caleb n'est pas un simple loup-garou, reprit Stefan. Je ne sais pas ce qu'il a trafiqué ici... cela m'a tout l'air d'être de la magie noire. J'ai découvert tout ça hier, ajouta-t-il en lui lançant un regard implorant. J'étais obligé de me battre contre lui, Elena. Je sais que je t'ai fait peur, mais je devais te protéger – toi et tous les autres.

Elena hocha la tête, trop choquée pour parler. Maintenant, elle comprenait pourquoi Stefan s'était comporté ainsi. Il la croyait en danger. Néanmoins... elle ne pouvait s'empêcher de se sentir nauséeuse lorsqu'elle se remémorait le corps de Caleb projeté en l'air. Caleb les avait donc attaqués avec une magie dangereuse... Pourtant, ses notes trahissaient surtout son désarroi et sa peur. Elena et ses amis avaient bouleversé son monde et, à présent, il ne savait plus ce qui était réel.

— On ferait mieux d'emporter tout ça à la pension, dit-elle brusquement. Est-ce qu'il y a d'autres cahiers ?

Stefan hocha la tête.

— Alors on doit les examiner en détail. S'il nous a jeté un sort – une espèce de malédiction –, il pourrait toujours être actif, même si Caleb est pour l'instant retenu à l'hôpital. On découvrira peut-être le sort qu'il a utilisé, ou au moins un indice sur sa nature et son action. Et, avec un peu de chance, sur la façon de l'inverser.

Stefan semblait un peu perdu. Ses yeux verts la regardaient avec perplexité. Ses mains étaient levées, comme s'il s'était attendu à ce qu'elle le prenne dans ses bras et avait oublié de les rabaisser lorsqu'elle n'en avait rien fait. Pour une raison qui lui échappait, elle ne pouvait se résoudre à l'étreindre. Au lieu de quoi, elle lui demanda en se détournant :

— Est-ce que tu as des sacs en plastique dans la voiture, pour qu'on emporte tout ça ?

24.

Elena éteignit son portable au moment même où Stefan garait la voiture devant la pension.

— L'infirmière m'a dit que Caleb était toujours inconscient, lui apprit-elle.

— Tant mieux.

Devant l'expression désapprobatrice d'Elena, il soutint son regard, l'air exaspéré.

— Ça nous laissera plus de temps pour découvrir la nature du sort qu'il nous a jeté, se justifia-t-il.

Ils avaient rempli trois gros sacs-poubelle noirs avec les papiers, les coupures de presse et les livres qu'ils avaient trouvés dans l'abri de jardin des Smallwood. De crainte que cela n'affecte le sortilège, Elena avait évité de toucher au pentagramme, aux roses et aux portraits disposés sur le sol, mais elle en avait pris des photos avec son téléphone.

Matt sortit à leur rencontre et s'empara de l'un des sacs.

— Vous rapportez des ordures ? ironisa-t-il.

— On peut dire ça comme ça, répondit Elena, la mine sombre.

Lorsqu'elle lui décrivit ce qu'ils avaient découvert, Matt grimaça.

— Waouh… fit-il. Bon, on va peut-être enfin comprendre ce qui se passe.

— Comme se fait-il que tu sois là si tôt ? voulut savoir Elena tout en l'accompagnant vers la maison. Je croyais que tu prenais ton tour de garde à dix heures.

Stefan les suivait de loin.

— Je suis resté là cette nuit, lui apprit Matt. Comme le nom de Bonnie est apparu, je ne voulais pas la quitter des yeux.

— Le nom de Bonnie aussi ?

Elle pivota vers Stefan et lui lança d'un ton accusateur :

— Pourquoi tu ne me l'as pas dit ?

— Je l'ignorais, admit-il, un peu gêné.

— Stefan, je t'avais demandé de protéger Meredith et Celia, rétorqua-t-elle. Tu étais censé rester ici. Avant même que le nom de Bonnie apparaisse, Meredith et Celia étaient en danger. Je comptais sur toi pour veiller sur elles.

— Je ne suis pas ton petit chien, Elena, répliqua-t-il en la foudroyant du regard. J'ai découvert une mystérieuse menace qui méritait enquête. J'ai agi pour te protéger. Et j'avais raison. Le danger te concernait toi plus encore que les autres. Et maintenant, nous avons une chance de reconstituer le sort.

Même si son ton déplut à Elena, elle dut reconnaître qu'il n'avait pas tort.

— Je suis désolée, déclara-t-elle d'un ton contrit. Tu as raison. Je suis contente qu'on ait découvert l'abri de Caleb.

Matt ouvrit la porte d'entrée. Ils déposèrent les sacs dans le couloir et gagnèrent la cuisine, où Mme Flowers, Alaric et Meredith étaient attablés devant des croissants à la confiture, des fruits et des saucisses.

— Celia est partie, déclara Meredith à Elena.

Son ton était purement informatif, mais ses yeux gris habituellement froids scintillaient. Elena partagea un sourire secret avec son amie.

— Où est-elle allée ? se renseigna Elena sur le même ton détaché tout en attrapant un croissant.

La matinée avait été longue et elle mourait de faim.

— À l'Université de Virginie, répondit Alaric. Elle espère trouver des pistes en axant ses recherches sur les malédictions et la sorcellerie.

— Nous aussi, nous allons peut-être découvrir quelque chose, annonça Elena.

La bouche pleine de croissant au beurre, elle expliqua une fois encore ce qu'ils avaient trouvé.

— Nous avons rapporté tous les papiers et les livres de Caleb. Et voilà ce qu'il avait disposé sur le sol.

Elle sortit son téléphone, chargea l'image et la montra à Mme Flowers.

— Bonté divine ! s'écria la vieille dame. Voilà qui ressemble fortement à de la magie noire. Je me demande ce que cet enfant pensait faire.

— Ce n'est pas un enfant, madame Flowers, renifla Stefan. Je le soupçonne fortement d'être un loup-garou, en plus d'un mage noir.

Mme Flowers le gratifia d'un regard sévère.

— Il a choisi la mauvaise voie pour chercher son cousin, c'est certain. Mais cette magie m'a tout l'air d'être celle d'un amateur. Si elle a fonctionné, c'est sans doute une coïncidence plus que le fruit de sa volonté.

— « Si elle a fonctionné » ? répéta Meredith. Je crois que les preuves sont formelles, non ?

— Ce serait tout de même trop gros que Caleb essaie de nous jeter un sort au moment où une autre malédiction nous affecterait, fit remarquer Alaric.

— Et où est Caleb, à présent ? s'enquit Matt, sourcils froncés. Sait-il que vous avez trouvé tout cela ? Est-ce qu'on doit le localiser et le garder à l'œil ?

— Il est à l'hôpital, annonça Stefan en croisant les bras.

Un court silence s'installa pendant que les autres s'entreregardaient. Ils décidèrent, sans doute à cause du visage impassible de Stefan, de ne pas creuser la question. Meredith jeta un coup d'œil interrogateur à Elena, qui hocha imperceptiblement la tête comme pour lui dire : « Je t'expliquerai plus tard. »

Elle se tourna vers Mme Flowers.

— Est-ce que vous reconnaissez ce sort ? Vous savez ce qu'il était censé faire ?

La vieille dame contempla longuement la photo, pensive.

— C'est une question intéressante, dit-elle enfin. Les roses sont bien souvent utilisées dans la réalisation des philtres d'amour, mais le pentagramme et toutes les photos qui l'entourent suggèrent une intention plus sombre. La couleur foncée inhabituelle des fleurs les rend sans doute plus efficaces. On peut aussi s'en servir pour invoquer d'autres passions. À mon avis, d'une façon ou d'une autre, Caleb essayait de contrôler vos émotions.

Elena jeta une œillade furtive vers Stefan et remarqua son air méfiant et ses épaules tendues.

— Je ne peux guère vous en dire plus pour le moment, poursuivit Mme Flowers. Si vous voulez bien inspecter les notes de Caleb, Bonnie et moi nous ferons des recherches sur les propriétés magiques des roses et les sorts dans lesquels elles apparaissent.

— Où est Bonnie, d'ailleurs ? demanda soudain Elena.

Même si, depuis son arrivée, il lui semblait bien que quelque chose manquait, elle venait seulement de se rendre compte que la petite rousse n'était pas dans la cuisine.

— Elle dort encore, lui apprit Meredith. Tu sais comme elle aime faire la grasse matinée, ajouta-t-elle avec un sourire moqueur. Hier soir, Bonnie a pris un malin plaisir à jouer les demoiselles en péril et à profiter de nos attentions.

— Moi, je l'ai trouvée très courageuse, protesta Matt.

Cette remarque étonna Elena. Commençait-il à ressentir quelque chose pour Bonnie ? « Ils feraient un beau couple », se dit-elle. Elle en éprouva aussitôt une pointe de colère possessive. Après tout, *Matt t'a toujours appartenu,* lui souffla une voix dure.

— Je vais aller la réveiller, annonça gaiement Meredith. Pas de répit pour les sorcières !

Elle se dirigea vers les escaliers en boitant légèrement.

— Comment va ta cheville ? s'inquiéta Elena. Mieux, on dirait…

— Je guéris vite, expliqua Meredith. J'imagine que ça fait partie de mon héritage de chasseuse de vampires. Hier soir, au moment de me coucher, je n'avais déjà plus besoin de béquille, et ce matin je n'ai presque plus mal.

— Tu as de la chance.

— Je sais, répondit-elle en souriant à Alaric, qui lui rendit son sourire en la fixant avec admiration.

Pour prouver ses dires, Meredith trotta jusqu'à l'escalier et s'aida à peine de la rambarde pour monter à l'étage.

Elena prit un autre croissant, l'ouvrit et étala de la confiture dessus.

— Nous ferions mieux de commencer tout de suite à examiner nos trouvailles, dit-elle. Alaric, comme tu es le seul, avec Mme Flowers et Bonnie, à t'y connaître en magie, tu pourras prendre ses cahiers et je…

Un cri venu de l'étage l'interrompit.

— C'est Meredith ! hoqueta Alaric.

Plus tard, Elena ne se rappela pas être montée au premier. Elle ne se souvenait que d'une marée de membres emmêlés dans l'étroit escalier car tout le monde avait essayé de monter le plus vite possible. Meredith se tenait sur le seuil de la chambrette rose et crème au bout du couloir. Son visage blême reflétait son désarroi. Elle tourna vers eux ses grands yeux gris paniqués et murmura :

— Bonnie…

À l'intérieur, leur amie gisait en pyjama face contre terre, un bras tendu vers la porte. Des bougies noires et blanches éteintes formaient un cercle derrière elle. L'une des noires avait été renversée. Chaque bougie portait une marque qui ressemblait à du sang séché, et un vieux livre abîmé avait été ouvert à même le sol.

Elena passa devant Meredith pour s'agenouiller à côté du corps et prendre son pouls au niveau du cou. Elle relâcha l'inspiration qu'elle avait bloquée en sentant sous ses doigts les battements réguliers du cœur de Bonnie.

Elle la secoua par l'épaule, puis la retourna.

Bonnie retomba sur le dos sans résistance. Sa respiration était régulière mais ses yeux restaient clos, et ses longs cils semblaient noirs sur ses joues semées de taches de rousseur.

— Il faut appeler une ambulance.

— J'y vais, annonça Meredith, qui sortit soudain de sa paralysie.

— C'est inutile, rétorqua Mme Flowers d'une voix égale.

Elle contemplait Bonnie avec tristesse.

— Qu'est-ce que vous racontez ? s'indigna Meredith. Elle est inconsciente ! Il lui faut de l'aide !

— Les infirmières et les docteurs de l'hôpital ne pourront rien pour elle. Ils risqueraient même d'aggraver son cas en appliquant des solutions médicales inefficaces à un problème non médical. Bonnie n'est pas malade. Elle est ensorcelée. L'atmosphère est chargée de magie. La meilleure chose à faire, c'est de l'installer le plus confortablement possible pendant qu'on cherche un remède.

Matt entra dans la chambre. Il paraissait frappé d'horreur, alors même qu'il ne regardait pas Bonnie. Il leva la main, le doigt tendu.

— Là !

Près du lit, un plateau contenant une petite théière, une tasse et une assiette avait été renversé par terre. La tasse s'était brisée et la théière était tombée sur le côté. Le breuvage sombre dessinait des arabesques sur le sol.

Et ces arabesques formaient un prénom :

elena

25.

Le regard horrifié de Matt passait du corps prostré de Bonnie au nom écrit sur le sol et au visage pâle d'Elena. Passé le choc, Elena tourna les talons pour quitter la pièce. Stefan et Matt la suivirent tandis que Meredith et les autres s'approchaient de Bonnie. Dans le couloir, Elena bondit sur Stefan :

— Tu étais censé veiller sur elles. Si tu avais été là, Bonnie aurait été en sécurité.

Matt, qui suivait Stefan, s'arrêta net. Elena montrait les dents, ses yeux bleu foncé lançaient des éclairs, et elle et Stefan semblaient tous deux furieux.

— Ce n'est pas la faute de Stefan, protesta-t-il doucement. Alaric et Mme Flowers avaient déposé des protections magiques sur la porte et dans sa chambre. Rien n'aurait dû pouvoir entrer. Même si Stefan avait été là, il n'aurait pas passé la nuit dans la chambre de Bonnie.

— Si, s'il le fallait pour la protéger correctement, rétorqua-t-elle avec amertume.

Alors même que Matt avait pris la défense de Stefan, il ne pouvait réprimer un sentiment de satisfaction en les voyant enfin se disputer. *Il est grand temps qu'elle se rende compte que Stefan est loin d'être parfait,* lui souffla avec joie son pire penchant.

Mme Flowers et Alaric sortirent à leur tour de la chambre et mirent fin à la tension palpable entre Elena et Stefan. Mme Flowers secoua la tête.

— Apparemment, Bonnie a eu l'inconscience de vouloir parler avec les morts. Cependant, je ne vois pas comment elle aurait pu s'infliger cela. Non, ce doit être l'œuvre de cette chose qui vous menace. Meredith restera à son côté pendant que nous nous occuperons des recherches.

Matt jeta un coup d'œil à Elena et à Stefan.

— J'avais cru comprendre que Caleb était hors d'état de nuire...

— Je le croyais ! se défendit Stefan pendant qu'ils descendaient tous. Il avait peut-être jeté ce sort-là avant qu'on se batte.

— Si c'est vrai et que le sortilège est toujours actif, alors Caleb lui-même pourrait bien être incapable de l'arrêter, expliqua Alaric d'un ton grave. Même s'il mourait, cela n'interromprait pas une malédiction perpétuelle.

Elena gagna l'entrée et éventra le premier sac-poubelle, les mâchoires serrées.

— Nous devons découvrir ce qu'il a fait.

Elle en sortit une pile de cahiers, qu'elle fit passer aux autres.

— Cherchez la description d'un sort. Si nous parvenons à savoir comment il s'y est pris, Alaric et Mme Flowers pourront peut-être trouver un moyen d'annuler celui-ci.

— Le grimoire dont s'est servie Bonnie était à moi, leur apprit Mme Flowers. Même si rien de ce qui y est consigné n'aurait pu avoir cet effet-là sur elle, je vais l'examiner, juste au cas où.

Ils prirent chacun un cahier, ainsi qu'une pile de papiers, et s'installèrent autour de la table de la cuisine.

— Il y a des diagrammes dans le mien, annonça Stefan peu après. Dont un pentagramme, mais je n'ai pas l'impression que c'est celui qu'il a tracé sur le sol.

Alaric lui prit le cahier pour examiner le schéma, puis il secoua la tête.

— J'ai beau ne pas être un expert, cela m'a tout l'air d'un élément de sort de protection basique.

Le calepin que consultait Matt était surtout couvert de notes manuscrites. *La première mort de Tanner ?* y lisait-on. *Halloween ? Elena, Bonnie, Meredith, Matt, Tyler, Stefan, tous présents.* Il entendit les pas de Meredith, à l'étage, qui allait et venait le long du lit, et les mots se brouillèrent. Il s'enfonça les poings dans les yeux pour s'épargner la honte de pleurer devant tout le monde. Tout cela était vain. Et, même s'il y avait quelque chose d'utile là-dedans, il ne le reconnaîtrait pas.

— Est-ce que vous ne trouvez pas étrange que Celia ait été la première frappée par cette force maléfique ? demanda soudain Elena. Il n'y avait rien la concernant dans l'abri. Elle n'a jamais rencontré Tyler, et encore moins Caleb. Si Caleb essayait de nous faire payer la disparition de Tyler, pourquoi attaquerait-il d'abord Celia ? Pourquoi l'attaquerait-il tout court, d'ailleurs ?

C'était très bien vu, se dit Matt. Il allait féliciter Elena lorsqu'il remarqua l'expression de Mme Flowers. Elle se tenait droite comme un I et, les yeux dans le vide, elle hochait légèrement la tête.

— Tu le penses vraiment ? s'enquit-elle dans un murmure. Oh, voilà qui fait toute la différence. Oui, je vois. Merci.

Entretemps, les autres avaient remarqué sa conversation privée et l'observaient en silence.

— Est-ce que votre mère sait ce qui est arrivé à Bonnie ? demanda Matt avec empressement.

Il s'était retrouvé un temps seul avec elle à Fell's Church pour combattre les *kitsune* lorsque ses amis étaient partis pour le Royaume des Ombres et, en bon compagnon d'armes, il s'était habitué à ces échanges nonchalants avec les esprits. Si la mère de Mme Flowers avait interrompu leur conversation, c'est qu'elle avait sans doute quelque chose d'utile et d'important à dire.

— Oui, lui répondit la vieille dame en souriant. Tout à fait, ma*man* a été d'un grand secours.

Elle les passa en revue avec une expression plus sérieuse.

— Ma*man* a réussi à percevoir la chose qui a volé l'esprit de Bonnie. Une fois qu'elle est entrée dans la maison, ma*man* a pu l'observer, même si elle était elle-même incapable de la repousser. Elle est contrariée de ne pas avoir pu sauver Bonnie. Elle s'est prise d'affection pour elle.

— Est-ce que Bonnie va s'en remettre ? s'inquiéta Matt à voix haute pour couvrir les « Alors, quelle est cette chose ? » et « C'est un démon, pas une malédiction ? » des autres.

Mme Flowers regarda Matt en premier.

— Nous parviendrons peut-être à sauver Bonnie. En tout cas, nous allons nous y employer. Mais il faudra vaincre la chose qui l'a prise. Et vous tous, vous êtes encore en danger.

Elle se tourna vers les autres pour poursuivre :

— C'est un dévoreur.

Un court silence se fit.

— Qu'est-ce que c'est, un dévoreur ? demanda Elena. Une espèce de monstre ?

— Un dévoreur ! Bien sûr, murmura Stefan en secouant la tête comme s'il s'en voulait de ne pas y avoir penser plus tôt. Il y a bien des années, en Italie, j'ai entendu parler d'une ville d'Ombrie dont on disait qu'un dévoreur hantait les rues. Ce n'était pas un monstre, plutôt une créature générée par les émotions intenses. Selon les rumeurs, un homme rendu fou de rage par les infidélités de sa promise la tua, ainsi que son amant, avant de se donner la mort. Et ces actes épouvantables libérèrent quelque chose, un être fait des émotions mêmes qui avaient provoqué ces meurtres. Un par un, les habitants des environs devinrent fous. Ils commirent des atrocités…

Stefan paraissait ébranlé par ces souvenirs.

— Est-ce que c'est ça que nous devons combattre ? Un genre de démon né de la colère, qui pousse les gens à la folie ? voulut savoir Elena en se tournant vers

Mme Flowers. Parce que, franchement, je pense que cette ville a déjà eu sa dose.

— Cela ne peut pas recommencer, gémit Matt, qui dévisageait lui aussi la vieille dame.

Mme Flowers croisa son regard et hocha fermement la tête, comme pour faire un serment :

— Non, cela ne recommencera pas. Mon petit Stefan, vous décrivez là un dévoreur de colère, mais il semblerait que l'explication populaire soit loin du compte. Selon ma*man*, les dévoreurs se nourrissent d'émotions comme les vampires se nourrissent de sang. Plus l'émotion est forte, mieux ils sont nourris et plus ils sont actifs. Ils sont attirés par les gens ou les communautés qui éprouvent déjà ces émotions intenses et les manipulent de façon à créer un cercle vicieux : ils encouragent et entretiennent les idées qui renforcent ces émotions et, de cette façon, ils assurent leur subsistance. En effet, s'ils possèdent une puissance psychique très forte, ils ne peuvent survivre que si leurs victimes continuent à les alimenter.

Elena écoutait avec attention.

— Et pour Bonnie, alors ? s'enquit-elle en se tournant vers Stefan. Dans ce village d'Ombrie, est-ce que les habitants tombaient dans le coma à cause de ce dévoreur ?

Stefan secoua la tête.

— Pas que je sache, dit-il. C'est peut-être là que Caleb intervient.

— Je vais appeler Celia, annonça Alaric. Cela l'aidera à orienter ses recherches. Si une seule personne sur Terre possède des informations sur ce phénomène, c'est forcément le Dr Beltram.

— Est-ce que votre mère pourrait nous dire de quel genre de dévoreur il s'agit ? demanda Stefan à Mme Flowers. Si nous savions de quelle émotion il se nourrit, nous pourrions lui couper les vivres.

— Elle n'a pas su le dire. Et elle ne sait pas non plus comment vaincre un dévoreur. Et il y a une dernière chose que nous devons prendre en considération : Bonnie possède elle-même une grande force psychique innée. Si le dévoreur l'a choisie, elle, c'est sans doute pour s'en abreuver.

Matt acquiesça en comprenant où elle voulait en venir.

— Dans ce cas, conclut-il, l'air sombre, cette créature va devenir de plus en plus puissante et dangereuse.

26.

Ils passèrent la journée à éplucher les notes et les livres de Caleb, sans grand succès. Elena s'inquiétait de plus en plus pour son amie inconsciente. Le temps que la nuit tombe et que tante Judith l'appelle pour savoir si sa famille avait une chance de la voir de la journée, ils étaient arrivés au bout du premier sac-poubelle. En grommelant à cause de son écriture illisible, Alaric avait parcouru plus d'un tiers du cahier où Caleb avait semble-t-il consigné ses expériences magiques.

Elena fronça les sourcils et feuilleta une énième pile de papiers. À force d'étudier les photos et les coupures de presse, elle avait acquis la conviction que Celia ne figurait pas parmi les cibles de Caleb. Le dévoreur l'avait attaquée en premier sans doute parce qu'il avait trouvé chez elle son émotion fétiche à profusion.

— Le mépris, suggéra Meredith, qui avait pris soin d'attendre qu'Alaric soit hors de portée de voix.

Les coupures et les diagrammes montraient que Caleb était obsédé par la disparition de Tyler et qu'il possédait des preuves et des souvenirs de deux réalités différentes pour la même période – dans la première, Elena était morte et Fell's Church en ruine et, dans l'autre, tout allait pour le mieux dans le meilleur des mondes, et le règne d'Elena, la reine du lycée, n'avait jamais été interrompu. En plus des souvenirs doubles de Caleb, qui ne couvraient que l'été, Tyler lui avait visiblement parlé au téléphone des événements mystérieux qui s'étaient produits cet automne et cet hiver-là, lesquels entouraient la mort de M. Tanner et tout ce qui s'ensuivait. Cependant, d'après les notes de Caleb, Tyler n'avait pas évoqué sa transformation en loup-garou et sa conspiration avec Klaus, il avait juste fait part de ses soupçons grandissants envers Stefan.

— *Tyler*, grommela Elena. Même lorsqu'il n'est pas là, il réussit à nous créer des ennuis.

En examinant le cahier, Alaric eut la confirmation que Caleb était un mage, et qu'il comptait se servir de ses pouvoirs à la fois pour se venger d'eux et pour localiser son cousin. Mais le chercheur n'avait trouvé aucun élément permettant de croire que c'était Caleb qui avait invoqué le dévoreur.

Alaric avait eu beau montrer la moindre note, incantation ou illustration suspecte à Mme Flowers, ils n'avaient pas encore découvert le genre de sort que Caleb avait lancé, ni le rôle que les roses devaient y jouer.

Stefan escorta Elena chez elle pour le dîner et revint aider les autres. Il aurait voulu rester avec Elena, cependant celle-ci savait que sa tante n'apprécierait guère qu'on lui impose un invité de dernière minute.

Dès qu'Elena franchit la porte, elle perçut des traces de la présence de Damon et se souvint comment, quelques heures plus tôt, ils s'étaient étreints dans sa chambre. Pendant tout le repas, pendant l'histoire qu'elle lut à Margaret puis pendant son dernier appel à Meredith pour savoir où en étaient les recherches, elle avait songé à lui avec nostalgie en se demandant si elle le reverrait ce soir-là. Elle se sentit coupable vis-à-vis de Stefan et de Bonnie. Quel égoïsme de garder pour elle le retour de Damon et de ne penser qu'à elle alors que Bonnie était en danger ! Ce yoyo émotionnel était épuisant et, pourtant, elle ne pouvait réprimer son bonheur de savoir Damon vivant.

Lorsqu'elle se retrouva enfin seule dans sa chambre, Elena brossa sa chevelure dorée et soyeuse, et enfila la nuisette toute simple qu'elle portait déjà la veille. Dehors, il faisait encore chaud et humide et, par la fenêtre ouverte, elle entendait les stridulations continues des grillons. Les étoiles brillaient et une demilune flottait au-dessus de la cime des arbres. Elle lança un « Bonne nuit ! » à tante Judith et à Robert et se mit au lit en tapotant son oreiller.

Elle était résignée à attendre plus ou moins longtemps. Damon aimait se faire désirer et entrer avec panache. Il y avait donc de fortes chances pour qu'elle dorme déjà lorsqu'il se glisserait dans sa chambre. Cependant, elle avait à peine éteint la lumière qu'un morceau de nuit sembla se détacher du ciel devant sa fenêtre. Elle entendit tout juste un bruit de pas sur le plancher, puis le matelas grinça lorsque Damon s'assit au pied du lit.

— Bonsoir, mon amour, murmura-t-il.

— Bonsoir, répondit-elle en lui souriant.

Les yeux noirs du vampire étincelaient dans l'ombre et, malgré tout le reste, ce regard posé sur elle la réchauffa et la transporta de joie.

— Il y a du nouveau ? s'enquit-il. Quelle agitation aujourd'hui, à la pension ! Qu'est-ce qui a semé la panique chez tes petits copains ?

Son ton avait beau être aussi sarcastique qu'à l'accoutumée, son regard pénétrant fit comprendre à Elena qu'il s'était inquiété.

— Si tu m'autorisais à annoncer aux autres que tu es vivant, tu serais à nos côtés et tu serais aux premières loges pour suivre l'évolution de la situation, le taquina-t-elle avant de prendre une expression plus sombre. Damon, nous avons besoin de ton aide. Il s'est passé une chose horrible.

Elle lui expliqua ce qui était arrivé à Bonnie et ce qu'ils avaient découvert dans l'abri de jardin des Smallwood.

— Quoi ? Un dévoreur a ensorcelé mon petit pinson ?

— C'est ce qu'a dit la mère de Mme Flowers. Et Stefan nous a rapporté qu'il avait déjà entendu parler d'un dévoreur de colère, quelque part en Italie.

— Pfff... Je m'en souviens. C'était amusant, à l'époque, mais rien de semblable à ce que tu décris. Comment la théorie de Stefan explique-t-elle le sort de

Bonnie ? Ou même l'apparition des noms des gens menacés ?

— C'est aussi la théorie de Mme Flowers, rétorqua Elena d'un ton indigné. Ou celle de sa mère, j'imagine. Et c'est la seule qui tienne la route.

Damon lui caressait la peau avec la légèreté d'une plume. Quel délice ! Le duvet de ses bras se hérissa et elle frémit de plaisir malgré elle. « Arrête, se dit-elle. C'est du sérieux. » Elle s'écarta de Damon.

Il lui répondit d'une voix où transparaissaient son amusement et son ennui :

— Eh bien, je ne peux pas en vouloir à la vieille sorcière et à son fantôme de mère. Les humains restent le plus souvent dans leur propre dimension. Ils n'ont qu'une vague idée de ce qui se passe vraiment, même les plus doués d'entre eux. Enfin… Par contre, si Stefan se conduisait comme un vampire digne de ce nom au lieu de perdre son temps à essayer d'être humain, il en saurait un peu plus sur la question. Il a à peine voyagé dans le Royaume des Ombres, à part les fois où il y a été traîné et mis en cage et où il y est retourné pour sauver Bonnie. Peut-être que, s'il y avait séjourné plus longtemps, il comprendrait mieux ce qui se passe et serait plus à même de protéger ses petits humains de compagnie.

— « Ses petits humains de compagnie » ? répéta-t-elle avec humeur. Moi aussi, j'en fais partie.

Cette remarque le fit ricaner. Elena comprit qu'il visait précisément à la mettre en rogne.

— Toi, princesse, un petit animal domestique ? Jamais. Une tigresse, peut-être. Une créature sauvage et dangereuse.

Elena leva les yeux au ciel. Puis l'implication des paroles de Damon la heurta de plein fouet.

— Attends, tu es en train de me dire que ce n'est pas un dévoreur ? Et que tu sais de quoi il s'agit ? Une créature du Royaume des Ombres, peut-être ?

Damon se rapprocha d'elle.

— Désires-tu savoir tout ce que je sais ? demanda-t-il d'une voix suave. J'aurais tant à t'apprendre…

— *Damon*, rétorqua-t-elle, sois un peu sérieux. C'est très important. Si tu sais quelque chose, je t'en prie, dis-le-moi. Sinon, épargne-moi ton numéro. Bonnie est en danger. Et toi aussi, Damon. N'oublie pas que ton nom est apparu, et nous ne sommes pas certains que l'accident sur la Lune Noire constituait l'attaque dirigée contre toi.

— Je ne m'inquiète guère, princesse, rétorqua Damon en agitant la main comme pour écarter sa remarque. Il faudrait bien plus qu'un dévoreur pour me nuire. Cela dit, oui, j'en sais un peu plus sur cette créature que *Stefan*.

Il lui prit la main, la tourna paume vers le haut et la caressa de ses doigts frais.

— Il s'agit bel et bien d'un dévoreur. Mais d'un autre genre que celui qui a sévi il y a bien longtemps en Italie. Tu te souviens de Klaus ? C'était un Ancien, un vampire des Origines. Il n'a pas été transformé en vampire comme Katherine, Stefan ou moi. Il n'avait jamais été humain. Les vampires comme Klaus nous considèrent, nous autres issus d'humains, comme de faibles bâtards. Il était bien plus puissant que nous et bien plus difficile à tuer. De la même façon, il y a plusieurs sortes de dévoreurs. Les dévoreurs nés des émotions humaines, sur la Terre, peuvent intensifier et stimuler ces émotions. Ils n'ont pas vraiment de conscience, cependant, et ils ne deviennent jamais très puissants. Ce ne sont que des parasites. Si on les éloigne des émotions dont ils ont besoin pour vivre, ils disparaissent rapidement.

Elena fronça les sourcils.

— Mais tu penses que, dans notre cas, il s'agit d'un dévoreur plus puissant ? Pourquoi ? Qu'est-ce que Sage t'a dit ?

Damon lui tapota la main du bout du doigt en poursuivant :

— Premièrement, les noms. Cela dépasse les pouvoirs d'un dévoreur ordinaire. Deuxièmement : il a pris l'esprit de Bonnie. Un simple dévoreur en serait incapable et, même dans le cas contraire, il ne pourrait pas l'exploiter. Un dévoreur des Origines, lui, pourrait s'emparer de son esprit et l'emmener dans le Royaume des Ombres. Il pourrait absorber sa force vitale et ses émotions pour devenir plus fort encore.

— Attends ! Tu veux dire que Bonnie est repartie dans le Royaume des Ombres ? C'est horrible ! Elle risque de redevenir esclave !

Les larmes lui montèrent aux yeux lorsqu'elle repensa au traitement que les vampires réservaient aux humains dans cette autre dimension.

— Non, ne t'en fais pas pour ça, la rassura-t-il en lui serrant la main. Seul son esprit y est retenu – le dévoreur a dû l'emmener dans un endroit sûr. Il ne voudrait pas qu'il lui arrive malheur. Je crois que, le pire qu'elle risque, c'est de s'ennuyer comme un rat mort… Cela dit, à force de lui dérober sa vitalité, le dévoreur finira par l'affaiblir.

— Tu *crois* qu'elle ne risque rien de pire que de s'ennuyer… Oh, du moins jusqu'à ce que cette chose lui prenne toutes ses forces ? C'est censé me rassurer ? On ne peut pas se contenter de ça, Damon. On doit l'aider.

Elena réfléchit un instant.

— Alors comme ça les dévoreurs vivent dans le Royaume des Ombres ?

— Pas au début, répondit-il après avoir hésité un instant. Ce sont les Sentinelles qui les ont relégués sur la Lune Noire.

— Celle où tu es mort.

— Tout à fait, confirma-t-il d'un ton caustique.

Il lui frotta aussitôt le dos de la main pour se faire pardonner sa rudesse.

— Les dévoreurs des Origines étaient enfermés dans une espèce de prison sur la Lune Noire et ne demandaient qu'à en sortir. Comme des génies dans des bouteilles. Si quelque chose devait briser les murs de leur prison, leur but ultime serait de rejoindre la Terre pour se nourrir des émotions des humains. Sage m'a dit que des choses avaient changé après la destruction de l'Arbre Supérieur. On peut donc imaginer qu'un dévoreur des Origines a réussi à s'échapper pendant le réajustement après la destruction.

— Mais pourquoi s'embêter à venir sur Terre ? Il y a plein de démons et de vampires dans le Royaume des Ombres.

Malgré la pénombre, elle devina le sourire de Damon.

— J'imagine que les émotions humaines sont particulièrement délicieuses. Tout comme le sang humain. Et il n'y a pas suffisamment d'humains dans le Royaume des Ombres pour rassasier qui que ce soit. Il y a tant d'humains sur Terre qu'un dévoreur des Origines peut se goinfrer d'émotions en permanence et devenir toujours plus puissant.

— Alors il nous a suivis depuis la Lune Noire ?

— Il a dû revenir avec vous sur Terre en tant que passager clandestin. Il voulait probablement s'éloigner le plus possible de sa prison : une ouverture entre les dimensions lui a sans doute semblé irrésistible.

— Il a été libéré lorsque je me suis servie de mes Ailes de la Destruction et que j'ai dévasté la lune ?

— C'est du moins l'explication la plus plausible, répondit-il avec un haussement d'épaules.

Le cœur d'Elena chavira.

— La vision de Bonnie disait la vérité. C'est moi qui l'ai ramené. C'est ma faute.

Il lui caressa de nouveau la main et l'embrassa dans le cou.

— Ne vois pas les choses de cette façon. Comment aurais-tu pu l'empêcher de venir ? Tu ignorais son existence. Et je te suis reconnaissant d'avoir utilisé tes ailes. C'est ce qui m'a sauvé, après tout. L'important, à présent, c'est de vaincre le dévoreur. Nous devons le renvoyer avant qu'il ne devienne trop puissant. S'il parvient à s'établir ici, il risque d'influencer de plus en plus de gens. Le monde entier pourrait être menacé.

Presque malgré elle, elle pencha un peu la tête pour accueillir les baisers de Damon dans son cou et, du bout des lèvres, il remonta doucement le long de sa carotide, jusqu'à ce qu'elle se rende compte de ce qu'ils étaient en train de faire et l'écarte d'un coup de coude.

— Il y a encore une chose qui m'échappe. Pourquoi nous annonce-t-il qui sera sa prochaine victime ? Pourquoi fait-il apparaître ces noms ?

— Oh, il n'y est pour rien, déclara-t-il en lui embrassant l'épaule. Même le dévoreur le plus puissant doit suivre certaines règles. Cela fait partie du sort que les Sentinelles ont jeté sur les dévoreurs des Origines, lorsqu'elles les ont chassés dans le Royaume des Ombres. Un garde-fou au cas où ils s'échapperaient un jour. De cette façon, leurs proies sont prévenues de leur arrivée, ce qui leur donne une chance de leur résister.

— Puisque les Sentinelles l'avaient emprisonné, tu crois qu'elles nous aideront à le rattraper ?

— Je l'ignore. Je préférerais éviter de le leur demander. Je ne leur fais pas confiance. Et toi ?

Elena repensa à la froide efficacité des Sentinelles, à la façon dont elles avaient fait peu de cas de la mort de Damon. À la façon dont elles avaient provoqué la mort de ses parents.

— Non, fit-elle en tremblant. Laissons-les en dehors de ça.

— Nous le vaincrons par nous-mêmes, Elena, lui promit-il en lui caressant la joue.

— Arrête. Nous devons rester concentrés.

Damon cessa un instant de la toucher pour réfléchir.

— Parle-moi de tes petits copains. Est-ce qu'ils sont particulièrement tendus ? Est-ce qu'ils se disputent ? Est-ce qu'ils se comportent bizarrement, comme s'ils n'étaient plus eux-mêmes ?

— Oui, répondit-elle aussitôt. Tout le monde agit de façon étrange. Je ne sais pas de quoi il s'agit exactement, mais il y a quelque chose qui cloche depuis notre retour.

Damon hocha la tête.

— Puisqu'il est sans doute revenu avec vous, il semble logique qu'il vous ait pris pour cibles, toi et tes amis, en premier.

— Alors comment l'arrêter ? Ces histoires que tu as entendues sur l'emprisonnement des dévoreurs des Origines disent-elles comment faire pour les recapturer ?

Damon soupira et ses épaules s'affaissèrent un peu.

— Non. Je ne sais rien de plus. Je vais devoir retourner au Royaume des Ombres pour voir ce que je peux découvrir, ou si je peux le vaincre de là-bas.

— C'est trop dangereux, Damon, protesta-t-elle.

Damon ricana – un bruit rauque dans les ténèbres. Elena sentit les doigts du vampire glisser dans ses cheveux, lisser ses mèches soyeuses puis les entortiller en tirant tout doucement dessus.

— Pas pour moi. Le Royaume des Ombres est un endroit génial pour un vampire.

— Sauf que tu y as trouvé la mort, lui rappela-t-elle. Damon, je t'en prie ! Je ne supporterais pas de te perdre une nouvelle fois.

La main de Damon s'immobilisa. Il l'embrassa doucement et de son autre main il lui frôla la joue.

— Elena, murmura-t-il en interrompant leur baiser à contrecœur. Tu ne me perdras pas.

— Il doit bien y avoir une autre manière de procéder, insista-t-elle.

— Eh bien, dans ce cas, nous devrions nous dépêcher de la trouver. Sans quoi, c'est le monde entier qui sera menacé.

Damon était enivré par la présence d'Elena. Son riche et doux parfum flattant ses narines, le battement affolé de son cœur au creux de son oreille, la soie de sa chevelure, le satin de sa peau sous ses doigts. Il voulait l'embrasser, la serrer, planter ses crocs dans sa chair et goûter le nectar capiteux de son sang, ce sang vivifiant à nul autre pareil.

Pourtant, elle le força à partir, même si elle ne le voulait pas vraiment.

Elle ne précisa pas qu'elle le repoussait à cause de son petit frère, mais il le savait tout de même. Tout revenait toujours à Stefan.

Lorsqu'il la quitta, il se métamorphosa en grand corbeau noir et s'envola gracieusement par sa fenêtre jusqu'au cognassier tout proche. Perché là, il replia ses ailes et fit glisser son poids d'une patte sur l'autre : il se préparait à la surveiller. Il la devinait à travers la fenêtre, angoissée d'abord, l'esprit confus, puis bientôt son pouls ralentit, son souffle s'approfondit et il sut qu'elle s'était endormie. Il resterait là pour veiller sur elle.

La question ne se posait pas. Il *devait* la sauver. Si Elena voulait un preux chevalier, quelqu'un qui la protégerait avec noblesse, Damon se portait volontaire. Pourquoi ce minable de Stefan devrait-il recueillir toute la gloire ?

Cependant, il n'était pas certain de la marche à suivre. Même si Elena l'avait supplié de ne pas y aller, regagner le Royaume des Ombres lui paraissait le plus logique dans leur lutte contre ce dévoreur. Mais comment s'y rendre ? Il n'y avait pas de chemin facile. Il n'avait pas le temps de voyager jusqu'à l'un des portails, pas plus qu'il ne voulait quitter Elena. Et il ne risquait pas de tomber par hasard sur une autre sphère d'étoiles.

De plus, s'il parvenait à y aller, il devrait affronter d'autres dangers. Il doutait que les Sentinelles aient appris sa résurrection et il ignorait quelle serait leur réaction le moment venu. Il préférait ne jamais le découvrir. Les Sentinelles n'avaient guère d'estime pour les vampires, et elles avaient tendance à aimer que les choses restent telles quelles. Il n'y avait qu'à voir comment elles avaient arraché les pouvoirs d'Elena lorsqu'elles en avaient pris connaissance.

Damon rentra la tête dans ses épaules et gonfla ses plumes iridescentes – signe de son agacement. Il devait y avoir un autre moyen.

Du pied de l'arbre monta un léger bruit de pas. Il fallait des oreilles hypersensibles de vampire pour les entendre tant ils étaient prudents. Mais Damon les perçut. Il balaya aussitôt le jardin du regard.

Oh. Damon se détendit et fit claquer son bec. *Stefan.* La silhouette sombre de son petit frère se tenait sous l'arbre, tête en l'air, scrutant avec intensité la fenêtre noire d'Elena. Évidemment, il fallait qu'il vienne pour la protéger contre toutes les horreurs de la nuit.

Et là, Damon comprit ce qu'il devait faire. S'il devait en apprendre davantage sur ce dévoreur, il devait se livrer à lui.

Il ferma les yeux et laissa la moindre émotion négative qu'il avait un jour ressentie à propos de son frère l'envahir. Son frère, qui lui avait toujours pris ce qu'il avait voulu, quitte à le voler si nécessaire.

« Maudit Stefan », songea-t-il avec amertume. Si son frère n'était pas arrivé en ville avant lui, Damon aurait eu une chance de forcer Elena à tomber d'abord amoureuse de lui, une chance d'être le premier à récolter ce regard empli d'adoration qu'elle adressait à Stefan chaque fois qu'elle le voyait.

Au lieu de quoi, il était un lot de consolation. Il n'avait pas suffi à Katherine non plus. Elle aussi, elle avait voulu son frère. Elena, véritable tigresse là où Katherine n'avait été qu'un chaton, aurait été la compagne idéale de Damon : belle, forte, rusée, capable d'éprouver un grand amour. Ensemble ils auraient pu régner ensemble sur les ténèbres.

Mais elle avait succombé à son petit frère, ce faible, ce lâche. Les serres de Damon agrippèrent la branche où il était perché.

— Quelle tristesse, lui souffla une voix douce près de lui, tu as beau essayer, encore et encore, tu ne suffis jamais aux femmes que tu aimes…

Une volute de brouillard lui toucha l'aile. Il se redressa et jeta un coup d'œil derrière lui. Une brume sombre s'entortillait autour du cognassier, juste au niveau de Damon. En contrebas, Stefan n'avait rien remarqué. Le brouillard était venu prendre Damon, et lui seul.

Avec un sourire mental, Damon sentit la brume l'envelopper et les ténèbres se refermer sur lui.

27.

Le lendemain matin, la chaleur était de nouveau au rendez-vous. L'air était si lourd et humide qu'en marchant dans la rue on avait la désagréable impression de se faire fouetter avec une serviette de toilette mouillée et chaude. Malgré la climatisation de la voiture, Elena sentait ses cheveux, habituellement raides, onduler à cause de l'humidité ambiante.

Stefan était passé la prendre juste après le petit-déjeuner, avec une liste de plantes médicinales et d'ingrédients magiques que Mme Flowers lui avait demandé de trouver en ville pour lancer de nouveaux sorts de protection.

En route, Elena regarda par la vitre les maisons blanches bien nettes et les pelouses manucurées du quartier résidentiel disparaître progressivement au profit des immeubles de briques et des devantures décorées avec goût des boutiques du centre-ville.

Stefan se gara dans la rue principale, devant un petit café charmant où ils avaient dégusté des cappuccinos en tête à tête l'automne dernier, peu après qu'elle eut appris la vérité sur son compte. Assis à l'une des tables minuscules, Stefan lui avait expliqué comment faire un cappuccino italien traditionnel, et cela lui avait rappelé les grands festins de sa jeunesse, pendant la Renaissance : des soupes aux aromates assaisonnées avec des graines de grenade ; des rôtis à la chair tendre arrosés à l'eau de rose ; des pâtisseries à la fleur de sureau et aux châtaignes. Une succession de mets doux, copieux et très épicés qu'un Italien des temps modernes ne reconnaîtrait même plus.

Elena avait été stupéfaite en comprenant à quel point le monde était différent lorsque Stefan avait savouré des plats humains pour la dernière fois. Il avait mentionné en passant que la mode des fourchettes venait tout juste d'être lancée lorsqu'il était jeune, et que son père les avait qualifiées de « tocade passagère ». Jusqu'à ce que Katherine imprime son influence plus distinguée et plus féminine à leur foyer, ils avaient toujours mangé à la cuillère, en s'aidant d'un couteau bien aiguisé.

— Nous mangions tout de même avec distinction, avait-il ajouté en riant devant l'expression d'Elena. Nous avions été très bien élevés. Tu n'aurais même pas vu la différence.

À l'époque, elle trouvait toutes ces petites choses qui le différenciaient des autres garçons – et le siècle et demi d'histoire dont il avait été témoin – plutôt romantiques.

Maintenant... eh bien, maintenant, elle ne savait plus quoi penser.

— C'est par ici, je crois, déclara Stefan, qui la ramena au présent en lui prenant la main. Mme Flowers m'a dit qu'une boutique New Age venait d'ouvrir et que nous devrions y trouver presque tout.

Le magasin s'appelait *L'Âme et l'Esprit.* Une atmosphère intense régnait dans le local exigu encombré de cristaux, de figurines de licorne, de jeux de tarot et d'attrape-rêves. Tout, les murs et le mobilier, était peint en dégradés de violet et d'argent, et des tentures soyeuses ondulaient sur les murs dans le courant d'air projeté par le petit climatiseur posé sur le montant de la fenêtre. Cependant, l'appareil n'était pas assez puissant pour lutter contre la chaleur poisseuse de cette journée, et la petite femme aux allures d'oiseau avec ses longs cheveux bouclés et ses colliers tintinnabulants qui apparut au fond de la boutique était en nage et semblait lasse.

— Que puis-je faire pour vous ? s'enquit-elle d'une voix grave et musicale qu'elle n'adoptait sans doute que pour coller à l'ambiance de l'échoppe.

Stefan sortit le bout de papier couvert de l'écriture entremêlée de Mme Flowers et l'examina en louchant. Vision de vampire ou pas, déchiffrer les notes de la vieille dame pouvait s'avérer un vrai défi.

Oh, Stefan. Comme il était attentif, doux et noble ! Son âme de poète étincelait à travers ses yeux verts magnifiques. Elle ne pouvait pas regretter d'être tombée amoureuse de Stefan. Cependant, parfois, en secret, elle se disait qu'elle aurait préféré le rencontrer sous une autre forme, moins compliquée... Elle aurait voulu que son âme et son intelligence, son amour et sa passion, sa sophistication et sa gentillesse aient pu d'une façon ou d'une autre s'incarner dans un vrai garçon de dix-huit ans ; elle aurait préféré qu'il soit vraiment celui qu'il prétendait être lorsqu'elle l'avait vu pour la première fois : un mystérieux étranger, mais bel et bien humain.

— Est-ce que vous vendez des objets en hématite ? demanda-t-il. Des bijoux, ou peut-être des porte-clefs ? Et de l'encens à base de...

Il fronça les sourcils.

— De l'althéa ? Ça vous parle, l'althéa ?

— Bien sûr ! s'enthousiasma la vendeuse. L'althéa favorise la protection et la sécurité. Et son parfum est délicieux. Vous trouverez les différents encens par ici.

Alors que Stefan la suivait au fond de la boutique, Elena s'attarda près de la porte. Elle se sentait épuisée, alors que la journée venait à peine de commencer.

Distraitement, elle passa en revue les vêtements suspendus sur une tringle, devant la vitrine, en poussant les cintres de-ci de-là. Elle repéra une tunique rose vaporeuse ornée de sequins, un peu baba cool mais mignonne comme tout. « Ça plairait à Bonnie », se dit-elle. Tout à coup, elle se figea.

Par la devanture, elle avait aperçu un visage familier et s'était tournée vers lui en oubliant complètement la tunique qu'elle tenait.

Elle se creusa la tête pour retrouver le nom de ce grand brun à la coupe de surfeur. Tom Parker, voilà. Elle était sortie avec lui quelques fois avant que Matt et elle se mettent ensemble. Elle avait du mal à croire que seuls dix-huit mois la séparaient de cette époque, qui lui semblait appartenir à une autre vie. Si Tom était suffisamment beau et agréable pour lui servir de cavalier de temps en temps, elle n'avait jamais rien éprouvé pour lui et, comme l'avait résumé Meredith, elle s'était entraînée avec lui au jeu de la séduction, puis l'avait « relâché dans l'océan des cœurs à prendre ».

Lui, pourtant, avait été fou d'elle. Alors même qu'elle lui avait rendu sa liberté, il avait continué à lui tourner autour en la regardant avec des yeux de chien battu pour l'implorer de lui donner une nouvelle chance.

Si les choses avaient été différentes, si elle avait éprouvé des sentiments pour Tom, est-ce que sa vie serait plus simple, aujourd'hui ?

Elle l'observa un instant. Il marchait d'un pas décontracté, le sourire aux lèvres, main dans la main avec Marissa Peterson, qui était sa petite amie depuis la fin de l'année passée. Comme il était grand, il devait se pencher un peu pour écouter ce que Marissa lui disait. Ils échangèrent un sourire et il leva la main pour tirer gentiment ses cheveux longs, pour la taquiner. Comme ils paraissaient heureux ensemble !

Eh bien, tant mieux pour eux. C'est facile d'être heureux quand on éprouve un amour simple, quand la vie se résume à passer un été tranquille avec des amis avant de partir à l'université. Facile d'être heureux quand on ne se souvient pas du chaos dans lequel la ville était plongée avant qu'*Elena* sauve ses habitants. Les ingrats ! Ils avaient trop de chance. Ils ignoraient tout des ténèbres tapies aux confins de leur vie sans danger, baignée par le soleil.

L'estomac d'Elena se noua. Vampires, démons, dévoreurs, amours maudites. Pourquoi lui revenait-il à *elle* d'affronter tout cela ?

Elle tendit l'oreille. Stefan discutait toujours avec la vendeuse. Il l'interrogeait d'un ton inquiet :

— Est-ce que des brindilles de sorbier auront le même effet ?

La vendeuse le rassura d'un murmure. Il en avait encore pour un moment. Il n'était qu'au tiers de la liste que Mme Flowers leur avait donnée.

Elena remit la tunique en place et sortit du magasin.

Elle suivit le couple de loin en prenant soin de ne pas se faire remarquer, et observa Marissa en détail. Malgré sa maigreur, elle était plutôt mignonne – quoique pas renversante – avec son petit nez en trompette, ses taches de rousseur, sa grande bouche et sa longue chevelure brune et raide. Au lycée, elle n'était personne. Elena l'imaginait très bien : joueuse de l'équipe de volley, avec peut-être sa photo dans l'annuaire de l'établissement. Des notes moyennes. Quelques amis, sans plus. Un rendez-vous galant de temps en temps, pas de cohortes d'admirateurs. Un boulot à mi-temps dans un magasin, ou peut-être à la bibliothèque. Une fille ordinaire, en somme. Sans quoi que ce soit d'exceptionnel.

Alors pourquoi cette fille banale avait le droit de mener une vie simple et radieuse alors qu'Elena avait traversé les Enfers – littéralement – pour obtenir ce que Marissa partageait visiblement avec Tom, et ce *sans même y parvenir* ?

Une brise fraîche effleura les épaules d'Elena, et elle frémit malgré la chaleur de cette matinée. Elle leva les yeux.

Des volutes d'une brume sombre et froide glissaient vers elle, alors que le reste de la rue était toujours aussi ensoleillé. Le cœur d'Elena se mit à palpiter avant même que son cerveau ne comprenne ce qui se passait. *Cours !* hurla une voix dans sa tête. Il était déjà trop tard. Ses jambes lui semblaient lourdes comme du plomb.

Une voix froide et sèche parla derrière elle, une voix étrange qui évoquait celle de sa conscience, celle qui lui révélait les vérités dérangeantes qu'elle ne voulait pas entendre :

— Comment se fait-il que tu ne puisses aimer que des monstres ? demanda-t-elle.

Elena ne put se résoudre à se tourner.

— À moins que ce ne soit l'inverse : n'y a-t-il donc que des monstres pour t'aimer véritablement, Elena ? reprit la voix d'un ton triomphant. Tous ces garçons, au lycée, pour eux tu n'étais qu'un trophée à décrocher. Ils voyaient ta chevelure dorée, tes yeux bleus et ton visage parfait, et imaginaient comme ils auraient fière allure avec toi à leur bras.

Elena prit son courage à deux mains et tourna doucement la tête. Il n'y avait personne, que la brume qui s'épaississait. Une femme poussant un landau la dépassa en lui jetant un coup d'œil placide. Ne voyait-elle pas qu'Elena se faisait envelopper par son propre brouillard intérieur ? Lorsqu'elle voulut crier, ses mots restèrent coincés dans sa gorge.

La brume était plus froide encore à présent et semblait presque solide, comme si elle retenait Elena. Au prix d'un effort de volonté surhumain, Elena se força à avancer, mais elle ne parvint qu'à tituber jusqu'au banc, devant une boutique toute proche. La voix lui murmura de nouveau à l'oreille d'un ton jubilant :

— Ils ne te voyaient pas vraiment, ces garçons. Des filles comme Marissa, comme Meredith, peuvent trouver l'amour et être heureuses. Seuls les monstres prennent la peine de connaître la vraie Elena. Pauvre, pauvre Elena, tu ne seras jamais normale, ne crois-tu pas ? Jamais comme les autres filles.

S'ensuivit un petit rire sadique.

La brume se pressa plus encore tout autour d'elle. Elena ne voyait plus la rue, elle ne voyait plus rien que les ténèbres qui l'entouraient. Elle tenta de se lever, de faire quelques pas, de dissiper cette brume. En vain. Elle ne pouvait plus bouger. Le brouillard pesait sur elle comme une couverture de plomb qui l'immobilisait et contre laquelle elle ne pouvait rien, ni la toucher ni la repousser.

Elena paniqua et s'efforça de se lever une nouvelle fois, d'ouvrir la bouche pour appeler : « Stefan ! » Mais la brume s'insinua en elle, à travers elle, par le moindre de ses pores. Incapable de résister, d'appeler à l'aide, elle s'effondra.

Il faisait toujours aussi froid.

— Au moins, j'ai des vêtements cette fois-ci, marmonna Damon en shootant dans un bout de bois calciné tandis qu'il foulait la surface stérile de la Lune Noire.

Le paysage commençait à lui taper sur les nerfs, il devait bien l'admettre. Il avait l'impression d'errer dans ce chaos depuis des jours, même si l'obscurité perpétuelle l'empêchait de savoir combien de temps avait vraiment passé.

Damon avait cru que, à son réveil, il découvrirait le petit pinson près de lui, trop contente de pouvoir bénéficier de sa compagnie et de sa protection. Mais il s'était retrouvé seul, allongé sur le sol. Pas de dévoreur, pas de jeune fille éperdue de reconnaissance.

Il fronça les sourcils et tâta du pied un tas de cendres qui aurait très bien pu dissimuler un corps. Et ne fut guère surpris de ne découvrir en dessous que de la boue, qui souilla un peu plus ses bottes noires jadis impeccablement cirées. À son arrivée, il s'était mis à chercher Bonnie, s'attendant à tout instant à la trouver inconsciente. Il avait une vision très précise d'elle, pâle et silencieuse dans les ténèbres, ses longues boucles rousses chargées de cendres. À présent, il avait acquis la certitude que, où que le dévoreur ait emmené Bonnie, ce n'était pas ici.

Il était venu là pour devenir un héros : vaincre le dévoreur, sauver la fille et, à terme, sauver l'autre fille, celle qu'il aimait. « Quel idiot », songea-t-il, agacé par sa propre bêtise.

Le dévoreur ne l'avait pas amené au même lieu que Bonnie. Seul sur le tas de cendres qu'était devenue cette lune, il se sentait bizarrement rejeté. La créature ne voulait-elle pas de lui ?

Soudain, un vent puissant souffla contre lui et Damon chancela un instant avant de retrouver l'équilibre. La bourrasque lui avait apporté un son : un gémissement ? Il changea de direction et, la tête rentrée dans les épaules, il s'élança vers cette voix.

Le bruit retentit de nouveau, une plainte triste hachée de sanglots qui venait de derrière lui.

Il pivota, mais ses pas étaient un peu moins assurés que d'habitude. Et s'il se trompait et que la petite sorcière ait été blessée et seule quelque part sur cette maudite lune ?

Il avait terriblement faim. Du bout de la langue, il frôla ses canines, qui s'aiguisèrent aussitôt. La bouche sèche, il imagina le flux d'un sang riche et sucré, un élixir de vie palpitant contre ses lèvres. La plainte revint, de sa gauche cette fois-ci, et de nouveau il changea de cap. Le vent lui soufflait en pleine figure, froid et humide comme de la brume.

Tout était la faute d'Elena.

Il était un monstre. C'était sa nature. Il était *censé* s'abreuver de sang sans sourciller, tuer sans le moindre remords ; mais Elena avait changé tout cela. Elle avait fait en sorte qu'il veuille la protéger. Puis il avait commencé à veiller sur ses amis à elle et avait fini par sauver sa petite ville provinciale, alors que n'importe quel vampire digne de ce nom aurait soit quitté les lieux bien avant l'arrivée des *kitsune*, soit exulté devant tant de destruction, du sang chaud sur les lèvres.

Il avait accompli tout cela – il avait changé pour *elle* – et pourtant elle ne l'aimait toujours pas.

Pas suffisamment, du moins. Lorsqu'il avait embrassé son cou et caressé ses cheveux la nuit passée, à qui pensait-elle ? À ce minable de Stefan.

— On en revient toujours à Stefan, n'est-ce pas ? déclara une voix claire et froide derrière lui.

Damon se figea, les poils de la nuque hérissés.

— Quoi que tu aies essayé de lui prendre, poursuivit la voix, tu t'efforçais simplement d'équilibrer la balance, parce que, de fait, il possède *tout* et toi rien. Tu voulais simplement que les choses soient justes.

Damon frémit, sans se retourner. Personne ne l'avait jamais compris. Il voulait simplement que les choses soient *justes*.

— Ton père l'appréciait bien plus que toi. Tu l'as toujours su. Alors que tu étais l'aîné, l'héritier, c'est Stefan que votre père aimait. Et, côté cœur, tu as toujours été deux pas derrière Stefan. Katherine l'aimait déjà lorsque tu l'as enfin rencontrée. Ensuite, l'histoire s'est répétée avec Elena. Elles te disent qu'elles t'aiment, ces filles que tu convoites, alors que tu n'es jamais le seul pour elles, tu n'es jamais celui qu'elles aiment le plus ou le mieux, pas même lorsque tu leur livres ton cœur tout entier.

Damon frémit de nouveau. Il sentit une larme couler sur sa joue et, furieux, il l'écrasa d'un revers de main.

— Et tu connais la cause de tout cela, n'est-ce pas, Damon ? continua la créature d'une voix mielleuse. Stefan. Stefan t'a toujours pris tout ce que tu voulais, sans rien te laisser. Elena ne t'aime pas. Elle ne t'a jamais aimé et ne t'aimera jamais.

Ces dernières paroles claquèrent comme une détonation et Damon reprit aussitôt ses esprits. Comment ce dévoreur osait-il le faire douter de l'amour d'Elena ? C'était la seule vérité qu'il connaissait.

Une brise froide fit onduler ses vêtements. Il n'entendait plus la plainte. Un silence de mort régnait sur la lune.

— Je sais ce que tu es en train de faire, grogna le vampire. Tu crois que tu peux me piéger ? Tu t'imagines capable de me monter contre Elena ?

Un pas léger, humide, retentit derrière lui dans la boue.

— Oh, petit vampire… se moqua la voix.

— Oh, petit dévoreur, rétorqua Damon sur le même ton. Tu n'as pas idée de l'erreur que tu viens de commettre.

Il banda ses muscles, prêt à l'attaque, et pivota, les crocs découverts. Cependant, avant qu'il ne puisse bondir, des mains froides et puissantes le saisirent par la gorge et le soulevèrent au-dessus du sol.

— Je vous conseille également d'enterrer des bouts de fer autour de la cible à protéger, suggéra la vendeuse. On utilise traditionnellement des fers à cheval, mais n'importe quoi peut faire l'affaire, surtout les objets circulaires ou courbés.

Après être passée par différentes phases de scepticisme à mesure que Stefan lui demandait semble-t-il tous les objets, remèdes ou porte-bonheur favorisant la protection qu'elle proposait dans sa boutique, elle affichait maintenant une serviabilité quasi maniaque.

— Je crois que j'ai tout ce qu'il me faut, annonça-t-il. Merci infiniment pour votre aide.

Les fossettes de la vendeuse se creusèrent lorsqu'elle tapa le prix de chaque article sur la vieille caisse enregistreuse métallique et il lui rendit son sourire. Il pensait avoir déchiffré correctement tous les éléments de la liste de Mme Flowers et il était fier de lui.

Quelqu'un ouvrit la porte pour entrer et un courant d'air froid souffla dans la boutique en faisant ondoyer les articles textiles et les tentures sur le mur.

— Vous avez senti ça ? demanda la vendeuse. J'ai l'impression qu'un orage se prépare.

Ses cheveux, malmenés par le vent, se soulevèrent un instant.

Stefan, qui allait lui répondre poliment, écarquilla les yeux, horrifié. Les longues boucles de la femme, suspendues un instant dans l'air, s'entortillèrent pour former des lettres glaçantes :

matt

Mais, si le dévoreur avait trouvé une autre victime, cela voulait dire qu'Elena…

Stefan pivota en fouillant frénétiquement des yeux l'avant de la boutique. Elena n'y était pas.

— Tout va bien ? lança la vendeuse.

Sans répondre, il se précipita vers la porte et inspecta la moindre allée, le moindre recoin du magasin. Il déploya ses pouvoirs de vampire à la recherche d'une trace distinctive de la présence d'Elena. Rien. Elle n'était plus là. Comment avait-il pu ne pas remarquer qu'elle sortait ?

Il pressa ses poings contre ses yeux jusqu'à ce que de petites étoiles explosent sous ses paupières. C'était sa faute. Il ne s'abreuvait plus de sang humain, et ses pouvoirs étaient terriblement diminués. Pourquoi s'était-il ainsi laissé affaiblir ? S'il avait été en pleine possession de ses moyens, il aurait remarqué aussitôt le départ d'Elena. Quel égoïsme de céder à sa conscience alors qu'il avait des gens à protéger !

— Tout va bien ? répéta la vendeuse.

Elle l'avait suivi jusqu'à la porte et lui tendait son sac en le dévisageant avec inquiétude.

Stefan récupéra ses achats et lui demanda :

— La jeune fille avec qui je suis entré, vous avez vu où elle est partie ?

— Oh, fit-elle en fronçant les sourcils. Elle est ressortie au moment où nous avons atteint le rayon des encens.

Il y a si longtemps... Même la vendeuse l'avait vue s'éclipser.

D'un signe de tête brusque, Stefan la remercia et sortit à grands pas dans le jour éblouissant. Il la chercha partout du regard dans la rue principale.

Il fut si soulagé en l'apercevant non loin de là, assise sur un banc en face d'une épicerie, que ses jambes flageolèrent. Puis il remarqua sa posture affaissée, son visage magnifique penché mollement vers l'une de ses épaules.

Il la rejoignit à la vitesse de l'éclair et se réjouit de voir que sa respiration était régulière, quoique faible, et son pouls battant. Cependant, elle était inconsciente.

— Elena, murmura-t-il en lui caressant la joue. Elena, réveille-toi. Reviens-moi.

Aucune réaction. Il la secoua un peu plus fort par le bras.

— Elena !

Son corps tomba lourdement sur le banc, sans que sa respiration ou son pouls en soient modifiés.

Tout comme il l'avait fait avec Bonnie, le dévoreur s'était emparé de l'esprit d'Elena, et Stefan sentit une part de lui-même se déchirer. Il avait échoué à la protéger, à les protéger toutes les deux.

D'un geste protecteur, il glissa doucement une main sous ses genoux, l'autre derrière sa tête, et la souleva. Il la serra contre lui et, en canalisant ce qui lui restait de pouvoir, il se mit à courir.

Meredith consulta sa montre pour ce qui lui semblait la centième fois en se demandant pourquoi Stefan et Elena n'étaient pas encore de retour.

— Je n'arrive pas du tout à déchiffrer ce mot-là, geignait Matt. Et dire que je trouvais que j'écrivais mal. On dirait que Caleb a noté ça les yeux fermés.

Agacé, il s'était passé la main dans les cheveux et ses mèches se dressaient en pointes. Des ombres bleues lui soulignaient les yeux.

Meredith prit une gorgée de café et tendit la main. Matt lui passa le cahier. Ils avaient découvert que c'était elle qui arrivait le mieux à lire les petites lettres angulaires de Caleb.

— Je crois que c'est un a, déclara-t-elle. « Pentacle », ça vous dit quelque chose, comme mot ?

— Oui, confirma Alaric en se redressant aussitôt. C'est un pentagramme dans un cercle. Pointe en haut, il a des vertus bénéfiques, pointe en bas, elles sont maléfiques. On tient peut-être quelque chose. Je peux voir ?

Meredith lui donna le document. Ses yeux la piquaient et, à force d'être restée assise toute la matinée pour examiner les notes de Caleb, les coupures de presse et les photos, elle avait les muscles ankylosés. Elle fit rouler ses épaules en avant puis en arrière et s'étira.

— Non, soupira finalement Alaric après quelques minutes de lecture. Rien d'utile. Ça explique juste comment jeter un sort.

Meredith allait répondre lorsque Stefan apparut sur le seuil, la mine défaite et le regard fou. Elena était inconsciente dans ses bras. Meredith en lâcha sa tasse de café.

— Stefan ! s'écria-t-elle. Que s'est-il passé ?

— Le dévoreur l'a piégée, admit-il d'une voix tremblante. Je ne sais pas comment.

Meredith crut qu'elle allait défaillir.

— Oh non, oh non… s'entendit-elle répéter d'une voix choquée. Pas Elena aussi.

Matt se dressa, hors de lui.

— Pourquoi tu ne l'as pas arrêté ? demanda-t-il d'un ton accusateur.

— Nous n'avons pas de temps à perdre avec ça, rétorqua froidement Stefan, qui leur passa devant pour gagner l'escalier en serrant Elena avec tendresse.

Sans se concerter, Matt, Meredith et Alaric le suivirent jusqu'à la chambre où Bonnie reposait.

Mme Flowers tricotait à son chevet. Sa bouche forma un O de désarroi lorsqu'elle vit qui Stefan amenait. Celui-ci déposa doucement Elena sur le lit deux places à côté de la petite silhouette de Bonnie, dont le visage était blême.

— Je suis désolé, marmonna Matt. Je n'aurais pas dû m'en prendre à toi. Mais… que s'est-il passé ?

Stefan haussa les épaules, visiblement sous le choc.

Le cœur de Meredith se serra lorsqu'elle regarda ses deux meilleures amies étendues là comme des poupées de chiffon. Elles étaient si immobiles... Même dans le sommeil, Elena avait été plus remuante, plus expressive que cela. Au cours des centaines de pyjamas parties qu'elles avaient organisées depuis l'enfance, Meredith avait vu Elena sourire, s'enrouler dans les couvertures, se blottir le visage dans l'oreiller tout en dormant. À présent, l'éclat rose crème et doré d'Elena semblait froid et affaibli.

Et *Bonnie*, Bonnie qui était si vivante et agitée... De toute sa vie, elle ne s'était jamais tenue tranquille plus de deux secondes. Et maintenant elle était inerte, figée, elle avait presque perdu toutes ses couleurs, à l'exception de ses taches de rousseur sombres et de la masse brillante de cheveux roux qui moutonnait sur son oreiller. Sans le léger mouvement de leur respiration, on aurait pu les prendre toutes les deux pour des mannequins dans une vitrine.

— Je ne sais pas, répondit enfin Stefan d'un ton plus paniqué.

Il leva les yeux vers Meredith.

— Je ne sais pas quoi faire.

Meredith s'éclaircit la gorge :

— Pendant votre absence, nous avons appelé l'hôpital pour prendre des nouvelles de Caleb, dit-elle prudemment, en sachant l'effet qu'auraient ses paroles. Ils l'ont laissé sortir.

Une lueur assassine illumina les yeux de Stefan.

— Je crois, reprit-il d'une voix tranchante comme l'acier, qu'on devrait lui rendre une petite visite.

Elena avait l'impression d'être suspendue dans les ténèbres. Elle ne s'inquiétait pas, pourtant. C'était un peu comme flotter doucement dans de l'eau chaude, se laisser porter par le courant. Une part d'elle-même se demandait avec détachement, et sans la moindre peur, si elle était jamais sortie du bassin de Warm Springs. Rêvait-elle dans l'eau depuis tout ce temps ?

Soudain, elle accéléra, creva la surface et ouvrit les yeux dans une clarté éblouissante, en inspirant une longue goulée d'air.

Des yeux bruns inquiets la contemplaient du dessus, au milieu d'un visage blême.

— Bonnie ? hoqueta Elena.

— Elena ! Dieu merci ! s'écria la rousse en l'agrippant par les bras. Il y a des jours et des jours que je suis ici toute seule, du moins j'ai l'impression que ça fait des jours, parce que la lumière ne change jamais, alors c'est dur à dire. Et il n'y a absolument rien à faire ! Je n'arrive pas à trouver la sortie et il n'y a rien à manger, même si de toute façon, bizarrement, je n'ai pas faim, alors j'imagine que ce n'est pas grave. J'ai essayé de dormir pour passer le temps, mais je n'étais pas non plus fatiguée. Et soudain tu es arrivée, et j'étais hyper contente de te voir, sauf que tu ne voulais pas te réveiller, et je commençais à m'inquiéter pour de bon. *Que se passe-t-il ?*

— Je ne sais pas, avoua Elena, l'esprit un peu confus. La dernière chose dont je me souvienne, c'est d'être assise sur un banc. Je crois que je me suis fait piéger par une espèce de brume mystique.

— Moi aussi ! Enfin, pas pour le banc, pour la brume. J'étais dans ma chambre, à la pension, et ce drôle de brouillard m'a immobilisée.

Elle frissonna exagérément.

— Je ne pouvais plus bouger du tout. Et j'avais froid.

Soudain, elle écarquilla les yeux et ajouta, d'un air contrit :

— J'étais en train de lancer un sort quand c'est arrivé. Quelque chose a surgi derrière moi et a commencé à me dire des trucs. Des trucs pas très jolis.

— Moi aussi, j'ai entendu une voix, répondit Elena en frémissant.

— Tu crois que j'ai… libéré quelque chose ? Pendant mon rituel ? Depuis que je suis là, l'idée que je l'ai peut-être provoqué par accident me ronge.

Bonnie était livide.

— Ce n'était pas ta faute, la rassura Elena. Nous pensons que c'est le dévoreur – la créature qui a provoqué tous les accidents – qui a dérobé ton esprit pour puiser dans tes pouvoirs. Et maintenant il m'a piégée, moi aussi.

Elle se dépêcha de rapporter à Bonnie ce qu'elle savait du dévoreur, puis elle se redressa sur les coudes et regarda autour d'elles pour la première fois.

— Je n'arrive pas à croire qu'on soit revenues ici.

— Où ça ? voulut savoir Bonnie d'un ton prudent. Où sommes-nous ?

Le soleil à son zénith éclairait un ciel bleu éblouissant qui s'étendait à perte de vue. Elena était presque certaine qu'il était midi. Du moins, c'était l'heure à laquelle elle avait quitté cet endroit lors de sa dernière visite. Elles se trouvaient au milieu d'un vaste champ qui semblait infini. Où que le regard d'Elena porte, de hauts buissons se succédaient sans fin – des massifs de roses, ornés de parfaits boutons noirs et soyeux.

Des roses de minuit. Des roses hautement magiques cultivées pour accueillir des sorts que seuls les *kitsune* pouvaient y déposer. Une *kitsune* avait une fois adressé à Stefan une de ces roses chargée d'un sort pour le rendre humain. Cependant, au grand désarroi des deux frères, Damon l'avait interceptée accidentellement.

— Nous sommes dans le champ de roses magiques des *kitsune*, qui donne sur le Corps de Garde des Sept Trésors, apprit-elle à Bonnie.

— Oh, fit Bonnie, qui réfléchit un instant et demanda avec désespoir : Alors qu'est-ce qu'on fait ici ? Ce dévoreur est un *kitsune* ?

— Je ne crois pas. Ce n'est peut-être qu'un endroit commode pour nous dissimuler.

Elena prit une profonde inspiration. Bonnie était de bonne compagnie en temps de crise. Pas dans le même genre que Meredith – Meredith était douée pour l'organisation et la mise en œuvre –, mais agréable parce qu'elle dévisageait Elena avec ses grands yeux innocents et l'interrogeait sans douter une seule seconde qu'Elena aurait la réponse. Et Elena se sentait toujours compétente et protectrice, comme si elle pouvait affronter n'importe quelle situation complexe. Du genre de celle-ci. Comme Bonnie comptait sur elle, l'esprit d'Elena fonctionnait plus nettement qu'il ne l'avait fait ces derniers jours. D'un instant à l'autre, elle allait trouver un plan pour les sortir de là. D'un instant à l'autre, elle en était certaine.

Les petits doigts froids de Bonnie se glissèrent dans la main d'Elena.

— Elena, est-ce qu'on est mortes ? s'enquit-elle d'une voix tremblante.

Étaient-elles mortes ? Elena en doutait. Bonnie était toujours vivante après l'attaque du dévoreur, juste impossible à réveiller. Leurs esprits avaient sans doute voyagé jusque-là sur le plan astral, tandis que leurs corps étaient restés à Fell's Church.

— Elena ? répéta Bonnie avec angoisse. Tu penses qu'on est mortes ?

Elena s'apprêtait à la rassurer lorsqu'un bruit assourdissant retentit. Les buissons de roses furent soudain violemment secoués, tandis qu'un grondement leur parvenait de toutes les directions à la fois. Les craquements des branches leur vrillaient les tympans, comme si une créature énorme approchait en écrasant les fleurs sur son passage. Tout autour d'elles, les branches épineuses fouettaient l'air dans tous les sens alors qu'il n'y avait pas un souffle de vent. Elena poussa un cri de stupeur quand l'une de ces tiges lui cingla le bras et lui ouvrit la chair.

Bonnie émit une sorte de gémissement et le cœur d'Elena se mit à battre la chamade. Elle pivota pour pousser Bonnie derrière elle. Elle serra les poings et se mit en position défensive en tentant de se remémorer ce que Meredith lui avait appris. Cependant, même en regardant tout autour d'elles, elle ne vit que des roses, sur des kilomètres à la ronde. Des roses parfaites, noires comme l'ébène.

Bonnie geignit et se pressa tout contre le dos d'Elena.

Soudain, Elena fut transpercée par une douleur fulgurante, comme si on lui arrachait doucement mais sûrement une part d'elle-même. Elle hoqueta, chancela, les mains serrées sur son ventre. *Voilà*, songea-t-elle vaguement tandis qu'elle avait l'impression que le moindre de ses os était pulvérisé. *Je vais mourir.*

28.

Personne ne vint ouvrir la porte chez les Smallwood. L'allée était déserte et la maison semblait vide. Tous les stores étaient baissés.

— Peut-être que Caleb n'est pas là, suggéra Matt, nerveux. Est-ce qu'il aurait pu aller ailleurs à sa sortie de l'hôpital ?

— Je *sens* sa présence. Je l'entends respirer, grogna Stefan. Il est là, aucun doute. Il se cache.

Matt ne l'avait jamais vu si enragé. Ses yeux verts habituellement sereins brillaient de colère et ses crocs avaient l'air de s'être allongés de leur propre volonté – pointes acérées qui apparaissaient chaque fois qu'il ouvrait la bouche. Stefan surprit le regard de Matt et fronça les sourcils. Un peu gêné, il fit glisser le bout de sa langue sur ses canines.

Matt jeta un coup d'œil vers Alaric, qu'il considérait comme la seule autre personne normale du groupe. Cependant, le chercheur observait Stefan avec visiblement davantage de fascination que d'inquiétude. « Lui non plus, il n'est pas tout à fait normal », en conclut Matt.

— On peut entrer quand même, annonça calmement Meredith et, se tournant vers Alaric, elle ajouta : Préviens-moi si l'on vient.

Il hocha la tête et se plaça de façon à boucher la vue de quiconque s'aviserait de passer sur le trottoir. Avec sang-froid et efficacité, Meredith glissa l'un des piquants de son bâton de combat dans l'interstice entre la porte et le montant, et entreprit de faire levier.

Le battant, en chêne massif et visiblement fermé par deux verrous et une chaînette intérieure, résista à la force de la chasseuse de vampires. Meredith jura, puis marmonna « Allez, allez » tout en redoublant d'efforts.

Les verrous et la chaîne cédèrent brusquement, la porte s'ouvrit à la volée et valdingua contre le mur.

— Pour l'effet de surprise, on repassera, déclara Stefan.

Il trépignait sur place tandis que les autres le devançaient pour se glisser à l'intérieur.

— Tu peux venir, lui dit Meredith, mais Stefan secoua la tête.

— Non. Seul celui qui habite ici peut m'inviter.

Les lèvres serrées, Meredith tourna les talons et monta l'escalier quatre à quatre. On entendit un cri de surprise, quelques chocs sourds. Alaric jeta un coup d'œil nerveux vers Matt, puis vers le haut des marches.

— On devrait peut-être l'aider ? demanda le chercheur.

Avant que Matt n'ait eu le temps de lui répondre – il était presque certain que ce n'était pas Meredith qui avait besoin d'aide –, elle revint en poussant Caleb devant elle dans l'escalier tout en lui tordant un bras dans le dos.

— Dis-lui qu'il peut entrer, ordonna-t-elle lorsqu'il trébucha en bas de la dernière marche.

Caleb fit non de la tête et elle lui serra le bras plus fort, au point qu'il gémit de douleur.

— Jamais, s'obstina-t-il. Tu ne peux pas entrer.

Meredith le força à avancer vers Stefan, jusqu'au seuil.

— Regarde-moi, lui ordonna le vampire d'un ton froid, et les yeux de Caleb se levèrent vers lui.

Les pupilles de Stefan se dilatèrent au point de couvrir ses iris verts. Caleb secoua la tête dans tous les sens, sans parvenir à le quitter des yeux.

— Laisse… moi… entrer, ordonna de nouveau Stefan.

— Entre, entre, puisque c'est comme ça… marmonna Caleb d'un ton boudeur.

Meredith le relâcha et il pivota aussitôt pour remonter à l'étage en courant.

À la vitesse de l'éclair, Stefan pénétra dans la maison et grimpa les marches en moins de temps qu'il n'en faut pour le dire. Ses mouvements fluides, rapides, évoquaient pour Matt ceux d'un prédateur…

un lion ou un requin. Matt frémit. Parfois, il oubliait à quel point Stefan pouvait être dangereux.

— Je ferais mieux de l'accompagner, déclara Meredith. Il ne faudrait pas qu'il fasse quelque chose qu'il pourrait regretter ensuite... Du moins pas tant que nous n'avons pas obtenu d'informations. Alaric, c'est toi qui en sais le plus sur la magie, alors tu me suis. Matt, surveille l'allée et préviens-nous si les Smallwood reviennent.

Alaric et elle allèrent rejoindre Stefan à l'étage, tandis que Matt guettait les premiers cris. Le silence qui s'éternisait ne lui dit rien qui vaille. Tout en gardant un œil sur la rue à travers la fenêtre, il traversa le salon. Tyler et lui avaient été amis, dans le temps, ou du moins ils avaient beaucoup traîné ensemble. Comme ils étaient tous deux des joueurs titulaires de l'équipe de foot, ils se connaissaient depuis le collège.

Tyler buvait trop, faisait trop la fête, se montrait grossier et macho avec les filles, mais il y avait un petit quelque chose chez lui que Matt avait parfois apprécié. Sans doute la façon dont il s'investissait à fond dans tout ce qu'il entreprenait, qu'il s'agisse de plaquer sans retenue le quarterback d'en face ou d'organiser la fête la plus dingue qu'on ait jamais vue. Ou comme la fois où, pendant leur année de sixième, il avait décidé qu'il gagnerait à *Street Fighter*. C'était devenu une véritable obsession : tous les jours, il invitait Matt et les autres chez lui et ils passaient des heures assis par terre dans sa chambre à manger des chips, à dire des gros mots et à écraser les boutons des manettes de sa PlayStation 2 jusqu'à ce que Tyler comprenne comment gagner le moindre combat.

Matt poussa un profond soupir et jeta de nouveau un coup d'œil dehors.

Un choc sourd retentit à l'étage. Matt se figea. Silence.

Lorsqu'il se tourna pour traverser le séjour dans l'autre sens, il remarqua une photo en particulier parmi le rang bien net de cadres disposés sur le piano.

Elle avait dû être prise lors de la fête du club de foot, à la fin de leur année de première. Sur la photo, Matt enlaçait Elena – ils sortaient ensemble, à l'époque, et elle lui souriait. Près de lui, Tyler tenait la main d'une fille dont Matt avait oublié le nom. Alison, peut-être, ou Alicia. Elle avait un an de plus qu'eux et, comme elle avait eu son bac cette année-là, elle était partie à l'université dans une autre ville. Ils étaient tous sur leur trente et un, Tyler et lui en costume-cravate, les filles en tenue de soirée. Dans sa robe courte blanche à l'élégante simplicité, Elena était si jolie que Matt en avait eu le souffle coupé.

Les choses étaient simples, alors. Lui, le quarter-back, et elle, la plus jolie fille du lycée. Ils formaient un couple parfait.

Et puis Stefan a débarqué, lui souffla une voix froide sur un ton haché, *et a tout gâché.*

Stefan qui prétendait être l'ami de Matt. Stefan qui avait fait semblant d'être un humain.

Stefan qui avait courtisé sa petite amie, la seule qu'il avait vraiment aimée. La seule qu'il aimerait sans doute jamais. Bien sûr, ils s'étaient séparés juste avant qu'Elena rencontre Stefan, pourtant Matt aurait pu la reconquérir, si le vampire n'était pas arrivé.

La bouche de Matt se tordit et il jeta la photo au sol. Le sous-verre ne se brisa pas, et Matt, Elena, Tyler et la fille dont il avait oublié le nom continuèrent à sourire innocemment vers le plafond, sans se douter une seule seconde de ce qui les attendait, du chaos qui exploserait moins d'une année plus tard. À cause de Stefan.

Stefan. Le visage de Matt était rouge de colère. Ses oreilles bourdonnaient. Stefan le traître. Stefan le monstre. Stefan qui lui avait volé l'amour de sa vie.

Matt marcha délibérément sur la photo et l'écrasa sous son talon. Le cadre de bois se brisa enfin. La sensation du verre qui éclatait sous son pied était étrangement satisfaisante.

Sans un regard en arrière, Matt fila droit vers l'escalier. Il était temps pour lui de régler le compte du monstre qui avait gâché sa vie.

— Avoue ! grogna Stefan en s'efforçant d'influencer Caleb.

Il était malheureusement trop faible pour vaincre les blocages mentaux de Caleb. Il n'y avait plus aucun doute, ce garçon avait des pouvoirs magiques.

— Je ne vois pas de quoi tu parles, rétorqua Caleb en s'adossant au mur comme s'il pouvait se fondre dedans.

Ses yeux papillonnaient nerveusement entre le visage furieux de Stefan et celui de Meredith, qui brandissait son bâton, prête à frapper.

— Si vous me laissez tranquille, je promets que je n'irai pas voir la police. Je ne veux pas d'ennuis.

Caleb était plus pâle et plus petit que dans le souvenir de Stefan. Avec sa figure couverte de bleus et son bras dans le plâtre retenu par une écharpe, il faisait peine à voir. Malgré sa fureur, Stefan se sentit un peu coupable.

« Il n'est pas humain », se rappela-t-il.

Cela dit… Caleb n'avait guère de traits lupins, pour un loup-garou. Ne devrait-il pas avoir l'air un peu plus animal ? Stefan n'avait pas connu beaucoup de lycanthropes, mais Tyler était doté de longues dents très blanches et d'une agressivité à peine contenue.

À côté de lui, Alaric observait le blessé. Il pencha la tête de côté pour l'examiner et demanda d'un air sceptique, comme en écho aux pensées de Stefan :

— Tu es sûr que c'est un loup-garou ?

— Un *loup-garou* ? répéta Caleb. Vous êtes malades ou quoi ?

Le vampire, qui scrutait l'expression du blondinet, repéra une petite lueur dans les yeux de Caleb.

— Tu mens, dit-il froidement en projetant de nouveau son esprit et en découvrant enfin une brèche dans ses défenses. Tu ne nous crois pas malades du tout. Tu es juste surpris que nous soyons au courant.

Caleb soupira. Si ses traits étaient toujours pâles et tirés, son expression n'était plus aussi sournoise. Ses épaules retombèrent et il s'écarta légèrement du mur, tête basse.

Meredith se crispa, prête à bondir, lorsqu'il s'avança d'un pas. Il s'arrêta, les mains en l'air.

— Je ne vais rien tenter. Et je ne suis pas un loup-garou. Oui, je sais que Tyler en est un, et j'imagine que vous le savez aussi.

— Tu portes des gènes de lycanthrope, tu pourrais en devenir un toi aussi.

Caleb haussa les épaules et répondit en soutenant le regard de Stefan :

— Peut-être, mais ce n'est pas tombé sur moi. C'est tombé sur Tyler.

— « C'est tombé sur Tyler » ? répéta Meredith d'une voix que l'outrage avait fait monter dans les aigus. Tu sais ce que Tyler a fait pour devenir un loup-garou ?

— Hein ? fit Caleb, la mine inquiète. Il n'a rien fait. C'est la malédiction familiale qui l'a frappé, c'est tout.

Son visage n'était plus qu'un masque d'angoisse.

Malgré lui, Stefan se surprit à prendre un ton plus doux :

— Caleb, pour devenir un loup-garou, il faut tuer quelqu'un, même quand on a des prédispositions génétiques. À moins d'être soi-même mordu par un loup-garou, il y a certains rituels qui doivent être suivis. Des rituels *de sang*. Tyler a assassiné une innocente.

Les jambes de Caleb se dérobèrent sous lui et il glissa le long du mur. Il semblait sur le point de vomir.

— Tyler ne ferait jamais une chose pareille, protesta-t-il d'une voix mal assurée. Après la mort de mes parents, Tyler est devenu comme un frère pour moi. Il ne ferait jamais une chose pareille. Je ne te crois pas.

— C'est pourtant la vérité, insista Meredith. Il a assassiné Sue Carson. Nous nous sommes arrangés pour qu'elle revienne à la vie, mais cela ne change rien au fait qu'il l'a tuée.

L'accent de vérité qui imprégnait ces paroles ôta à Caleb ses dernières velléités de protestation. Il glissa un peu plus bas encore et posa la tête sur ses genoux.

— Qu'est-ce que vous me voulez ?

Il paraissait si maigre et chétif que, malgré l'urgence de la situation, Stefan se laissa distraire un instant.

— Tu n'étais pas plus grand que ça, avant ? s'enquit-il. Plus costaud ? Plus… en forme ? La dernière fois qu'on s'est vus, je veux dire.

Caleb marmonna une réponse entre ses genoux, trop étouffée et déformée pour que même un vampire l'entende distinctement.

— Quoi ? insista Stefan.

Caleb leva la tête, les joues striées de larmes.

— C'était une illusion, d'accord ? avoua-t-il avec amertume. Je me suis rendu plus attirant parce que je voulais qu'Elena m'admire.

Stefan repensa au teint éclatant de Caleb, à sa stature, à son auréole de boucles blondes… Pas étonnant qu'il lui ait paru suspect. Inconsciemment, Stefan avait dû sentir à quel point il était improbable qu'un humain ressemble autant à un archange. « Voilà pourquoi il m'a paru si léger lorsque je l'ai soulevé dans le cimetière », songea-t-il.

— Tu es donc un mage, à défaut d'être un loup-garou, annonça Meredith.

— Ça, vous le saviez déjà, rétorqua-t-il avec un haussement d'épaules. Puisque vous avez mis mon atelier à sac. Que voulez-vous de plus ?

Meredith s'approcha d'un pas menaçant, le bâton brandi, le regard clair et impitoyable, et Caleb eut un mouvement de recul.

— Ce que nous voulons, dit-elle en énonçant chaque mot bien distinctement, c'est que tu nous expliques comment tu as invoqué le dévoreur et comment nous pouvons nous en débarrasser. Nous voulons récupérer nos amies.

— Je jure sur ma propre tête que je ne sais pas de quoi tu parles.

Il semblait sincèrement dérouté. Était-il possible qu'il dise la vérité ? Stefan s'agenouilla de façon à pouvoir le fixer droit dans les yeux. Il prit un ton plus amène tout en puisant dans ses dernières bribes de pouvoir pour le forcer à parler :

— Caleb ? Peux-tu au moins nous dire quel genre de magie tu as utilisée ? Un sort avec des roses, c'est ça ? Qu'est-ce que tu voulais faire ?

Caleb déglutit et sa pomme d'Adam remonta.

— Je m'étais juré de découvrir ce qui était arrivé à Tyler. Alors je suis venu passer l'été ici. Personne ne semblait inquiet, pourtant moi je savais que Tyler ne disparaîtrait jamais sans prévenir. Il m'avait parlé de vous, de vous tous, et d'Elena Gilbert en particulier. Il te haïssait, Stefan, et au début il en pinçait pour Elena, avant de commencer à la haïr elle aussi. Lorsque je suis arrivé, tout le monde savait qu'Elena était morte. Sa famille était toujours endeuillée. Et toi, Stefan, tu étais parti, tu avais quitté la ville. J'ai essayé de reconstituer le puzzle – j'ai entendu des histoires très étranges – et ensuite des tas de choses dingues se sont produites en ville. Des scènes violentes, des filles devenues folles, des enfants qui attaquaient leurs parents. Et soudain, tout a pris fin. C'était comme si j'étais le seul à me souvenir de ce qui s'était passé.

Mais je me rappelais aussi un été normal. Avec une Elena Gilbert bel et bien vivante, et personne ne s'en étonnait parce qu'ils avaient tous oublié qu'elle était morte. J'étais le seul à posséder des souvenirs des deux réalités. Des gens qui avaient été blessés, voire tués – se remémora-t-il en frémissant –, se retrouvaient en parfaite santé. J'ai cru que je devenais fou.

Caleb écarta ses mèches blondes de son visage, se frotta le nez et inspira un grand coup.

— Quelle que soit l'explication, je savais qu'Elena et toi étiez au cœur du problème. Les différences entre les deux réalités me le confirmaient. Et j'en ai déduit que vous étiez aussi mêlés à la disparition de Tyler. Soit vous lui aviez fait quelque chose, soit vous saviez ce qui lui était arrivé. Je me suis dit que, si je pouvais vous monter les uns contre les autres, je pourrais en tirer profit. Je pensais pouvoir m'incruster dans votre groupe et découvrir ce qui se passait. Et peut-être même séduire Elena, ou une autre, avec une illusion. J'étais prêt à tout pour découvrir la vérité.

Il les regarda tour à tour.

— Le sort avec les roses devait vous rendre irrationnels et semer la discorde entre vous.

— Tu veux dire que tu n'as rien invoqué ? s'enquit Alaric, sourcils froncés.

— Non, rien du tout. Regardez, ajouta-t-il en tirant de sous son lit un épais grimoire relié de cuir. La formule que j'ai utilisée se trouve là-dedans. C'est tout ce que j'ai fait, je le jure.

Alaric lui prit le livre et le feuilleta jusqu'au sort concerné. Le front plissé, il l'étudia un moment et déclara :

— Il dit la vérité. Il n'y a rien là-dedans qui explique comment invoquer un dévoreur. Et le rituel correspond à ce que tu as trouvé, Stefan, dans l'abri de jardin ainsi qu'aux notes que j'ai examinées dans ses cahiers. C'est un sort de discorde mineur. Il a sans doute renforcé la moindre émotion négative que nous ressentions – haine, colère, jalousie, peur, tristesse –, de façon à ce que nous nous reprochions mutuellement ce qui n'allait pas.

— Combiné aux pouvoirs du dévoreur qui semblait traîner dans les parages, ce sort a sans doute contribué à créer le cercle vicieux dont parlait Mme Flowers. Intensifiées, nos émotions ont dû rendre le dévoreur plus puissant, ce qui l'a aidé à nous manipuler, poursuivit Stefan.

— La jalousie… ajouta Meredith, pensive. Vous savez, il m'en coûte de l'admettre, mais j'étais horriblement jalouse de Celia lorsqu'elle est arrivée.

Elle jeta un coup d'œil plein de regrets vers Alaric, qui tendit le bras pour lui caresser doucement la main.

— Elle aussi, elle était jalouse de toi, répondit Stefan d'un ton détaché. Je le sentais. Et moi aussi, j'étais jaloux, admit-il en soupirant.

— Alors il s'agit peut-être d'un dévoreur de jalousie, suggéra Alaric. Parfait, ça nous donnera au moins un point de départ pour chercher des sorts de bannissement. Quoique, personnellement, je n'aie pas éprouvé la moindre jalousie.

— Évidemment, rétorqua Meredith. Toi tu étais une *cause* de jalousie puisque deux filles étaient prêtes à se battre pour toi.

Stefan se sentit tout à coup si faible que ses jambes flageolèrent. Il avait besoin de se nourrir, immédiatement.

— Caleb, murmura-t-il, je suis désolé… pour ce qui s'est passé.

Le blondinet releva la tête.

— S'il vous plaît, dites-moi ce qui est arrivé à Tyler, les implora-t-il. Je dois le savoir. Je vous laisserai tranquilles si vous me dites la vérité, je le jure.

Meredith et Stefan échangèrent un regard, et Stefan haussa imperceptiblement un sourcil.

— Tyler était en vie lorsqu'il a quitté la ville, l'hiver dernier, déclara Meredith. Nous ne savons rien de plus.

Caleb la regarda longuement par en dessous, puis hocha la tête.

— Merci, dit-il simplement.

Elle hocha brusquement la tête, comme un général saluant ses troupes, et sortit la première de sa chambre.

Au même instant, un cri étouffé leur parvint du rez-de-chaussée, suivi d'un choc sourd. Stefan et Alaric se ruèrent à la suite de Meredith dans l'escalier et faillirent lui rentrer dedans lorsqu'elle s'arrêta soudain.

— Que se passe-t-il ? s'enquit Stefan, et Meredith s'écarta.

Matt gisait, face contre terre, au pied des marches, les bras tendus comme s'il avait essayé de se rattraper. Meredith finit de descendre jusqu'à lui et le fit rouler sur le dos.

Il avait les yeux clos, le visage pâle. Sa respiration était lente mais régulière. Meredith lui prit le pouls et le secoua doucement par l'épaule.

— Matt ! l'appela-t-elle. Matt !

Elle leva la tête vers Stefan et Alaric.

— Comme les autres, annonça-t-elle, l'air sombre. Le dévoreur l'a eu.

29.

« Je refuse de mourir… encore une fois », songea Elena avec colère tout en se contorsionnant de douleur dans l'étau invisible qui se resserrait de plus en plus.

Bonnie tomba dans l'herbe, plus blême encore, les bras croisés sur le ventre tout comme Elena.

« Il ne peut pas me prendre ! »

Tout à coup, aussi soudainement qu'il avait commencé, le grondement sonore cessa et l'insupportable douleur aussi. Elena s'effondra au sol et l'air put de nouveau s'engouffrer dans ses poumons. « Même pas mal », se dit une Elena quasi hystérique en gloussant presque.

Bonnie poussa un hoquet, suivi d'un petit sanglot.

— Qu'est-ce qui s'est passé ? lui demanda Elena.

— C'est comme si on nous arrachait quelque chose, répondit Bonnie en secouant la tête. Je l'ai déjà ressenti, juste avant que tu arrives.

— Je crois que c'est le dévoreur, reprit Elena en grimaçant. D'après Damon, il veut absorber nos pouvoirs. C'est sans doute sa façon de procéder.

Bonnie la dévisageait, la bouche entrouverte. Elle sortit le bout de sa langue pour s'humecter ses lèvres.

— « Damon » ? répéta-t-elle, visiblement angoissée. Damon est mort, Elena.

— Non, il est en vie. La sphère d'étoiles l'a ressuscité après notre départ de la Lune Noire. Quand je l'ai découvert, le dévoreur t'avait déjà sous son emprise.

Bonnie émit un petit son aigu semblable au couinement de surprise d'un lapin ou d'un autre petit rongeur. Son visage déjà pâle blêmit un peu plus et ses taches de rousseur se détachèrent un peu plus de ses joues. Elle plaqua une main tremblante sur sa bouche, les yeux écarquillés.

— Écoute, Bonnie, reprit Elena avec fougue. Personne n'est au courant. Personne sauf toi et moi. Damon veut garder le secret jusqu'à ce qu'il trouve la meilleure façon de revenir. Alors nous devons nous taire.

Bonnie acquiesça, la bouche toujours entrouverte. Le sang lui remontait à la tête, et elle semblait hésiter entre la joie et la confusion mentale totale.

En jetant un coup d'œil par-dessus son épaule, Elena aperçut quelque chose dans l'herbe au pied d'un rosier derrière Bonnie, une chose blanche et immobile. Elle frémit en repensant au corps de Caleb gisant devant le monument aux morts du cimetière.

— Qu'est-ce que c'est ? s'enquit-elle.

L'expression de Bonnie bascula franchement dans la perplexité. Elena lui passa devant, les yeux plissés par l'éclat du soleil.

En s'approchant suffisamment près, elle constata avec stupéfaction que c'était Matt. Des pétales noirs parsemaient son torse. Lorsqu'elle se pencha, les yeux de Matt papillonnèrent – elle les voyait remuer d'un côté puis de l'autre sous ses paupières, comme s'il faisait un rêve agité – et s'ouvrirent en grand tandis qu'il inspirait bruyamment une longue goulée d'air. Ses yeux bleu clair croisèrent ceux d'Elena.

— Elena ! s'exclama-t-il.

Il se redressa sur les coudes et jeta un coup d'œil par-dessus l'épaule de la jeune fille.

— Bonnie ! Dieu merci ! Vous allez bien ? Où est-ce qu'on est ?

— Le dévoreur nous a attrapées, nous a amenées dans le Royaume des Ombres et se sert de nous pour devenir plus puissant, résuma Elena. Comment te sens-tu ?

— Un peu sonné, plaisanta-t-il d'un ton peu convaincant.

Il balaya le jardin du regard et s'humecta les lèvres, signe de sa nervosité.

— Alors c'est ça, le Royaume des Ombres ? C'est plus joli que ce que je m'imaginais d'après vos descriptions. Le ciel devrait être rouge, non ? Et où sont les vampires et les démons ? demanda-t-il encore d'un air déçu. Est-ce que vous nous avez dit la vérité ? Parce que cet endroit m'a l'air plutôt sympathique pour une dimension des Enfers, avec ces roses et ce soleil.

Elena le dévisagea, stupéfiée par son sang-froid.

« Ce n'est pas étonnant, après toutes les choses bizarres qui nous sont arrivées », songea-t-elle.

Elle remarqua alors la lueur paniquée au fond de ses yeux. Il avait beau feindre d'être blasé, il essayait juste d'être courageux, comme s'il sifflotait pour leur changer les idées face à cette nouvelle menace.

— Disons qu'on voulait vous impressionner, plaisanta-t-elle dans un sourire éblouissant avant de revenir aux choses sérieuses. Quoi de neuf chez nous ?

— Euh… Stefan et Meredith sont en train d'interroger Caleb pour qu'il révèle comment il a invoqué le dévoreur.

— Caleb n'y est pour rien, rétorqua Elena d'un ton sans appel. Cette chose nous a suivis jusque chez nous lorsque nous sommes partis d'ici la dernière fois. Nous devons rentrer tout de suite pour dire aux autres que nous affrontons un dévoreur des Origines. Il sera bien plus difficile de s'en débarrasser que si c'était un spécimen ordinaire.

Matt coula un regard interrogateur vers Bonnie.

— Comment sait-elle tout ça ? voulut-il savoir.

— Eh bien, fit la rouquine avec une pointe d'exultation, de celle qu'elle ressentait en colportant des commérages, apparemment c'est Damon qui le lui a dit. Il est vivant et elle l'a vu !

« Bien joué, Bonnie, c'est comme ça que tu gardes un secret ? » songea Elena en levant les yeux au ciel. Enfin, peu importait que Matt soit au courant. Ce n'était pas à lui que Damon voulait dissimuler son retour, et Matt n'était guère en position de parler à Stefan.

Elena tenta d'oublier les cris de surprise de Matt et les explications de Bonnie tandis qu'elle scrutait les environs. Soleil. Rosiers. Rosiers. Soleil. Pelouse. Ciel bleu dégagé. La même chose, dans toutes les directions. Partout des boutons parfaits d'un noir d'ébène s'agitaient sereinement sous un soleil au zénith. Les rosiers étaient tous identiques, jusqu'au nombre et à la position des fleurs sur leurs branches et à l'espace qui les séparait. Les brins d'herbe étaient tout aussi uniformes – ils s'arrêtaient tous à la même hauteur. Quant au soleil, il n'avait pas bougé depuis son arrivée.

On aurait pu croire ce paysage charmant et relaxant sauf que, au bout de quelques minutes, l'immuabilité du décor devenait déstabilisante.

— Il y avait un portail, apprit-elle à Bonnie et à Matt, lorsque nous avons vu ce champ depuis le Corps de Garde des Sept Trésors. Ne reste plus qu'à le retrouver.

Ils venaient de se relever lorsque, sans crier gare, la vague de souffrance les frappa de nouveau de plein fouet. Elena se cramponna le ventre. Bonnie perdit l'équilibre et se retrouva de nouveau assise par terre, les yeux fermés et plissés.

Matt poussa une exclamation interloquée et demanda dans un hoquet :

— Qu'est-ce que c'est que ça ?

Elena attendit que la douleur se dissipe pour lui répondre. Ses jambes lui semblaient sur le point de se dérober sous elle. Elle avait le tournis et la nausée.

— Une autre des raisons pour lesquelles nous devons partir d'ici, dit-elle. Le dévoreur se sert de nous pour décupler sa puissance. Je crois qu'il a besoin de nous garder ici pour y parvenir. Si nous ne trouvons pas bientôt le portail, nous serons sous peu trop faibles pour rentrer chez nous.

Elle inspecta de nouveau la roseraie. L'uniformité était presque étourdissante. Chaque rosier poussait au milieu d'un petit cercle de terreau d'un brun riche. Entre ces cercles, l'herbe était veloutée, comme la pelouse d'un manoir anglais ou d'un excellent terrain de golf.

— Bon, fit Elena, qui inspira profondément pour se calmer. Séparons-nous et ouvrons l'œil. Laissons environ trois mètres entre nous et nous irons de ce côté-ci de la roseraie jusqu'à l'autre bout. Regardez bien partout – la moindre petite différence pourrait être le signe dont nous avons besoin pour trouver la sortie.

— Nous allons fouiller tout le champ ? s'étrangla Bonnie. Il est immense !

— Nous y arriverons, petit à petit, lui assura Elena d'un ton encourageant.

Alignés en rang, ils commencèrent à avancer entre les rosiers, scrutant intensément de gauche à droite et de bas en haut. Le silence profond qui s'installa témoignait de leur profonde concentration. Aucun signe d'un quelconque portail. Pas après pas dans le champ, rien ne changea. Des rangées de rosiers identiques se succédaient à l'infini.

Le soleil, au zénith éternel, leur chauffait le sommet du crâne et Elena essuya une goutte de sueur sur son front. La fragrance des roses empesait l'air chaud. D'abord, Elena l'avait trouvée agréable. À présent, elle lui donnait envie de vomir, comme un parfum trop sucré. Les brins d'herbe eux aussi parfaits se courbaient sous ses pas puis se redressaient intacts, comme si elle ne les avait jamais foulés.

— Si seulement il y avait un peu d'air… gémit Bonnie. Je crois que le vent ne souffle pas, ici.

— Ce champ doit bien finir à un moment ou à un autre, déclara Elena d'un ton désespéré. Il ne peut pas s'étendre à l'infini.

Malgré tout, son ventre se noua à l'idée que si, justement, il pouvait très bien s'étendre à l'infini. Elle n'était pas dans son monde ; les règles étaient différentes.

— Au fait, où est Damon, maintenant ? voulut savoir Bonnie sans se tourner vers Elena.

Elle gardait la même allure régulière, le même regard appliqué et systématique. Cependant, sa voix trahissait une certaine tension. Elena interrompit un instant ses propres recherches pour lui jeter un coup d'œil rapide.

Puis, en réfléchissant à la question de Bonnie, elle fut frappée par l'une des réponses possibles et s'immobilisa.

— Bien sûr ! Bonnie, Matt, je crois que Damon est peut-être *ici*. Enfin, pas ici, dans la roseraie, mais quelque part dans les Enfers, dans le Royaume des Ombres.

Ils la dévisagèrent sans comprendre.

— Damon devait revenir ici pour retrouver le dévoreur, expliqua-t-elle. Selon lui, il nous a suivis jusque chez nous quand nous sommes rentrés sur Terre, alors c'est sans doute ici que Damon a commencé à chercher son corps physique. Il devrait être plus facile de le combattre ici, d'où il vient. Si Damon est dans les parages, il pourra peut-être nous aider à regagner Fell's Church.

« Damon, pitié, fais-moi un signe, dis-moi que tu es tout près. Aide-nous », supplia-t-elle en silence.

Tout à coup, un détail attira son attention. Devant eux, entre deux rosiers qui paraissaient parfaitement identiques à tous les autres, elle aperçut un tout petit flottement, une ondulation presque imperceptible. On aurait dit un de ces mirages qui surgissent sur l'autoroute lors des journées les plus chaudes de l'été, lorsque les rayons du soleil rebondissent sur l'asphalte.

Ici, pas d'asphalte pour renvoyer la chaleur du soleil. Et pourtant, il y avait une explication à ce mirage.

Sauf si ce n'était que le fruit de son imagination. Est-ce que ses yeux lui jouaient des tours ?

— Vous voyez ça ? demanda-t-elle aux deux autres, là-bas, un peu sur la droite ?

Ils s'immobilisèrent pour scruter l'endroit qu'elle désignait.

— Euh… je crois que j'aperçois quelque chose… balbutia Bonnie sans grande conviction.

— Si ! reprit Matt. Comme de l'air chaud qui monte ?

— Oui, répondit Elena, qui fronça les sourcils pour évaluer la distance – environ cinq mètres. Nous ferions mieux d'y aller en courant. Au cas où nous aurions du mal à passer. Il peut y avoir une barrière, que nous devons briser pour sortir. Je ne pense pas qu'hésiter nous aiderait.

— Tenons-nous la main, suggéra Bonnie d'un ton nerveux. Je ne veux pas vous perdre, tous les deux.

Pas un instant Elena ne quitta des yeux le scintillement de l'air. Si elle le perdait de vue, elle ne le retrouverait jamais dans ce décor où tout était pareil.

Ils se prirent la main, les yeux rivés sur la petite distorsion qui, ils l'espéraient, était un portail. Bonnie était au milieu. Elle serra la main gauche d'Elena avec ses doigts fins et chauds.

— Un, deux, trois, partez ! lança Bonnie, et ils se mirent à courir.

Ils trébuchèrent dans l'herbe et se faufilèrent entre les rosiers. L'espace entre chaque buisson était à peine assez large pour qu'ils puissent courir de front et une branche épineuse se prit dans les cheveux d'Elena. Comme elle ne pouvait ni lâcher Bonnie ni s'arrêter, elle tira de toutes ses forces malgré la douleur qui lui fit monter les larmes aux yeux et continua à courir, laissant derrière elle une mèche dorée.

Ils atteignirent alors le mirage. De près, il était encore plus difficile à voir et, n'était la différence de température, Elena aurait pu douter qu'ils soient au bon endroit. De loin, on aurait pu croire à un mirage de chaleur mais, tout près, le froid était aussi saisissant que celui d'un lac de montagne malgré le soleil brûlant au-dessus de leurs têtes.

— Ne vous arrêtez pas ! hurla Elena, et ils plongèrent dans le froid.

Aussitôt, ils se retrouvèrent dans le noir, comme si quelqu'un avait éteint le soleil.

Elena se sentit tomber et se cramponna désespérément à la main de Bonnie.

« Damon ! cria-t-elle en silence. À l'aide ! »

30.

Stefan conduisit comme un fou furieux jusqu'à la pension.

— Je n'arrive pas à croire que j'aie oublié de lui dire que son nom était apparu, répéta-t-il pour la centième fois. Qu'on ait pu le laisser seul un seul instant…

— Ralentis, lui conseilla Meredith, qui dut retenir le corps endormi de Matt sur la banquette arrière tandis que Stefan prenait un virage trop serré en faisant crisser les pneus. Tu vas trop vite !

— On est pressés, rétorqua-t-il en braquant à droite pour prendre un autre tournant.

Lorsque Stefan rata de peu une benne à ordures, Alaric, assis à côté de lui, se tourna pour jeter un coup d'œil paniqué à Meredith. Elle soupira. Elle savait que le vampire essayait de se rattraper, qu'il s'en voulait de ne pas leur avoir rapporté immédiatement qu'il avait vu le nom de Matt dans la boutique New Age, mais les tuer tous les quatre en voulant rentrer trop vite n'était sans doute pas la solution. Même s'ils avaient agi différemment en sachant que Matt était menacé, cela n'aurait peut-être rien changé pour ce dernier. Ce n'était pas comme si leurs précautions avaient permis d'épargner Bonnie ou Elena.

— Au moins, tu as des réflexes de vampire, ajouta-t-elle, davantage pour rassurer Alaric que pour exprimer à Stefan une confiance réelle en ses talents de conducteur.

Elle avait insisté pour rester à l'arrière avec Matt. Elle se tourna vers lui et plaça la main sur son torse pour l'empêcher de rouler par terre à cause des cahots et des virages.

Il était si immobile… Son visage n'était animé par aucun des soubresauts musculaires caractéristiques du sommeil. Seuls ses flancs se soulevaient doucement lorsqu'il respirait. Il ne ronflait même pas. Et elle savait depuis leurs virées camping en sixième qu'il ronflait comme une locomotive. Toujours.

Meredith ne pleurait jamais. Pas même dans les pires circonstances. Et elle n'avait pas l'intention de commencer, pas alors que ses amis avaient besoin qu'elle reste calme et concentrée pour trouver un moyen de les sauver. Mais, si elle avait été du genre pleurnicheuse au lieu d'être celle qui réfléchit en toute occasion, elle aurait fondu en larmes. Sa gorge resta tout de même nouée jusqu'à ce qu'elle se force à recouvrer son impassibilité habituelle.

Elle était la dernière. Des quatre amis qui avaient été à l'école ensemble, qui avaient passé tous leurs étés ensemble, qui avaient grandi ensemble et affronté côte à côte toutes les horreurs que le monde surnaturel pouvait leur imposer, elle était la seule que le dévoreur n'ait pas piégée. Pour le moment.

Elle serra les dents et tint Matt un peu plus fort.

Stefan se gara devant la pension en ayant miraculeusement évité de percuter qui ou quoi que ce soit en cours de route. Alaric et Meredith entreprirent de sortir doucement Matt de la voiture et le calèrent entre eux pour le porter dans une position presque verticale. Mais Stefan vint le leur arracher et le jeta sur son épaule.

— Allons-y, dit-il en gagnant la pension à grands pas sans se retourner.

Une seule main lui suffisait pour stabiliser le corps de Matt.

— Il est devenu un peu étrange, déclara Alaric en le regardant s'éloigner d'un œil scrutateur.

Le soleil projetait des reflets dorés sur le chaume qui couvrait son menton. Il se tourna vers Meredith et lui adressa un sourire attristé et désarmant.

Quand elle lui prit la main, sa paume lui sembla agréablement chaude et solide.

— Viens, dit-elle.

Une fois dans la pension, Stefan monta l'escalier d'un pas lourd pour déposer Matt avec les autres corps – les autres *endormis*, se corrigea mentalement Meredith.

Main dans la main, Meredith et Alaric se tournèrent vers la cuisine. En ouvrant la porte, la chasseuse de vampires entendit la voix de Mme Flowers :

— Très utile, en effet, mon petit, disait-elle d'une voix chaleureuse. Vous avez bien travaillé. Je vous en suis très reconnaissante.

Meredith en resta bouche bée. Fraîche et calme dans sa jolie robe de lin bleu, le Dr Celia Connor savourait une tasse de thé en compagnie de la vieille dame.

— Bonjour, Alaric. Bonjour, Meredith, lança-t-elle en plongeant ses yeux sombres dans ceux de la brune. Vous ne devinerez jamais ce que j'ai trouvé.

— Quoi donc ? demanda aussitôt Alaric.

Le cœur de Meredith se serra lorsqu'il la lâcha.

Celia plongea le bras dans un grand cabas et en ressortit un livre épais à la couverture de cuir élimée. Un sourire triomphant aux lèvres, elle annonça :

— C'est un manuel sur les dévoreurs. Le Dr Beltram a fini par m'envoyer à l'université de Dalcrest, qui possède en fait une collection très complète d'ouvrages sur le paranormal.

— Je suggère que nous passions au salon, répondit Mme Flowers. Nous serons plus à l'aise pour examiner ensemble son contenu.

Ils s'installèrent dans le canapé et les fauteuils, mais Stefan n'eut guère l'air d'être plus à l'aise.

— « Les différents types de dévoreurs », lut-il en prenant le livre des mains de Celia et en le feuilletant rapidement. « L'histoire des dévoreurs dans notre dimension ». Où est le rituel de bannissement ? Pourquoi n'y a-t-il pas d'index dans ce machin ?

Celia haussa les épaules.

— C'est un volume très ancien et très rare. J'ai eu toutes les peines du monde à le dénicher, et c'est le seul livre sur la question que nous risquons de trouver, peut-être même le seul qui existe, alors il nous faudra nous accommoder de ce genre de désagrément. Dans le temps, les auteurs s'attendaient à ce que le lecteur lise intégralement leurs livres pour vraiment maîtriser le sujet, pour comprendre ce qu'ils voulaient dire. Le but n'était pas de trouver tout de suite la seule page qui nous intéressait. Cela dit, tu ferais sans doute mieux de chercher vers la fin.

Alaric regardait en grimaçant Stefan feuilleter l'ouvrage sans ménagement.

— C'est un livre très rare, Stefan. S'il te plaît, sois un peu plus soigneux. Tu veux que je le fasse ? J'ai l'habitude de trouver des informations précises dans ce genre de volumes.

Stefan montra littéralement les crocs et Meredith sentit le fin duvet de sa nuque se hérisser.

— Je le ferai moi-même, monsieur le professeur. Je suis pressé.

Il loucha sur le texte.

— Pourquoi faut-il qu'il soit écrit avec tant d'arabesques ? se plaignit-il. Ne me dites pas que c'est parce qu'il est ancien, je m'en doute. Pfff ! « Les dévoreurs se nourrissent tels des vampires d'une émotion particulière, que ce soit la culpabilité, le désespoir, la rancœur, ou l'amour des victuailles, du vin ou des femmes de petite vertu. Plus forte est l'émotion, pire serait le dessein du dévoreur créé. » Je crois qu'on avait compris ça tout seuls.

Mme Flowers se tenait un peu à l'écart du groupe. Les yeux perdus dans le vague, elle marmonnait comme pour communiquer avec sa mère.

— Je sais, murmurait-elle. Je le leur dirai.

Son regard se reporta sur eux, qui l'observaient tous par-dessus l'épaule de Stefan.

— Ma*man* dit que le temps presse, les mit-elle en garde.

— Je m'en doute ! rugit Stefan en se levant d'un bond. Votre mère ne pourrait pas nous dire quelque chose d'utile, pour changer ?

Mme Flowers s'écarta de lui d'un pas chancelant et dut se rattraper au dossier d'un fauteuil. Elle avait blêmi et, tout à coup, elle semblait plus âgée et plus fragile.

Stefan écarquilla les yeux – leur teinte s'assombrit pour évoquer le vert d'une mer en pleine tempête – et il tendit les mains, visiblement horrifié.

— Je suis désolé… Madame Flowers, je suis vraiment désolé. Je ne voulais pas vous effrayer. Je ne sais pas ce qui m'a pris… Et je m'inquiète tellement pour Elena et les autres…

— Je sais, mon petit Stefan, répondit Mme Flowers avec gravité.

Elle avait retrouvé l'équilibre et paraissait de nouveau plus forte, calme et sage.

— Nous les ramènerons. Vous devez avoir la foi. Ma*man* a la foi.

Stefan se rassit et se replongea dans le livre, les lèvres pincées en une ligne sévère.

Meredith frémit et l'observa en resserrant sa prise sur son bâton. Lorsqu'elle avait révélé aux autres qu'elle descendait d'une famille de chasseurs de vampires et que son tour était venu de prendre la relève, elle avait assuré à Elena et à Stefan qu'elle ne s'en prendrait jamais à lui, qu'elle comprenait qu'il n'était pas comme les autres vampires, qu'il était bon par nature et inoffensif pour les humains.

Elle n'avait pas fait de promesses similaires pour Damon, et Elena et Stefan n'avaient même pas évoqué cette possibilité. Tacitement, ils savaient que Damon ne pouvait guère être défini comme inoffensif, pas même lorsqu'il s'associait à eux à contrecœur, et que Meredith n'excluait donc aucune possibilité.

Mais Stefan... Elle n'avait jamais cru que cela arriverait, et pourtant Meredith se demandait avec inquiétude s'il lui faudrait un jour rompre sa promesse le concernant. Depuis quelques jours, elle ne le reconnaissait plus : il était irrationnel, colérique, violent, imprévisible. Même si elle savait que son comportement était sans doute provoqué par le dévoreur, que ferait-elle s'il devenait trop dangereux ? Serait-elle capable de le tuer s'il le fallait ? Lui, son ami ?

Le cœur de Meredith battait à tout rompre. Elle se rendit compte que ses jointures avaient blanchi autour du bâton de combat, et sa main lui faisait mal. *Oui*, comprit-elle, elle affronterait Stefan et tenterait de le tuer si elle le devait. Il avait beau être son ami, son devoir devait passer avant tout.

Elle inspira profondément et força ses doigts à se décrisper. « Reste calme, se dit-elle. Respire. » Stefan parvenait plus ou moins à se maîtriser. Ce n'était pas une décision qu'elle devait prendre sur-le-champ. « En tout cas, pas pour le moment. »

Quelques minutes plus tard, Stefan arrêta de feuilleter l'ouvrage.

— Là, déclara-t-il. Je crois que c'est ça.

Il tendit le livre à Mme Flowers, qui parcourut la page rapidement et hocha la tête.

— Cela m'a tout l'air d'être le bon rituel. Je devrais avoir ce qu'il faut pour l'accomplir immédiatement.

Alaric prit le manuel et lut à son tour le sortilège, les sourcils froncés.

— Faut-il vraiment que ce soit un rituel de sang versé ? s'enquit-il auprès de Mme Flowers. Si nous échouons, le dévoreur pourrait le tourner à son avantage.

— J'ai bien peur que nous n'ayons pas le choix, répondit Mme Flowers. Il nous faudrait davantage de temps pour expérimenter quelques modifications, or le temps est ce qui nous manque le plus. Si le dévoreur est capable d'instrumentaliser ses captifs comme nous le redoutons, il va devenir de plus en plus puissant.

Alaric voulut reprendre la parole, mais on l'interrompit.

— Attendez, coupa Celia, dont la voix d'habitude rauque partait dans les aigus. Un « rituel de sang versé » ? Qu'est-ce que ça veut dire ? Je ne veux pas être mêlée à quoi que ce soit de…

Elle chercha un instant le mot adéquat.

— … répugnant.

Lorsqu'elle fit mine de prendre le livre, Stefan abattit sa main dessus.

— Répugnant ou pas, on n'a pas le choix, répliqua-t-il doucement, d'une voix froide comme l'acier. Et tu y es déjà mêlée. Tu ne peux plus reculer maintenant. Je t'en empêcherais, de toute façon.

Celia fut secouée par un frisson convulsif et s'enfonça dans son fauteuil.

— Ne t'avise pas de me menacer, rétorqua-t-elle, la voix tremblante.

— Hé, tout le monde se calme, intervint Meredith. Celia, personne ne te forcera à faire quoi que ce soit. Je te protégerai personnellement s'il le faut.

Elle jeta un coup d'œil vers Alaric, qui les regardait tour à tour, visiblement inquiet.

— Cependant, nous avons besoin de ton aide. S'il te plaît. Tu nous as peut-être tous sauvés en trouvant ce livre, et nous t'en sommes reconnaissants. Néanmoins, Stefan a raison : tu y es mêlée, toi aussi. Je ne sais pas si cela marcherait sans toi.

Elle hésita une seconde et ajouta habilement :

— Ou bien, si cela marchait, cela ferait peut-être de toi la seule victime restante.

Celia frémit de plus belle et croisa les bras sur sa poitrine.

— Je ne suis pas une lâche, protesta-t-elle faiblement. Je suis une scientifique et ce… mysticisme irrationnel me déroute. Mais je vous suis. Je vous aiderai de mon mieux.

Pour la première fois, Meredith éprouva un soupçon de sympathie pour elle. Elle comprenait à quel point il devait être difficile de continuer à se prendre pour une personne rationnelle alors que les limites de ce qu'elle avait toujours considéré comme la réalité s'effondraient tout autour d'elle.

— Merci, Celia, murmura Meredith, qui jeta un coup d'œil vers les autres. Nous avons le rituel. Nous avons les ingrédients. Ne reste plus qu'à tout préparer et à jeter le sort. Tout le monde est prêt ?

Ils se redressèrent, le visage affichant une expression déterminée. Même si c'était un rituel effrayant, il était bon d'avoir enfin un objectif et un plan pour y parvenir.

Stefan inspira profondément et reprit le contrôle de lui-même. Ses épaules se détendirent et sa posture se fit moins menaçante.

— D'accord, Meredith, lança-t-il pendant que ses yeux verts orageux croisaient le regard gris et froid de la chasseuse de vampires, dans un accord parfait. Allons-y !

31.

Comme il savait qu'il ne pourrait accomplir le rituel l'estomac vide, Stefan chassa plusieurs écureuils dans le jardin de Mme Flowers, puis revint au garage de la pension. En garant la vieille Ford de Mme Flowers dans l'allée, Meredith avait dégagé suffisamment d'espace pour les préparatifs du rituel de bannissement.

Stefan pencha la tête en entendant un frétillement venu de l'ombre et reconnut les palpitations d'un petit cœur de souris. L'atmosphère n'était peut-être pas détendue, mais la pièce spacieuse et son sol de ciment étaient parfaits pour lancer le sortilège.

— Passe-moi le mètre, s'il te plaît, lança Alaric, qui était affalé sur le sol au milieu du garage. Je dois m'assurer que cette ligne mesure la bonne longueur.

Mme Flowers avait sorti d'on ne savait où une boîte de craies multicolores et Alaric, qui avait coincé le livre de façon à ce qu'il reste ouvert, recopiait religieusement les cercles, les symboles cabalistiques, paraboles et autres ellipses sur le ciment lisse.

Stefan lui tendit l'outil et le regarda mesurer une ligne partant du cœur d'une rosace jusqu'aux runes étranges au bord du tracé.

— Tout doit être précis, c'est important, expliqua Alaric, qui, le front plissé, vérifia par deux fois les chiffres annoncés par le mètre. La moindre erreur risquerait de lâcher cette chose sur Fell's Church.

— Ce n'est pas déjà le cas ? s'étonna Stefan.

— Non. Ce rituel permettra au dévoreur d'apparaître sous sa forme corporelle, qui est bien plus dangereuse que la chose immatérielle qu'elle est actuellement.

— Alors tu ferais mieux de tout vérifier encore une fois, reconnut Stefan, la mine sombre.

— Si tout se passe comme prévu, il sera prisonnier du cercle intérieur, précisa Alaric, le doigt tendu. En se plaçant là, sur les bords extérieurs, près des runes, on devrait être hors d'atteinte.

Il leva les yeux et adressa un sourire désabusé à Stefan.

— Enfin, je l'espère, reprit-il. J'ai bien peur de n'avoir jamais invoqué de créature pour de vrai, même si j'ai beaucoup lu sur la question.

« Génial », songea Stefan, qui lui rendit tout de même son sourire sans faire de commentaires. Cet homme faisait du mieux qu'il pouvait. « Pourvu que ce soit suffisant pour sauver Elena et les autres… »

Meredith et Mme Flowers entrèrent dans le garage en tenant chacune un sac en plastique. Celia les suivit peu après.

— De l'eau bénite, annonça Meredith en brandissant un brumisateur de jardin.

— Cela ne marche pas sur les vampires, lui rappela Stefan.

— Nous n'invoquons pas un vampire, rétorqua-t-elle en commençant à humidifier les contours du diagramme sans empiéter sur les traits de craie.

Le livre à la main, Alaric se leva et se mit à sauter très précautionneusement entre les lignes pour sortir de son immense dessin multicolore.

— Je crois que nous sommes prêts, annonça-t-il.

— Nous devons aller chercher les autres, déclara Mme Flowers à l'attention de Stefan. Tous ceux qui ont été affectés par les pouvoirs du dévoreur doivent être présents.

— Je vais t'aider à les porter jusqu'ici, proposa Alaric.

— Pas la peine, rétorqua Stefan, qui se dirigea seul vers l'étage.

Au chevet du lit qui meublait la chambre rose et crème, il regarda Elena, Matt et Bonnie. Aucun d'eux n'avait bougé depuis qu'il avait allongé Matt près des autres.

Il soupira et prit d'abord Elena dans ses bras. Après une seconde d'hésitation, il emporta aussi un coussin et une couverture. Il pouvait au moins essayer de l'installer confortablement.

Quelques minutes plus tard, les trois endormis étaient allongés à l'avant du garage, bien à l'écart du diagramme, la tête posée sur un coussin.

— Et maintenant ? s'enquit Stefan.

— Vous choisissez chacun une bougie, répondit Mme Flowers en ouvrant son sac en plastique. Une dont la couleur vous semble correspondre à votre esprit. Selon le livre, elles devraient être teintes et parfumées à la main, mais nous devrons nous contenter de ce que nous avons. Je suis dispensée, ajouta-t-elle en tendant le sac à Stefan. Le dévoreur ne s'est pas intéressé à moi, et je ne me souviens pas avoir jalousé qui que ce soit depuis 1943.

— 1943 ? Qu'est-ce qui s'est passé cette année-là ? voulut savoir Meredith, intriguée.

— Nancy Sue Baker a remporté le titre de Miss Fell's Church junior à ma place.

Devant la mine hébétée de Meredith, la vieille dame leva les mains en l'air.

— Même moi, j'ai été enfant, vous savez. J'avais une bouille à croquer, avec des anglaises à la Shirley Temple. Ma mère adorait m'habiller avec des froufrous et m'exhiber en public.

Stefan écarta de son esprit l'image d'une Mme Flowers avec des anglaises et choisit pour lui une bougie bleu sombre. Il n'aurait pas pu l'expliquer, mais cette couleur lui parlait.

— Il nous en faut aussi pour les autres.

Avec des gestes méticuleux, il en sélectionna une dorée pour Elena et une rose pour Bonnie.

— Tu les assortis à leur couleur de cheveux ? le railla Meredith. Toi, t'es bien un mec.

— Tu sais comme moi que ces couleurs sont les bonnes pour elles, rétorqua-t-il. Et, entre nous, Bonnie a les cheveux roux, pas roses.

— C'est pas faux, reconnut-elle à contrecœur. Prends-en une blanche pour Matt.

— Ah bon ?

Il ignorait ce qu'il aurait choisi lui-même pour leur ami. Une aux motifs du drapeau américain, peut-être, s'ils avaient eu ça en stock.

— C'est la personne la plus pure que je connaisse, expliqua-t-elle avec douceur.

Voyant qu'Alaric haussait un sourcil, elle lui donna un coup de coude.

— La plus pure d'esprit, j'entends. Avec Matt, il n'y a jamais de mauvaises surprises. Il est profondément bon et gentil.

— Tu n'as pas tort, soupira Stefan, qui la regarda choisir pour elle-même une bougie chocolat.

Alaric farfouilla dans le sac et en sortit une vert émeraude, pendant que Celia en prenait une lilas. Mme Flowers récupéra le sac avec les bougies restantes et le rangea sur une étagère haute près des portes du garage, entre un pot de terreau et ce qui ressemblait à une antique lampe à pétrole.

Ils s'assirent tous en arc de cercle à l'extérieur du diagramme, face au cercle intérieur vide, leur bougie à la main. Les endormis reposaient derrière eux. Meredith tenait le cierge de Bonnie sur ses genoux, avec le sien. Stefan avait pris celui d'Elena et Alaric celui de Matt.

— À présent, nous les consacrons avec notre sang, annonça Alaric, qui, voyant que les autres le dévisageaient, haussa les épaules. C'est ce qui est écrit dans le livre.

Meredith sortit un couteau suisse de son sac, s'entailla le doigt et, d'un geste vif et efficace, elle laissa une traînée de sang de la base à la pointe de sa bougie, puis passa le couteau à Alaric, ainsi qu'une bouteille de désinfectant. Un par un, ils suivirent tous l'exemple de la chasseuse de vampires.

— Ce n'est vraiment pas hygiénique, protesta Celia, qui, malgré sa grimace, se plia au rite.

Stefan n'avait que trop conscience du parfum du sang humain dans cet espace si confiné. Alors même qu'il venait de se nourrir, ses canines le picotèrent instinctivement.

Meredith prit les bougies des endormis et, passant de l'un à l'autre, elle leur leva la main, les coupa légèrement pour étaler leur sang sur la cire. Pas un ne sursauta. Quand elle eut fini, Meredith redistribua les bougies et regagna sa place.

Alaric se mit à lire, en latin, les premiers mots du sortilège. Au bout de quelques phrases, il buta sur une formulation et Stefan lui prit le grimoire en silence. Il poursuivit la lecture sans hésiter. Tandis que les syllabes s'écoulaient de ses lèvres sans effort, il se remémora ces heures de son enfance passées avec son tuteur plusieurs centaines d'années auparavant, ainsi qu'une époque où il avait vécu dans un monastère en Angleterre durant les premiers temps de sa lutte contre sa nature de vampire.

Le moment venu, il claqua des doigts et, en puisant un soupçon de pouvoir, il alluma sa bougie. Il la passa à Meredith, qui fit couler un peu de cire sur le sol du garage au bord du dessin pour y planter le cierge. Aux moments clés du rituel, il allumait les bougies une à une et elle les mettait en place, jusqu'à ce qu'une petite rangée de cierges multicolores brûle vaillamment entre eux et les contours de craie du diagramme.

Stefan continua sa lecture. Soudain, les pages du livre se soulevèrent. Un vent froid, surnaturel, se leva dans le garage clos, et les flammes des bougies vacillèrent follement avant de s'éteindre. Deux cierges tombèrent. Les longs cheveux de Meredith voletèrent autour de son visage.

— Ça ne devrait pas se passer comme ça ! hurla Alaric.

Mais Stefan se contenta de plisser les yeux pour se protéger de la bise et reprendre sa lecture du sort.

L'horrible impression de chuter et de s'engouffrer dans les ténèbres ne dura qu'un instant, puis Elena atterrit brusquement sur ses deux pieds et trébucha sans lâcher les mains de Matt et de Bonnie.

Ils se trouvaient dans une salle octogonale mal éclairée dont chaque mur abritait une porte. Un seul meuble trônait au milieu. Vautré derrière le bureau, torse nu, se tenait un beau vampire hâlé, incroyablement musclé et dont la chevelure couleur de bronze cascadait plus bas que ses épaules en longues mèches indisciplinées.

Elena sut aussitôt où elle se trouvait.

— Le Corps de Garde ! s'écria-t-elle. Nous avons réussi.

Sage se leva d'un bond. Son air surpris était presque comique.

— Elena ? s'exclama-t-il. Bonnie ? Matt ? *Que se passe-t-il ?*

En temps normal, Elena aurait été soulagée par la présence de Sage, qui s'était toujours montré gentil et serviable, mais elle devait avant tout rejoindre Damon.

Elle avait une petite idée sur le lieu où le trouver. Elle l'entendait presque qui l'appelait.

Jetant à peine un coup d'œil au Gardien stupéfait, elle traversa à grands pas la salle vide en traînant Matt et Bonnie derrière elle.

— Désolé, Sage, lança-t-elle lorsqu'elle atteignit la porte qu'elle voulait franchir. Nous devons retrouver Damon.

— Damon ? répéta-t-il. Il est déjà revenu ?

Ils franchirent le portail en ignorant les « Stop ! *Arrêtez-vous !* » du vampire.

La porte se referma derrière eux et ils découvrirent tout autour d'eux un paysage de cendres. Rien ne poussait ici, et aucun point de repère ne permettait de s'orienter. De violentes bourrasques avaient sculpté des collines et des vallées mouvantes. Sous leurs yeux, une nouvelle rafale balaya la couche supérieure de cendres et créa un nuage qui retomba bientôt pour former de nouveaux reliefs. Au-dessous, ils voyaient des marais de cendres humides et boueuses. Tout près, un étang d'eau stagnante avait été submergé par la poudre grise. Rien que des cendres et de la boue, partout, avec un bout de bois carbonisé ici et là.

Au-dessus de leur tête, le ciel crépusculaire abritait une énorme planète ainsi que deux grandes lunes, la première à la surface blanc et bleu tourbillonnante, la deuxième argentée.

— Où sommes-nous ? s'enquit Matt.

— Jadis, ceci était un monde – une lune, pour être précise – où un arbre gigantesque projetait son ombre, lui apprit Elena en avançant d'un pas régulier. Jusqu'à ce que je le détruise. C'est ici que Damon est mort.

Elle devina plus qu'elle ne surprit le coup d'œil qu'échangèrent Matt et Bonnie.

— Mais, euh… il est revenu, pas vrai ? Tu l'as vu à Fell's Church l'autre nuit, non ? demanda Matt d'un ton hésitant. Que faisons-nous ici, là, tout de suite ?

— Je sais que Damon est tout près, répliqua-t-elle avec impatience. Je le sens. Il est revenu ici. Peut-être que c'est là qu'il a commencé à chercher le dévoreur.

Ils poursuivirent leur progression et se retrouvèrent bientôt à patauger dans une couche de cendres noires qui se collait en paquets épais à leurs jambes. La boue, elle, tentait de retenir leurs chaussures et ne les relâchait qu'au prix d'un bruit de succion répugnant.

Ils y étaient presque, elle le sentait. Elena accéléra l'allure et les deux autres, qui lui tenaient la main, pressèrent le pas pour se maintenir à son niveau. Les cendres étaient plus épaisses et plus profondes, par ici, parce qu'ils approchaient de l'ancienne position du tronc, le centre même de ce monde. Elena se souvenait de l'avoir vu exploser, jaillir dans le ciel comme une fusée en se désintégrant en vol. Le corps de Damon avait été totalement recouvert par la pluie de cendres qui s'en était suivie.

Elena s'immobilisa. Devant eux, un monticule semblait presque lui arriver à la taille. Elena crut voir où Damon s'était réveillé – les cendres avaient été remuées et creusées, comme si quelqu'un s'était extirpé de leurs profondeurs. Cependant, il n'y avait personne à part eux, à cet endroit. Un vent froid souffla un nuage qui fit tousser Bonnie. Elena, enfoncée jusqu'aux genoux dans les cendres froides, lâcha la main de son amie et croisa les bras sur sa poitrine.

— Il n'est pas là, dit-elle d'un ton neutre. J'étais tellement sûre de moi…

— C'est qu'il est ailleurs, répondit Matt avec logique. Je suis certain qu'il combat le dévoreur, comme il te l'a dit. Le Royaume des Ombres est immense.

Bonnie frémit et se blottit contre Matt, ses yeux bruns écarquillés comme ceux d'un chiot suppliant.

— Est-ce qu'on peut rentrer chez nous, maintenant ? S'il te plaît ? Sage pourra nous renvoyer à la maison, pas vrai ?

— Je ne comprends vraiment pas, répéta Elena en contemplant le vide laissé par le tronc de l'Arbre Supérieur. Je *savais* qu'il serait là. Je l'entendais presque m'appeler.

Tout à coup, un rire mélodieux et grave déchira le silence. C'était une musique merveilleuse, mais aussi étrange et glaçante, qui fit frissonner Elena.

— Elena, murmura Bonnie. C'est la voix que j'ai entendue avant que la brume me paralyse.

Ils se tournèrent d'un seul mouvement.

Derrière eux se dressait une femme. Du moins une créature à la silhouette féminine, se corrigea aussitôt Elena. Et, comme son rire, cette chose était magnifique et effrayante tout à la fois. Colossale, grande comme un homme et demi, parfaitement bien proportionnée, elle semblait composée de glace, de brume dans des dégradés de bleus et de verts – comme le glacier le plus pur du monde –, et ses iris clairs étaient à peine colorés par une touche de vert pâle. Sous leurs yeux ébahis, ses hanches et ses jambes translucides, et pourtant bien solides, se brouillèrent pour se changer en tourbillon de brume.

Une longue traîne de cheveux turquoise ondulait dans son sillage comme un nuage aux formes changeantes. La créature sourit à Elena et ses dents pointues étincelèrent telles des stalactites d'argent. Une seule chose en elle n'était pas faite de glace, au plus profond de sa poitrine, une chose plutôt ronde et là aussi solide, d'un rouge très, très sombre.

Elena vit tout cela en l'espace d'un instant, avant que son attention soit totalement accaparée par ce qui pendait de la main de cette femme de glace.

— Damon, hoqueta-t-elle.

La créature le tenait par le cou avec désinvolture en ignorant ses grands gestes désespérés. Elle le portait sans le moindre effort, comme s'il s'agissait d'un jouet. Le vampire tout de noir vêtu balançait les jambes pour frapper le flanc de sa tortionnaire, mais son pied ne faisait que traverser la brume.

— Elena, articula-t-il péniblement.

La femme de glace inclina la tête de côté, regarda Damon puis serra son cou un peu plus fort.

— Je n'ai pas besoin de respirer, espèce de... dévoreuse stupide, cracha-t-il comme pour la provoquer.

Le sourire de la dévoreuse s'agrandit et elle répondit d'une voix douce et froide évoquant des cristaux qui s'entrechoquent :

— Mais ta tête peut éclater, non ? Ça fera aussi bien l'affaire.

Elle le secoua lentement, puis tourna son sourire vers Elena, Bonnie et Matt. D'instinct, Elena recula lorsque ce regard froid comme la banquise se posa sur elle.

— Bienvenue, leur dit-elle d'un ton où perçait le plaisir, comme s'ils étaient de vieilles connaissances. Je vous ai trouvés, toi et tes amis, très distrayants… toutes ces petites jalousies… Chacune d'elles avait une saveur particulière. Vous avez de sacrés problèmes, non ? Je ne me suis pas sentie si forte, si bien nourrie, depuis des millénaires.

Son visage prit une expression pensive, et elle se mit à secouer Damon doucement de bas en haut. Il émettait un petit bruit d'étranglement, à présent, et des larmes de douleur lui striaient les joues.

— Vous auriez vraiment dû rester où je vous avais mis, poursuivit la dévoreuse d'une voix un peu plus froide, et elle fit décrire un grand arc de cercle à Damon.

La respiration sifflante, il tentait d'écarter les doigts géants. Était-il seulement vrai qu'il n'avait pas besoin de respirer ? Elena l'ignorait. Damon était tout à fait capable de mentir s'il avait une bonne raison de le faire, ou même pour le simple plaisir de contrarier son adversaire.

— Arrêtez ! hurla Elena.

La dévoreuse rit de plus belle. La situation l'amusait au plus haut point.

— Essayez donc de m'y contraindre, mes petits chéris !

Elle resserra encore son étau autour de Damon, qui frémit. Puis ses yeux se révulsèrent et Elena ne vit plus que des globes blancs striés de veines rouges tandis que ses muscles se relâchaient d'un coup.

32.

Frappé d'horreur, Matt vit la dévoreuse secouer Damon comme une poupée de chiffon.

Elena fit volte-face pour les regarder, Bonnie et lui, droit dans les yeux.

— Nous devons le sauver, murmura-t-elle avec détermination.

Aussitôt, elle se mit à courir en soulevant des nuages de cendres sur son passage.

Matt devinait que si Damon, avec sa force de vampire et ses talents de combattant peaufinés au fil des siècles, était totalement impuissant entre les mains de cette dévoreuse – et bon sang, vu la façon dont elle le secouait dans tous les sens, sa tête allait vraiment finir par exploser –, alors Matt, Bonnie et Elena avaient autant de chances de peser dans la balance qu'une boule de neige de survivre en Enfer. La seule question était de savoir si elle allait les tuer, eux aussi.

Et, à dire vrai, Matt ne pouvait pas encadrer Damon, pas même un petit peu. Évidemment, si Fell's Church avait été sauvé des griffes de Katherine et de Klaus, et des *kitsune*, c'était en partie grâce à Damon. Cependant, il restait un vampire méchant, un assassin sans remords, sarcastique, prétentieux, arrogant et le plus souvent désagréable. Au cours de sa longue vie, il avait sans aucun doute nui à bien plus de personnes qu'il n'en avait aidé, même si on lui attribuait le salut de tous les habitants de Fell's Church jusqu'au dernier. Et il appelait toujours Matt « Blatte » en prétendant être incapable de se rappeler son vrai nom, ce qui était horripilant. Et c'était bien le but de Damon.

Pourtant, Elena l'aimait. Pour une raison qui échappait à Matt. Sans doute la même qui voulait que les filles ordinaires tombent sous le charme des salauds ordinaires… En tant que « brave gars » de service, il restait insensible à ce genre de charme.

Mais pas Elena.

Et Damon faisait partie de l'équipe, en quelque sorte. On ne laisse pas ses coéquipiers se faire décapiter par une démone de glace sur une lune couverte de cendres dans une autre dimension sans au moins faire de son mieux pour empêcher ça.

Même si on n'aime pas ce coéquipier-là.

Matt se précipita à la suite d'Elena et Bonnie l'imita. Lorsqu'ils atteignirent la dévoreuse, Elena avait déjà saisi la main bleu glacier qui serrait la gorge de Damon afin de desserrer suffisamment l'étau pour y glisser ses propres doigts. La dévoreuse lui accorda à peine un regard. Matt soupira intérieurement face à cette situation désespérée et lança un direct puissant vers l'estomac de la créature.

Avant que son poing n'atteigne sa cible de glace, celle-ci se changea en une brume tournoyante et intangible, et son coup passa à travers. Déséquilibré, Matt chancela et tomba dans le torse devenu vaporeux.

Il eut l'impression de plonger dans un fleuve glacial au fond des égouts. Un froid glacial et une pestilence écœurante le saisirent. Il recula pour sortir de la brume, nauséeux et transi, mais debout. Il observa la scène, dérouté.

Elena se démenait toujours sur les doigts de la dévoreuse, à griffer et à tirer dessus, et celle-ci la contemplait d'un air amusé et distant, aucunement inquiétée ni même gênée par ses efforts. Ensuite, la chose bougea, si vite que Matt ne vit qu'une tache bleu-vert floue, et envoya Elena dans les airs. Elle battit des bras et des jambes et retomba dans un monticule de cendres. Lorsqu'elle se releva, des filets de sang s'écoulèrent de la racine de ses cheveux et tracèrent des sillons rouges dans la suie qui couvrait à présent son visage.

Bonnie faisait de son mieux, elle aussi. Elle avait pris la dévoreuse à revers et la frappait à coups de pied et de poing. La plupart de ses attaques passaient à travers la brume mais, de temps en temps, un coup parvenait à frapper une partie de glace. Cependant, cela semblait tout à fait inefficace : Matt n'était même pas certain que leur ennemie ait conscience que Bonnie l'attaquait.

Des veines avaient gonflé sur le visage et dans le cou de Damon, qui pendait, inerte, dans la main de la démone. Sa chair avait blanchi autour de ses tendons malmenés. Tout vampire superpuissant qu'il était, Damon souffrait. Matt lança une prière à l'intention du saint, quel qu'il soit, qui veillait sur les causes désespérées, et se jeta de nouveau dans la mêlée.

Damon était plongé dans les ténèbres. Et dans la douleur. Puis les ténèbres rougeoyèrent, s'éclaircirent, et il put voir de nouveau.

La dévoreuse – cette garce ! – le tenait par le cou, sa poigne était froide, si froide qu'elle lui brûlait la peau partout où elle le touchait. Il ne pouvait plus bouger.

Il voyait cependant Elena debout, en contrebas. La belle Elena, couverte de cendres, striée de sang, les dents découvertes et les yeux lançant des éclairs comme une déesse guerrière. Son cœur se gonfla d'amour et de peur. Le petit pinson courageux et la Blatte se battaient à ses côtés.

« Pitié… aurait-il voulu les implorer. N'essayez pas de me sauver. Courez. Elena, tu dois t'enfuir. »

Mais il ne pouvait pas bouger, ni parler.

Puis la dévoreuse remua et Damon vit Elena se figer et se tenir le ventre en grimaçant de douleur. Matt et Bonnie étaient eux aussi pliés en deux, le visage pâle et les traits tendus, la bouche ouverte pour pousser des cris. Bonnie s'effondra dans un gémissement.

« Oh, non, se dit Damon, frappé d'horreur. Pas Elena. Pas le pinson. Pas pour moi. »

Tout à coup, une bourrasque tournoya autour de lui et il fut arraché de la main de la dévoreuse. Un grondement rugit dans ses oreilles et ses yeux le brûlèrent. En regardant autour de lui, il vit Bonnie et Elena, leurs longs cheveux flottant follement autour de leur visage ; Matt qui moulinait des bras ; et la dévoreuse dont le visage translucide semblait pour une fois étonné.

« Tornade… songea vaguement Damon, puis : Portail. » Il comprit qu'il se faisait aspirer vers le haut et replongea dans les ténèbres.

Le hurlement des rafales était assourdissant, à présent, et Stefan dut hausser le ton pour s'entendre. Il devait cramponner le livre de ses deux mains – on aurait dit qu'il cherchait à lui échapper, comme si une chose vivante et dotée d'une force colossale tentait de le lui arracher.

— *Mihi adi. Te voco. Necesse est tibi parere,* récita Stefan. Viens à moi. Je t'invoque. Tu dois obéir.

C'était la fin du sort d'invocation en latin. Suivait le sort de bannissement, qui était en anglais. Évidemment, il faudrait que le dévoreur soit vraiment là pour que cette partie du rituel soit efficace.

Le vent qui tourbillonnait dans le garage se renforça encore. Dehors, le tonnerre gronda.

Stefan scrutait le cercle intérieur, plongé dans l'ombre du garage. Il n'y avait toujours rien. Le vent surnaturel avait commencé à faiblir. La panique menaçait d'emporter le vampire. Avaient-ils échoué ? Il jeta un coup d'œil angoissé vers Alaric et Meredith, puis vers Mme Flowers, mais aucun d'eux ne le regardait, tant ils fixaient le diagramme.

Stefan y replongea les yeux, en espérant malgré tout. Il n'y avait toujours rien.

À moins que…

Là ! Il aperçut le léger mouvement d'une *chose*, juste au centre du cercle, une lueur minuscule d'un vert bleuté qui apparut en même temps qu'une vague de froid. Rien à voir avec la fraîcheur du vent qui avait tournoyé dans le garage, plutôt une haleine glaciale – inspiration, expiration, inspiration, expiration – lente et régulière, froide comme la mort.

La lueur s'agrandit, s'approfondit, s'assombrit, et soudain la *chose* bougea, changea de forme et prit une apparence féminine. Celle d'une femme géante de glace et de brume dont la couleur se déclinait en bleus et en verts. À l'intérieur de sa poitrine se trouvait une rose d'un rouge sombre à la tige couverte d'épines.

Meredith et Celia poussèrent des hoquets de stupeur. Mme Flowers observait calmement la visiteuse pendant qu'Alaric l'examinait, bouche bée.

Le dévoreur était donc une dévoreuse. Une dévoreuse de jalousie. Stefan avait toujours imaginé la jalousie comme une émotion brûlante. Issue de baisers brûlants, d'une colère brûlante. Cependant, la colère, le désir, l'envie, tout ce qui composait la jalousie, pouvaient être des sentiments tout aussi froids, et il ne doutait pas d'avoir invoqué la bonne créature.

Stefan remarqua tous ces détails et les oublia aussitôt, parce que la femme de glace ne s'était pas matérialisée seule au milieu du cercle.

Déroutés, sanglotants, chancelants, couverts de cendres et de boue, trois humains étaient apparus à son côté.

Elena, son bel amour, souillée, ses cheveux d'or emmêlés et collés, des traces de sang courant sur son visage. Et la fragile petite Bonnie le visage strié de larmes, pâle comme un linge, mais affichant une expression de fureur tandis qu'elle donnait des coups de pied et griffait la dévoreuse. Et Matt, ce modèle américain de serviabilité, crasseux et échevelé, qui se tourna pour les dévisager avec stupeur, comme s'il se demandait dans quel nouvel enfer il venait de tomber.

Stefan remarqua enfin une quatrième personne, une autre silhouette qui chancelait sur ses jambes en toussant, apparue dans un scintillement. Pendant une fraction de seconde, Stefan ne le reconnut pas – il en était incapable, puisque ce vampire était censé ne plus exister. Au lieu de quoi, il lui évoqua un inconnu à l'apparence étrangement familière. L'inconnu plaça ses mains autour de sa gorge dans un geste protecteur et regarda par-delà le cercle, droit vers Stefan. Malgré la lèvre ensanglantée et gonflée, les yeux tuméfiés, le fantôme d'un sourire éblouissant apparut et les rouages de l'esprit de Stefan se remirent en marche.

Damon.

Stefan était si estomaqué qu'il ne savait pas ce qu'il devait ressentir. Puis, du plus profond de lui, une douce chaleur remonta et se répandit dans son corps lorsqu'il comprit que son frère était revenu. Le dernier maillon vivant de son étrange passé était de retour. Stefan n'était plus seul. Il s'avança d'un pas vers le bord du diagramme, le souffle coupé.

— Damon ? murmura-t-il.

Aussitôt, Jalousie tourna la tête vers lui, et Stefan fut pétrifié par le pouvoir de ses prunelles froides et glaciales.

— Il était déjà revenu avant, tu sais, dit-elle d'un ton désinvolte, d'une voix qui eut sur Stefan le même effet que si on lui avait jeté un seau d'eau glacée à la figure. Il ne voulait pas que tu le saches, afin de garder Elena pour lui seul. Il traînait dans les environs en faisant profil bas, à comploter comme il sait si bien le faire.

Jalousie était sans aucun doute une entité féminine, et son ton froid et observateur rappelait à Stefan la petite voix qui lui parlait parfois dans un coin de son esprit et lui soufflait ses pensées les plus sombres et les plus honteuses. Les autres pouvaient-ils l'entendre aussi ? Ou bien parlait-elle directement dans sa tête ?

Il risqua un coup d'œil vers le petit groupe. Tous – Meredith, Celia, Alaric, Mme Flowers – se tenaient aussi immobiles que des statues, les yeux rivés sur Jalousie. Derrière eux, les lits de fortune étaient vides. Lorsque les formes astrales de leurs amis étaient entrées dans le diagramme en même temps que la dévoreuse, leurs corps avaient, d'une façon ou d'une autre, réussi à les rejoindre pour qu'ils apparaissent sous leur forme solide dans le cercle intérieur.

— Il est venu voir *Elena*, l'asticota la dévoreuse. Il t'a dissimulé sa résurrection pour pouvoir la séduire en secret. Damon ne s'inquiétait pas un instant de ce que *toi* tu éprouvais depuis sa mort. Et, pendant que tu étais trop occupé à le pleurer, lui était trop occupé à visiter la chambre d'Elena.

Stefan trébucha en arrière.

— Il veut toujours tout ce que tu possèdes et tu le sais, poursuivit-elle, un sourire sur ses lèvres translucides. C'était déjà vrai du temps où vous étiez mortels. Rappelle-toi comme il est revenu de l'université pour te voler Katherine ! Il a usé de tous ses charmes sur elle, simplement parce qu'il savait que tu l'aimais. Il en allait de même avec la moindre petite chose : enfant, si tu avais un jouet, il te le prenait. Si tu voulais un cheval, c'est lui qui le montait. S'il restait une tranche de viande dans le plat entre vous, il la mangeait même s'il n'avait plus faim, juste pour s'assurer que tu ne l'aurais pas.

Stefan secoua la tête. Il avait de nouveau l'impression d'être « trop lent », comme s'il avait encore une fois raté un élément important. Damon avait rendu visite à Elena ? Lorsqu'il avait pleuré la mort de son frère sur l'épaule de sa belle, savait-elle déjà qu'il était vivant ?

— Pourtant, tu pensais pouvoir faire confiance à Elena, n'est-ce pas, Stefan ?

Elena se tourna vers lui, les joues pâles sous leur couche de cendres. Elle semblait au bord de la nausée et pleine d'appréhension.

— Non, Stefan… voulut-elle protester, mais la dévoreuse poursuivit rapidement – et chacun de ses mots distillait un poison mielleux.

Stefan savait ce que la créature cherchait à faire. Il n'était pas idiot. Pourtant, il se surprit à hocher la tête ; une colère noire montait lentement en lui malgré les efforts de son moi rationnel pour la contenir.

— Elena t'a caché ce secret, Stefan. Elle savait que tu souffrais, elle n'aurait eu qu'un mot à dire pour apaiser ta douleur, or elle a gardé le silence parce que Damon le lui a demandé, et ce que Damon veut est plus important que de t'aider. Elena a toujours voulu les deux frères Salvatore. C'est drôle, vraiment, Stefan, comme tu ne suffis jamais aux femmes que tu aimes. Ce n'est pas la première fois qu'Elena choisit Damon plutôt que toi, non ?

Alors qu'Elena secouait la tête, Stefan la voyait à peine à travers le brouillard de rage et de désespoir qui lui voilait les yeux.

— Secrets et mensonges… poursuivit la dévoreuse d'un ton joyeux, avec un petit rire glacial. Et Stefan Salvatore a toujours un train de retard. Tu as toujours su qu'il y avait quelque chose entre Elena et Damon, quelque chose dont tu étais exclu, Stefan, et pourtant jamais tu ne te serais douté qu'elle t'avait trahi pour lui.

Damon sembla s'arracher à son hébétude, comme s'il entendait la dévoreuse pour la première fois. Son front se plissa et il tourna doucement la tête vers la créature.

Il ouvrit la bouche pour parler mais, au même instant, Stefan perdit tout contrôle et, sans laisser à Damon le temps de nier ou de le blesser plus encore, Stefan se rua sur lui en poussant un cri de fureur et pénétra le diagramme de craie. D'un geste si rapide que l'œil humain ne pouvait le voir, il poussa son frère hors du dessin et le projeta contre le mur au fond du garage.

33.

— Arrête ! hurla Elena. Stefan ! Arrête ! Tu vas le tuer !

Elle comprit aussitôt que c'était peut-être précisément l'intention de Stefan. Il attaquait son frère non pas à coups de poing, mais avec ses crocs et ses griffes, comme un animal. Stefan, accroupi d'un air menaçant, les canines dévoilées, le visage déformé par une colère bestiale, n'avait jamais tant ressemblé à un vampire assoiffé de sang.

Et derrière Elena, qui les observait, cette voix mielleuse et glaçante poursuivait son office, répétait à Stefan qu'il allait tout perdre, comme il avait toujours tout perdu. Que Damon lui prendrait tout et le jetterait nonchalamment au rebut, parce que Damon voulait juste détruire tout ce que Stefan possédait.

Elena se tourna et, trop effrayée par ce que Stefan infligeait à Damon pour avoir encore peur de la dévoreuse, la martela de coups de poing. Au bout d'un moment, Matt et Bonnie la rejoignirent.

Comme avant, la plupart du temps leurs attaques traversaient le corps brumeux. Cependant, le torse de la dévoreuse restait solide et Elena y concentra toute sa fureur, frappant la glace dure aussi fort qu'elle le pouvait.

Au cœur de la glace, une rose brillait d'une lueur rouge sombre. C'était une fleur magnifique, et mortelle. Sa couleur évoquait un sang empoisonné. Sa tige ornée de piquants semblait gonflée, plus épaisse que la normale. La lueur s'intensifia et les pétales de la fleur s'ouvrirent complètement. « Est-ce que c'est son cœur ? se demanda Elena. Est-ce que la jalousie de Stefan est en train de le nourrir ? » Elle abattit de nouveau son poing contre la poitrine de la dévoreuse, juste au-dessus de la rose, et la créature la regarda un instant.

— Arrête ! lui ordonna Elena. Laisse Stefan tranquille !

La dévoreuse la dévisageait vraiment, maintenant, et son sourire s'élargit, dévoilant une rangée de dents de glace acérées et brillantes sous ses lèvres de brume. Dans le tréfonds gelé de ses yeux, Elena crut apercevoir un froid scintillement, et son cœur se transit.

Puis la dévoreuse reporta son attention sur Stefan et Damon et, alors même qu'Elena ne l'aurait jamais cru possible, la situation empira.

— Damon… reprit la chose d'une voix rauque.

Le vampire, qui, épuisé et inerte, les yeux clos, était resté passif devant les attaques de son frère, se contentant de protéger son visage sans riposter, ouvrit soudain les yeux.

— Damon, répéta Jalousie, les yeux brillants. De quel droit Stefan t'attaque-t-il ? Quoi que tu aies voulu lui prendre, tu cherchais juste à lutter contre une injustice – il obtenait toujours tout : l'amour de votre père, les filles que tu désirais, et toi, il ne te restait plus rien. C'est peut-être un sale gosse moralisateur, une mauviette adepte de la haine de soi, c'est pourtant lui qui récolte *tout.*

Damon écarquilla les yeux, comme s'il reconnaissait ses propres récriminations, et l'émotion lui déforma le visage. Stefan l'attaquait toujours à coups de griffes et de crocs, cependant il recula un peu lorsque Damon sortit de sa léthargie pour lui saisir le bras et le lui tordre selon un angle improbable. Elena grimaça d'horreur en entendant un craquement – oh, bon sang – venu du bras ou de l'épaule de Stefan.

Avec courage, Stefan se contenta de grimacer et se jeta de nouveau sur Damon, tandis que son bras blessé pendait mollement à son côté. Damon était plus fort, remarqua Elena, mais épuisé. Il ne garderait pas l'avantage très longtemps. Pour l'instant, le combat avait l'air équilibré. Ils étaient tous deux fous de rage et se battaient sans aucune réserve. L'un d'eux poussa un feulement bestial, l'autre émit un rire saccadé et féroce, et Elena se rendit compte avec horreur qu'elle était incapable de savoir qui avait ri, qui avait grogné.

La dévoreuse émit un sifflement de liesse. Elena recula aussitôt et, du coin de l'œil, elle vit que Bonnie et Matt avaient fait de même.

— Ne brisez pas les lignes ! cria Alaric à l'autre bout de… de quoi, au juste ?

Où étaient-ils ? Oh, dans le garage de Mme Flowers. Alaric semblait désespéré et Elena se demanda s'il criait depuis longtemps. Si elle avait entendu des bruits de fond, elle n'avait pas eu une seconde pour les écouter.

— Elena ! Bonnie ! Matt ! Ne brisez pas les lignes ! beugla-t-il encore. Vous pouvez sortir, mais passez doucement au-dessus des lignes !

Elena baissa les yeux. Un schéma compliqué de lignes de couleurs différentes avait été tracé à la craie sous leurs pieds et Bonnie, Matt, la dévoreuse et elle se trouvaient dans le plus petit cercle au cœur du diagramme.

Bonnie fut la première à comprendre ce qu'Alaric essayait de leur dire.

— Venez ! marmonna-t-elle en tirant Elena et Matt par le bras.

Puis, d'un pas prudent mais vif, elle se faufila entre les lignes vers leurs amis. Matt la suivit. Il dut s'arrêter sur un pied et tendre la jambe pour atteindre une zone libre. Il chancela et sa basket effaça presque un segment de craie bleue. Il se rattrapa de justesse et poursuivit son chemin.

Il fallut quelques secondes supplémentaires à Elena pour comprendre qu'elle aussi devait s'écarter – elle était trop concentrée sur le combat désespéré des deux frères. C'était presque trop tard. Alors qu'elle s'apprêtait à faire son premier pas hors du cercle intérieur, la dévoreuse tourna vers elle ses yeux vitreux.

Elena s'enfuit d'un bond et parvint de justesse à ne pas déraper sur le reste du diagramme. Lorsque la dévoreuse voulut la rattraper, sa main resta bloquée au-dessus du trait de craie et elle poussa un grognement contrarié.

D'un geste tremblant, Alaric écarta de ses yeux ses mèches folles.

— Je n'étais pas certain que ça la retiendrait, admit-il. On dirait que ça marche. Maintenant, Elena, regarde bien où tu mets les pieds et viens nous rejoindre.

Matt et Bonnie avaient déjà atteint le mur du garage, à bonne distance des silhouettes emmêlées de Stefan et de Damon. Meredith les avait pris dans ses bras, avait niché sa tête dans l'épaule de Matt, tandis que Bonnie s'était blottie contre elle, les yeux aussi ronds que ceux d'un chaton effrayé.

Elena étudia le schéma compliqué dessiné sur le sol et commença à se déplacer prudemment entre les lignes, non dans la direction de ses amis mais dans celle des deux vampires luttant au corps-à-corps.

— Elena ! Non ! Par là ! appela Alaric.

Elle l'ignora. Elle devait rejoindre Damon et Stefan.

— Pitié, sanglota-t-elle en arrivant à leur niveau, Damon, Stefan, vous devez arrêter. C'est la dévoreuse qui vous inflige ça. Vous ne voulez pas vraiment vous blesser. Cela ne vous ressemble pas. Arrêtez, je vous en prie !

Aucun des deux ne lui prêta la moindre attention. L'avaient-ils seulement entendue ? Ils étaient presque immobiles, à présent, leurs muscles trop crispés tandis qu'ils s'efforçaient à la fois d'attaquer et de parer l'autre. Peu à peu, sous les yeux d'Elena, Damon finit par avoir le dessus, par écarter les bras de Stefan pour se pencher vers sa gorge dans un scintillement de canines.

— *Damon, non !* hurla-t-elle.

Elle se jeta sur lui pour le tirer par le bras, l'écarter de Stefan, cependant, sans même un coup d'œil vers elle, il la repoussa brutalement et la projeta dans les airs.

Elle retomba lourdement sur le dos et glissa au sol en hurlant de douleur – l'impact lui avait fait claquer les mâchoires, sa tête avait heurté le sol de ciment au point que des décharges de douleur avaient fusé derrière ses yeux. Alors qu'elle tentait de se relever, elle vit avec horreur Damon abattre les dernières défenses de Stefan et planter ses crocs dans le cou de son petit frère.

— Non ! hurla-t-elle encore. Damon, non !

— Elena, fais attention ! cria Alaric. Tu es dans le diagramme. Pitié, quoi que tu fasses, ne brise pas les lignes qui restent !

Elena regarda autour d'elle. En retombant au sol, elle avait effacé plusieurs traits de craie, qui n'étaient plus que des traces colorées sur le sol. Terrifiée, elle se raidit en réprimant un gémissement. L'avait-elle relâchée ? Était-elle libre par sa faute ?

Elle prit son courage à deux mains et se tourna vers le cercle intérieur.

Ses longs bras tendus, la dévoreuse testait son espace de confinement, comme si elle tâtait un mur invisible qui suivait le tracé du cercle où elle était retenue. Les lèvres de la créature se pincèrent et Elena la vit ramener ses mains en un même point et pousser de toutes ses forces.

L'air vibra dans la pièce.

Cependant, la dévoreuse ne parvint pas à briser le cercle et, au bout d'un moment, elle arrêta de pousser avec un sifflement frustré.

Puis son attention retomba sur Elena, et elle retrouva le sourire.

— Oh, Elena, dit-elle d'une voix empreinte d'une fausse compassion, la jolie fille, celle que tout le monde désire, celle pour qui les garçons se battent. Comme c'est dur, d'être toi !

La voix changea pour prendre un ton moqueur amer :

— Mais ils ne pensent pas vraiment à toi, pas vrai ? Ces deux-là que tu veux, tu n'es pas la bonne, pour eux. Tu sais pourquoi tu les attires. Katherine. Toujours Katherine. Ils te veulent parce que tu lui ressembles. Mais tu n'es pas elle. La fille qu'ils ont aimée jadis était douce, fragile et gentille. Une innocente, une victime, la cible idéale de leurs fantasmes. Tu ne lui ressembles en rien. Ils finiront par le découvrir, tu sais. Dès que ton corps flétrira – ce qui arrivera tôt ou tard. Eux ne changeront jamais, alors que toi tu vieillis de jour en jour ; dans quelques années, tu paraîtras bien plus vieille qu'eux – alors ils comprendront que tu n'es pas du tout celle qu'ils aiment. Tu n'es pas Katherine, et tu ne le seras jamais.

— Katherine était un monstre, cracha-t-elle, les yeux brûlants.

— Elle est *devenue* un monstre. À l'origine, c'était une douce jeune fille, la corrigea Jalousie. Damon et

Stefan ont causé sa perte. Comme ils causeront la tienne. Tu ne mèneras jamais une vie normale. Tu n'es pas comme Meredith, Bonnie ou Celia. Elles, elles auront l'occasion de vivre une vie ordinaire, le moment venu, même si tu les as traînées dans tes batailles. Mais toi, tu ne seras jamais normale. Et tu sais qui sont les responsables, pas vrai ?

Malgré elle, Elena se tourna vers Damon et Stefan, au moment même où Stefan réussissait à repousser son frère. Damon trébucha en arrière, vers le groupe d'humains blottis près du mur du garage. Du sang perlait aux commissures de ses lèvres et s'échappait trop vite d'une horrible blessure à son cou.

— À cause d'eux, tu es maudite, tout comme celle qu'ils aimaient *vraiment*, susurra la dévoreuse.

Elena se releva d'un coup, le cœur gros, palpitant de désespoir et de colère.

— Elena, arrête ! lança une voix puissante de contralto, empreinte d'une autorité telle qu'Elena se détourna de Damon et de Stefan.

Elle cligna des yeux comme si elle se réveillait et son attention se porta par-delà le diagramme, vers ses amis.

Mme Flowers était campée au bord des traits de craie, les mains sur les hanches. Si ses lèvres n'étaient plus qu'une ligne furieuse, ses yeux étaient clairs et pensifs. Elle croisa le regard d'Elena, qui se sentit aussitôt plus calme et plus forte. Puis Mme Flowers se tourna vers les autres.

— Nous devons accomplir le rituel de bannissement *immédiatement* ! déclara-t-elle. Avant que la dévoreuse ne parvienne à nous détruire tous. Elena ! Tu m'entends ?

Animée par une détermination soudaine, Elena hocha la tête et rebroussa chemin vers ses amis.

D'un geste vif, Mme Flowers joignit les mains et l'air vibra de nouveau. La voix de la dévoreuse se brisa et elle poussa un cri de fureur en battant l'air autour d'elle, ses mains rencontrant plus tôt les parois invisibles à mesure que sa prison rapetissait.

Meredith tâtonna fébrilement divers objets sur l'étagère du haut près de la porte du garage. Où diable Mme Flowers avait-elle posé les bougies ? Des pinceaux, non. Des lampes de poche, non. Une vieille bombe insecticide, non. Un pot de terreau, non. Un truc métallique qu'elle n'arriva pas à identifier au toucher, non.

Sac de bougies. Oui !

— Je l'ai, dit-elle en le tirant de l'étagère et en faisant tomber sur sa propre tête l'équivalent d'une dizaine d'années de poussière accumulée. Berk !

Il était très révélateur, se dit Meredith, que Bonnie et Elena la contemplent, elle et ses épaules pleines de poussière et de toiles d'araignée, sans qu'aucune des deux se mette à glousser ou fasse mine de l'épousseter. Elles avaient bien plus urgent à faire que de s'inquiéter pour un peu de saleté.

— D'accord, fit-elle. D'abord, nous devons deviner la couleur de Damon.

Mme Flowers avait fait remarquer que Damon était lui aussi une victime de la dévoreuse de jalousie, et qu'il devait participer au rituel pour qu'il fonctionne parfaitement.

En regardant les deux vampires s'évertuer à s'écorcher vifs, Meredith douta franchement que Damon souhaite participer. Et Stefan aussi, d'ailleurs. Leur seule préoccupation était de s'infliger autant de blessures que possible. Et pourtant, pour que le rituel agisse, il leur faudrait récupérer les deux frères.

D'une façon ou d'une autre.

Meredith se surprit à se demander froidement ce qui se passerait si Damon et Stefan mouraient tous deux. Est-ce que le rituel pourrait se dérouler sans risque ? Est-ce que Meredith et les autres parviendraient quand même à vaincre la dévoreuse ? Et s'ils ne s'entretuaient pas et continuaient simplement à se battre, à les mettre tous en danger, serait-elle capable de les tuer ? Elle écarta cette question. Stefan était son *ami.*

Puis, consciemment, elle se força de nouveau à envisager la possibilité de le tuer. C'était son *devoir.* Ce qui était plus important que l'amitié. Nécessairement.

Oui, elle était tout à fait capable de les tuer aujourd'hui, comprit-elle. Dans les prochaines minutes, s'il le fallait. Elle en était capable, même si elle devait le regretter toute sa vie.

De toute façon, au train où allaient les choses, Damon et Stefan allaient lui épargner ce fardeau en s'entretuant pour de bon.

Après avoir réfléchi longuement – ou ressassé longuement ce que Jalousie lui avait révélé, Meredith n'aurait su dire –, Elena prit la parole :

— Rouge… Est-ce qu'il y a une bougie rouge pour Damon ?

Oui, il y en avait une rouge sombre, ainsi qu'une noire. Meredith sortit les deux et les montra à Elena.

— La rouge, insista celle-ci.

— Pour le sang ? s'enquit Meredith, qui ne quittait pas les combattants des yeux, à environ trois mètres d'eux.

Quelle horreur, ils étaient tous deux couverts de sang à présent. Soudain, Damon grogna comme un animal et cogna plusieurs fois la tête de Stefan contre le mur. Meredith grimaça en entendant le bruit sourd que fit le crâne de Stefan en percutant le bois et le plâtre. Damon lui tenait le cou d'une main et lui griffait le torse de l'autre comme s'il voulait lui arracher le cœur.

Une voix douce, sinistre, s'échappait toujours de la dévoreuse. Meredith ne distinguait pas ses paroles, mais elle souriait sans que ses yeux quittent un seul instant les deux frères ennemis. Elle paraissait satisfaite.

— Non, rouge pour la passion, répondit Elena, qui lui prit la bougie des mains et gagna d'un pas assuré, le dos droit et la tête haute, la rangée de bougies qu'Alaric s'efforçait de rallumer au bord du diagramme. Meredith la regarda embraser le cierge et faire couler un peu de cire sur le sol pour l'y coller.

Stefan força Damon à reculer, tout près des autres et de leur rangée de bougies. Les bottes de Damon grincèrent sur le sol du garage tandis qu'il tentait de résister à son frère.

— Bon, fit Alaric en contemplant avec appréhension les bougies puis le grimoire. Tour à tour, on va tous avouer nos petites jalousies – ces faiblesses qu'accentue la dévoreuse – et les rejeter. Si on est sincères, si on parvient, du moins pour l'instant, à vraiment rejeter ces émotions négatives, nos bougies s'éteindront et la dévoreuse s'affaiblira. Le but, c'est de véritablement bannir la jalousie de notre cœur pour arrêter de nourrir cette chose, et, si on y arrive tous ensemble, elle devrait disparaître ou peut-être même mourir.

— Et si on échoue ? Et si on essaie de rejeter notre jalousie et qu'elle reste en partie en nous ? s'inquiéta Bonnie, le front plissé.

— Dans ce cas, cela ne fonctionnera pas et la dévoreuse restera parmi nous. Qui veut commencer ?

Stefan plaqua violemment Damon sur le sol de ciment en poussant un hurlement de rage. Ils n'étaient plus qu'à quelques centimètres des bougies, et Alaric se glissa entre eux et les petites flammes pour faire rempart de son corps. Celia frémit lorsque Stefan émit un grondement sourd et furieux, avant de baisser la tête pour mordre l'épaule de son frère. Les yeux brillants, Jalousie continuait à débiter son flot incessant de paroles venimeuses.

Mme Flowers tapa dans ses mains pour attirer l'attention de tout le monde. Son expression était sereine et encourageante.

— Mes enfants, il va vous falloir être honnêtes et courageux, déclara-t-elle. Vous devez tous, avec *sincérité*, reconnaître vos pires penchants devant vos amis, ce qui sera difficile. Ensuite, il vous faudra être suffisamment forts pour bannir ces penchants, ce qui pourrait s'avérer plus difficile encore. Mais vous vous aimez tous, et je vous promets que nous nous en sortirons.

Un choc sourd, un cri de rage et de douleur étouffé retentirent tout près, et Alaric jeta un coup d'œil nerveux par-dessus son épaule vers le combat.

— Le temps nous est compté, ajouta brusquement Mme Flowers. Qui commence ?

Meredith allait s'avancer, en serrant son bâton de combat pour se donner du courage, lorsque Bonnie parla la première d'une voix hésitante :

— Moi… Euh… J'ai toujours été jalouse de Meredith et d'Elena. Je…

Elle déglutit, puis reprit d'un ton plus assuré :

— J'ai parfois l'impression de n'être qu'un faire-valoir, lorsque je suis avec elles. Elles sont plus courageuses que moi, elles se battent mieux, elles sont plus intelligentes et plus jolies et… et plus grandes que moi. Je les envie parce que j'ai l'impression qu'on ne me respecte pas autant qu'elles, qu'on ne me prend pas autant au sérieux qu'elles. Je suis jalouse parce que je suis toujours dans leur ombre, et leur ombre est très grande… Je parle de façon métaphorique, bien sûr. Et je les envie parce que je n'ai jamais eu de vrai petit copain, alors que Meredith a Alaric, Elena a Stefan, et parce qu'elle a *aussi* Damon, que je trouve vraiment formidable, mais qui ne me remarque jamais quand je suis près d'Elena parce qu'il ne voit qu'elle.

Bonnie marqua une nouvelle pause et jeta un coup d'œil vers Elena, les yeux écarquillés et brillants de larmes.

— Pourtant j'aime Elena et Meredith. Je sais que je dois arrêter de me comparer à elles. Je ne suis pas juste un faire-valoir. Je suis utile et pleine de talents, moi aussi. Et, conclut-elle en reprenant la formule qu'Alaric leur avait communiquée, je reconnais avoir nourri la dévoreuse de jalousie. Maintenant je bannis cette jalousie.

Dans le demi-cercle de bougies, la flamme du cierge rose de Bonnie vacilla et s'éteignit. Bonnie poussa un petit hoquet puis, mi-honteuse mi-fière, sourit à Meredith et à Elena.

Au milieu du diagramme, la dévoreuse tourna brusquement la tête pour foudroyer Bonnie du regard.

— Bonnie… commença Meredith, qui aurait voulu assurer à son amie qu'elle n'était bien évidemment pas un faire-valoir.

Bonnie ne savait-elle donc pas à quel point elle était formidable ?

Elena s'approcha à son tour des bougies, secoua la tête pour renvoyer ses cheveux en arrière et redressa le menton.

— J'étais jalouse de plusieurs personnes à Fell's Church, déclara-t-elle. J'ai vu à quel point il était facile pour les autres couples d'être ensemble, et, après tout ce que Stefan et moi – et Damon et mes autres amis – on a traversé, alors qu'on avait sauvé Fell's Church et rendu à la ville sa juste apparence, tout a continué à être *difficile, étrange* et surnaturel. J'imagine qu'il me fallait du temps pour comprendre que les choses ne seraient jamais aussi faciles et normales pour moi, et j'ai eu du mal à l'accepter. J'enviais les autres couples. Je reconnais avoir nourri la dévoreuse de jalousie. Maintenant je bannis cette jalousie.

Elena esquissa un sourire. Un sourire étrange, un peu triste. Meredith comprit que, même si son amie avait rejeté sa jalousie, elle regrettait toujours cette vie facile et dorée qui lui avait un jour tendu les bras mais qui lui avait sans doute été arrachée pour toujours.

Le cierge doré brillait toujours. Elena hésita. Meredith suivit son regard par-delà la rangée de petites flammes, vers l'endroit où Stefan et Damon se démenaient encore. Damon tira Stefan sur le sol, laissant une longue traînée de sang dans son sillage. Le pied de Stefan frôla la bougie rouge au bout de la rangée, et Alaric bondit pour la stabiliser.

— Et j'étais jalouse de Katherine, reprit Elena. Damon et Stefan l'ont aimée, elle, en premier, et elle les a connus avant la succession d'événements qui les a changés, qui les a empêchés de devenir ce qu'ils auraient dû être. Et, même si je conçois qu'ils sachent tous les deux que je ne suis pas Katherine, qu'ils m'aiment pour qui je suis, je n'ai jamais pu oublier qu'ils m'ont d'abord remarquée parce que je lui ressemblais. Je reconnais avoir nourri la dévoreuse de jalousie à cause de Katherine. Maintenant je bannis cette jalousie.

La flamme de la bougie chancela, sans toutefois s'éteindre. Comme Jalousie affichait un rictus triomphal, Elena poursuivit :

— J'ai aussi été jalouse de Bonnie.

Bonnie redressa la tête et dévisagea son amie d'un air estomaqué.

— J'étais habituée à être la seule humaine qui comptait pour Damon, la seule qu'il voudrait sauver.

Elle soutint le regard de Bonnie, les yeux pleins de larmes.

— Je suis vraiment heureuse que Bonnie soit en vie… Pourtant, j'étais jalouse que Damon tienne suffisamment à elle pour mourir pour elle. En enviant Bonnie, je reconnais avoir nourri la dévoreuse de jalousie. Maintenant je bannis ma jalousie.

La bougie dorée s'éteignit. Elena jeta un coup d'œil timide vers Bonnie, qui lui fit un grand sourire, un sourire franc, aimant, et lui tendit les bras. Elena l'étreignit fort.

Meredith n'avait jamais eu pitié d'Elena – à part le jour où elle avait perdu ses parents. Quelle autre raison aurait-elle eue ? Elena était belle, intelligente, une battante que tout le monde aimait… Mais à présent, Meredith éprouvait une pointe de compassion pour elle. Parfois, il devait être plus facile de mener une vie ordinaire que d'être une héroïne.

Meredith jeta un coup d'œil vers la dévoreuse. Elle semblait bouillir de rage et son attention était toute portée sur les humains.

Alaric contourna les bougies pour rejoindre les autres, tout en observant les deux frères à la dérobée. Damon avait cloué Stefan au mur derrière Alaric. Le visage de Stefan était déformé par une grimace et on entendait les frottements de son corps raclant la surface dure. Mais, du moins, Stefan et Damon ne menaçaient pas les bougies pour l'instant.

Meredith se tourna vers son petit ami. De quoi Alaric pouvait-il bien être jaloux ? Lui n'avait fait qu'être l'objet d'une partie des jalousies de la semaine passée.

Il tendit un bras vers Meredith pour la prendre par la main.

— J'ai été jaloux, admit-il. De toi, Meredith. Et de tes amis.

Meredith haussa un sourcil étonné. Que voulait-il dire ?

— Bon sang, ajouta-t-il en riant à moitié. Moi et mon diplôme en parapsychologie… Depuis toujours, je mourais d'envie de prouver que l'au-delà existait, que certaines choses considérées comme surnaturelles étaient bel et bien réelles. Et puis un jour j'arrive dans cette petite ville de Virginie à cause de quelques rumeurs, des rumeurs que je ne crois pas, disant qu'il pourrait y avoir des vampires dans les environs, et à mon arrivée je découvre cette fille incroyable, magnifique et pleine d'assurance, et il s'avère qu'elle descend d'une famille de chasseurs de vampires. Et ses amis comptent des vampires, des sorcières, des médiums et des filles revenues d'entre les morts pour combattre le mal. Ils sortent à peine du lycée, et ils ont vu des choses que je n'aurais jamais imaginées. Ils ont vaincu des monstres et sauvé des villes, et même voyagé dans d'autres dimensions. Et, alors que je ne suis qu'un type ordinaire, soudain la moitié des personnes que je connais – dont celle que j'aime – sont pratiquement des super héros.

Il secoua la tête en couvant Meredith d'un regard éperdu d'admiration.

— Je reconnais avoir nourri la dévoreuse de jalousie. Maintenant je bannis cette jalousie. Il va juste falloir que je me fasse à l'idée d'être le petit ami d'une super héroïne.

Aussitôt, la bougie vert sombre s'éteignit.

Piégée au cœur du diagramme, la dévoreuse feula en faisant les cent pas dans le petit espace telle une tigresse en cage. Elle paraissait furieuse, mais pas nécessairement affaiblie.

Celia prit à son tour la parole. Ses traits étaient tirés mais calmes.

— J'ai nourri la dévoreuse de jalousie. J'ai envié Meredith Sulez, proclama-t-elle sans donner de détails. À présent, je comprends que c'est inutile. Je reconnais avoir nourri la dévoreuse de jalousie. Maintenant je bannis cette jalousie.

Si elle semblait se confesser du bout des lèvres, la bougie lilas s'éteignit tout de même.

Meredith ouvrit la bouche – elle savait ce qu'elle devait dire, et cela ne serait pas trop difficile parce qu'elle avait *gagné*, n'est-ce pas ? Enfin, s'il y avait vraiment eu bataille en dehors de son seul esprit. Cependant, Matt s'éclaircit la gorge et la devança :

— J'ai… j'imagine que… balbutia-t-il. Non, je *sais* que j'ai nourri la dévoreuse de jalousie. J'ai toujours été fou d'Elena Gilbert, depuis que je la connais. Et j'ai été jaloux de Stefan. Depuis le début. Et je le suis toujours, alors même que Jalousie l'a piégé dans ce corps-à-corps sanglant, parce qu'il a Elena. Elle l'aime lui, pas moi. En fin de compte, ça ne fait rien… Je sais aussi depuis longtemps qu'Elena et moi, ça ne fonctionne pas, pas pour elle, et ce n'est pas la faute de Stefan. Je reconnais avoir nourri la dévoreuse de jalousie. Maintenant je bannis cette jalousie.

Il rougit et prit grand soin de ne pas regarder Elena. La bougie blanche s'éteignit et projeta une volute de fumée vers le plafond.

« Plus que trois bougies », songea Meredith en contemplant les dernières flammes. La bleu sombre de Stefan, la rouge de Damon et la marron, la sienne. Est-ce que Jalousie avait l'air affaibli ? Dans sa cage invisible, la dévoreuse grognait. Le seul changement perceptible venait de l'espace autour d'elle, qui semblait plus grand, et elle poussait de nouveau sur les parois comme pour y chercher une brèche.

Meredith comprit qu'elle devait poursuivre la série de confessions :

— J'ai nourri la dévoreuse de jalousie, admit-elle d'une voix forte et nette. J'enviais le Dr Celia Connor. J'aime Alaric, et je sais que je suis bien plus jeune que lui, que je n'ai même pas commencé la fac et que je n'ai rien vu du monde – du monde des humains, du moins – à part ma ville natale. Celia a tant de points communs avec lui – son expérience, ses études, ses centres d'intérêt – et je savais qu'il l'appréciait. Et elle est très jolie, très intelligente et très élégante. J'étais jalouse parce que j'avais peur qu'elle ne me le vole. Mais si jamais elle y était parvenue, alors cela aurait signifié qu'il n'était pas fait pour moi. On ne peut pas « voler » quelqu'un.

Elle adressa un sourire timide à Celia, qui le lui rendit au bout de quelques secondes.

— Je reconnais…

— Attention ! hurla Alaric. Damon ! Stefan ! Arrêtez !

Meredith leva les yeux. Damon et Stefan titubaient à travers la pièce et passèrent devant la rangée de bougies, devant Alaric, qui les agrippa. Ils se libérèrent sans effort, sans même remarquer son intervention, se poussant désespérément l'un l'autre, se battant férocement. Trop absorbés par leur lutte à mort, ils s'approchaient de plus en plus de la dévoreuse.

— Non ! hurla Elena.

Damon déséquilibra Stefan en arrière et le talon de la botte du plus jeune griffa le contour de craie du cercle intérieur qui retenait Jalousie – et effaça le trait. Le cercle n'était plus complet.

Dans un cri triomphal, la démone recouvra la liberté.

34.

— Nous ne l'avons pas suffisamment affaiblie ! cria Meredith pour couvrir les hurlements de Jalousie.

Au contraire, la dévoreuse paraissait plus forte lorsqu'elle traversa le garage d'un grand saut et frappa Meredith du dos de la main. Celle-ci fut projetée contre le mur dans une explosion de lumière et de douleur. Étourdie, elle parvint tout de même à se remettre sur pied.

La dévoreuse revenait à la charge. Plus lentement cette fois-ci, un sourire d'anticipation aux lèvres.

« Le sort doit être efficace, songea Meredith, à moitié assommée, sans quoi elle se moquerait bien que je termine la formule. »

Meredith serra son arme. Elle ne se laisserait pas battre facilement, pas si elle pouvait l'éviter. Alaric l'avait qualifiée de super héroïne. Les super héros n'abandonnent jamais le combat, même s'ils ont peu de chances de l'emporter.

D'un geste d'experte, elle porta une attaque brutale avec la lame de son bâton. Toutes ses heures passées à s'entraîner payèrent, car la dévoreuse ne semblait pas s'attendre à un tel choc et, au lieu de traverser la brume sans lui causer le moindre mal, le bâton la frappa dans sa forme solide, juste au-dessus de la rose dans sa poitrine. Le tranchant de la lame ouvrit une large entaille dans le torse de la créature et, lorsque Meredith retira son arme pour lui asséner un second coup, un fluide vert visqueux gicla au sol.

Meredith eut moins de chance pour sa deuxième attaque. La dévoreuse se rua sur elle, sa main bougeant si vite que la chasseuse de vampires ne la vit pas avant qu'elle agrippe l'autre bout de son arme. Si affûtée que soit la lame, si empoisonnées que soient les différentes pointes d'argent, de bois et de fer, la dévoreuse tint le tout nonchalamment et tira d'un coup sec.

Meredith, impuissante, glissa à toute vitesse sur le sol du garage vers la dévoreuse, qui tendait son autre main avec désinvolture pour l'attraper, un rictus de mépris et de fureur sur son visage translucide. « Oh, non… bredouilla sa petite voix intérieure, pas comme ça. Ça ne peut pas finir comme ça. »

Cependant, alors qu'elle allait toucher Meredith, Jalousie changea d'expression, visiblement déroutée. Elle lâcha le bâton, et Meredith recula d'un bond. Elle faillit trébucher en arrière et se rattrapa de justesse, les jambes tremblantes, le souffle court.

La dévoreuse regardait par-delà Meredith, qu'elle avait l'air d'avoir oubliée, du moins pour l'instant. Ses crocs de stalactites étaient exposés et son visage verdâtre n'était plus qu'un masque de rage. Les muscles de ses bras de glace semblèrent se bander, puis se dissoudre en tourbillons de brume avant de se solidifier de nouveau en forme de bras, toujours aussi crispés. « Elle ne peut pas bouger », comprit Meredith.

Derrière elle, Mme Flowers se dressait de toute sa hauteur, ses yeux bleus brûlants rivés sur la dévoreuse. Elle tendait les mains devant elle, et ses traits fixes témoignaient de sa détermination. Quelques mèches grises s'étaient échappées de son chignon et partaient dans toutes les directions, comme attirées par de l'électricité statique.

Ses lèvres remuaient silencieusement et, tandis que la dévoreuse luttait pour bouger, la vieille dame paraissait lutter elle aussi, comme si elle peinait pour supporter un fardeau horriblement lourd. Leurs yeux – bleu intense contre vert glacier – se livraient une bataille silencieuse.

Mme Flowers ne cilla pas, mais ses bras tremblaient violemment et Elena ne savait pas combien de temps elle parviendrait encore à contrôler la dévoreuse. Pas longtemps, elle le devinait sans mal. Après son combat contre la déesse *kitsune*, qui l'avait mise à rude épreuve, elle n'était pas encore en état de se battre de nouveau.

Le cœur d'Elena battait à tout rompre. Elle refusait de contempler les silhouettes ensanglantées de Damon et de Stefan à l'autre bout de la pièce car elle savait que, s'il y avait bien une chose qui lui était interdite à cet instant, c'était de paniquer. Elle avait besoin de pouvoir *réfléchir*.

— Meredith, lança-t-elle d'un ton sec, si autoritaire que tous ses amis se détournèrent un instant du face-à-face opposant Mme Flowers et la dévoreuse. Finis ta part du rituel.

Meredith comprit aussitôt. C'était l'une des choses formidables, avec elle : on pouvait toujours compter sur elle, quelles que soient les circonstances, elle gardait son sang-froid et faisait son job.

— Je reconnais avoir nourri la dévoreuse de jalousie, reprit Meredith, les yeux baissés vers sa bougie marron encore allumée. Maintenant je bannis cette jalousie.

Un accent de vérité imprégnait ses paroles, et la flamme s'éteignit.

La dévoreuse sursauta en grimaçant. Le rouge sombre de la rose-cœur vira au rose sombre avant de retrouver sa couleur initiale. Pourtant... la créature n'était nullement vaincue. Elle semblait contrariée, tout au plus. Ses yeux ne quittaient pas Mme Flowers et ses muscles sculptés dans la glace cherchaient toujours à se libérer.

Presque toutes les bougies étaient éteintes. Ne restaient que deux flammes vacillantes, celles des bougies bleu et rouge des deux êtres qui abreuvaient la dévoreuse de leur jalousie.

Puisque toutes ses victimes ou presque lui avaient été arrachées, n'aurait-elle pas dû s'affaiblir ? Se rouler au sol en se débattant ?

Elena se tourna vers Alaric.

— Que dit le livre ? s'enquit-elle. Le sort devrait déjà commencer à la tuer, non ?

Alaric avait reporté son attention sur la lutte silencieuse entre Mme Flowers et la dévoreuse, ses propres poings serrés et son corps crispé comme si, d'une façon ou d'une autre, il pouvait prêter sa force à Mme Flowers. Il lui fallut un peu de temps – « du temps que nous n'avons pas ! » songea Elena avec rage – pour se rendre compte qu'elle lui avait parlé. Lorsqu'elle répéta sa question, il posa un regard plus analytique sur la créature et une nouvelle inquiétude voila ses yeux.

— Je n'en suis pas tout à fait sûr, cependant le grimoire suggérait bien que… il disait quelque chose comme : « Chaque mot prononcé avec sincérité par ses victimes, chaque émotion négative volontairement rejetée leur restituera la vie que le dévoreur a puisée dans leurs pensées et leurs actes. La créature dépérira à chaque confession honnête. » Ce n'est peut-être que rhétorique, ou peut-être que la personne qui a consigné ce rituel en avait entendu parler sans le voir véritablement accompli, mais on dirait bien que…

— Que le rituel aurait déjà dû tuer cette garce, conclut Elena. Ça ne fonctionne pas comme il faudrait…

— Je ne sais pas ce qui cloche.

Elena eut un flash.

— Moi, je le sais. C'est une dévoreuse des Origines, non une dévoreuse ordinaire. Nous ne l'avons pas créée avec nos émotions, nous ne pouvons donc pas la détruire en les maîtrisant. Il va falloir trouver autre chose.

Stefan et Damon étaient toujours au corps-à-corps, épuisés et couverts de sang. Stefan se déplaçait gauchement, comme si un de ses organes internes avait été touché, et son bras blessé pendait selon un drôle d'angle. Ce qui ne l'empêchait en rien de riposter à chaque attaque de son frère.

Elena devina qu'ils se battaient de leur propre chef, à présent. Jalousie, absorbée par son combat avec Mme Flowers, ne leur marmonnait plus d'encouragements venimeux. S'ils n'étaient plus ensorcelés, Elena pourrait peut-être les persuader de l'écouter, elle. Elle se dirigea discrètement vers les vampires, en prenant soin de ne pas attirer l'attention de la dévoreuse.

Damon avait le cou en sang et une longue entaille lui barrait le front. Sans parler des bleus qui apparaissaient autour de ses deux yeux. S'il boitait, il prenait indéniablement le dessus. Non seulement Stefan, qui se maintenait hors de portée, était plié en deux pour protéger sa blessure, mais une longue bande de peau arrachée pendait de sa joue.

Un sourire sauvage sur les lèvres, Damon se rapprochait de lui à chaque pas. L'éclat de ses yeux reflétait sa nature de prédateur, sa joie de traquer et de tuer sa proie. Dans le feu de l'action, il avait dû oublier qui il affrontait, se rassura Elena. Une fois qu'il serait redevenu lui-même, il ne se pardonnerait jamais d'avoir blessé sévèrement, voire tué, son frère. *Même si une part de lui l'a toujours souhaité*, lui souffla une petite voix.

Elle écarta cette idée. Une *part* de Damon avait peut-être envie d'écraser Stefan, mais pas le vrai, le Damon entier. Si leur combat contre la dévoreuse lui avait appris une chose, c'était bien que personne ne se résumait aux émotions négatives que chacun nourrissait en son for intérieur. Ces derniers jours, ils n'étaient plus eux-mêmes.

— DAMON ! hurla-t-elle. Damon, réfléchis ! La dévoreuse t'influence ! Elle te force à te battre !

Sa voix monta dans les aigus lorsqu'elle poursuivit d'un ton implorant :

— Ne la laisse pas te vaincre. Ne la laisse pas te détruire.

Damon ne semblait pas l'entendre. Il affichait toujours son sourire carnassier et gagnait du terrain sur Stefan en l'entraînant dans un coin. Bientôt, Stefan serait pris au piège. Il ne pourrait plus fuir.

En surprenant l'expression fière sur le pauvre visage de Stefan, Elena comprit, le cœur gros, qu'il ne tenterait de toute façon jamais de fuir, même si Damon lui en laissait l'occasion.

Stefan montra les crocs. Damon arma le poing pour lui asséner un coup puissant, les canines allongées dans leur impatience de goûter de nouveau le sang de son frère.

Elena, plus rapide qu'elle ne l'avait jamais été, du moins sous sa forme humaine, se jeta entre eux au moment où le poing partait. Elle ferma les yeux de toutes ses forces, écarta les bras pour protéger Stefan et attendit l'impact.

Lorsqu'elle sauta devant lui, Damon avait déjà lancé le coup. Avec sa force inhumaine, il serait capable de briser les os d'Elena et de lui écraser le visage.

Cependant, il était si vif qu'il s'arrêta juste à temps, comme seuls les vampires en sont capables. Si Elena sentit tout de même le déplacement d'air et le frôlement des jointures du vampire contre sa joue, elle n'eut pas mal.

Elle ouvrit prudemment les yeux. Damon s'était immobilisé, le bras levé, toujours prêt à frapper. Sa respiration était rauque et ses yeux brillaient d'une étrange lueur. Elena soutint son regard.

Était-ce une étincelle de soulagement qui scintillait dans ses yeux ? Elena le pensait. Restait à savoir s'il était soulagé de s'être arrêté avant de la tuer ou d'avoir été empêché de tuer Stefan. S'il l'avait vraiment voulu, il aurait déjà pu l'écarter pour se jeter de nouveau sur son frère.

Elena se risqua à tendre la main vers son poing et enroula ses doigts frêles autour des jointures ensanglantées. Il ne résista pas lorsqu'elle lui abaissa le bras.

— Damon, murmura-t-elle. Tu peux arrêter, maintenant.

Comme il plissa les yeux, elle comprit qu'il l'entendait, mais ses lèvres étaient toujours pincées et il ne répondit pas.

Sans lâcher la main de Damon, Elena se tourna vers Stefan. Il était juste derrière elle, et ses yeux ne lâchaient pas son frère. Le souffle court, il s'essuya la bouche, ce qui laissa une traînée de sang sur son visage. Elena lui prit la main, toute poisseuse de sang qu'elle fût.

Les doigts de Damon se crispèrent dans les siens et elle se rendit compte qu'il fixait son autre main, celle qui tenait Stefan. Stefan suivit lui aussi le regard de son frère et les coins de ses lèvres se haussèrent pour former un petit sourire amer.

Derrière eux, la dévoreuse, toujours aux prises avec Mme Flowers, poussa un cri rageur. Sa voix semblait plus forte, plus féroce.

— Écoutez, se hâta-t-elle de dire en les dévisageant l'un après l'autre. La dévoreuse n'est pas concentrée sur vous, pour l'instant, vous pouvez donc réfléchir correctement. Mme Flowers ne va pas pouvoir la retenir très longtemps. Alors dépêchez-vous, réfléchissez tout de suite, au lieu d'agir bêtement. Il faut que je vous dise quelque chose… hum.

Elle se racla la gorge, un peu mal à l'aise, et poursuivit :

— Je ne vous l'ai jamais dit, pourtant… quand Klaus me retenait prisonnière, après la mort de Katherine, il me montrait souvent… des images. Des souvenirs, j'imagine, ceux de Katherine. De comment vous vous comportiez tous les deux avec elle, lorsque vous étiez humains. Lorsque vous étiez jeunes et éperdument amoureux d'elle. C'était un vrai supplice de voir à quel point cet amour était réel. Et je savais que, si vous m'aviez remarquée à l'origine, c'était à cause de ma ressemblance avec elle. Cela m'a toujours contrariée, même si depuis j'ai compris que vos sentiments pour moi étaient plus profonds.

Les deux frères observaient Elena, à présent, et Stefan entrouvrit les lèvres pour répondre. Elena secoua vivement la tête.

— Non, laissez-moi finir. Cela m'a *un peu* contrariée. Cela ne m'a pas détruite, cela n'a pas changé les sentiments que j'éprouve pour… vous deux. Parce que je sais aussi que, même si je vous rappelle Katherine, vous avez fini par me voir, *moi.* Elena. Vous ne voyez plus Katherine en moi.

Elle devait maintenant s'aventurer en terrain glissant, alors elle procéda avec prudence, en essayant de présenter ses arguments avec logique et discernement :

— Bon, je sais ça, d'accord ? Pourtant, lorsque la dévoreuse me parlait, elle a déterré cette vieille jalousie pour qu'elle brûle de nouveau en moi. Et les autres choses qu'elle m'a dites étaient en partie vraies. Oui, j'envie parfois les filles qui ont… une vie amoureuse normale, finit-elle en souriant malgré elle. Mais, lorsque je suis honnête avec moi-même, je sais que je ne voudrais pour rien au monde être à leur place. Ce que moi je possède est incroyable, même si c'est difficile.

Elle déglutit avant de poursuivre :

— Et je sais donc que ce que la dévoreuse vous a susurré était en partie vrai. Vous êtes jaloux l'un de l'autre. Et rancuniers, à cause d'événements du passé, et vous êtes contrariés parce que je vous aime tous les deux. Mais je sais aussi que cela ne s'arrête pas là. Que ce n'est pas le plus important. Ce n'est *plus* le plus important. Les choses ont changé depuis l'époque où la jalousie et la colère étaient les seules émotions qui vous unissaient. Vous y avez mis du vôtre, et vous vous êtes protégés mutuellement. Vous êtes redevenus des frères.

Elle scruta les prunelles de Damon pour y guetter une réponse.

— Damon, Stefan était dévasté lorsqu'il pensait que tu étais mort. Tu es son frère, et il t'aime, sans toi il était désemparé. Tu occupes une place importante dans sa vie – passée et présente. Tu es le seul qui l'a connu à travers toute son histoire.

Elle tourna vivement la tête vers Stefan.

— Stefan, Damon ne t'a pas caché sa résurrection pour te faire souffrir ou se débarrasser de toi ou je ne sais quelle autre raison que la dévoreuse a pu te souffler. Il voulait revenir dans des conditions et des circonstances propices pour te montrer que les choses allaient être différentes. Qu'il était capable de changer. Et c'est pour toi qu'il voulait changer. Pas moi. Toi. Tu es son frère, il t'aime et il souhaitait que la situation s'arrange entre vous.

Elena marqua une pause pour reprendre son souffle et juger de l'impact de ses paroles sur les deux frères. Au moins, ils n'essayaient plus de se tuer. Ce devait être bon signe. Ils s'entreregardaient, le visage impassible. Damon lécha le sang qui maculait ses lèvres. Stefan leva la main et fit courir ses doigts sur les lambeaux de peau qui pendaient de son visage et sur son torse. Ils gardèrent tous deux le silence. Restait-il la moindre complicité entre eux ? Damon étudiait les plaies sur la gorge de Stefan, une lueur presque attendrie dans ses yeux noirs.

Elena les lâcha et leva les mains en l'air.

— Très bien, dit-elle. Si vous ne pouvez pas vous pardonner, prenez au moins le temps d'y réfléchir. La dévoreuse *veut* que vous vous battiez. Que vous vous haïssiez, que vous vous entretuiez. Elle se repaît de votre jalousie. Et, si j'ai appris une chose sur vous deux, c'est que vous ne donnez jamais à l'ennemi ce qu'il convoite, pas même pour sauver votre peau. Alors allez-vous céder à cette démone, ce monstre manipulateur, ce qu'elle attend de vous ? Va-t-elle continuer à vous contrôler, ou allez-vous reprendre les choses en main ? Est-ce que l'un de vous veut vraiment assassiner l'autre pour le plaisir d'un tiers ?

En même temps, Damon et Stefan clignèrent des yeux.

Au bout de quelques secondes, Stefan se racla la gorge et lança avec gêne :

— Je suis content que tu ne sois pas vraiment mort.

— Et moi je suis content de ne pas avoir réussi à te tuer aujourd'hui, petit frère, répondit Damon, dont la commissure des lèvres tremblotait.

Visiblement, il n'y avait rien de plus à dire. Après s'être dévisagés un instant encore, ils se tournèrent vers Elena.

— Bon, reprit Damon, un sourire naissant sur les lèvres, ce sourire sauvage, téméraire, qu'Elena reconnut aussitôt.

Damon l'inarrêtable, Damon l'anti-héros, était de retour.

— Comment est-ce qu'on la liquide, cette garce ?

Mme Flowers et la dévoreuse étaient toujours absorbées dans leur bataille silencieuse et presque immobile. Mme Flowers commençait à céder du terrain. La femme de glace avait redressé la tête et écarté les bras. Elle regagnait peu à peu la faculté de bouger, et les mains de Mme Flowers tremblaient sous l'effort. Son visage était pâle, et les rides autour de sa bouche paraissaient plus creusées.

— Nous devons nous dépêcher, poursuivit Elena.

Ils contournèrent tous les trois Mme Flowers et Jalousie pour rejoindre les autres, qui, blêmes d'angoisse, les regardaient approcher. Devant eux, seules deux bougies brûlaient encore.

— Stefan, l'encouragea Elena. Vas-y.

Stefan contempla le cierge bleu sombre posé sur le sol du garage.

— J'ai l'impression d'avoir été jaloux de tout le monde, ces derniers temps, admit-il d'un ton qui trahissait sa honte. De Matt, dont la vie semblait si simple et agréable pour moi, lui qui aurait pu arracher Elena aux ténèbres pour lui donner la vie lumineuse qu'elle mérite. De Caleb, l'ange blond qui paraissait fait pour Elena, au point que je me suis méfié de lui avant même d'avoir de bonnes raisons de le faire, parce que je le soupçonnais de s'intéresser à elle. Et, plus que tout, de Damon.

Son attention quitta la flamme de la bougie pour se porter sur son frère. Damon soutint son regard avec une expression indéchiffrable.

— J'imagine que je l'ai toujours envié. La dévoreuse ne mentait pas, à ce sujet. Lorsque nous étions encore vivants, il était plus âgé, plus rapide, plus fort, plus sophistiqué que moi. Après notre mort, les choses n'ont fait qu'empirer, ajouta-t-il avec un sourire amer. Et même plus récemment, lorsque Damon et moi avons découvert que nous pouvions collaborer, je lui en voulais d'être aussi proche d'Elena. Il possède une part d'elle dont je suis exclu, et il est difficile de ne pas être jaloux de cela.

Stefan soupira et se frotta l'arête du nez entre le pouce et l'index.

— Mais, à vrai dire, j'aime mon frère. C'est la vérité.

Il leva les yeux vers Damon pour poursuivre :

— Je t'aime. Depuis toujours, même dans les pires moments. Même quand notre seul but était de nous entretuer. Elena a raison : nous ne nous résumons pas à nos mauvais penchants. Je reconnais donc avoir nourri la dévoreuse de jalousie. Maintenant je bannis cette jalousie.

La flamme de la bougie bleue vacilla et s'éteignit. Elena observait la démone en détail, et vit la rose de son torse se décolorer un instant. La créature grimaça dans un feulement animal et se jeta de plus belle dans son combat contre le sort de Mme Flowers. Après une attaque mentale puissante, la vieille dame chancela en arrière.

— Maintenant, marmonna Elena à Damon en coulant vers lui un coup d'œil lourd de sens.

Plus que jamais, elle regrettait ses pouvoirs de télépathe. « Fais diversion ! » aurait-elle voulu lui dire.

Damon hocha une fois la tête, comme s'il avait compris le message, s'éclaircit la gorge avec emphase pour attirer l'attention de tous et ramassa la bougie rouge sombre, la dernière allumée. Il pencha la tête quelques secondes d'un air pensif, ses longs cils noirs frôlant ses joues. Il faisait durer le suspense pour faire monter la tension dramatique.

Lorsque tous les regards furent tournés vers lui, Elena toucha Stefan et, d'un geste, elle lui fit comprendre qu'ils devaient approcher la dévoreuse chacun de son côté.

— J'ai nourri la dévoreuse de jalousie, déclama Damon, les yeux plongés dans la flamme qu'il tenait.

Il leva un instant la tête vers Elena, qui opina pour l'encourager à continuer.

— J'ai nourri la dévoreuse de jalousie, répéta-t-il. J'ai convoité tout ce que possède mon frère, encore et encore.

Elena se glissa au plus près de la femme de glace, par la droite. Du coin de l'œil, elle vit Stefan l'approcher discrètement par la gauche.

Mme Flowers repéra elle aussi leur manège. Elena le devina, car la vieille dame haussa peu à peu les sourcils et se mit à marmonner sa formule avec plus de force et d'entrain. La voix de Damon s'amplifia elle aussi, comme si tout le monde dans la pièce se disputait l'attention de Jalousie pour l'empêcher de remarquer l'approche de Stefan et d'Elena.

— Je n'ai pas besoin de passer en revue les détails de mon passé, poursuivit Damon.

Son sourire en coin habituel, qu'Elena trouva étrangement rassurant, éclairait son visage tuméfié.

— Je crois qu'on en a assez entendu aujourd'hui. Suffit de dire que je... regrette certaines choses. Des choses qui, j'espère, seront différentes à l'avenir.

Il fit une pause théâtrale, la tête fièrement redressée.

— Je reconnais donc avoir nourri la dévoreuse de jalousie. Et maintenant je bannis cette jalousie.

Au moment où la flamme de Damon s'éteignit – et Dieu merci elle s'était bien éteinte, songea Elena, Damon étant du genre à s'accrocher à ses pires impulsions –, la fleur rouge dans la poitrine de la créature vira de nouveau au rose sombre. Jalousie feula et chancela un peu. Au même instant, Stefan se rua, le bras tendu, vers la blessure qui barrait le torse de la créature, et plongea la main à l'intérieur, dans le corps de l'ennemie, vers la rose.

Une giclée de fluide vert et visqueux jaillit de l'entaille lorsque le vampire s'empara de la fleur, et alors la créature poussa un hurlement interminable, surnaturel, qui fit reculer tous les humains. Bonnie plaqua ses mains sur ses oreilles et Celia gémit.

Pendant une fraction de seconde, Elena crut qu'ils allaient gagner aussi facilement, elle crut que, en attaquant la rose-cœur de la dévoreuse, Stefan l'avait vaincue. Mais la femme de glace se redressa et, bandant soudain tous ses muscles, elle se libéra de l'emprise de Mme Flowers. D'un grand geste, elle arracha Stefan de son flanc – la main du vampire ressortit vide – et le projeta à l'autre bout du garage.

Stefan percuta le mur dans un choc sourd et glissa au sol, où il resta inerte. Visiblement épuisée par son combat, Mme Flowers s'affaissa elle aussi. Matt eut tout juste le temps de la rattraper dans ses bras avant qu'elle ne tombe par terre.

La dévoreuse dévisageait Damon tandis qu'un sourire apparaissait lentement sur ses lèvres et dévoilait ses dents pointues. Ses yeux clairs comme la banquise étincelèrent.

— C'est le moment de partir, Damon, minauda-t-elle. Tu es le plus fort, ici. Le meilleur d'entre eux, le meilleur de tous. Cependant, ils n'en auront toujours que pour Stefan le minable, le sale gosse, ton petit frère inutile. Quoi que tu fasses, personne ne t'accordera l'attention qu'ils lui réservent. Comme il en a toujours été, au fil des siècles. Tu devrais les abandonner. Pourquoi ne pas les laisser en danger ? Ils feraient pareil, à ta place. Elena et ses amis ont traversé des dimensions, ont enduré l'esclavage, ont affronté les pires périls pour sauver *Stefan*, mais toi, ils t'ont laissé crever, loin, très loin de chez toi. Ils sont revenus ici, où ils ont vécu heureux sans toi. Pourquoi devrais-tu être loyal envers eux ?

Damon, son visage plongé dans l'ombre à présent que toutes les bougies étaient éteintes, émit un petit rire sombre, plein d'amertume. Ses yeux noirs brillèrent dans l'obscurité, fixés sur les yeux clairs de la démone. Un long silence se fit et Elena retint son souffle.

Damon s'avança, sa bougie toujours à la main.

— Tu es sourde ? demanda-t-il d'un ton froid. Je t'ai *bannie* !

Avec une rapidité surhumaine, avant que quiconque n'ait le temps de faire le moindre geste, il ralluma la bougie avec ses pouvoirs et la jeta droit dans le visage de la dévoreuse.

35.

Elena recula d'un bond lorsque la dévoreuse prit feu. Elle était si près que la chaleur des flammes lui brûlait les joues, et elle entendait ses propres cheveux grésiller.

À tâtons, les mains plaquées sur le visage pour se protéger, elle revint vers la démone, toujours plus près. Grâce à un effort de volonté, elle parvint à stabiliser ses jambes flageolantes.

Elle évitait délibérément de regarder ou même de penser au corps affaissé de Stefan sur le sol du garage, de la même façon qu'elle s'était empêchée de le regarder se battre avec Damon pendant qu'elle avait besoin de réfléchir.

Soudain, une explosion de flammes l'aveugla et, pendant une seconde merveilleuse, Elena osa espérer que Damon avait réussi. La dévoreuse était en train de brûler. Aucune créature faite de glace ne pouvait survivre à ça, si ?

Elle se rendit alors compte que la dévoreuse avait beau brûler, elle était en train de rire.

— Imbécile, souffla la créature à Damon d'une voix douce, presque tendre. Tu crois que le feu peut me nuire ? La jalousie peut être plus brûlante que le feu tout comme elle peut être plus froide que la glace. Toi entre tous tu devrais le savoir, Damon.

Son étrange rire cristallin retentit de nouveau.

— Je sens la jalousie, la colère, qui brûle en toi à tout instant, Damon, et elle brûle si fort que je flaire la haine et le désespoir qui te hantent. Tes blessures et vexations mineures me sustentent. Tu les serres contre toi et tu les chéris comme un trésor. Tu as peut-être réussi à rejeter une part infime des douleurs qui te pèsent, mais tu ne seras jamais libéré de mon emprise.

Sous les yeux horrifiés d'Elena, de petites lignes bleues enflammées apparurent aux pieds de la dévoreuse et s'étendirent à toute vitesse au sol du garage. Étaient-ce des traces d'essence laissées par la vieille voiture de Mme Flowers ? Ou bien un nouveau tour de la dévoreuse, qui tentait de répandre le feu parmi eux ?

Peu importait l'explication. Le garage prenait feu et, si la femme de glace était incombustible, Elena et ses amis ne l'étaient pas du tout. La fumée remplissait la pièce et tout le monde commençait à tousser. Elena se couvrit le nez et la bouche.

Damon surgit devant elle et sauta à la gorge de la créature.

Même en situation de crise, Elena ne put s'empêcher d'admirer sa vitesse et sa grâce. Il percuta la dévoreuse, la fit tomber au sol puis recula aussitôt en se protégeant le visage de son bras couvert de cuir. « Le feu… se rappela-t-elle avec un frisson d'horreur. Le feu est l'une des rares choses qui peuvent tuer un vampire. »

Malgré la fumée qui lui faisait monter les larmes aux yeux, elle s'approcha en se forçant à les garder ouverts et contourna la créature, qui s'était relevée. Sans entendre les cris de ses amis, elle se concentra sur le combat.

La dévoreuse, qui se déplaçait plus difficilement, n'attaqua pas tout de suite Damon. À travers les flammes, Elena vit que le fluide verdâtre suintait toujours de la blessure que Meredith lui avait infligée. Lorsque le liquide les touchait, elles crépitaient en prenant une teinte bleu-vert.

Damon se rua de nouveau sur Jalousie, qui le repoussa sans mal. Ils se tournèrent autour, les crocs découverts. Elena se glissa derrière eux en prenant soin de ne pas gêner Damon. Elle chercha un moyen de se rendre utile.

Un craquement venu du fond de la pièce détourna un instant son attention : le feu se propageait au mur, vers les étagères disposées partout dans le garage. Elle ne vit pas l'attaque suivante de la dévoreuse, mais Damon se retrouva soudain à glisser sur le dos, une vilaine brûlure rouge sur la joue.

Il se releva en un instant et repartit aussitôt à la charge, mais son regard un peu fou rendit Elena nerveuse. Même blessée, la créature était plus forte que lui et, après son duel avec Stefan, ses réserves devaient être épuisées. Il devenait imprudent. Elena prit son courage à deux mains et s'approcha de nouveau, aussi près des flammes qu'elle pouvait le supporter. Jalousie ne lui jeta qu'un coup d'œil avant de tourner la tête vers celui qui la menaçait vraiment.

Elle bondit vers Damon les bras écartés, en souriant d'un air joyeusement sauvage.

Et soudain, Meredith se retrouva à côté de Damon. Aussi pâle et solennelle qu'une jeune martyre, avec ses lèvres serrées et ses yeux inquiets, elle frappa à la vitesse de l'éclair. Son bâton fendit l'air et laissa une autre entaille sur le ventre de l'ennemie. Celle-ci hurla et les flammes sur son torse crépitèrent lorsqu'une nouvelle giclée verdâtre s'échappa de la blessure.

Cependant, elle restait toujours debout. Elle fondit sur Meredith, qui recula rapidement et esquiva son coup de justesse. Ensuite, la chasseuse de vampires et Damon échangèrent une œillade silencieuse et se déployèrent de chaque côté de la dévoreuse pour l'empêcher de les surveiller tous les deux en même temps. Damon frappa le premier, d'un direct rapide et puissant, et recula en serrant sa main rougeâtre, brûlée. Meredith lui asséna un nouveau coup qui, s'il faillit la toucher au bras, ne transperça qu'une volute de fumée.

Une détonation les fit sursauter lorsqu'une étagère en feu s'effondra au sol. La fumée s'épaississait. Elena entendit Bonnie et Matt tousser.

Elena s'approcha un peu plus encore dans le dos de la dévoreuse, là où elle ne risquait pas de gêner ses deux amis. La chaleur que dégageait la créature évoquait un feu de joie.

Meredith et Damon se déplaçaient en tandem à présent, aussi coordonnés que s'ils avaient répété leurs mouvements ; ils avançaient puis reculaient, touchaient parfois la dévoreuse mais ne brassaient le plus souvent qu'un peu de fumée ou de brume lorsque la créature transformait ses membres en formes vaporeuses.

Une voix retentit :

— *Impera te desistere !*

Même si Mme Flowers devait toujours s'appuyer aux bras de Matt et d'Alaric, son regard était clair et sa voix stable. L'aura de ses pouvoirs était presque palpable.

La dévoreuse ne ralentit qu'un instant, pas plus d'une demi-seconde peut-être, dans ses attaques et ses transformations, pourtant cela suffit à faire la différence. Les coups de Meredith et de Damon portèrent plus souvent et ils parvinrent à en esquiver eux-mêmes davantage.

Est-ce que cela suffirait ? La démone recula lorsqu'elle prit un mauvais coup et l'horrible fluide jaillit de l'entaille laissée par le bâton de combat. Pourtant elle n'avait toujours pas l'air de faiblir, alors que ses deux assaillants, qui multipliaient les feintes, s'étranglaient dans des quintes de toux et s'écartaient des flammes d'un pas trébuchant. La rose dans la poitrine de Jalousie émettait une lueur d'un rouge sombre. Elena poussa un soupir frustré et toussa aussitôt de plus belle. La dévoreuse ne restait jamais assez longtemps immobile pour lui permettre de s'emparer de la rose-cœur.

Lorsque Meredith l'attaqua de nouveau avec son bâton de combat, l'arme ne fendit que de la fumée. La femme-torche attrapa la lame d'une main et fit valser

Meredith vers Damon. La chasseuse de vampires le percuta de plein fouet et ils tombèrent tous deux au sol pendant que l'ennemie, que le sort de Mme Flowers entravait encore un peu, se traînait vers eux.

— J'ai envié Meredith pour son intelligence ! hurla soudain Bonnie.

Avec son visage barbouillé de suie et de larmes, elle semblait terriblement frêle et fragile, pourtant elle se tenait bien droite, fièrement, et criait à pleins poumons :

— Je sais que je ne serai jamais aussi bonne élève qu'elle... Peu importe, je bannis ma jalousie !

La rose prit une nouvelle fois une teinte mauve et la dévoreuse chancela imperceptiblement. Elle jeta un coup d'œil vers Bonnie en crachant. Même si elle avait à peine été ralentie, cela permit à Damon de se relever d'un bond. Il se planta devant Meredith pour la protéger le temps qu'elle se redresse à son tour. Sans même se regarder, les deux combattants se déployèrent à nouveau de chaque côté.

— Et moi j'ai envié mes amis plus riches que moi ! hurla Matt. Je bannis cette jalousie !

— J'envie Alaric parce qu'il a toujours cru à l'incroyable et qu'il avait raison ! lança Celia. Mais je bannis cette jalousie !

— J'ai envié les fringues d'Elena ! renchérit Bonnie. Je suis trop petite pour porter plein de trucs ! Et je bannis ça aussi !

Damon administra un coup de pied à la dévoreuse et retira aussitôt sa jambe fumante. Meredith fit chanter son bâton. Mme Flowers psalmodiait en latin et, lorsque Alaric se joignit à elle, sa voix grave fit un parfait contrepoint à la sienne et renforça le sort. Bonnie, Celia et Matt continuaient à crier : ils déterraient des petites jalousies et vexations dont ils avaient sans doute à peine eu conscience pour les bannir et harceler ainsi la dévoreuse.

Et, pour la première fois, Jalousie paraissait... dépassée. Elle tournait la tête doucement de l'un à l'autre de ses adversaires : Damon qui s'avançait, le poing levé ; Meredith qui maniait son bâton sans fléchir en la fixant froidement ; Alaric et Mme Flowers qui récitaient des chapelets de mots latins, les mains levées ; Bonnie, Matt et Celia qui lui lançaient des confessions comme autant de projectiles.

Les yeux de Jalousie glissèrent sur Elena sans vraiment la remarquer. Immobile dans son coin, au milieu du chaos, elle ne représentait aucune menace.

C'était le moment ou jamais. Elena trouva le cran d'approcher, puis se figea lorsque la dévoreuse pivota vers elle.

Soudain, comme par miracle, Stefan surgit. Il bondit sur le dos de la femme-torche, lui fit une clé au cou au mépris des flammes. Sa chemise s'embrasa. L'espace d'un instant, la dévoreuse, tirée en arrière, passa devant Elena, son torse complètement exposé.

Sans hésiter, Elena plongea la main dans le feu.

Tout d'abord, elle ne sentit pas la brûlure, elle eut l'impression d'une caresse presque froide lorsque les flammes lui léchèrent la peau. « Ce n'est pas si terrible », eut-elle tout juste le temps de penser avant de hurler de douleur.

C'était un pur supplice, et des feux d'artifice noirs explosèrent devant ses yeux. Elle dut lutter pour vaincre l'instinct presque irrésistible qui lui commandait de retirer sa main. Au lieu de quoi, elle passa sa main sur le torse de la démone, à la recherche de l'entaille au-dessus de la rose. Mais le corps ennemi était lisse et glissant, et, aveuglée par les flammes, elle tâtonnait à l'aveuglette. « Où est-elle, où est-elle ? »

Damon s'était jeté dans la mêlée au côté de Stefan et tirait sur les bras de Jalousie pour que son torse reste à découvert et pour l'empêcher de projeter Elena à l'autre bout de la pièce. Meredith la frappa au flanc. Dans le fond, les voix de leurs amis se mêlaient dans un concert de confessions et de sortilèges visant à maintenir la dévoreuse dans un état de stupeur.

Elena finit enfin par trouver la blessure et elle y plongea la main. L'intérieur du torse de la créature était glacial, et le contraste arracha un cri à Elena – après les brûlures, la sensation de froid était insupportable, sans parler des flammes qui léchaient toujours son poignet et son bras. Le liquide gelé était si épais qu'elle avait l'impression de traverser de la gélatine. Elena farfouilla plus profondément encore et la dévoreuse poussa un hurlement de douleur.

C'était un cri affreux et, malgré tout ce que la dévoreuse leur avait infligé, à ses amis et à elle, Elena ne put réprimer une grimace de compassion. Une seconde plus tard, sa main se referma sur la tige de la rose et mille épines transpercèrent sa chair carbonisée. Ignorant la douleur, elle arracha la fleur au liquide glacial puis au feu, et recula d'un pas chancelant pour s'éloigner de Jalousie.

Elle ne savait pas à quoi elle s'attendait. Peut-être à ce que la dévoreuse fonde comme la Méchante Sorcière de l'Ouest du *Magicien d'Oz* et ne laisse qu'une flaque d'eau verdâtre immonde. Au lieu de quoi, la créature dévisagea Elena la bouche ouverte, dévoilant ses dents brillantes et pointues. L'entaille dans sa poitrine s'était étendue et le fluide s'en échappait rapidement. Les flammes étaient courtes et vertes là où le liquide coulait sur son corps et gouttait sur le sol.

— Donne-la-moi, ordonna Stefan, qui avait surgi auprès d'Elena.

Il lui prit la fleur, arracha les pétales, qui avaient à présent une teinte rose plus pâle, et les répandit dans le feu qui brûlait le long des murs du garage.

La dévoreuse le regarda faire d'un air stupéfait et, peu à peu, sa silhouette rougeoyante se mua en fumée et sa forme solide s'évapora. Pendant un instant, une image brumeuse, malfaisante, s'attarda dans l'air, ses yeux moroses rivés sur Elena. Puis elle disparut.

36.

Damon fut le premier à réagir, ce qui ne surprit guère Elena. Sa veste en cuir était calcinée et de longues brûlures lui zébraient le visage et les bras. Il dépassa les autres d'un pas chancelant et traversa le brasier pour aller ouvrir les portes du garage. Dehors, le tonnerre grondait, accompagné par une pluie battante.

Malgré l'averse, le garage disparaissait peu à peu dans les flammes, qui progressaient sur les murs et se dressaient vers le toit. Ils sortirent tous d'un pas traînant. Meredith toussa en levant le visage vers la pluie, tandis que Matt et Alaric conduisaient Mme Flowers jusqu'au siège conducteur de sa voiture. Les mains tendues, Elena laissa la pluie laver la suie et apaiser ses brûlures. Les autres, toujours sous le choc, se rassemblèrent devant les portes.

— Oh, *Damon*… murmura Bonnie.

Elle marqua une pause pour tousser quelques secondes, puis se dressa sur la pointe des pieds et embrassa Damon sur la joue en prenant soin d'éviter de toucher ses blessures.

— Je suis tellement heureuse que tu sois revenu.

— Merci, mon petit pinson, répondit-il en lui tapotant le dos. Excuse-moi un instant, j'ai une chose à faire.

Il s'écarta d'elle pour prendre Elena par le bras.

Au loin, le hurlement des sirènes leur signala l'approche des pompiers et de la police.

Damon attira Elena sous l'ombre noire d'un arbre près de la maison.

— Allez, la pressa-t-il. Tu as besoin de sang, et tout de suite.

Il se tâta la gorge du bout de ses doigts brûlés et fit glisser un ongle sur l'une de ses veines. Sa veste en cuir avait pour ainsi dire été réduite en lambeaux – n'en restaient que des bouts de tissu et des cendres qui pendouillaient sur lui. Les longues brûlures sur son visage et son corps étaient toujours rouges et à vif, mais déjà un peu moins laides.

— Je pourrais m'en charger, déclara Stefan en s'approchant avant de s'adosser au mur de la maison.

Même s'il était épuisé et en loques, ses blessures à lui aussi commençaient déjà à guérir.

— Je suis toujours prêt à donner mon sang à Elena.

— Tu peux bien évidemment nous aider. Mais elle est gravement blessée, lui fit remarquer son frère sur le ton de la conversation, et tu n'as plus le pouvoir de la soigner pour l'instant.

Elena avait fait de son mieux pour ne pas regarder sa main droite. Même si elle ne pouvait pas vraiment la bouger, elle ne lui faisait plus trop mal. Ce qui était sans doute mauvais signe, en fait. Cela signifiait-il que ses terminaisons nerveuses avaient été touchées ? Un coup d'œil angoissé vers sa main lui retourna l'estomac. Elle avait entrevu sa chair rougie et noircie, sa peau en lambeaux et… Mon Dieu ! Elle crut voir un os saillir sous la peau. Elle gémit malgré elle.

— Bois, s'impatienta Damon. Laisse-moi te guérir avant que les secours t'emmènent chez les grands brûlés.

Voyant qu'Elena hésitait encore, Damon se tourna vers Stefan et ajouta d'une voix plus douce :

— Écoute, ce n'est pas toujours une question de pouvoir. Parfois, le sang sert juste à prendre soin de quelqu'un.

— Je le sais bien, répondit Stefan, qui le dévisageait avec de petits yeux fatigués. Je n'étais pas sûr que toi, tu en aies conscience.

— Je suis un vieux briscard, petit frère, rétorqua-t-il avec un sourire en coin. Je sais beaucoup de choses. Maintenant, tu bois, ajouta-t-il en se retournant vers Elena, tandis que Stefan lui souriait d'un air rassurant.

Elena hocha la tête et plaqua sa bouche contre la gorge de Damon. À la seconde où elle goûta son sang, elle fut enveloppée par un doux manteau de chaleur et la douleur cessa. Elle ne percevait plus la pluie qui s'abattait sur sa tête et ses épaules, ni le filet d'eau glaciale qui coulait le long de son corps. Elle se sentait bien, en sécurité, aimée, et le temps s'arrêta juste un instant pour qu'elle reprenne son souffle.

« Damon ? » appela-t-elle mentalement en projetant son esprit vers lui. Il lui répondit sans mots, par une vague d'affection et de tendresse, une bouffée d'amour qui n'exigeait rien en retour. À travers le brouillard, Elena entrevit là un sentiment nouveau…

Lorsque, par le passé, Damon et elle avaient permis à leurs esprits de se frôler, elle avait souvent deviné qu'il retenait une part de lui-même. Ou bien, les rares fois où elle était parvenue à franchir ses défenses, elle avait trouvé de la peine et de la colère, un enfant perdu enchaîné à un rocher.

Elena ne ressentait plus en lui que de l'amour et de l'apaisement quand Damon et elle se fondirent l'un dans l'autre. Lorsqu'elle finit par s'écarter, il lui fallut un instant pour reprendre pied dans le monde réel. Stefan n'était plus à côté d'eux. Il pleuvait toujours, l'eau froide coulait dans ses cheveux, sur ses épaules, le long de son cou, de ses bras et de son corps. Si sa main, toujours gravement brûlée, lui faisait mal, elle ne nécessitait plus qu'un peu de pommade et un bandage plutôt qu'une greffe de peau.

Plusieurs camions de pompiers et voitures de police s'arrêtèrent devant la maison, les gyrophares tournoyants, les sirènes hurlantes. Elena aperçut, près du garage, Meredith qui relâchait soudainement le bras de Stefan, et elle comprit que son amie avait bu le sang du vampire à son poignet.

Cette scène l'aurait choquée quelques heures plus tôt – elle avait toujours cru que Meredith n'oserait jamais toucher le sang d'un vampire, quel qu'il soit, et Stefan avait toujours réservé le sien pour Elena, comme une part du lien qu'ils étaient les seuls à partager –, mais à présent cela ne lui inspirait aucune émotion.

Elle avait l'impression que toutes les barrières internes de leur groupe s'étaient écroulées. Que ce nouvel état de fait dure ou non, ils ne faisaient plus qu'un pour le moment. Ils avaient vu le pire de chacun d'eux. Ils avaient avoué la vérité et en étaient sortis grandis. Si Meredith avait besoin de soins, que Stefan lui offre son sang allait de soi. Il aurait fait de même pour n'importe lequel d'entre eux.

Les pompiers sautèrent de leurs camions et déroulèrent les tuyaux. Tandis qu'ils s'efforçaient d'éteindre l'incendie, deux policiers en uniforme, ainsi qu'un autre homme qui devait être le capitaine des pompiers, s'avancèrent d'un pas décidé vers Mme Flowers, Matt, Alaric, Celia et Bonnie, qui s'étaient tous réfugiés dans la voiture. Meredith et Stefan se dirigèrent aussi vers eux.

— Pourquoi ne l'ont-ils pas ramenée chez elle ? demanda soudain Elena, et Damon la regarda avec surprise.

— Aucune idée, admit-il. Moi non plus, je n'ai pas envisagé une seule seconde que nous pourrions rentrer. J'imagine que tout le monde pensait devoir rester dehors pour contempler le brasier. Histoire de s'assurer que la dévoreuse n'en sorte pas.

— À croire que c'était la fin du monde, murmura-t-elle comme si elle pensait tout haut. Même la pension semblait trop lointaine. Maintenant que d'autres personnes sont là, le monde recommence à tourner.

— Mmm, marmonna-t-il avec réserve. Nous ferions mieux de les rejoindre. Je crois qu'ils auront besoin d'aide.

Mme Flowers poussait de hauts cris indignés, mais Elena était trop loin pour comprendre ses propos. Tandis qu'elle suivait Damon, elle sourit : depuis quand Damon se souciait-il de savoir si quiconque, à part Elena, avait besoin d'aide ?

En s'approchant, elle constata que Mme Flowers était descendue de voiture et leur faisait son numéro de mamie gâteuse et excentrique, avec ses yeux écarquillés et ses bras écartés. Alaric lui tenait un parapluie au-dessus de la tête.

— Jeune homme ! lança-t-elle au capitaine. Qu'essayez-vous d'insinuer en me demandant pourquoi ma voiture n'était pas rentrée au garage ? J'estime avoir le droit de disposer de mes biens comme il me chante sur mes terres ! Dans quel genre de monde vivons-nous pour que je sois pénalisée, jugée même, parce que je ne suis pas la norme ? Osez-vous sous-entendre que je pourrais être de quelque façon mêlée à cet incendie ?

— Eh bien, madame, c'est déjà arrivé. Je ne suggère rien de tel, cependant une enquête doit être ouverte, répondit le capitaine.

— Et que font tous ces jeunes chez vous ? s'enquit l'un des policiers en les passant en revue.

Ses yeux s'attardèrent sur la veste en cuir brûlée de Damon et la joue écorchée de Stefan.

— Nous allons devoir vous interroger un par un, ajouta l'agent. Pour commencer, vous allez nous donner vos noms et adresses.

Stefan s'avança et soutint le regard de l'homme.

— Je suis certain que cela ne sera pas nécessaire, dit-il d'une voix douce mais impérieuse pour l'influencer. Le garage a pris feu parce qu'il a été frappé par la foudre. Personne n'était présent sauf cette vieille dame, dans la maison, qui recevait des invités. Tout est clair et net, inutile d'interroger qui que ce soit.

L'agent parut un instant déstabilisé, puis il hocha la tête.

— Ces orages peuvent causer de sacrés dégâts matériels, reconnut-il.

— Qu'est-ce que tu racontes ? renifla le capitaine des pompiers. La foudre n'est pas tombée dans le coin.

Stefan se tourna vers celui-ci :

— Il est inutile de procéder à une enquête…

Le charme n'opérait plus et, à présent, les trois hommes l'observaient avec méfiance. Stefan n'avait plus assez de pouvoirs pour les influencer tous, compris Elena, et il n'arriverait même pas à en convaincre un seul si les autres ravivaient ses doutes. Le visage du vampire était tiré et fatigué. Son combat avait été long et difficile – enfin, ses combats. Et Stefan n'avait jamais été très puissant quand il ne buvait pas de sang humain.

Damon s'approcha à son tour.

— Monsieur ? dit-il poliment, et le capitaine se tourna vers lui. Si nous pouvions discuter seul à seul un instant, je suis certain que nous pourrions tirer cette histoire au clair.

L'homme fronça les sourcils, mais le suivit tout de même jusqu'à la véranda à l'arrière de la maison, tout comme le second policier. Ils s'arrêtèrent sous l'éclairage extérieur et écoutèrent Damon avec méfiance.

Puis, peu à peu, leurs épaules se relâchèrent et ils commencèrent à hocher la tête et à sourire.

Stefan reprit son discours à l'attention du premier agent. Il réussirait à influencer un homme seul, Elena le savait, même dans son état actuel.

Installées à l'arrière de la vieille auto de Mme Flowers – si vieille qu'Elena se demandait si elle n'était pas plus âgée que sa propriétaire –, Meredith et Bonnie étaient en grande conversation, pendant qu'Alaric et Celia continuaient à soutenir Mme Flowers, qui, abritée sous le parapluie, écoutait les arguments de Stefan pendant que Matt regardait la scène un peu à l'écart.

Elena leur passa devant discrètement et se glissa à l'arrière de la voiture avec Bonnie et Meredith. La porte se referma dans un claquement sonore et la banquette en cuir grinça sous son poids.

La pluie avait aplati les boucles rousses de Bonnie, qui lui collaient au front et tombaient en mèches trempées sur ses épaules. Son visage était strié de cendres et ses yeux rougis, mais elle offrit à Elena un sourire de bonheur sans bornes.

— On a gagné ! se réjouit-elle. Elle est partie pour de bon, pas vrai ? On a réussi.

Malgré l'expression solennelle de Meredith, ses yeux gris brillaient de joie. Une tache de sang – celui de Stefan – maculait ses lèvres et Elena se retint de l'essuyer à sa place.

— Oui, on a gagné, confirma Meredith. Vous avez été géniales, toutes les deux. Bonnie, c'était très intelligent de ta part de commencer à lui jeter à la figure des tas de petites jalousies. Ça l'a déstabilisée. Et

Elena… ajouta-t-elle en avalant sa salive, plonger dans le feu était vraiment très courageux. Comment va ta main ?

Elena la tendit et fit bouger ses doigts.

— Les pouvoirs incroyables du sang de vampire, expliqua-t-elle. Très pratique après une bataille, pas vrai, Meredith ?

Le sous-entendu d'Elena fit rougir son amie, qui esquissa un sourire.

— Je sais, reconnut la brune. Cela paraissait idiot de ne pas profiter de tous nos… avantages. Je me sens déjà mieux.

— Toi aussi, tu as été formidable, Meredith. Pendant que tu te battais, on aurait dit que tu dansais. Tu manies ton bâton avec force et grâce, comme une super héroïne magnifique !

— Oui, je n'aurais jamais réussi à attraper la rose si tu ne lui avais pas ouvert le torse, renchérit Elena.

— Moi, je pense qu'on est toutes les trois extraordinaires, conclut Meredith. On peut déclarer ouverte la première réunion de l'Association des Anciens Élèves Mutuellement Admiratifs du lycée Robert E. Lee.

— Il faudra inviter Matt, pour qu'on lui dise à quel point lui aussi il est sensas, poursuivit Bonnie. Et Stefan compte aussi comme un ancien élève, pas vrai ? J'imagine que, puisque la réalité a changé, il a dû avoir son bac en même temps que nous, non ?

Elle bâilla en révélant une petite langue rose comme celle d'un chat.

— Je suis épuisée.

Elena se rendit compte qu'elle était elle aussi à bout de forces. La journée avait été longue. L'*année* avait été longue depuis que les frères Salvatore avaient débarqué à Fell's Church et chamboulé sa vie pour toujours. Elle s'affaissa sur le siège et posa la tête sur l'épaule de Meredith.

— Merci à vous deux, vous avez encore une fois sauvé la ville.

Il lui semblait important de le dire.

— Peut-être que demain on pourra de nouveau essayer de vivre normalement.

Meredith émit un petit rire et les serra toutes les deux dans ses bras.

— Rien ne peut nous vaincre. Nous sommes *trop douées* pour vivre normalement, déclara-t-elle d'une voix qui se brisa. J'ai bien cru que je vous avais perdues pour toujours. Vous êtes mes sœurs, vraiment, et pas seulement mes amies. J'ai besoin de vous, et je veux que vous le sachiez.

— C'est bien vrai ! s'emballa Bonnie en hochant la tête avec ferveur.

Elena tendit les bras vers elles et les trois amies s'étreignirent mutuellement, le sourire aux lèvres, la larme à l'œil.

Le lendemain viendrait bien assez tôt, et peut-être leur apporterait-il une vie normale – quelle que puisse être la signification d'une « vie normale » pour elles. Pour l'heure, Elena avait retrouvé des véritables amies. Ce qui n'était pas rien. Quoi qu'il arrive, cela suffirait.

37.

Le lendemain matin, ils se retrouvèrent tous à la pension. Après la pluie de la nuit passée, le soleil paraissait briller d'une clarté nouvelle et le paysage semblait brillant, humide et propre, malgré l'odeur de fumée qui imprégnait la maison et les ruines calcinées du garage que l'on apercevait par les fenêtres du salon.

Assise sur le canapé, Elena s'appuyait à Stefan. Il suivait les contours de ses brûlures, qui avaient presque entièrement disparu, sur le dos de sa main.

— Est-ce qu'elles te font toujours mal, mon héroïne ?

— Presque plus, grâce à Damon.

Ce dernier, de l'autre côté de Stefan, lui adressa un bref sourire étincelant mais ne dit rien.

Ils prenaient tous soin de se ménager les uns les autres, comprit Elena. Elle se sentait – à l'instar de ses amis, sans doute – à l'image de cette journée : brillante et purifiée, et un peu fragile. Les murmures, les sourires échangés étaient ponctués de pauses détendues. À croire qu'ils étaient arrivés au terme d'un long voyage, qu'ils avaient accompli une tâche difficile ensemble et que l'heure était maintenant au repos.

Celia, élégante comme toujours dans un pantalon de lin crème et un haut en soie gris perle, toussota.

— Je pars aujourd'hui, annonça-t-elle quand ils levèrent les yeux vers elle et virent ses bagages empilés sagement à ses pieds. Il y a un train pour Boston dans quarante-cinq minutes, si quelqu'un veut bien me conduire à la gare…

— Je vais t'y emmener, répondit aussitôt Alaric en se levant.

Elena jeta un coup d'œil à Meredith, qui dévisageait Celia avec inquiétude.

— Tu n'es pas obligée de t'en aller, tu sais, lui assura la chasseuse de vampires. On serait tous contents que tu restes.

Celia haussa les épaules avec éloquence et soupira :

— Il faut que j'y aille. Merci pour tout. Certes, nous avons détruit un livre ancien à la valeur inestimable et je vais sans doute être interdite de séjour sur le campus de Dalcrest, mais je n'aurais raté cette expérience pour rien au monde.

— Même lorsque nous avons frôlé la mort ? la taquina Meredith en souriant, un sourcil haussé.

— Y a-t-il eu un seul instant où nous n'avons *pas* frôlé la mort ? rétorqua Celia en arquant elle aussi un sourcil.

Elles rirent ensemble et Elena se réjouit de voir que la tension entre elles deux avait disparu.

— Nous serons ravis de vous accueillir si vous voulez revenir, ma petite Celia, lui assura Mme Flowers avec sincérité. J'aurai toujours une chambre pour vous.

— Merci, murmura la pathologiste, visiblement touchée. J'espère revenir vous voir un de ces jours.

Alaric et elle sortirent de la pièce et les autres entendirent bientôt la porte d'entrée claquer et une voiture démarrer.

— Au revoir, Celia, chantonna Bonnie. Elle est sympa, finalement, non ? Qu'est-ce qu'on va faire aujourd'hui ? demanda-t-elle sans attendre de réponse à sa première question. Il faut qu'on vive une aventure avant la fin de l'été.

— Ça ne t'a pas suffi, comme aventure ? s'étonna Matt, affalé dans une chaise à bascule.

— Je parlais d'une aventure *amusante* et estivale ! répliqua-t-elle. Pas d'une bataille apocalyptique jusqu'à la mort, plutôt un truc rigolo à faire quand il fait beau. Vous vous rendez compte, il ne nous reste que trois semaines avant la rentrée ? Si on ne veut pas que nos souvenirs réels de cet été passé à Fell's Church se limitent à un pique-nique catastrophique et à un combat horrible avec une dévoreuse, on ferait bien de se dépêcher. Je vote pour la fête foraine. Allez, quoi ! les poussa-t-elle en sautant sur son siège. Les montagnes russes ! Les miroirs déformants ! Les beignets ! La barbe à papa ! Damon pourra me gagner une peluche géante et m'emmener faire un tour dans le train fantôme, où je me blottirai contre lui ! Ce serait une vraie aventure !

Elle battit des cils vers Damon, mais celui-ci ne rentra pas dans son jeu. En fait, ses yeux étaient baissés et ses traits tirés.

— Vous avez fait du beau travail, les enfants, renchérit Mme Flowers. Vous avez certainement mérité un peu de détente.

Personne ne répondit. Le silence tendu de Damon envahit la pièce et attira tous les regards vers lui. Stefan finit par se racler la gorge.

— Damon ? l'appela-t-il d'un ton prudent.

Damon serra les dents et leva la tête vers eux. Elena fronça les sourcils. Était-ce de la culpabilité qu'elle lisait sur son visage ? Non, Damon ne connaissait pas cette notion – la repentance ne figurait pas parmi ses nombreuses qualités.

— Écoutez, dit-il soudain. J'ai compris… pendant que je revenais du Royaume des Ombres…

Il s'interrompit de nouveau.

Elena échangea un coup d'œil inquiet avec Stefan. Là encore, le bégaiement et la difficulté à trouver le mot juste étaient plus qu'inhabituels chez lui.

Damon secoua la tête et se reprit :

— Pendant que je revenais doucement à la vie, que je me rappelais peu à peu qui j'étais, que je me préparais à revenir à Fell's Church, et que tout était douloureux et difficile, dit-il, je n'arrêtais pas de penser à la façon dont on… dont Elena… avait remué ciel et terre pour retrouver Stefan. Elle refusait d'abandonner les recherches, quels que soient les obstacles qui se dressaient devant elle. Je l'y avais aidée – j'avais tout risqué pour le faire – et on y était parvenus. On a retrouvé Stefan pour le ramener à la maison, sain et sauf. Et, lorsque mon tour est venu de me perdre, vous m'avez tous laissé seul sur cette lune.

— Damon ! protesta Elena en tendant la main vers lui. On te croyait *mort.*

— Et on a vraiment remué ciel et terre pour te sauver, ajouta Bonnie, ses grands yeux bruns remplis de larmes. Tu le *sais.* Elena a tout tenté pour essayer de soudoyer les Sentinelles pour te récupérer. Le chagrin l'a presque rendue folle. Mais elles n'arrêtaient pas de répéter que, lorsqu'un vampire mourait, il disparaissait pour toujours.

— Maintenant, je le sais. Et je ne suis plus en colère. Plus depuis longtemps, il me semble. Ce n'est pas ça que je voulais vous dire.

Il jeta un regard coupable vers Elena.

— Je dois m'excuser auprès de vous tous, conclut-il.

Ils en restèrent bouche bée. Damon ne s'excusait pas. Jamais.

— Et pourquoi ? s'enquit Elena.

Damon haussa les épaules et esquissa un petit sourire.

— Pourquoi pas, ma princesse ? Pour être franc, poursuivit-il avec sérieux, je ne méritais pas d'être sauvé. En tant que vampire, je vous ai fait des horreurs à vous tous, et même lorsque je suis redevenu brièvement humain. Je me suis battu contre Meredith, j'ai mis Bonnie en danger dans le Royaume des Ombres. Je vous ai *tous* mis en danger. Je suis désolé, dit-il en les regardant tour à tour, la voix sincère et pleine de remords.

Les lèvres de Bonnie tremblotèrent un instant, puis elle se jeta à son cou.

— Je te pardonne !

Damon sourit avec gêne et lui tapota les cheveux. Il échangea un hochement de tête solennel avec Meredith, ce qui signifiait sans doute qu'elle aussi lui pardonnait… pour cette fois.

— Damon, intervint Matt en secouant la tête. Tu es sûr de ne pas être possédé ? Tu sembles un peu… à côté de tes pompes. Tu ne t'es jamais montré poli avec nous, sauf avec Elena.

— Eh bien, soupira Damon, visiblement soulagé de s'être exprimé, tu ferais mieux de ne pas trop t'y habituer, Matt.

Matt paraissait stupéfait que Damon l'ait appelé par son vrai prénom, au lieu de « Blatte » ou rien du tout, et aussi heureux que si le vampire lui avait offert un cadeau inestimable. Elena vit Stefan donner un petit coup de coude affectueux à son frère, qui le lui rendit aussitôt.

Non, elle n'aurait pas le temps de s'y habituer. Damon, temporairement vidé de ses jalousies et de ses rancunes, était tout aussi beau et intrigant que jamais, et bien plus facile à vivre. Cela ne durerait pas, elle le savait, mais elle en appréciait chaque seconde.

Elle prit le temps de bien observer les frères Salvatore. Ces deux vampires qu'elle aimait. Stefan, avec ses douces boucles brunes et ses yeux vert océan, ses membres graciles et la courbe sensuelle de sa bouche qu'elle voulait toujours embrasser. Elle voyait en lui une douceur, une force et une tristesse qu'elle avait contribué à alléger. Damon, tout en cuir et soie avec ses traits ciselés. Imprévisible et dévastateur. Elle les aimait tous les deux. Elle ne pouvait pas le regretter, elle ne pouvait qu'être entièrement et sincèrement reconnaissante au sort pour lui avoir envoyé ces deux-là.

Cela ne serait pas facile, pourtant. Elle ne pouvait imaginer ce qui se produirait le jour où cette décontraction, cette prévenance entre les frères, entre eux tous, prendrait fin. Ce qui arriverait tôt ou tard, elle n'en doutait pas. Les contrariétés et les jalousies faisaient partie de la vie, et elles reviendraient à la charge.

Elle serra la main de Stefan dans les siennes et pencha la tête pour sourire à Damon, dont le regard brun se réchauffa.

En son for intérieur, elle poussa un petit soupir, puis son sourire s'élargit. Bonnie avait raison : la rentrée universitaire arrivait à grands pas, une toute nouvelle aventure les attendait. Jusque-là, ils devraient profiter de tous les bons moments.

— Barbe à papa pour tout le monde ? lança-t-elle. Je ne me rappelle pas la dernière fois que j'en ai mangé. Je soutiens complètement la conception de Bonnie d'une aventure réussie !

Stefan lui effleura les lèvres en un baiser aussi doux et léger que de la barbe à papa, et elle se réfugia au creux de ses bras.

Cela ne pouvait pas durer. Elena le savait. Mais elle était très heureuse. Loin de l'être colérique, endeuillé et effrayant qu'il avait été brièvement, Stefan était redevenu lui-même, celui qu'elle aimait. Et Damon était en vie, et en sécurité, avec eux. Tous ses amis l'entouraient.

Elle était chez elle, enfin.

Composition Nord Compo

Impression réalisée par
CPI BRODARD ET TAUPIN
La Flèche
en janvier 2012

« Pour l'éditeur, le principe est d'utiliser des papiers composés de fibres naturelles, renouvelables, recyclables et fabriquées à partir de bois issus de forêts qui adoptent un système d'aménagement durable. En outre, l'éditeur attend de ses fournisseurs de papier qu'ils s'inscrivent dans une démarche de certification environnementale reconnue. »

Imprimé en France
N° d'édition : 66203
N° d'impression : 67020
ISBN : 978-2-298-05384-5
Dépôt légal : février 2012

Loi n° 49-956 du 16 juillet 1949 sur les publications destinées à la jeunesse.